탕지아의 붉은 기둥

저자 소개

고재석

동국대학교 국어교육과 교수.
『한국근대문학지성사』, 『숨어있는 황금의 꽃』, 『불가능한 꿈을 꾸는 자의 자화상』,
『일본문학·사상명저사전』, 『일본현대문학사』(2권), 『일본메이지문학사』, 『일본다이
쇼문학사』, 『일본쇼와문학사』 등의 저서와 편저 및 역서가 있다.

탕지아의 붉은 기둥
중화민국 초대국무총리의 조선인 부인

초판 인쇄 2009년 12월 8일
초판 발행 2009년 12월 14일

지 은 이 고재석
펴 낸 이 최종숙

기   획 홍동선
책임편집 이태곤
편   집 권분옥 이소희 추다영
디 자 인 이홍주
마 케 팅 문택주 안현진
관   리 심용창

펴 낸 곳 글누림출판사 / 서울시 서초구 반포4동 577-25 문창빌딩 2층
전   화 02-3409-2055 FAX 02-3409-2059
이 메 일 nurim3888@hanmail.net
홈페이지 http://www.geulnurim.co.kr
등   록 2005년 10월 5일 제303-2005-000038호

ⓒ 고재석 2009

정   가 18,000원

ISBN 978-89-6327-048-7 03810

한 여자의 보이지 않는 기상

중화민국 초대국무총리의
조선인 부인

글 · 그림
고 재 석

글누림

한중 근대사의 그늘에 숨어있는 꽃

연구년을 맞아 중산대학교의 주하이 캠퍼스에 머물고 있던 작년 9월 3일, 중화민국 초대 국무총리 탕사오이唐紹儀의 구가에 들어설 때까지만 해도 나는 그가 16년간이나 조선에 재직했던 유미유동留美幼童 출신의 청나라 관료였으며, 그의 부인이 조선인이라는 사실을 몰랐다. 1층 홀 중앙에 서 있는 붉은 기둥을 뒤로 하고 차갑게 빛나고 있던 그의 대리석 흉상을 보면서 권력의 무상함만 느꼈을 뿐이다. 그러나 2주일 후 우연히 찾은 공락원共樂園에서 정씨 부인의 흑백사진과 짤막한 안내문— 탕사오이가 조선에 재직할 때 얻은 두 번째 부인. 1남 3녀를 낳았다. —을 보는 순간, 중국인 관람객들의 시선을 의식하며 묘한 수치심에 젖었던 나는 그날 밤부터 두 사람과 관련된 자료를 뒤지기 시작했다.

어렵게 찾아낸 자료는 첫째, 그녀는 첩이 아니라 정실부인이었으며, 둘째, 탕사오이가 국무총리로 임명되던 1912년에 셋째 아들을 낳고 산후조리를 하다가 방게를 먹고 중독(?)되어 죽었으며, 셋째, 탕사오이는 전례를 무시하고 말레이시아에서 직접 수입한 붉은 기둥을 세우고 그녀를 평생 그리워했으며, 넷째, 말년의 탕사오이는 중일전쟁 후 홍콩으로 피신하지 않고 그녀의 소생들과 상하이에 남아 있다가 국민당 특무대원들에 의해 무참하게 살해되었으며, 다섯째, 그녀의 무덤은 탕지아唐家의 봉산鳳山 근처에서 최근에야 발견되었다는 것으로 요약된다.

그날 이후 한국과 중국에서 익명의 존재로 망각된 그녀를 둘러싼 의혹은 한중 근대사의 이면에 대한 의문으로 증폭되기 시작했다. 하지만 문외한인 내가 이런 의문을 풀기에는 80일간의 체류 기간은 너무 짧고도 길었다. 이 글이 탕지아에서 쓴 1부와 귀국 후 서재에서 쓴 2부로 구성되는 것은 여기에서 비롯된다. 그렇다고 두 사람의 사랑과 이별 그리고 죽음, 나아가 한중 근대사의 이면을 충분히 살펴볼 수 있었던 것은 아니다. 단 한 줄의 기사로 한 권의 소설을 쓸 수 있을 만큼 출중한 문학적 상상력의 소유자가 아니었던 것이다.

이 글은 1882년 12월 묄렌도르프의 비서로 조선에 들어와 탄탄대로를 걸었던 탕사오이가 청일전쟁으로 단절된 조선과 청나라의 관계를 정상화시켜 놓고 1898년 10월 조선을 떠나기까지 16년 동안 그와 인연을 맺었던 인물들의 부침과 그에 따른 국내외의 정세를 살펴본 것에 불과하다. 참고로 귀국 후 그는 신해혁명이 발발하자 청나라의 전권대표로 남북회담을 주도하면서 중화민국 초대국무총리로 취임했으나 갑신정변을 계기로 자신을 이끌어준 상관이자 막역지우이기도 했던 위안스카이의 대권야욕에 맞서 100여 일 만에 국무총리직을 사퇴하면서 운명의 전기를 맞는다. 1921년 탕지아로 귀향한 이후 그는 정계에 발을 들여놓지 않았다. 1931년 중산현의 현장으로 활약하면서 탕지아 개발에 힘썼던 그는 중일전쟁 이후 상하이의 프랑스 조계에 머물다가 1938년 9월 30일 국민당 특무대원들에 의해 살해당했다. 향년 77세.

뜨거운 한여름을 보냈던 탕지아와 이 글을 쓰고 있는 이곳, 그리고 1882년부터 오늘에 이르는 120여 년의 세월을 생각하다 보면, 이 모든 것이 한 다발의 꽃묶음처럼 느껴질 때가 있다. 인연이란 시공을 초월하는 깊은 수맥을 따라 피는 꽃일까. 그들과의 만남이 우연만은 아니라고 생각된다. 개인적인 이야기가 많이 포함되고, 근대사의 그늘에 숨어있는 꽃, 정씨와의 인연을 잘 갈무리하지 못한 채 이 글을 세상에 내놓는 이유도 이와 무관하지 않다. 단 한 장의 흑백사진으로 남은 그녀를 만나면서 쓰게 된 이 보잘 것 없는 글을 읽은 그 누가 오늘의 안타까움을 풀어줄 날이 반드시 오리라 믿는 것이다. 그리하여 이 글이 일국사를 넘어선 동아시아 읽기에 이르는 조그만 디딤돌이 될 수 있다면, 무척 행복할 듯하다.

지난 1년간 이 글을 쓰며 인간은 인간을 낳는다는 것, 아니 인간은 인간을 통해 초월하고 좌절하며, 국가의 운명 또한 예외일 수 없다는 사실을 새삼스레 깨달았기에 이런 허망한 기대를 품는 것인지도 모른다.

2009년 한 해가 저물고 있는
수수재隨樹齋에서

차 례

광저우의 노트북과 타자기

맥도날드의 글로벌 마케팅 위력을 오늘처럼 실감한 날은 없었다. 중산대학中山大學으로 오는 길이 엇갈려 한바탕 소동을 일으킨 단국대학교의 교환학생들이 학교 직원들과 다시 만날 수 있었고, 거의 12시가 다 된 시간에 이들과 함께 허기진 배를 채울 수 있었던 것은 모두 맥도날드가 있어 가능했기 때문이다.

오후 4시 15분에 인천국제공항을 이륙한 비행기에는 국내 명승지로 가는 관광버스가 아닌가 하고 착각할 만큼 많은 한국 사람들이 타고 있었다. 평소 중국을 찾는 우리나라 관광객들이 많아 낯선 풍경은 결코 아니었지만, 이 정도일 줄은 미처 몰랐다.

광저우廣州의 바이윈白雲 공항에 내린 것은 7시. 짐을 찾고 나오니 동국대학교와 단국대학교 영문 밑에 내 이름을 적은 종이팻말을 들고 어떤 젊은 남자가 서 있어서 반갑게 인사를 나누었다. 그런데 앞장 설 생각은 하지 않고 속사포처럼 뭐라고 떠든다. 영 알아듣지 못하겠다. 그러자 출구 쪽에서 나오는 사람들을 지켜보고 서 있던 어떤 여자를 불러 소개한다.

아, 이 여자가 공항에 나올 거라고 했던 허 선생이라는 사람인가 보다. 중국을 여행할 때면 으레 마중 나오는 조선족 가이드들 특유의 북한식 악센트가 전혀 없는 말투라 우선 반갑다. 마침 오늘 단국대학교에서 오는 교환학생들이 선생님과 같은 비행기로 왔는데, 기다렸다가 같이 차를 타고가도 괜찮겠느냐고 묻는다. 팻말에 단국대학교와 동국대학교가 동시에 적혀 있어 이상하다고 생각했더니 이제 그 이유를 알겠다. 그러나 9명이나 된다는 단국대학교 학생들은 좀처럼 나타나지 않는다. 입국장에는 나오는 사람도 거의 없고, 오가는 사람마저 드물다.

오래 기다리게 해서 미안하다며 그녀는 내가 타고 온 비행기가 CZ 338이 맞느냐고 다시 묻는다. 그렇다며 표까지 꺼내 보여주자 "어떻게 된 거지?" 하며 무척 난감해 한다. 마침 한국에서 온 듯한 젊은이가 지나가기에 학생 일행을 보지 못했느냐고 물었다. 그러자 한 30분 전에 7~8명의 학생들이 빨간 티셔츠를 입은 사람과 함께 가더라는 뜻밖의 대답을 하는 것이 아닌가. 출구는 한 곳밖에 없는데……. 나도 덩달아 초조해지기 시작한다. 두 사람은 당황하여 여기저기 전화를 한다. 가까스로 연락이 닿았는지 운전사만 무료하게 기다리는 소형버스에 오르기를 재촉한다.

광저우의 야경은 끈끈한 공기만 다를 뿐 서울과 별반 다르지 않다. 그런데 베이징과 워낙 멀리 떨어져 있는 곳이기 때문일까. 베이징 올림픽과 관련된 슬로건이나 광고판은 잘 보이지 않는다. 그나저나 단국대 학생들은 도대체 누가 데리고 간 거냐고 묻자, 영문은 잘 모르겠지만 아무튼 시내의 맥도날드 매장 앞에서 만나 픽업하기로 했단다. 그리고 이제야 조금 긴장이 풀리는 듯 자신은 연변대학을 나와 서울대에서 박사학위를 받았고, 이번에 내가 방문하게 된 주하이珠海 번역학원에 올해 초 전임강사로 발령을 받은 교포 4세라고 인사한다.

많은 젊은이들이 몰려있는 맥도날드 매장 앞에 차가 멈추기가 무섭게 두 사람은 서둘러 내린다. 후텁지근한 날씨……. 여기에 오기까지 이런저런 곡절도 많더니, 여기서도 학생들 때문에 속을 썩으니 교직은 어쩔 수 없는 팔잔가 보다 하면서 담배를 한 대 피워 무는 순간, 어둠 속에서 여러 명의 학생들이 커다란 가방을 끌며 우르르 나타난다. 나도 모르게 "야, 이 녀석들아! 너희들 도대체 어디로 갔던 거냐?" 라고 소리치자, 여기저기서 "몰라요. 어떤 사람이 자기네가 데려다 줄 테니 타라고 해서 탔어요." 하며 짐칸에 가방들을 집어넣기 바쁘다.

순식간에 비좁아진 차에 올라와 얼굴들을 보니 한 학생만 빼고는 다 앳된 여학생들이다. 영문으로 단국유니버시티라고 쓴 팻말을 들고 서 있는 사람이 안내하는 대로 차를 탔는데, 다시 내리라고 해서 무척 당황했다는 것이다. 바깥에서는 이들을 먼저 태우고 왔던 중국 젊은이와 뭐라고 떠드는 두 사람의 목소리가 크게 들린다. 원래 주하이 번역학원에 소속된 두 사람이 나와 이들을 맞이하기로 되어 있었는데, 국제교류학원에서도 사람을 보내는 통에 혼선이 빚어졌던 것이다. 중국다운 소란스러움이자 무질서일 수도 있고, 국제교류협정을 맺은 두 대학의 엉성한 실무체계가 빚어낸 시행착오인 동시에 언어 불통에 따른 결과라고 하겠다.

학생들은 겹쳐서 마중 나온 사람들 때문에, 나는 그 틈바구니에서 속절없이 초조하고 불안한 시간을 보내야 했던 셈이다. 하지만 우리 딸들보다 어리거나 동갑내기인 여학생들의 겁먹은 눈동자를 보는 순간, 피곤하긴 했지만 이렇게 기다려서라도 함께 들어오길 잘했다고 생각했다. 아니, 광저우에서 미아가 될 뻔했던 우리 학교 학생들을 찾은 지도교수라도 된 것 같은 느낌마저 들었다.

예정보다 거의 3시간이나 지난 밤 11시에야 중산대학 서원빈관^{西苑}^{賓館}에 도착했다. 내일 주하이로 내려가기 전에 하룻밤 묵게 될 게스트 하우스인가 보다. 광저우에서 주하이까지는 약 2시간 반이나 걸린다고 한다. 그런데 짐들을 풀고 식사를 하기 위해 프런트에 다시 모인 여학생들은 집에 전화를 할 수 없겠느냐며 울상이다. 하긴 저들만 답답한 것은 아니다. 나 역시 오늘 아침까지만 해도 출국 여부를 정하지 못하고 있다가 술이 덜 깬 채 광저우행 비행기에 몸을 실었으니, 집에서는 무척 속을 태우고 있을 것이다. 하물며 어린 자식을 머나먼 객지에 떠나보낸 이 학생들의 부모님 마음은 말할 나위조차 없으리라. 다행히 본부에서 근무하는 직원이 고맙게도 사무실 전화를 빌려주는 바람에 간단하게나마 잘 도착했다는 소식을 전할 수 있었다. 그리고 식당들이 이미 문을 다 닫아 할 수 없이 햄버거로 요기라도 하기 위해 맥도날드로 갔던 것이다.

▲ 중산대학 서원빈관 정문

우왕좌왕하느라 정신을 차릴 겨를도 없었을 터인데, 어느 사이에 반바지로 가볍게 갈아입고 나왔을까. 여학생들은 아까 차에 오를 때의 겁먹은 표정들을 말끔히 지우고 이제는 한국에서 파는 가격과 별로 차이가 없다고 투덜거리며 주문하느라 여념이 없는 이악한 여대생으로 돌아와 있었다. 그러나 최신식 노트북처럼 세련된 그들과 달리 낡은 타자기처럼 의식의 자판을 비로소 두드리기 시작한 나는 햄버거를 먹을 생각도 못하고 단숨에 콜라 한 모금만을 들이켰을 뿐이다.

　거의 1시가 넘어 돌아와 샤워를 하고 침대에 앉았으나 잠은 오지 않는다. 아직 짐을 정리하는지 부스럭거리고 있는 옆방의 박융은 군을 불러 음료수를 사다 먹자고 돈을 준다. 아편전쟁의 무대였고 중국 근대혁명의 발원지였던 광저우의 첫 날은 이렇게 시작되었다. 목말랐던 것은 학생들도, 이 학교 직원들도 아니었다.

◐ 2008.8.27.수.

▲ 등록 절차를 밟기 위해 이동하는 교환학생들

근대중국 18선현 동상광장

일어난 학생들은 아직 없나 보다. 빈관 정문을 나서니 오른쪽으로 식당이 있고, 맞은편에는 큰 식당과 아담한 공원이 있다. 아무 것도 눈에 들어오지 않았던 어젯밤과는 사뭇 다른 풍경이다. 공원에는 아침 일찍 산책 나온 사람들이 체조를 하고 있고, 어떤 노인네는 정자에 앉아 쉬고 있다. 어젯밤 맥도날드에서 콜라 한 모금만 겨우 마시고 땀을 흘리며 터벅터벅 되돌아왔던 길가에는 오랜 세월 풍화된 시멘트 비석처럼 먼지를 뒤집어 쓴 다세대 주택들과 풀포기마저 자란 낡은 지붕을 머리에 이고 있는 붉은 벽돌집들이 길게 늘어서 있다. 길 위로는 자전거를 타고 직장으로 향하는 사내들과 체조를 마치고 식당으로 향하는 허리 굽은 백발노인들, 아침거리를 사들고 들어오는 여인들이 오가고 있다.

7시 50분. 현관에 모인 학생들과 함께 건너편의 식당으로 향했다. 중국을 여행할 때마다 이국의 정취를 강렬하게 느끼도록 강요했고, 그래서 때로는 서둘러 고추장을 찾게 했던 샹차이香菜를 광동 사람들은 얼마나 사용하고 있을지 자못 궁금했지만, 예상과 달리 견딜 만했다. 그러나 아직 입맛을 찾지 못한 학생들은 음식을 많이 남겼다. 검소한 중국 사람들에게 보이지 말아야 할 모습인 것 같아서 조그만 음식 접시 하나를 놓고 차를 마시며 열심히 이야기를 나누고 있는 노부부의 등 뒤를 서둘러 빠져나온다. 동서남북으로 시원하게 뚫린 교정의 오전은 한가하다. 머나먼 고향에서 돌아올 학생들이 아직 많이 도착하지 않은 교정은 아마 며칠 더 달콤한 휴식을 누릴 것이다.

▲ 중산대학의 고풍스런 캠퍼스

◀ 중산대학 과학관

어제 공항에 마중 나왔던 허 선생과 리칭청李慶成 그리고 또 다른 직원의 안내로 정문에서 머지않은 곳에 자리한 국제교류학원 강당에 짐들을 보관한 후, 등록 절차를 밟으러 가는 학생들을 따라 사무실로 갔다. 2층에는 기숙사도 있는 듯, 다양한 국적의 외국학생들이 베란 다에 나와 떠들고 있다. 매년 중국어를 배우기 위해 60여 개 국가의 학생들이 500여 명 이상 국제교류학원에 온다는 말이 과장만은 아닌 듯했다. 셔틀버스는 오후 2시에 주하이 캠퍼스로 출발한다고 한다. 아직도 시간이 많이 남아 교정이나 구경하려고 하는데, 허 선생이 담 당직원도 만나보고 교수 신분증도 만드셔야 하니 본부로 함께 가자고 한다.

지난 몇 달 동안 갑작스레 변경된 조건과 초청장 발급 문제로 어 지간히 애를 태웠던 중산대학 국제합작교류처에 올라가니, 어제 빈관 으로 마중 나왔던 유짠타오余展濤—그녀는 교류과 과장이었고, 출장 중 인 담당자를 대신해서 이번 일을 처리한 것 같았다.—가 다른 여직원 3명과 함께 근무하고 있었다. 밤에는 낡고 썰렁한 건물이라 생각했는 데, 낮에 보니 중국에서 흔히 볼 수 있는 크고 화려한 건물이다. 어 제 차안에서 그간의 우여곡절을 들었기 때문인지 허 선생이 그녀에 게 한참동안 뭐라고 설명한다. 그러나 예상했던 대로 돌아온 대답은 방문 교수에 대한 선례나 근거가 없어 자체 예산을 들여 나를 초청 해야 했다는 것, 그동안 동국대로 보낸 중산대 학생보다 동국대 학생 들이 더 많이 와서 오히려 힘들었다는 엄살(?) 뿐이었다. 그러나 웃는 낯에 침 뱉으랴. 찻잔을 들고 웃으며 다가온 그녀에게 나 때문에 골 머리를 앓은 우리학교 담당직원에게 안부전화나 해달라고 부탁한다.

전화를 끊고 증명서에 필요하다는 사진 한 장을 주자, 세금 관계로

4,000위안은 드리지 못하고 3,500위안 정도의 생활보조금을 현금으로 매달 5일에 드리겠노라고 한다. 외래 강사비 정도의 액수라도 맞춰주려고 나름대로 애를 쓰는 것 같아 고마웠다. 그러나 처음 학교에서 공문으로 내려 보낸 교환교수 신청 공모안에 제시된 조건은 '중산대학 1년 방문, 생활보조금 4,000위안 및 숙소 제공'이었고, 우리 학교에서는 중산대학에서 온 교수들에게 9시간 강사료를 포함한 300만원과 숙소를 제공하고 있으니 대단히 불평등한 교류가 아닐 수 없다.

햇살은 뜨겁고 투명하다. 교내 구경을 시켜주겠다는 허 선생을 학생들이 등록 절차를 밟고 있는 사무실로 돌려보내고 교정을 걷기 시작했다. 등록절차가 그렇게 빨리 끝날 것 같지 않았고, 혼자만의 상념에 젖어 그동안 책에서만 읽었던 역사의 현장을 직접 보고 느끼고 싶었던 것이다. 한가한 교정을 천천히 걸으면서, 국제학술 교류협정을 맺을 때부터 원칙대로만 했더라면 구성원들 사이에 얼굴 붉히는 일도 없었을 터이고, 교류가 활발하게 진행되어 양교의 미래에 조그만 도움이라도 줄 수 있었을 터인데 아쉽다고 생각했다. 당초 국제학술 교류협정을 맺을 때 원어민 교수 초청과 교환학생 파견 문제에만 신경을 쓰느라 방문 교수의 처우에 대한 단서조항을 마련해 놓지 않았던 것이다.

잘못이 있으면 빨리 고치고, 거듭 실수하지 않도록 조치하는 것은 개인이나 단체는 물론 국가와 국가 사이에서도 마땅히 필요한 덕목이 아니던가. 고정된 선입관이나 편견은 일을 그르치는 첩경에 불과하다. 계륵처럼 취급당한다고 분노를 터뜨리기도 했지만, 뒤늦게나마 양교가 좋은 관계를 맺는데 필요한 역할을 할 수 있었으면 좋겠다. 우리학교에서 처음 온 방문교수라니 더욱 그렇다.

중국은 1990년을 전후하여 동유럽이 급변하고 소련이 해체되는 걸 보면서 덩샤오핑鄧小平(1904-1997)이 내세웠던 28자로 집약된 외교전략 —냉정하게 관찰하고冷靜觀察, 최전선을 튼튼히 하고洗住黎脚, 침착하게 대응하며沈着應付, 능숙하고 우직하게 행동하며善于守拙, 절대 우두머리가 되어서는 안 되며絶不當頭, 언행을 삼가며 칼끝을 감추고 재능을 드러 내지 않고 때를 기다리며韜光養晦, 필요할 때 역할을 마다하지 않는다有 所作爲 —을 묵묵히 실천했다. 그리고 2008년 8월 8일 8시, 100년의 세 월을 기다리고 준비했던 13억의 중국인들은 전 세계를 향해 "하나의 세계同一個世界, 하나의 꿈同一個夢想"을 이제 우리가 이루겠다고 외쳤다. 중국은 이제 자비自卑와 자대自大의 모순된 이중심리를 마침내 극복했 다는 듯이 말이다. 그리고 오늘 나는 이 장대한 드라마를 연출하기 위해 피를 흘렸던 역사 현장의 하나인 중산대학의 교정을 걷고 있는 것이다. 이제 우리에게 필요한 중국을 대하는 방법은 감정도 예단도 추측도 아니다. '상호존중의 원칙과 실력' 외에는 없다.

▲ 중산대학 도서관 입구

중산대학의 교정은 아름다웠다. 세월의 흔적을 굵은 주름으로 간직한 건물들은 중후했고, 길은 시원하게 뚫렸으며, 아름드리 나무들은 보기만 해도 풍요로웠고, 동네사람들이 한가롭게 오가는 교정은 평화로웠다. 그리고 용팡탕永芳堂 앞에 조성된 '근대중국 18선현 동상광장'은 이 학교의 자부심은 물론 광동 출신들이 어떻게 중국의 근대화에 이바지했는가를 잘 보여주는 상징물이었다.

태평천국운동1850-64의 지도자인 홍슈취안洪秀全(1814-1864)과 영국에서 밀수입한 아편을 불태우고 수입 금지 조치를 내리면서 아편전쟁1839-42을 유발한 정치가이자 학자인 린쩌쉬林則徐(1785-1850), 1924년 9월 19일에 첫 강의를 시작한 국립광둥대학중산대학의 전신의 설립자이자 위대한 민주주의 혁명가인 쑨원孫文(1866-1925), 변법자강운동의 지도자였던 캉유웨이康有爲(1858-1927)와 그의 사숙제자로 자칭하며 이 운동을 주도한 탄쓰퉁譚嗣同(1865-1898), 『음빙실문집飮氷室文集』의 저자인 량치차오梁啓超(1873-1929), 우리들에게도 널리 알려진 『조선책략朝鮮策略』의 황쭌시엔黃遵憲(1848-1905)의 동상이 광장 오른쪽에 서있다. 그리고 건너편에는 영국에 조선술을 배우러 갔다가 헉슬리Huxley,T.H.(1825-1895), 밀Mill,J.S.(1806-1873), 스펜서Spencer,H.(1820-1903), 애덤 스미스Smith,Adam(1723-1790) 등의 저서를 번역하며 서양이 부강해진 비결은 총포 제조술과 같은 과학기술의 진보가 아니라 이런 발전을 가능하게 하는 사상과 제도에 있음을 보여주었던 옌푸嚴復(1854-1921), 1916년부터 1926년까지 베이징대학 총장을 지내면서 중국인들에게 민족주의와 사회개혁에 눈을 뜨게 했던 차이위안페이蔡元培(1830-1940), 청일전쟁 당시 장렬하게 전사한 해군함장 덩스창鄧世昌(1849-1894), 중국 여성해방운동의 선구자이며 혁명가였던 초우찐秋瑾(1875-1907), 1854년 예일대학교를 졸업한 중국 최초의 미국 유학생으로 유학운동의 선구자인 룽훙容閎(1828-1912) 등의 동상이 우뚝 서있다.

"고통의 가시덤불 뒤에 환희의 낙원을 건설하기 위하여" 광둥성을 떠나야 했던 18명의 선각자들이 뜨거운 햇살이 찬란하게 쏟아지고 있는 광장에 돌아와 역사의 영원한 향기를 들려주고 있는 오늘, "아무도 그에게 수심을 일러준 일이 없기에 도무지 바다가 무섭지 않았던 흰나비"처럼 나는 앞으로 전개될 중국에서의 나날들과 스스로의 변화를 궁금해 하며 학생들이 기다리고 있는 장소로 천천히 발걸음을 돌리고 있었다.

● 2008.8.29.금.

▲ 근대중국 18선현 동상광장 표석

리위안荔園 14호 307방

강인숙 평전

"주하이로 가시면 아마 교수님께서 무척 좋아하실 듯 하네요. 여기보다 훨씬 조용하고 아늑한 곳이에요. 그리고 도착하시면 한국말을 어느 정도 하는 학생이 기다리고 있을 테니 너무 걱정하지 마세요. 전 다음 주 화요일에나 내려갈 겁니다." 거의 벙어리와 귀머거리에 가까운 내 처지를 걱정한 허 선생이 어제 오후 2시 셔틀버스에 오르는 내게 들려준 말이다. 그녀의 말대로 주하이는 고즈넉하면서도 깨끗하고 투명했다.

서울이나 다름없이 복잡한 광저우를 벗어나 고속도로로 접어들었다고 생각한 순간 깜빡 잠이 들었나 보다. 옆자리에 앉아 같이 내려가던 천잉陳穎 씨가 피곤하냐고 영어로 묻는다. 그렇다고 대답하고 밖을 내다보니 맑은 하늘 아래 졸고 있는 산 그림자를 담은 넓은 호수가 차창 뒤로 사라지고 있다. 이제 4시 20분 정도면 도착할 거라고 알려주는 그녀는 짧은 영어가 제일 큰 문제라고 웃으면서 이런 저런 이야기를 들려준다. 그러나 정작 영어가 짧은 것은 그녀가 아니다. 이곳 사람들은 외국 사람들과 오랜 세월 접촉해서 그런지 영어에 대한 콤플렉스를 갖고 있지 않은 것 같다. 아까 버스에 오르기 전에 잠시 만났던 왕빈王寶 원장—그는 광저우 캠퍼스의 국제교류학원장과 주하이 캠퍼스의 번역학원장을 겸직하고 있다.—의 첫마디도 영어 할 줄 아느냐는 것이었다.

1시간 정도나 더 달렸을까. 주하이 캠퍼스 쪽으로 방향을 트는 순간 넓은 녹지대를 길게 가로지르고 있는 독특한 느낌의 4층 건물이 눈에 들어온다. 나중에 들었지만, 이 건물은 아시아에서 제일 길다는 572미터의 강의동敎學大樓인데 프랑스 건축가가 디자인했다고 한다. 그래서일까. 각 동을 구분하고 있는 5개의 빨강, 파랑, 노랑의 단추 같은 3층 높이의 철제 구조물은 프랑스의 삼색기를 연상시킨다. 더구나 이 건물은 각 동마다 드나드는 차량과 학생들의 자전거를 보관하기 위해 한 가운데를 터서 로비로 만들고, 그 위에 강의실을 배치한 필로티pilotis 양식을 채택하고 있어 주목된다.

◀ 중산대학 주하이 캠퍼스의 강의동 전경

필로티란 스위스에서 태어나 프랑스에서 활약했던 르 코르뷔지에Le Corbusier(1887-1965)가 제창한 근대건축 방법의 하나로 일반인의 자유로운 왕래와 자동차의 통행을 위해 건축물의 1층은 기둥만 세워서 개방하고, 거주 공간이나 사무실은 지상을 왕래하는 사람이나 차량의

동선에 방해되지 않는 2층 이상에 배치하는 특성을 갖는다. 이처럼 서구의 장점을 개방적으로 받아들이는 중국인들의 진취적인 태도는 교내순회 전용 전기차인 6인승 띠엔핑처電瓶車―학생들은 샤오바이小白 라고 부른다.―를 보더라도 잘 알 수 있다. 교수들은 무료로, 학생들은 1위안을 내고 탈 수 있지만 대부분 걷거나 자전거를 타고 다닌다.

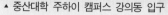
▲ 중산대학 주하이 캠퍼스 강의동 입구   ▲ 자전거로 이동하는 학생들

버스에서 내리자 한 여학생이 반갑게 인사한다. 하얀 얼굴에 짱구 이마가 예뻐 영특하게 보이는 옌주주嚴珠珠란 여학생이다. 이 학생과 이 차에 가방을 싣고 처음 간 곳은 외국인숙소外敎住宿 등록 사무실이 었다. 답답한 사무실을 나와 그늘 밑에 앉아 이리저리 둘러보고 있는 데, "선생님, 돈 내야 해요. 돈 있어요?" 라는 목소리가 들린다. 숙소 는 학교에서 그냥 제공하는 것으로 알고 있다고 했더니 난처한 표정 을 짓더니 "나갈 때……." 하며 설명하려고 애를 쓴다. 그래서 "개런 티 머니?" 하고 되묻자 "아, 네네. 그거요!" 하며 활짝 웃는다.

보증금이란 단어도 모르고 공짜만 바라는 속물근성이 부끄러워 얼 른 500위안을 주고 담배를 피우고 있는데, 다시 나오더니 사진이 필요하다고 한다. 없다. 바이운 공항에 허 모라는 사람이 마중 나올 것이라는 것이 학교에서 준 유일한 정보임을 이 어린 여학생이 알 턱이 없다. 아까 유짠타오에게 준 사진도 혹시나 하여 여권에 끼워 두었던 것이다. 그래서 사무실에 들어가 교수신분증을 복사해서 내면 안 되겠느냐고 물었더니 안 된단다. 내일까지 제출하라면서 열쇠를 준다.

리위안荔園 14호 307방房. 앞으로 석 달 동안 혼자 지내게 될 집은 이중문 구조였다. 처음에는 쇠창살로 만든 바깥문의 열쇠마저 십자드라이버 형태라 이상했지만, 나중에는 무척 편리한 구조임을 알았다. 안에서 덧문을 열고 창살로 된 바깥문만 잠그면 누가 오더라도 쉽게 알아볼 수 있고, 바람도 들어오기 때문이다. 더운 지역에서 사는 사람들의 지혜다. 다음에는 문을 열고 들어서자 예상보다 훨씬 큰 규모라서 놀랐다. 역시 나중에 안 사실이지만, 중국에서는 큰방과 거실, 주방과 화장실을 갖춘 1실을 1방으로 표현한다. 그런데 그걸 몰라 서울에서부터 오늘 아침까지 작은 침대에 화장실 하나 달랑 붙은 좁은 방에서 어떻게 생활하나 하고 한숨마저 내쉬었던 것이다.

아는 만큼 보인다고 하더니……. 뿐인가. 간사하기 이를 데 없는 것이 인간의 마음이다. 책상과 옷장을 비롯하여 소파와 탁자, 냉장고, 생수통, TV와 비디오, 전자레인지, 가스레인지 그리고 에어컨과 선풍기에 인조대리석을 깔아놓은 20평 남짓한 숙소를 둘러보며 기뻐했던 것도

잠시, 이번에는 이렇게 텅 빈 곳에서 어떻게 혼자 지낼까 하며 우울
해졌으니 말이다.

짐이랄 것도 없는 소품을 꺼내놓는 동안, 이제 그만 가도 된다는
말을 듣지 못해 안절부절못하고 있는 주주에게 증명사진 찍을 곳이
있느냐고 물었다. 밖에 나가면 있단다. 같이 갈 수 있겠느냐고 했더
니 '응' 하며 고개를 끄덕인다. 그러나 한국말이 아직 서툴고─그래
서 '응'과 '네'를 섞어 쓰기도 한다.─선생님을 도와드리는 일을 기쁘

게 생각했기에 무작정 동의했음을 뒤늦게 알고 얼마나 미안했는지 모른다. 서울에서 흔히 교내 구내매점이나 지하철역에서 즉석 증명사진을 찍을 수 있듯이 편하게만 생각했던 나는 사진관이 30분 이상이나 걸어가야 하는 탕지아唐家라는 동네에만 있다는 사실을 몰랐던 것이다. 오기도 힘들었지만 신원 증명이 더욱 힘든, 그리고 외제 차량과 낡은 자전거가 공존하는 나라임을 미처 생각하지 못했던 나의 불찰이다. 그러나 주주에게는 미안했지만 탕지아로 가는 나의 발걸음은 가벼웠다. 중국인들의 살아가는 모습을 보고 살아있는 냄새를 맡을 수 있었기 때문이다.

수챗구멍에서 풍겨 나오는 역한 냄새, 비쩍 말라 돌아다니고 있는 강아지, 사람도 살지 않아 무너져 내리고 있는 청말민초淸末民初의 동서양 절충식 가옥들, 허름한 술집에서 웃통을 벗고 앉아 떠드는 마을 사람들, 고목 밑에 울긋불긋 차려놓은 신칸神龕, 행인들을 나무라듯 마구 클랙슨을 눌러대는 외제차 속의 속물들, 대문 기둥에 붙여놓은 붉은 주련, 마짱麻將을 두고 있는 노인네들을 보며 중국의 어제와 오늘을 동시에 볼 수 있었다.

땀에 흠뻑 젖어 도착한 조그만 사진관에서 8위안을 주고 증명사진을 찍었다. 사진은 내일 8시 이후에 찾아가라고 한다. 사진은 캐논카메라로 찍었고, 고성능 컴퓨터로 직접 트리밍하며 맘에 드느냐고 물었지만, 인화는 내일 가능하다는 것이 그들과 우리의 얼마 되지 않는 격차였다. 그러나 이는 아주 가까운 시기에 극복될 사소한 차이에 불과하다. 그럼에도 아직은 우쭐대고 싶은 우리들…… "내일 내가 자전거 타고 와서 찾고, 사무실에 갖다 주면 괜찮아요." 하며 웃는 이런 학생들이 있는 한, 두 나라의 격차는 더욱 빨리 좁혀지고, 아니

뒤집어질지 모른다.

7월에 단국대학교에 문화체험 교류학생으로 잠시 다녀오기도 했다는 주주는 우리 승원이와 같은 1988년생이었고, 부모가 모두 교직에 있다고 해서 더욱 가깝게 느껴진다. 오늘 너무 고생을 시킨 것 같아 맛있는 걸 사주겠다고 했더니, 학교 식당에 가서 먹으면 된다고 극구 사양한다. 어른의 말씀을 거절하면 못쓴다고 하자 교문 앞의 식당으로 안내한다.

2005년에 첫 입학생을 받은 캠퍼스라 그런지 아직 교문 앞은 한산하다. 1984년 9월에 처음 강의를 나갔던 어느 대학의 지방 캠퍼스와 비슷한 풍경이다. 그러나 나는 오늘도 밥을 먹지 못하고 맥주만 두 병 마셨다. 교내의 차오시超市(슈퍼마켓)에서 베개와 이불, 실내화, 쓰레기통, 생수 등을 사갖고 돌아오니 어느덧 11시. 오늘은 제대로 잘 수 있을지 모르겠다.

➥ 2008.8.29.금.

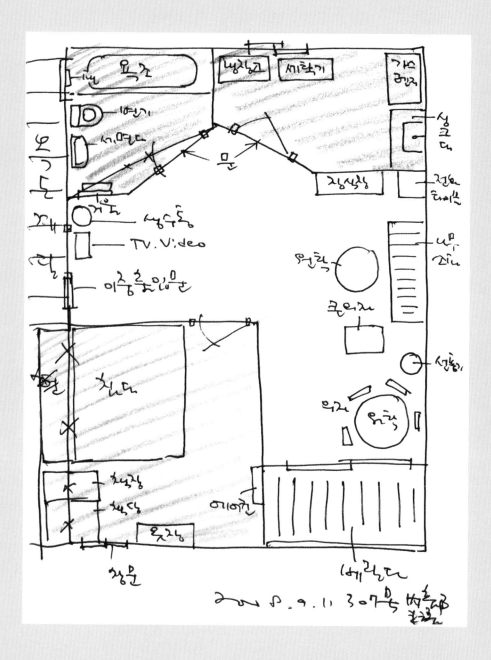

머나먼 바다 저 너머

저녁 7시 반. 물을 마시러 주방으로 나간다. 실내화 소리가 크다. 지금, 여기, 혼자 있음을 새삼 깨닫는다. 그렇다. 언제나 들려오던 음악소리도 없고, 크게 떠들며 웃고 지나가던 동네 사람들의 예의 없는 목소리도 없다. 베란다에 나가면 언제나 반갑게 맞아주던 감나무도, 올해 유난히 열매를 많이 맺어 기쁨을 선사했던 모과나무도, 그리고 지금쯤 슬픈 전설의 주황빛 꽃송이를 걷어 들이고 깊이 고개를 숙였을 능소화도 없다. 처음 이 방에 들어오던 날 무덥게만 느껴졌던 흐릿한 형광등 불빛은 이제는 오히려 차갑기만 하다.

처음 맞는 토요일 오후의 교정은 물빛이다. 세월을 낚는 호숫가의 식당인가. 학생들이 주로 이용하는 수이위에후歲月湖 찬팅餐廳(교내식당)을 지나 강의동 쪽으로 발걸음을 옮긴다. 텅 빈 거실에 앉아 시끄러운 목소리로 가득한 TV를 보기도 힘들고, 이틀 동안 나를 도와주느라 힘들었을 주주도 개학 준비에 바쁠 것 같아, 혼자 술을 먹은 기억도 별로 없고 중국어도 모르지만, 술이라도 한잔하려고 문을 나선 것이다.

다행히 전원 기숙사 생활을 하는 학교답게 건물들마다 불빛이 환해 덜 적막하다. 그럼에도 잔디밭에 나와 술잔을 기울이거나 떠드는 학생들은 없다. 그러나 호숫가 가로등 밑의 벤치에서 사랑의 밀어를 속삭이는 학생이 없는 것은 아니다. 가슴 시리고 얼얼한 20대의 젊음에게 이런 낭만도 없다면 너무 삭막하리라.

▲ 주하이 캠퍼스 강의동과 호수

강의동 밑의 환한 불빛을 빠져나가자 어둠 속에 잠긴 잔디밭이 아득히 펼쳐진다. 어두운 가로등 불빛을 따라 자전거를 타고 가는 저 학생은 어디로 가는 것일까. 괜찮다고 사양하던 주주를 데리고 처음 가보았던 음식점 슈이이팡水一方에 들어서니 학생들과 동네 사람들로 자리는 꽉 찼다. 탕지아에서 유일한 대학교 앞에 있는 몇 곳 안 되는 식당의 하나이고 토요일 오후라 그런가 보다.

벌써 두 번이나 얼굴을 익힌 탓일까. 까무잡잡하고 장난기가 대글대글하며 통통한 아가씨—나중에 그녀의 이름이 라이하이옌賴海燕이라는 걸 알고 정말 바다제비 같다고 생각했다.—가 반갑게 웃으며, 혼

35

자 왔느냐는 듯 손가락 하나를 들어 보이고는 주방 옆의 하나 남은 넓은 식탁으로 안내한다. 많은 손님들 가운데 혼자 앉아서 술을 마시기가 좀 민망했지만 자리가 없으니 할 수 없다.

비닐 팩에 담긴 식기 세트와 찻물을 담은 양푼을 가져온다. 광둥 지방의 독특한 양식이다. 첫날 중산대학에서 일행들과 식사를 할 때 큰 양푼에 찻물을 담아왔기에 무심코 따라 마시려고 했더니, 옆에 있던 리칭칭이 부랴부랴 아니라고 손짓하며 그건 찻잔과 젓가락을 소독하라고 준 물이라고 해서 한참 웃은 적이 있다. 서양식당에 갔다가 손을 씻으라고 준 핑거볼finger bowl의 물을 마셔 망신을 당했다던 이야기를 광저우에서 재현한 셈이다. 아마 이런 독특한 차 문화 역시 서양문물을 일찍 받아들였던 곳이기에 가능하지 않았을까.

한국 사람답게 우선 차가운 칭따오青島 맥주를 한 병 시키고 차이단菜單(메뉴판)을 들여다보지만 도통 모르겠다. 그래서 첫날 주주와 먹었던 샤오루주燒乳猪라는 철판 돼지불고기 요리를 시켰다. 그러면서 돌아갈 때까지는 중국 요리를 한 스무 가지라도 반드시 알아서 가야겠다고 생각했다. 다시 맥주 한 병을 시킨다. 마침 바깥에 자리가 나서 자리를 옮겼다.

문득 처음 부임했던 학교 밑의 구멍가게에서 차가운 맥주를 마시던 여름날이 생각난다. 그때 우리는 플라스틱으로 만든 원탁에 둘러앉아 진득진득한 국물 맛이 일품이던, 길게 채 친 파와 다진 마늘에 고춧가루까지 듬뿍 얹은 골뱅이 무침을 가운데 놓고 꽝꽝 얼어 차가운 맥주—그것도 지금은 팔지 않는 큰 병맥주의—를 얼마나 마셔댔던가. 화장실을 가면서도 뒤를 보며 뭐라 떠들고, 뭐가 급해서 열린 지퍼도 제대로 잠그지 못하고 돌아와서는 앉자마자 다시 떠들던 그

여름은 이제 없구나.

광둥지방의 요리가 기름을 적게 써서 담백하다지만 이런 화끈하고 얼얼한 맛은 그 어디에도 없다. 그래서일까. 밖에 나와 앉았어도 저녁 바람은 끈끈하기만 한 것 같다. 그래도 술은 좋은 것인가 보다. 눅눅한 마음의 가장자리가 서서히 마르기 시작하는 걸 보면……. 하이옌을 불러 어제 먹었던 라오장꾸이^{老掌柜}를 한 병 시킨다. 잠시 목을 축이기에는 맥주가 좋지만 배가 부르기 때문이다.

병목을 묶은 금색 실을 풀며, 어린 시절 아버지 손을 잡고 갔던 소공동의 어느 중국집 계산대 뒤에 앉아 빙글빙글 웃던 주인^{掌柜}, 그 이름 모를 짱꿰—분명 그도 이 광둥 지방에서 들어온 커자^{客家} 출신의 화교였으리라.—를 떠올린다. 그리고 이 고장에 앉아 술을 마시게 된 인연을 새삼스레 떠올려 보는 것이다.

이제는 손님들도 많이 빠져 텅 빈 식당. 시계를 보니 어느덧 9시 반이다. 다시 한 병을 시키고 미안해서 새우요리를 주문한다. 그러나 이번에는 실패다. 하이옌에게 더듬거리는 중국말로 "차이타이시엔러.^{菜太咸了(요리가 너무 짜다)}"라고 했더니 미안하다는 표정을 짓는다. 하긴 모르고 시킨 내가 잘못이지 그녀가 무슨 잘못이겠는가. 괜찮다. 그래도 맛있다고 했더니 왜 당신 학생하고 같이 안 왔느냐고 묻는다. 같이 왔으면 잘 주문할 수 있었을 텐데, 하고 원망하듯이 말이다. 이때부터 손짓을 섞은 필담이 시작되었다.

뭐 하는 사람이냐. 선생이다. 학생들을 가르치는가. 그렇다. 언제 가느냐. 석 달 후에 간다. 중국어 혼자 배웠느냐. 넌 한류 스타 좋아하느냐 등등 술기운을 빌려 재미있게 이야기를 하고 있으려니 옆에서 지켜보던 동료들이 하나둘씩 다가와 식탁을 둘러싼다. 그리고는 자기 이름을 하나씩 적어서 보여주는 것이다. 조우샹란^{周香蘭}, 조우리화^{周麗華}, 허메이쩐^{何美珍}. 모두 아름다운 이름이라고 했더니 좋아한다. 그러자 주인아주머니까지 와서는 자기 이름이 시에춘샹^{叶春香}이라고 하기에 춘향은 한국에서 제일 유명한 고전소설의 여자 주인공이라고 했더니 "스마?^{是麼(그렇습니까)}" 하면서 좋아한다.

아, 더 이상 앉아 있다가는 얕은 밑천이 다 드러나겠다. 하지만 바다제비 같은 하이옌은 지치지도 않고 눈을 반짝거리며 종이를 더 가지고 와서는 "한국에서도 이름을 지을 때 반드시 뜻을 넣느냐?^{韓國取名名字有含義嗎}"고 쓴다. 그렇다고 대답해 주고는 이번에 거꾸로 첫날부터 궁금했던 이 식당 이름은 무슨 뜻이냐고 물었다. 곤란하다는 표정을 짓더니 이렇게 쓴다. "유명한 시에 이런 구절이 있다고.^{有一首詩叫在水一方的}" 더 물어볼 수도 없고 그녀 역시 대답할 수 없을 것 같아 너 참 똑똑하다고 엄지손가락을 세웠더니 부끄럽다는 듯 배시시 웃는다. 자기 고향인 꾸이린^{桂林}에 꼭 가보라는 하이옌과 다른 아가씨들을 뒤로하고 어두워진 교정을 걸어온다.

수일방, 슈이이팡, 수일방, 슈이이팡……. 하늘에는 별도 많다. 내가 두고 온 사람들은 지금 무엇을 하고 있을까. 독한 라오장꾸이를 두 병이나 먹고 들어와서도 잠이 오지 않아 희원이가 처음 취직하여 내게 선물한 노트북을 뒤져 이 말이 『시경』의 「진풍^{秦風} 겸가^{蒹葭}」에서 따온 것임을 안 것은 새벽 2시나 넘어서였다.

갈대는 푸르건만 흰 이슬은 서리되려 하누나. 그리운 우리 님은 강 건너 계시는데. 蒹葭蒼蒼 白露爲霜 所謂伊人 在水一方

물굽이 거슬러 올라가도 멀고도 험한 길. 오를수록 물속에서 어른거리는

님의 얼굴. 溯洄從之 道阻且長 溯游從之 宛在水中央

이렇게 제 멋대로 의역을 해놓고는 "지엔자창창 바이루웨이샹, 서웨이이런 자이슈이이팡……."이라고 중얼거리며 찬물을 마시려고 거실로 나간다. 껌벅껌벅 거리다가 사방의 흰 벽을 환하게 드러내는 형광등 불빛이 아까 나갈 때보다 덜 차갑다. 아, 그리운 사람들이 기다리고 있는 바다 너머 내 고향으로 돌아갈 수 있다는 건 얼마나 아름다운 축복인가.

◑ 2008.8.30.토.

"니먼 하오!你們好(안녕하세요 여러분)", "헌까오싱 지엔따오 니먼.很高興見到你們 (여러분을 뵙게 되어 반갑습니다)" 이렇게 시작하면 될까. 그러면 그 다음은? 큰 일 났다. 아무리 생각해도 어제 허 선생의 제안을 너무 경솔하게 받아들인 것 같다.

주하이에서 처음 맞은 일요일이었던 어제, 일찍 찾아온 옌주주, 장완지에莊婉潔, 그리고 부전공으로 일본어를 배우고 있다는 시에후이쩐叶惠禎과 함께 버스를 타고 꽁베이拱北로 나갔다. 그러나 마카오관문澳門關門 앞에 위치한 꽁베이는 서울 못지않은 최신식 빌딩들로 가득했고, 대형슈퍼에서 파는 물건들은 서울의 그것과 별반 다르지 않아 무언가 중국다운 걸 기대했던 내겐 실망스럽기만 했다. 나같이 물건 욕심이 많은 인간이 5위안 짜리 휴대폰 손목걸이 하나만 달랑 사갖고 돌아온 걸 보면 알만 하리라.

다만 그곳에서 한참을 걸어 땀을 흘리며 찾아간 해선성海鮮城이라는 과장된 이름을 붙인 해물전문 요리점 신하이리新海利에서 먹은 생선요리가 조금 신선했다고나 할까. 좋은 전통을 잘 살리기보다는 오히려 파괴하고, 본새가 없는 서양식만을 고집하는 타인 지향적인 자세는 이들이나 우리나 별반 다름이 없는 것 같다. 그래서일까. 돌아오는 버스의 차창 밖으로 보이는 구멍가게나 정류장 풍경 등이 오히려 정겹게 느껴졌다.

뜨거운 뙤약볕에 그을린 몸을 씻고 쉬고 있는데, 허 선생에게 전화가 왔다. 한국어 담당 선생들과 저녁식사를 하려는데 같이 가자는 것이다. 아마 개강 전에 한 번씩 모이곤 하는 모양이다. 1층으로 내려가니 5층의 김 선생과 며칠 전에 한국에서 돌아와 그제 처음 인사를 나눴던 6층의 김 선생이 여기서 초등학교를 다닌다는 아들과 함께 기다리고 있었다. 그런데 학교 정문 쪽에 있는 디에시疊石―돌무지라는 뜻의 동네 이름이다. 실제로 바닷가에 두 개의 큰 바위가 겹쳐 서 있다.―요릿집酒家으로 가는 도중에 허 선생이 2주일만 한국어 강의를 해주실 수 없겠느냐고 물었다. 강의를 담당하고 있는 선생이 취업비자를 받기 위해 한국에 들어갔다가 아직 초청장을 받지 못해 2주일 정도 늦게 들어올 것 같다고 한다.

옆에서 두 선생이 비자 문제로 우여곡절을 겪지 않은 사람이 여기는 한 사람도 없다면서, 선생님은 그만 하면 양반이라며 진저리를 치는 걸 보니 전후 사정을 쉽게 짐작할 수 있었다. 그렇지만 아주 기초적인 중국어 몇 마디밖에 할 줄 모르는데 어떻게 강의를 하겠느냐며, 세 분이 나누어 강의하시면 되지 않느냐고 반문했다. 그러자 규정상 그렇게 할 수 없고, 또 한 학기 동안 한국어를 배운 2학년생들이라 처음부터 한국어로 하셔도 된다며 한번 해보시란다. 그래서 웃으면서 저는 강사료를 많이 주지 않으면 강의를 하지 않는다고 눙쳤더니 시간당 100위안을 드리겠다고 한다. 더구나 45분 수업이니 부담이 없을 거란다. 더 이상 발을 빼기가 힘들 것 같아 학교 강사료보다 적지만 물가가 한국보다는 아직 싼 만큼 "그럼 강사료 받아서 우리 회식한 번 하면 되겠네." 하며 승낙하고 말았던 것이다.

첫 강의는 오늘 C302 강의실에서 오후 6시 45분부터 시작된다. 교재라고 어제 건네받은 『신표준한국어 초급2』는 기초적인 한국어를 수록하고 있어 어려운 대목은 거의 없다. 경희대학교 국제교육원에서 간행한 교재를 번역한 것이다. 그러나 문제는 중간 중간에 설명할 때 필요한 최소한의 중국어도 모르고, 또 나의 전공이 어학이 아니라는 점이다. 어제 선생들은 무조건 한국말로 하셔도 괜찮다고 했지만, 막상 강의실에 들어갈 시간이 다가오자 초조해진다. 하지만 평소 모르는 건 죄가 아니라고 말해 왔으니 차라리 솔직하게 한번 부딪쳐 보기로 하자.

호출을 받고 달려온 옌주주와 장완지에와 함께 허 선생이 기다리는 강의실을 향해 걷기 시작했다. 점심시간에 만났을 때, 강의를 하게 되었다고 하자 두 여학생은 "선생님, 우리 학생들이 좋아할 거예요." 하며 무척 기뻐했다. 하긴 여자 선생들에게만 수업을 듣다가 남자 선생에게 들으면 처음에는 신선하게 생각될지도 모른다. 그러나 오래 가르칠 것도 아니고, 단 2주만 가르치는데 혹시라도 담당 선생이 와서 분위기를 흐려놓았다고 할까봐 여간 조심스러운 게 아니다. 그래서 어제 허 선생에게 한 5분간만 강의실에 들어와 학생들에게 이렇게 된 사정을 말해달라고 했고, 그마저 못 미더워 오늘 수강생들의 1년 선배인 두 여학생을 불러 급하면 통역을 시키려고 데려가고 있는 것이다.

강의실 문을 열고 일행이 들어서자 학생들이 놀라는 표정을 짓는다. 허 선생의 소개가 끝나자 목청을 가다듬고 "니먼 하오! 헌까오싱 지엔따오 니먼." 하고 인사를 한 후 다시 이렇게 말했다. "전 중국어를 모릅니다. 여러분도 한국어를 모릅니다. 주주와 완지에는 저의 중국어 선생님입니다. 여러분도 저의 중국어 선생님입니다. 저는 중산대학을 좋아합니다. 우리 같이 열심히 공부합시다. 我不懂漢語　你們也不懂韓語 珠珠婉潔是我的漢語老師　你們也是我的漢語老師　我喜歡中山大學　我們一起用心學習吧" 이렇게 말문을 열자 학생들이 "와!" 하고 박수치며 웃는다.

지방대학에서 첫 강의를 하던 그날이 떠오른다. 지금으로부터 24년 전인 1984년 9월, 처음 강단에 올라 100여 명이 넘는 의상학과 여학생들을 상대로 교양 국어를 가르쳤던 그 날의 당혹스러움과 설렘이 말이다. 그러나 몰랐다. 그로부터 4년 후에 태어난 우리 승원이와 같은 나이의 주주와 완지에를 데리고 중산대학의 주하이 캠퍼스에서 어린 중국 여학생들에게 한국어를 가르치게 되리라고는……

▲ 2주간의 강의를 마치며

이 캠퍼스의 여학생들이 다 그랬듯이, 화장기라고는 전혀 없고 생머리를 늘어뜨린 조그만 체구의 여학생들이 갖고 있는 착한 눈빛과 주의 깊게 경청하는 해맑은 표정은 강의실에 흐르던 몇 분간의 어색함을 금세 씻어내기에 충분했다.

▲ 강의실의 중산대 학생들

학생들은 한국어에 대한 관심이 많았다. 또 영어를 필수과목으로 듣고 있기 때문에 못 알아듣는 단어의 경우 짧은 영어를 이용하고, 심지어 판티즈^{繁體字}는 물론 일본어—여기 학생들은 제2외국어로 불어, 독어, 스페인어, 아랍어, 일본어, 한국어를 배우고 있다.—까지 사용하는 만용(?)을 부리니 오히려 빨리 알아듣고 재미있어 하기도 했다.

가령 교재에서는 '명사+만'의 경우 "왕영 씨만 기숙사에 있어요.^{只有王英在宿舍}" "저는 아침에 빵만 먹어요.^{我早晨只吃面包}" "그 사람은 도서관에서만 공부해요.^{他只在圖書館學習}"를 예문으로 들고, "즈^只, 진진^{僅僅}을 가리키는 의지 조사, 주어 또는 목적어와 결합하는 경우 주격조사나 목적격 조사를 대체한다. 다만 부사격 조사의 뒤에 있을 경우 부사격 조사는 생략할 수 없다."고 어렵게 설명하고 있다. 그러나 나는 '만'에 동그라미를 치고 "only, 유일唯一, 단독單獨, 강조强調 지시指示" 라는 식으로 간단하게 설명했던 것이다. 뿐만 아니라 '워 아이니.我愛你(나는 너를 사랑한다)'와 '워즈아이니.我只愛你(나는 너만을 사랑한다)'를 예로 들고, 앞자리의 여학생들 여러 명을 손으로 가리키다가 한 사람만 가리키며 사랑한다는 몸짓을 보여주며 '만'을 설명하니까 부끄러워하면서도 여간 즐거워하는 것이 아니다.

어떻게 135분이 지나갔는지 모르겠다. 첫 강의니 교재만 소개하고 끝내도 괜찮다고 했지만, 언제 다시 볼지 모르는 아이들에게 소홀한 인상을 주고 싶지 않아 예정된 1과를 다 끝냈다. 혹시나 하여 강의실 뒤에 앉아 있던 주주와 완지에가 계단을 내려오며 말한다.

"선생님 대단해요. 그런데 천천히 말해요. 잘 알아들을 수 없어요." 웃음이 나온다. 그래서 "알았어요. 앞으로는 천천히 말할게요." 라고 또박또박 그리고 천천히 말했더니 환하게 웃는다. 세월을 낚는다는 교내식당의 테라스에 앉아 아이들과 시원한 음료수를 마신다. 어둠이 드리운 호수에 살포시 안겨 있는 달이 오늘따라 밝게 빛나는 듯하다.

🌙 2008.9.1.월.

45

생활의 발견

　큰일이다. 더 이상 입고 나갈 옷이 없다. 가져온 남방셔츠와 티셔츠, 조끼, 바지, 반바지, 손수건, 내의, 양말 몇 켤레는 일주일 만에 모두 땀에 절어 동이 나고 말았다. 그나마 내의는 아직 몇 벌 남아 다행이지만, 예의상 입고 외출해야 할 남방셔츠는 다릴 방법이 없어 어제도 시침 뚝 떼고 그대로 입고 나가 강의를 했던 것이다. 그런데 내일도 이 남방셔츠를? 땀으로 얼룩져 허연 반점마저 생긴 저 냄새 나는 옷을 또 입고 강의해야 한단 말인가.

　할 수 없다. 급한 대로 한번 빨아보자. 물론 처음 해보는 빨래는 아니다. 집에서 해본 적도 있고, 도착 이튿날 팬티를 대충 빨아보기도 했다. 하지만 실내에서 말렸더니 퀴퀴하여 기분이 좋지 않았다. 그러나 며칠 후 위를 올려다보니 모두 빨래를 베란다에 널어 말리고 있었다. 하긴 햇살이 강해 널기만 하면 금세 마르는 베란다만큼 빨래 말리기에 좋은 곳이 어디 있단 말인가. 그럼에도 다리미가 없다는 이유로 아직 남방셔츠만은 빨지 못하고 있었던 것이다.

　우선 어머니가 하던 방법을 동원하기로 했다. 땀에 절어 눅진눅진한 남방셔츠에 비누를 흠뻑 칠하고 더운 물로 몇 번이나 헹군 다음, 짜지 않은 채 의자에 걸어 형태를 잡은 후 베란다에 내놓았더니 몇 시간도 되지 않아 구김살도 별로 없이 아주 잘 말랐다. 성공이다! 웃음이 절로 나온다. 집에 있을 때는 생각할 수도 없던 생활인의 탄생이다. 어쩌면 이런 변신을 도모하기 위해 이곳에 온 것인지도 모르지만, 의식주의 경우 예상과 달리 꽤나 힘들었다. 아니, '생활의 발견'이란 그리 쉽게 접근을 허락하지 않는 주제였다고나 할까.

처음 여기에 와서 산 먹을거리들은 컵라면, 빵, 우유, 냉홍차, 생수, 맥주, 커피, 과일, 계란 등이었다.

그러나 밍밍하지 않으면 너무 짠 컵라면을 1주일 이상 먹기란 너무 힘들었고, 평소 좋아하지 않는 빵 또한 마찬가지였다. 때로는 학생들과 함께 교내식당에서 밥을 먹기도 했지만, 아직 쉬위안카^{학원카드}가 없어 계산하기 불편하고, 입맛에도 맞지 않아 먹은 횟수를 손꼽는 편이 오히려 빠르다.

커피와 생수, 맥주가 일주일 동안 먹은 음식 가운데 가장 많은 비중을 차지하게 된 것은 전적으로 여기에서 비롯된다. 특히 맥주는 우리와 달리 교내식당에서도 팔았고, 3위안으로 저렴할 뿐 아니라 다양한 종류를 갖추고 있어 많이 마셨다. 그래서일까. 맥주로 단련(?)되고 부푼 배는 좀처럼 꺼지거나 줄어들 기미를 보여주지 않는다. 그런데 신기한 것은 이곳 학생들이 술과 담배를 즐겨하지 않는다는 점이다. 그래서 처음에는 섬마을에 부임한 총각선생님이라도 된 듯한 기분마저 들었다. 물론 그렇다고 해서 이들이 가난하고 촌스러운 대학생이라는 말은 아니다. 오히려 여기 학생들은 중국에서도 랭킹 10위를 넘나드는 중산대학에 다닌다는 자부심도 높았고, 영어는 물론 제2외국어에도 능통할 뿐 아니라 교양과목도 충실하게 배워서 여간 속이 꽉 들어찬 것이 아니다. 내색은 하지 않지만, 한국에서 온 교환학생들을 한 수 접어보고 있는 것이 아닌가 생각될 정도다. 아무튼 다 먹고 살자고 하는 짓이라는 말을 실감했던 지난 1주일이 아닐 수 없다. 아마 돌아갈 때까지도 이 말은 계속 유효할 듯하다.

다음은 사는 문제다. 오기 전에 현대인의 신종삼기新種三器라고 명명한 노트북과 사진기, 전자수첩을 가져왔고, 핸드폰도 새로 구입했으므로 최소한의 의사소통 여건은 마련한 셈이지만, 사소하고 그래서 아주 중요한 일상의 불편들이 매일 한 두 가지씩 밥알 속의 모래알처럼 씹히기 시작했다.

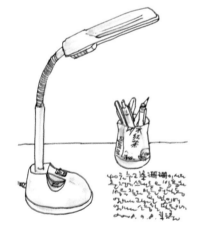

지금 이 글을 쓰고 있는 이 방부터 살펴보면, 우선 형광등이 어둡다. 낮에는 괜찮지만 밤이 되면 벽에 붙여놓은 중국지도의 자디잔 글씨들을 읽기 힘들었다. 더구나 며칠 전에는 그것마저 껌벅거리다 꺼져서 할 수 없이 스탠드와 돋보기를 사야 했다. 단출하게 살다 가려고 아무 것도 사지 않으려 했지만 어쩔 수 없었다. 량샨산梁珊珊이 40위안을 주고 스탠드를 사다주었는데, 개강 세일 덕분에 60위안이나 싸게 구입했다고 한다. 돋보기는 안경점에 없어 두 번이나 간 끝에 10위안 주고 샀다. 이후 형광등은 사무실에서 나온 착한 기사가 할로겐 형광등으로 바꿔주었다. 물론 그것도 내가 전화로 부른 것이 아니었지만……

다음은 휴지통과 휴지, 비닐봉투를 샀다. 휴지는 두텁고 질겼으나 두루마리에서 뜯어 쓰게 된 검정색 비닐봉투는 너무 약해 쉽게 찢어졌다. 쉽게 썩으라고 그렇게 만들었는지, 기술이 모자라 그런 것인지 잘 모르겠다. 아, 그리고 베개와 제일 값싼 얇은 요를 한 장 사지 않으면 안 되었다.

그 결과 이 방은 에어컨과 침대, 책장과 책걸상, 노트북과 핸드폰, 스탠드와 필통—빈병을 잘라 만들었다.—그리고 옷장까지 갖춘 훌륭한 공간으로 탄생했다. 물론 이곳은 서재나 연구실에 비하면 턱없이 부족한 환경이지만 지금까지 불편 없이 잘 살고 있는 걸 보면, 그동안 너무 욕심을 부렸던 것이 아닌가 생각된다. 모쪼록 이번의 체험으로 무소유의 언저리라도 만져볼 수 있었으면 좋겠다.

화류로 만든 훌륭한 집기들이 있는 거실은 잘 이용하지 않는다. 에어컨이 이 방에만 달려있고, TV도 잘 보지 않아 위층의 선생들이나 학생들이 찾아오면 종이컵에 주스를 따라 놓고 잠깐 이야기할 때나 나갈 뿐이다. 집에 있었다면 당연히 책으로 꽉 채우고 골동품으로 아기자기하게 진열했을 장식장에 휴지와 라면, 종이컵, 위층의 선생들이 빌려준 밥그릇 한 개와 쟁반 및 플라스틱 그릇이 덜렁 놓여 있는 걸 보면 웃음이 나온다. 그리고 베란다는 창문이 없어 나가서 담배 피우기에 좋고, 빨래를 말리기에 두말할 나위 없이 좋은 장소다.

화장실은 약간 좁지만 첫날부터 지금까지 또 앞으로도 제일 많이 애용할 곳이다. 더운 물도 잘 나오고 물줄기도 무척 세서 마음에 든다. 또 여기에 붙어있는 거울을 볼 때마다 인간이란 얼마나 환경에 잘 적응하는 동물인가를 생각하지 않을 수 없게 된다. 처음 일주일 동안은 나가기 전부터 땀에 젖어 머리카락이 내려앉았다. 머리카락도 가늘고 숱도 많지 않아서 아예 빗는 것마저 포기하고 손으로 넘기고 다녔는데, 어제부터는 오기 전의 모습을 보여주는 것이 아닌가. 뿐만 아니라 땀도 이제는 덜 흘려 돌아오자마자 샤워부터 하지 않는 여유마저 부리게 되었다. 어제 비로소 5위안 주고 빗을 샀더니 머리카락들도 기뻐서 그런 것일까. 아무튼 조그만 샴푸통과 비누, 여기까지 따라온 이태리타월과 손수건, 샘플 스킨, 치약, 칫솔 및 일회용 면도기가 전부인 화장실은 나에게 아주 중요한 교훈의 장소라고 할 수 있다. 먹는 것만 중요한 게 아니니 더욱 그렇지 않겠는가.

마지막으로 주방이다. 전자레인지나 가스레인지, 세탁기가 있어 웬만한 가정집 주방만 할 뿐아니라 특히 찬 물을 보관할 수 있고 얼음을 만들 수 있는 냉장고가 있어서 너무 소중한 곳이다. 더구나 물줄기도 시원한 수도가 달린 싱크대가 있으니 얼마나 다행인지 모른다. 다만 대걸레와 빗자루는 비치되어 있지만 걸레가 없어서 불편했는데, 그저께 5층의 김 선생이 걸레 하나를 줘서 아주 요긴하게 쓰고 있다. 걸레의 존재가 이렇게 소중한 줄은 미처 몰랐다.

전자레인지는 잘 쓰지 않지만 꼭 한 번 요긴하게 썼다. 도착한 다음날 커피를 마시려고 했지만 더운 물이 없어 하나밖에 없는 커피 잔에 찬물로 커피를 탄 다음 데워먹을 수 있었던 것이다. 학교 사무실에 요청하면 생수를 배달해주고, 뒤에 있는 스위치만 누르면 더운 물도 나온다는 사실을 안 것은 며칠이 지난 다음이었다. 이처럼 자취 아닌 자취를 머나먼 중국 땅에서 하게 된 나에게 생활의 발견이란 고통이며 즐거운 화두이기도 하다.

◑ 2008.9.3.수.

양산과 군복

'이, 얼, 산, 와!' 지난 주 일요일, 아직 이른 시간인데 창문 밖에서 갑자기 우렁찬 구호가 들려 모처럼 늦잠을 자려던 희망을 포기하지 않을 수 없었다. 눈을 비비며 내려다보니 군복을 입은 학생들이 부동자세로 서서 지휘봉을 든 젊은 군인의 일장 훈시를 듣고 있는 것이 아닌가. 남녀 신입생을 막론하고 25일간 의무적으로 받아야 한다는 2학점짜리 쥔신軍訓이 바로 코 밑에서 일요일 새벽부터 펼쳐지고 있었다. 그나저나 훈련을 하려면 운동장에서 할 것이지, 왜 이 좁은 마당에서 굳이 하면서 남의 잠을 깨우는 것일까. 혹시 중국이 사회주의 국가임을 잊어버릴까봐 일깨워주기라도 하려는 것일까. 그러나 위층의 선생들은 나의 이런 정치적(?)인 해석과 달리 날씨가 너무 더우면 간혹 여기서 훈련을 하기도 하는데, 작년에도 시끄러워 혼났다며 웃었을 뿐이다.

오늘은 다행히 여기에서 교육을 하지 않나 보다. 하지만 한가한 일요일의 운동장에서 들려오는 함성소리는 여전히 크다. 지난 수요일, 뜨거운 뙤약볕 밑에서 군복을 입고 운동장에 서 있는 학생들을 보고 완지에와 주주에게 뭘 배우느냐고 물었다. 그러자 이들은 말도 하기 싫다는 듯 "선생님, 너무 힘들어요!" 하며 양산으로 가린 얼굴—이곳은 자외선이 강해 여학생들은 자전거를 탈 때도 양산을 쓰고 다닌다.—을 찡그렸다. 그들에 의하면 '쥔신'은 아침 6시 30분부터 저녁 9시까지 25일간 매일 실시되는데, 오전에는 군사기초 훈련이나 태극권, 군가 등을 배우며, 오후에는 강의실에서 교육을 받는다고 한다. 그러면서 완지에가 "너무 피곤해 자는 학생 많아요." 라고 하자 옆에 있던 주주가 "아니에요. 그러면 안 돼요." 라며 손사래 치는 걸 보니 대충 분위기를 알 만하다. 그러나 이들은 내가 쥔신보다 가혹한 교련을 받고 자란 세대라는 사실은 미처 모르리라.

특이하게도 훈련을 받는 학생들은 모두 빨간색의 조그만 플라스틱 의자를 갖고 다닌다. 운동장에서 교육을 받을 때 앉기 위한 것인가 보다. 그래서 점심시간의 구내식당에는 이 의자를 가슴에 안고 밥을 먹으러 온 학생들로 가득하다. 교관은 현역군인이며, 그들이 매긴 성적은 학적부와 개인 신상기록 카드에 남아 평생 따라다닌다고 한다. 징병제를 채택하지 않고 있는 중국은 대학생들에게 자신이 누리는 학문적 기회의 혜택을 소정의 훈련으로 대신하라는 뜻으로 이런 군사훈련을 의무적으로 받도록 하고 있는 것이다.

▲ 쥔신을 받고 있는 학생들과 수통

그래서일까. 처음에는 낯설었지만 선배의 선창에 따라 힘차게 부르는 군가를 듣다보면 장정長征의 광경이 연상되기도 했고, 조그만 의자에 앉아 짧고도 달콤한 휴식을 즐기는 학생들을 보면 잊어버렸던 고등학교 시절의 교련시간이 떠오르기도 했다. 군복은 교내 슈퍼마켓에서 50위안에 파는데 주주는 기념으로 보관하고 있고, 완지에는 후배에게 물려주었다고 한다. 그렇다면 지난 일요일, 반바지 차림에 분홍 티셔츠를 입고 대열 속에 서 있어 애처롭게 보였던 여학생은 돈이 없어 군복을 사지 못했거나 선배들에게 물려받지 못했던 것일까. 순간, 교련복을 사지 못해 멀리 신림동까지 가서 선배에게 빌려 입어야 했던 고1 시절이 생각났다.

고등학교에 입학했던 1972년, 우리들에게 제일 무서운 사람은 학생지도부 선생이나 유도를 가르치는 체육 선생이 아니라 교련 선생들이었다. 빳빳하게 풀을 먹인 카키색 군복에 번쩍이는 군화를 신고, 선글라스를 쓴 채 지휘봉을 들고 다니던 그들을 교정이나 복도에서 만나면, 우리는 부동자세로 서서 '충성!' 하고 복창하며 경례를 부쳐야 했다. 그러면 그들은 턱을 잡아당기며 경례를 받거나, 마음에 들지 않으면 다시 해보라고 얼굴을 잔뜩 찌푸리고 노려보았다. 때로는 마지못해 받아주고는 명찰을 빤히 들여다본 다음, 앞으로는 잘 하라는 듯 어깨를 쿡 찌르고는 휙 돌아서서 우리를 얼빠지게 만들기도 했다.

그들은 선생들보다 위에 있는 존재인 듯했다. 그러나 그들도, 어린 우리들도 상황에 따라 순식간에 달라지는 인간의 가벼움을 그때까지는 전혀 깨닫지 못했다. 민족중흥을 위해 유신헌법이 필요하다는 말을 귀에 못이 박히도록 들었던 우리들은 유신체제에 순응했고, 고작 별명을 지어 그들을 야유했을 뿐이다.

세 명 가운데 우리를 담당하는 교련선생은 계급도 가장 낮고 온순해서 별명을 붙이는 대신 누구누구 그 자식 하면서 킬킬거렸고, 아득하게 올려다 보였던 3학년 담당은 워낙 가혹하게 훈련시킨다는 악명이 높아 미친 늑대니 울프 새끼니 하며 뒤에서 손가락질하며 수군거렸다. 그러나 압권은 2학년 담당에게 붙은 똥물(?)이라는 별명이었다.

처음에 선배들에게 이 별명을 들은 우리들은 모두 배꼽을 잡고 뒤로 자빠졌다. 짬뽕 국물을 안주삼아—혹시 며칠 전 마신 라오장꾸이는 아니었을까?—배갈白酒을 마시고 들어오기라도 한 듯, 늘 시뻘겋던 얼굴과 제일 작았던 키 때문에 이런 별명이 붙은 게 아닌가 짐작했다. 사실, 학교 앞에는 중국집이 두 군데나 있었고, 우리도 그곳에서 대학에 들어간 선배들이 따라주는 얼구어터우二鍋頭를 무릎 꿇고 홀짝홀짝 마시면서 술을 배우기도 했으니, 이런 추측이 꼭 틀렸다고 할 수만은 없을지도 모른다. 하지만 그것이 정확한 추측이 아니었다는 사실을 안 것은 그로부터 1년이 지난 2학년 때였다.

비가 오니 오늘은 할 수 없이 실내에서 수업을 하겠다고 해서 그가 우리를 모처럼 환희작약하게 만들었던 날, 우리는 이 별명이 붙은 이유를 비로소 알 수 있었다. 군인이라고 자신을 우습게 아는 네 놈들에게 나의 뛰어난 한자 실력을 보여주겠다는 듯 칠판에 엉터리 초서를 마구 휘갈겨댈 때, 우리는 이 별명이 결코 잔인한 것이 아님을 확연히 깨달을 수 있었다.

그는 모르는 것 같았다. 우리가 비록 2차로 들어왔지만 명문교에 들어왔다는 자부심도 컸고, 괄호 안에 한자를 넣은 교과서를 배우고 있다는 사실을 말이다. 그는 우리가 토관土官과 사관士官 정도는 웃으며 가려낼 수 있는 고2라는 사실조차 잊어버린 듯, 나중에는 입에 거품을 물면서 자기만 알아볼 수 있는 엉터리 초서로 사자성어를 써놓고는 국가의 장래를 걱정하고 학생들의 안보태세를 강조했다. 똥물이란 별명을 붙였던 선배들의 혜안에 새삼 고개가 숙여지는 순간이었다.

대학 졸업 후, 이 별명을 처음 알려줘 허리를 아프게 만들었던 선배가 우연히 버스에서 그를 만났는데, 학교를 그만두고 전당포 주인이 되었다고 하면서 한번 꼭 놀러오라고 하더라는 후일담을 들려주어 다시 한 번 우리에게 웃음을 선사한 일이 있다. 이후 그의 소식을 아는 친구들이나 선배들은 없는 것 같다.

일요일에도 군사훈련을 받느라 뙤약볕 밑에서 땀을 흘리며 서 있는 중국의 대학생들……. 그들의 순수함과 순진함 너머로 장강처럼 흐르며 번뜩이는 자기 민족과 국가에 대한 긍지가 어디에서 비롯되고 있는지를 조금은 알 수 있을 듯하다. 그러나 그들은 내가 박정희 1917-1979 대통령이 시해되었다는 소식을 듣던 날, 깊은 탄식 속에 조국의 장래를 걱정했던 유신세대였다는 사실을 알지 못한다. 그리고 와병설을 무마하기 위해 "장군님 따라 불타는 맹세를 안고 끝없이 물결쳐 가는 일심단결의 대오의 아득한 대하 너머 강성대국의 승리의 영마루가 뚜렷이 보인다."고 선동하는 『노동신문』의 사설을 읽으며 눈물을 흘리고 있을 북한의 젊은이들은 더욱 모른다.

티베트인들과 위구르인들의 분노에 가득 찬 눈빛을 보면서 왜 저러는지 도저히 모르겠다는 표정을 짓는 중국 학생들과 진달래 꽃다발을 미친 듯 흔들어대며 강성대국을 외치는 북한 학생들, 그리고 유신세대인 부모들이 어렵게 번 돈을 여기에 와서 거침없이 쓰며 쥑신을 받고 있는 중국 학생들을 부럽게(?) 또는 불쌍하게 생각하는 한국의 일부 학생들 어깨 너머로 다케시마는 우리 땅이라고 외치는 일본의 학생들이 겹쳐 보이는 것은 무슨 까닭일까. 동양 삼국의 근대화, 그 의식의 근대화는 정녕 요원한 과제인가. 훈련을 받는 신입생들을 뒤로 하고 양산을 쓴 채 자전거를 타고 일요일의 한가한 교정을 빠져나가는 저 긴 머리의 여학생은 지금 무슨 생각을 하고 있는 것일까.

🔹 2008.9.7.일.

주하이 그림일기

중국의 남부 광둥성, 주하이의 번역학원에 내려온 지도 벌써 보름이 되어
간다. 글만 썼다. 이름하여 주하이일기. 광인일기가 아니어서 다행이다. 하지
만 오기 전에 광인이 될 뻔했다. (중략) 이곳에 와서 처음으로 그림을 그려
본다. 처음에는 가슴이 먹먹하였고, 힘도 빠져 도무지 펜을 들 수 없었던 것
이다. 일상의 발견에서부터……

희원이와 승원이가 아빠 생일이라고 선물로 사주었던 스케치북에
컴퓨터와 돋보기, 카메라와 공책 등을 그려 넣고 이처럼 끼적였던 것
은 지난 월요일 아침이다. 하지만 펜을 갖고 노는 장난에 불과한 드
로잉조차 처음에는 그릴 수 없었다. 낯선 환경에 적응하느라 힘들었
고, 역사의 향기를 느낄 수 없는 신설된 캠퍼스라서 더욱 그랬다. 그
러나 펜을 들자 주변의 소품들마저 새롭게 보이기 시작했다. 나중에
보면 별걸 다 그렸다고 할지도 모르지만, 다시 오기 어려운 곳의 사
소하고 어쩌면 그래서 더욱 소중한 일상들이었기 때문인지도 모른다.
오늘은 책상 위에 널브러져 있는 휴지통과 찌그러진 캔맥주, 종이
컵, 포도 껍질이 담긴 냄비 뚜껑, 그리고 이번에 이곳에서 최대의 공
헌을 하고 있는 에어컨의 리모콘 등을 그린 다음 "어제 아니 오늘
새벽 3시에 지인들에게 이메일을 보내고 잠을 청하려 했다. 그러나

잠은 오지 않아 결국 냉장고에 있던 캔맥주를 먹다 남은 포도와 함께 마시고서야 자리에 들었다. 꿈은 상쾌하지 않다. 두고 온 사람들에게 품었던 마음이 그리움으로만 가득한 것이 아님을 보여준다. 그래서 이곳에서 석 달 동안 홀로 있음이 중요하다." 라고 썼다. 눈길을 주어도 창백한 표정만 짓는 사면의 흰 벽과 아침이 되어도 아무도 열고 들어오지 않는 방문, 그리고 손길을 기다리고 있는 스케치북의 하얀 여백은 이미 식욕을 앗아가고 말았던 것이다.

이번에는 텅 빈 침대와 여행 가방만이 덩그렇게 놓여 있는 방을 그렸다. 순간, 고흐Vincent van Gogh(1853-1890)의 「침대가 있는 실내」가 생각난다. 아, 그는 그때 무슨 생각을 하였을까. 아를르Arles에 꼭 오겠노라고 약속했던 고갱Paul Gauguin(1848-1903)을 기다리며 밤을 하얗게 밝혔던 것일까. 이어 스탠드와 냉홍차 병으로 만든 필통을 그린 다음, "40위안 주고 량샨샨이 사다 준 전기스탠드와 냉홍차 병을 잘라 만든 연필통. 얼마나 고마운 빛이며 소중한 필통인가." 라고 썼다. 보이는 세계와 보이지 않는 세계, 이승과 저승……. 수많은 상념이 펜을 따라 움직인다.

큰 스케치북에 이미 그려보았던 노트북이지만 여기서 구입한 핸드폰과 함께 작은 스케치북에 다시 그리고, "희원이가 외환은행에 취직해서 중국에 가는 아빠에게 사준 노트북이 없었더라면, 나는 탯줄을 묶지 못한 채 피를 흘리고 있는 핏덩이 아기였을지도 모른다. 고마워라 우리 딸아. 사랑하는 이 마음 영원하리라. 지금보다 더 먼 곳, 그 먼 곳에 가서도……." 라고 썼다. 죽는다는 것과 볼 수 없다는 것의 차이를 전혀 느낄 수 없는 심정에 사로잡힌 셈이다. 그러나 고사리 같은 손으로 내 손을 꼭 잡고, 병아리처럼 입을 방긋 벌리며 내 배

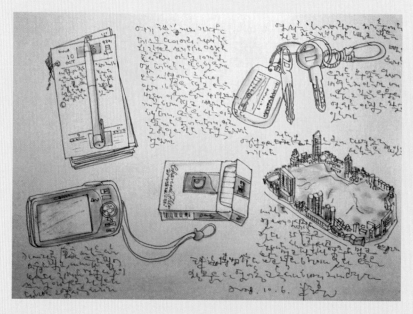

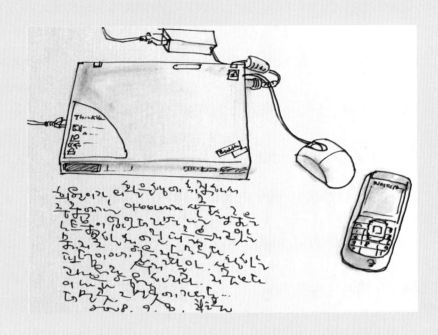

위에서 놀던 그 아이가 어엿한 숙녀가 되어 아빠에게 노트북을 선물했을 때도 나는 제대로 고맙다는 말도 하지 못했다.

몇 장을 그리다보니 8시 30분. 지금쯤 집에는 식구들이 다 나가고, 고사리―우리 집 강아지의 이름―만 외롭게 작은방의 어두운 구석에서 고개를 파묻고 하염없이 식구들이 들어오기만을 기다리겠구나. 마시던 커피 한 모금을 입에 털어 넣는다. 창문의 여닫이 고리를 그리고, "열리는 창과 닫는 고리. 세상은 이렇게 열리고 잠긴다. 주하이 리위안 14호 307방."이라고 적은 다음 거실로 나갔다.

아직은 뜨거운 공기가 덜 차오른 거실에는 화류 탁자와 의자만 놓여 있다. 잠시 앉아 탁자와 의자를 그렸다. 그리고 "아직도 자기 의자와 책상을 찾지 못한 사람들이 이곳 주하이 캠퍼스에도 많았다. (중략) 그러나 누가 행복한지는 아무도 모른다. 삶은 측량 불가의 바다이기 때문이다." 라고 썼다. 다시 큰 의자에 걸려 있는 옷들을 그리기 위해 스케치북을 바꾼다. 작은 스케치북은 56lbs이고, 큰 스케치북은 140lbs라서 번짐의 효과가 다르다.

"땀에 푹 절은 남방셔츠 두 장과 티셔츠 두 장 그리고 청바지 한 장, 면바지 한 장, 러닝 팬티 서너 장이 이번에 가져온 전부다. 강의를 다녀오면 땀에 절어 허옇게 얼룩지는 바람에 비누로 빨아 널지 않으면 안 된다. 이렇게 살아도 되는데 너무 많은 욕심을 내고 산 것이 아니던가. 창밖에서는 쥔신을 받는 학생들의 군화소리가 들려온다. 교련을 받던 70년대와 아직도 군사대국화를 포기하지 않는 중국의 오늘이 포개진다. 휘파람 소리는 어디 갔을까. 사랑하는 사람을 향한 애절한 그 소리는 어디 있는가. 멀리서 새소리가 들린다."

좁쌀을 뿌려주면 오르르 마당에 내려앉던 우리 집의 참새들이 그립다. 커피 한잔을 다시 타고 들어오다가 거실 한편에 놓인 신발을 본다. 몇 년 전, 둔황敦煌에 갔을 때 먼지를 흠뻑 뒤집어썼던 인연을 잊지 못해 여기까지 따라온 것인가. 그러나 함께 여행했던 제자들도 동료들도 없는 오늘, 신발은 외롭다. 신발을 그린 다음 "동네에서 오래 신던 신발 신고 중국에 왔다. 어차피 신고 갈 신발 아니니……" 라고 썼다. 하긴 언제인가 가야 할 그 나라에 신발을 신고 갈 사람이 어디 있단 말인가. 다 부질없는 일이다.

얼마나 시간이 지났을까. 약간 시장기가 느껴졌다. 실내 풍경을 한장 더 그리고, 어제 사온 계란을 삶기 위해 주방으로 갔다. 가스레인지와 냄비가 놓인 주방의 풍경이 쓸쓸하다. "위층의 선생들이 빌려준 냄비와 부탄 가스레인지. 지금 계란을 삶아 먹으려 올려놓았다." 궁상스런 모습을 그린 것도 모자라 다시 석쇠를 그리고, "주방에 먼저 살던 사람이 쓰다 버리고 간 석쇠 모양이 재미있다. 그러나 난 가스를 쓰지 않아 생선도 구워먹을 수 없다."고 썼다.

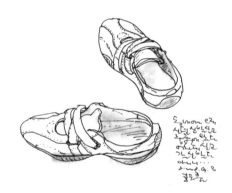

한번 움직이기 시작한 펜은 컵라면에 물을 부어 넣은 후에도 멈추질 않았다. 다시 컵라면과 삶은 계란을 그리고, 어제 단국대생 박룡은 군이 사다준 중국담배와 화장실 모습도 그렸다. 그리고 이 방에 들어왔을 때

처음 맞아주었던 창밖의 풍경을 그리고, 다음과 같이 쓰고 난 후에야
펜은 멈췄다.

> 처음 주하이 번역학원에 여장을 푼 것은 8월 28일 오후 2시경이었다. 왼쪽 창문 너머로 보이는 공학관 건물 위로 파란 하늘이 높이 펼쳐지고 있었다. 생각보다 훨씬 높고 푸른 하늘이어서 경주의 남산을 보는 듯했다. 그래서 첫 전화를 하며 사람들에게 바닷가에 있는 한적한 캠퍼스에 온 것 같다고 했다. 시골로 전근 갔을 때 맞아주는 순박한 소녀들 같은 여학생들과 고즈넉한 캠퍼스라 더욱 그런 느낌이 들었는지 모른다. 멀리 떨어져 나온 사람의 감상이 이런 생각에 젖도록 하였을지 모르겠다. 그래서일까. 마음속에 인화된 필름을 끄집어내야 했고, 그러다보니 그림을 그릴 수 없었다. 아니, 그리고 싶지도 않았다. 이번 기회에 내 마음속의 풍경을 오롯이 글로 그려내 보고 싶은 욕망이 강했기 때문이다. 그러나 보름을 앞둔 오늘 서서히 그리고 싶어 끼적거린다.

주하이 그림일기는 이렇게 시작되었다. 한번 그으면 돌이킬 수 없는 수성 사인펜으로 그리기 때문에 자신은 물론 남도 속일 수 없는 그림은 분식과 가필이 가능한 글과 묘한 대조를 이룬다. 앞으로도 가끔 그려보고 싶은 이유가 여기 있다. 아니, 그렇게라도 하지 않으면 다시 한 번 실망의 찬물을 등에다 뿌려버린 중국 사람들—그들은 결국 이런 핑계 저런 핑계를 대며 3,000위안만 생활비로 지급했다.—에 대한 염증과 이 지경이 되도록 만든 학교당국의 행정 능력에 대한 실망을 떨쳐내기 힘들 듯하다.

◑ 2008.9.11.목.

한중합동 추석 전야제

거대한 아치형으로 만든 시멘트 구조물에 기둥을 엇질러 박아놓은 형상의 학교 정문은 뜨거운 열기로 부옇게 내려앉은 탕지아만唐家灣을 바라보며 졸고 있다. 그리고 12층의 높이로 너른 벌판 위에 우뚝 서서 어깨에 잔뜩 힘을 주고 있는 도서관과 본부 건물은 회색빛 아스팔트 도로 위를 휭휭 달리는 버스와 자가용들을 내려다보며 폭염 속에 땀을 흘리고 있다.

중산대학의 제4 캠퍼스로 2000년 9월에 완성되었다는 주하이 번역학원의 정문 앞 풍경은 이렇듯 황량하다. 너른 인공호수에는 썩은 고기 한 마리가 둥둥 떠 있고, 바닷가로 이어지는 보도블록 사이에는 잡초들이 자라고 있다. 연휴의 오후는 조용하다. 그러나 뜨거운 햇살을 뚫고 도착한 바닷가의 풍경은 샹저우香州의 밤거리와는 너무 다르다.

일본 계열사에서 경영한다는 주스코 팀 스토어의 양밍 플라자에는 아기자기한 물건들로 가득했다. 위층의 선생들이 일주일에 한 번씩 여기에 와서 물건을 구입한다는 이유를 알 듯했다. 깻잎장아찌나 깍두기 등 한국식품은 물론이고 영국제 초콜릿, 태국산 과일, 심지어 상어회에서 초밥까지 웬만한 먹을거리들은 다 진열되어 있었고, 물건을 하나 가득 담은 장바구니를 밀고 다니는 여인들의 표정은 탕지아의

재래시장에서 본 사람들처럼 초라하지 않았다. 1층 매장에 진열된 의상들의 가격도 서울보다 약간 쌌을 뿐이다. 그러나 이것저것 생필품을 사고, 조그만 일식집에서 오랜만에 시원한 생맥주를 마시며 어느 정도 활기를 되찾을 수 있었기에 길거리에서 얼푸=해를 타는 노인과 담배를 나누어 필 수도 있었다.

중추절 연휴가 시작된 지난 토요일, 처음 밥도 해먹고, 2주 동안이나마 배웠다고 찾아온 홍주엔주엔洪娟娟과 주리핑朱麗萍, 그리고 마침 배드민턴을 치러 나가다 마주친 6층의 김 선생 모자와 함께 헤이처黑車(불법영업 택시)를 타고 치아오따오淇澳島의 바이스지에白石街를 다녀올 수 있었던 것도 이런 활력이 없었으면 어쩌면 불가능했을지도 모른다.

1833년 영국과 미국의 아편 판매 상선들이 들이닥쳤을 때 주민들이 힘을 합쳐 격퇴시켰다는 바이스지에 입구에는 전투에 참가했던 주민들을 형상화한 대형동상이 서 있고, 그 옆으로는 당시 사용했던 낡은 대포들이 진열되어 있었다.

▲ 바이스지에의 석패방과 동상

조상을 모시는 사당朝廟이 있는 마당을 지나 골목길로 접어드니, 옛 모습을 간직한 채 부스러지고 있는 집들이 촘촘히 늘어 서 있고, 집 마당에는 우리 시골에서도 찾아보기 어렵게 된 청오석 돌확이 입을

67

벌리고 있어 반가웠다. 문 입구마다 놓인 단단한 돌로 만든 긴 의자 위에 웃통을 벗은 노인네들이 앉아 뭐라 떠들고 있다. 동네 이름에 왜 '백석'을 붙였는지 알 수 있을 것 같았다. 동네 아가씨가 물을 긷고 있는 우물에는 조그만 물고기도 헤엄치고 있어 신기했고, 이끼가 가득 피어난 물도랑은 정겨웠으며, 조개껍질로 장식한 담장 위에 돋아난 개고사리의 모습은 아름다웠다.

특히 노동운동 지도자로 국공합작 뒤에 개인 자격으로 입당하여 국민당 공산파의 중진이 되었던 쑤자오정蘇兆徵(1885-1929)의 구가는 인상적이었다. 그는 1925년 저우언라이周恩來(1898-1976), 천옌녠陳延年(1898-1927), 덩중샤鄧中夏(1894-1933) 그리고 지난 1999년 106살의 나이로 사망한 중국의 최고령 혁명원로 탄톈두譚天度(1893-1999) 등과 함께 이른바 성강省港(광동성과 홍콩) 대파업1925-26을 주동한 초창기의 핵심 당원으로 중국 공산당운동의 선구자로 높이 평가되는 인물이다. 문득 꽁베이 너머에 마카오와 홍콩이 있다는 사실을 새삼 깨닫는다.

▲ 쑤자오정 흉상과 사당

시야가 탁 트인 치아오따오 대교를 건너 탕지아로 돌아오면서 근대화 과정에서 치러야 했던 갈등과 반목도 세월 앞에서는 무력할 수밖에 없음을 다시 한 번 느꼈던 것이다.

지난 3일 방문했던 탕지아의 후미진 뒷골목에 있던 구가의 주인공 탕사오이唐紹儀(1862-1938) 역시 쑨원과 함께 샹산香山(지금의 주하이시)

출신이 아니던가. 그는 미국 컬럼비아대학교를 졸업한 뒤 위안스카이袁世凱(1859-1916)의 직계 관료로서 승진을 거듭하여 조선의 해관장, 총영사를 거쳐 외무부시랑과 우전부상서郵傳部尚書까지 올랐고, 신해혁명이 일어나자 위안스카이측의 대표로 혁명군과 평화교섭을 진행했다. 위안스카이가 임시 대총통이 되자 초대 국무총리로 임명되었던 그는 이후 위안스카이 직계에서 떨어져 나와 쑨원의 호법운동에 참가했다. 그는 1918년 쑨원의 광둥군정부에서 재정부장을 지내기도 했으나 장제스蔣介石(1887-1975)에게 협력하지 않아 국민당 특무대원들에게 암살당했다.

탕지아란 20여 대에 걸쳐 이곳에 살고 있는 탕씨 집성촌이라는 뜻이기도 하다. 그런데 나는 오늘, 중국의 근대화를 이룩하는데 신명을 바쳤던 그들의 체취를 차창으로 불어오는 탕지아만의 찝찔한 비린내로 맡고 있는 것이다.

▲ 탕지아 옛지도.
당시 이곳은 홍콩·마카오와 나란할 정도로 유명했다.

마음씨 좋아 보이는 기사는 우리가 돌아보는 동안 기다려주었으면 서도 50위안만 받았다. 1시간에 한번이나 올까 말까한다는 버스—냉방차는 3위안을 받고 일반차는 2위안 5자오角를 받는다.—를 타고 5명이 함께 다녀 온 것보다 훨씬 경제적이라 고마운 마음으로 인사했다.

오랜만에 동베이東北 식당에서 간단하게 저녁이나 먹고 가려고 앉았는데 전화가 왔다. 주주다. 지금 김 선생 집에서 저녁식사를 하려고 하는데, 어디 계시냐고 묻는다. 밖에 있어 가기 어렵겠다고 했더니 무척 섭섭해 한다.

이곳 학생들은 스승의 날9월 12일이면 선생 댁에 찾아와 중국의 고유한 음식을 해드린다더니, 나에게도 대접을 하고 싶었나? 아까 5층의 김 선생이 내려와 점심을 먹자고 하기에 방금 전에 먹어 도저히 먹기 어렵겠다며 무슨 날이냐고 묻자, 이런 아름다운 풍습을 알려주었던 것이다. 매년 5월 15일이면 제발 공휴일과 겹쳐 학생들의 얼굴을 보지 않게 해달라고 비는(?) 우리들의 오늘과는 사뭇 다른 모습이다.

그렇구나. 주주와 완지에는 점심은 드셨다니 할 수 없지만, 저녁식사는 대접할 수 있겠다고 생각하고 5층 김 선생의 좁은 부엌에서 부지런을 떨고 있는 것이다. 그들의 착한 마음을 더 이상 뿌리치면 안될 듯하다. 간단하게 먹고 올라갔더니, 광저우의 소동 이후 지금까지 보지 못했던 단국대 여학생 몇 명이 잡채를 먹다 말고 그들을 위해 어학 도우미를 하고 있다는 중국 여학생들과 함께 우르르 일어나 인사를 한다.

몇 숟가락을 뜨는 둥 마는 둥 하고 내려오니 미안한 생각이 든다. 더구나 내일은 추석이지 않은가. 저 녀석들도 집이 그리울 터이고, 기숙사에서 생활하는 중국 여학생들도 가족이 무척 보고 싶으리라.

뿐인가. 웃으며 지내고 있지만 가족을 두고 온 저 여선생들은, 그리고 나는?

전화를 했다. "주주야. 밥 먹고 학생들 하고 다 내려오너라." 그리고 다시 륭은이에게도 전화를 걸어 이렇게 말했다. "너희 학교 학생들 다 불러라. 내가 맥주를 한턱 낼 테니 마음껏 사오너라. 안주는 많으니까 걱정 말고." 에어컨이 유일하게 달려있는 방의 차가운 대리석 바닥에 신문지를 깔고 앉아 시작된 한중합동 추석 전야제(?)는 밤 10시 50분에야 끝났다. 학생들은 11시까지 기숙사에 들어가지 않으면 안 되기 때문이다.

집에 있었으면 명절 증후군에 시달렸을 추석은 이렇게 지나갔다. 다행히 많은 학생들이 도서관을 지키고 있어 외롭다는 생각은 나지 않았다. 하지만 하루 종일 집에만 있기에는 갑갑해서 그림이라도 그리려고 정문을 나와 바닷가로 발걸음을 돌렸던 것이다.

바다는 멀리서 마음으로 바라볼 때가 좋았다. 버스 정류장 바로 뒤에 있는 바다는 온통 흙탕물이었고, 이곳에서 사는 사람들의 거처는 너무 초라했다. 토막土幕과도 같은 곳에서 사진을 찍는 것도, 스케치를 하는 것도 너무 미안하여 도망치듯 빠져나오고 말았다. 버스 정류장에는 빈부의 격차로 몸살을 앓고 있는 오늘의 중국을 그대로 보여주는 듯, 조그만 목선이 햇살에 말라죽은 거북이처럼 배를 드러내고 뒤집혀져 있었다. 오랜만에 잊을 수 있었던, 가난했던 시절의 추석풍경이 관자놀이를 적시는 땀방울처럼 끈적거리며 떠오른다.

🌙 2008.9.15.월.

슬픈 만남

주하이에 온지도 어느덧 27일째. 그러나 밀린 숙제라도 하듯 지난 주에 겨우 이메일 몇 통을 보냈을 뿐이다. 쓸거리도 별로 없는 단조로운 생활이 가장 큰 이유이겠지만, 처음으로 겪는 가슴앓이도 심했기 때문이다. 그리고 어제 오전에 혼자 찾아갔던 아무도 없는 조용한 산장에서 쓸쓸한 물빛으로 아득하게 먼 곳을 바라보는 그 여인의 눈동자와 마주치는 순간부터 그녀를 찾기 위해 밤을 밝혀가며 자료를 찾느라 보잘 것 없는 이메일조차 보낼 여유가 없었던 것이다. 잠시 머리를 식힐 겸 지난 1주일을 돌아본다.

딥다. 내색을 하지 않으려고 했지만, 땀은 벌써 등을 타고 흐르고 있었다. 분명 면세점에서 사용한 영수증까지 있는 걸 보면, 여기에 와서 신용카드를 잊어버린 것 같다. 혹시 나중에 쓴다고 어디다 잘 간수해 놓은 것은 아닐까. 여기저기 가방 속을 뒤지고 서랍을 열었다 닫았다 하는 내 모습을 바라보는 영석이의 표정도 어둡다. 그러나 컴퓨터를 잘 다루는 그는 침착하게 카드회사의 홈페이지를 찾아 8월 27일 이후의 사용 내역이 없음을 확인한 후, 분실신고를 해주었다.

교직이 천직인가. 여기에 와서도 학생들의 도움을 많이 받는다. 광저우의 소동 이후 지금까지 연구실처럼 이 방을 드나들며 도와주는 룽은이와 카드 분실 신고를 해 주고 빙그레 웃고 있는 영석이, 그리고 끼니때마다 전화하는 주주나 완지에가 없었더라면 나는 이 낯선 땅에서 얼마나 외롭게 지내야 했을 것인가. 이들은 그런 의미에서 매일같이 이메일을 보내며 선생을 챙기느라 서울에 있을 때보다 더 버거울 것임에 틀림없는 관무나 한성이, 그리고 아빠에게 응원을 보내는 희원이와 승원이의 분신인지도 모른다.

카드 분실 신고를 끝내고, 가끔 다운되어 속을 끓이는 컴퓨터도 말끔히 포맷한 후, 가벼운 마음으로 강영석과 그의 후배 허승관과 함께 방에서 맥주를 마셨다. 둘 다 국내에서 진학을 하지 않고, 곧바로 중국으로 건너온 유학생들이다. 그런데 옌주주나 장완지에, 량샨샨이 소속된 번역학원과 이들이 소속된 관광학원旅遊學院이라는 낯선 명칭에서도 알 수 있듯이, 주하이 캠퍼스는 1924년 쑨원이 국립광둥대학을 만들 당시 천명한 실용주의적 교육론과 교육경비 독립론을 구현할 수 있는 체계를 갖추고 있어 주목된다. 하긴 주하이를 남화 경제특구의 하나로 개방하기로 결정한 것도 커자客家 출신인 덩샤오핑이었고, 유미유동留美幼童을 파견하는데 앞장섰던 룽훙도 이곳 주하이 출신이니, 이런 특성화 전략은 이미 오래 전부터 마련되었는지도 모른다.

지금은 마카오나 홍콩으로 지나가는 통로에 불과한 낙후 지역으로 인식되고 있지만, 주하이가 중국 근대화 과정에서 보여준 역할은 그야말로 눈부신 바 있다. 그럼에도 여기에 온 교환학생이나 한국어 선생들은 물론 중국 학생들조차 왜 주하이시에서 10만여 평에 이르는 땅을 무상으로 제공하며 이 학교를 유치했는지 그 역사적 의미를 잘 모르는 것 같다. 다행히 대구에서 고등학교를 졸업하고 직장생활을 하다가 여기로 와서 관광학을 전공하고 있는 영석이는 이런 설명을 들고 미처 몰랐던 사실을 알게 되어 감사하다며 고개를 숙였다. 그러나 이들이 돌아간 후에도 얼마 전부터 시작된 가슴앓이는 사라지지 않았다.

담배를 많이 피어서 그런 것일까. 가슴이 답답하고 가끔씩 숨이 막히는 현상이 얼마 전부터 시작되었다. 일종의 향수병일까 하고 생각했지만, 그럴 리가 없다며 머리를 흔들기를 여러 번……. 그러나 아침에 일어나도 몸은 개운치 않았고, 꿈자리마저 깨끗하지 않았다. 정신없이 2주일 동안 강행했던 강의가 끝났기 때문일까. 아니면 두고 온 가족들 때문인가. 담배를 다시 피워 물고 제주도에 유배 갔던 추사 김정희金正喜(1786-1856)를 생각한다. 하지만 스스로도 멋쩍은 비교에 쓴웃음을 짓고 침대에 누워보지만, 잠은 좀처럼 오지 않는다. 에어컨을 켜놓고 자면 조금 덜할까 싶기도 하지만 밤새도록 켜놓기도 미안하여 끈지 오래다. 신경은 곤두서서 수돗물 떨어지는 소리마저 크게 들린다.

순간, 밤새도록 거실을 드나들며 냉장고 문만 여닫던 장인과 아침에 학교에 가려고 눈을 뜨면 언제인가 일어나 조간 신문을 보고 있던 어머니가 생각난다. 아, 그 분들 역시 대화할 상대가 없는 외로움에 그랬던 것인지도 모른다. 언어를 떠나라離言는 말도, 언어를 빌리라依言는 말도 모두 진실임을 비로소 깨닫는다. 그럼에도 애써 태연한 척하려는 가련한 위선…….

어쩌면 이런 증세는 밥을 먹는다는 의미를 새롭게 해석하던 지난 13일부터 시작되었는지 모른다. 식사 또는 공양을 한다는 것이 아니라 '밥을 먹는다'는 말의 처량한 울림을 새삼스럽게 느끼며, 어두운 방에서 혼자 사료를 먹던 고사리의 쓸쓸하고 멋쩍은 표정을 떠올렸던 것이다. 그랬다. 그날 그리웠던 밥과 김치를 먹는다는 기쁨도 잠시, 먹고 산다는 너무도 당연한 사실 앞에서 초라한 나를 발견하지 않을 수 없었다. 술을 마셔도 취하지 않고, 물을 마셔도 갈증이 가시지 않는 아득한 고원지대를 걷는 나날이 그날부터 시작되었다.

아침에 일어나자마자 컴퓨터부터 켰으나 인터넷은 다시 불통이었다. 백주의 침묵에 잠긴 하얀 침대에 벌렁 눕자 대학을 다니기 위해 아르바이트를 하는 건지, 아르바이트를 하기 위해 대학을 다니는 건지 알 수 없어 새카맣게 타들어가던 그 시절이 떠올랐다.

두꺼운 유리 속을 걷는 기분이란 정녕 이런 것일까. 아, 이 나이가 되도록 제대로 쉬어보지도 못하고, 그렇다고 열정적으로 살지도 못하고, 오늘도 이렇게 중국 땅에 누워 의미에 대한 집착을 떨쳐내지 못하고 한숨을 내쉬고 있는 소시민이여!

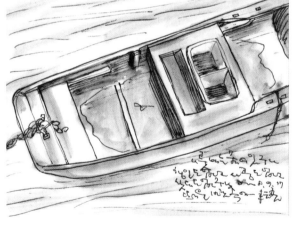

침대에서 벌떡 일어나 도착하던 날 이후 한 번도 맑게

갠 적이 없이 뿌연 안개로 까무룩 내려앉은 교정 뒤에 있는 뒷산을 향해 무작정 발걸음을 옮겼다. 그러나 내 키보다 크고 억센 잡풀더미와 척박한 땅에서 뿜어 나오는 열기, 그리고 탁하게 고여 있는 호수는 다시 한 번 가슴만 짓눌렀을 뿐이다. 호숫가에 묶인 채 흔들리고 있는 낡은 목선을 하염없이 바라보고 돌아와 샤워를 할 때, 새카맣게 그을린 사내가 물을 흠뻑 뒤집어 쓴 채 거울 속에서 한심하다는 듯 쳐다보고 있었다. 하지만 새카맣게 타도 좋았다. 이렇게 돌아다닐 수 있다는 것만으로도 숨통이 트이는 것 같았다.

영석이가 고쳐준 컴퓨터 앞에 하루 종일 앉아 글을 썼다. 일상 속의 내면이라도 들여다보지 않으면 무너질 것 같았던 것이다. 그러나 땅거미가 찾아올 무렵, 나는 결국 영석이를 데리고 이곳의 숲속 어디에서나 흔히 볼 수 있는 도마뱀처럼 뛰쳐나가고 말았다. 짧은 일본어로 일본인 여주인과 지껄이며 몇 점 안되는 회를 시켜 놓고 차가운 생맥주도 마시고, 일본 술도 마셔보고, 그것도 모자라 2차로 샹저우의 뒷골목에 있는 노천식당에서 이름도 모르는 요리를 몇 가지나 시켜놓고 영석이에게 선생 티를 벗어버리지 못하는 말을 계속 지껄이다가 택시를 타고 들어와 잠자리에 억지로 등을 떠밀어 넣었던 지난 목요일……

아침에 일어나보니 생수마저 떨어지고 없었다. 초대소에 전화를 걸어 물을 시키고 멍하니 앉아 있는데 누가 문을 두드렸다. 6층에 사는 김 선생의 남편이라며 어제 도착했다고 인사했다. 국악을 전공했고 작년에 한국어를 배우는 중국 학생들에게 사물놀이도 가르쳤다고 하니 앞으로 재미있는 일이 생길 수도 있겠다고 생각했지만, 동시에 말벗이라도 될까 하여 오기를 기다릴 때가 더 좋았을지 모른다는 생각도 들었다. 그럼에도 토요일에는 지인들에게 이메일도 보낸 걸 보면, 오랜만의 취중방담이 전혀 무익했던 것만은 아닌 듯하다. 사내가 한

명 더 낀 자리도 반가웠지만, 좋아하는 사람들에게 전화도 받았던 것이다. 그래서일까. 어제는 일요일인데도 아침 일찍 밥을 해먹고 아직 가보지 않았던 길을 따라 무작정 걸어 나갔다. 그리고 그 여인을 만난 것이다.

주하이쩐珠海鎭 산방로山房路의 언덕에 자리 잡은, 페치카가 쓸쓸해 보이는 산장의 텅 빈 벽에 기대어 그녀가 나를 하염없이 바라보고 있었다. 아니, 내가 건너온 바다, 저 너머를 아득하게 바라보고 있었다.

◑ 2008.9.22.월.

탕지아의 붉은 기둥

생각해 보면, 나는 그녀를 지난 21일 공락원의 별장에서 처음 본 것이 아니다. 이미 산방로 99호 대청의 담홍색 기둥 뒤의 어두운 방에서 그녀는 등을 돌리고 나가는 나를 하염없이 지켜보고 있었는지 모른다. 그러나 나는 오랜 세월 전에 그 어디에선가 만난 적이 있을 지도 모르는 그녀도, 어둠 속에서 붉게 빛나던 기둥도 알아보지 못했다. 아니, 중국 근대사에서 가장 논쟁적인 인물의 한 사람이라는 탕사오이가 왜 저렇게 대리석 흉상으로 남아서 붉은 기둥을 지키고 있는 것인지 그 이유를 도무지 알 수 없었다.

▲ 탕사오이 구가의 붉은 기둥

밤에 책을 보기 어렵다는 말을 듣고, 량샨샨이 스탠드를 사왔던 지난 3일. 성의도 갸륵하고 마침 수업도 없어 저녁이라도 먹을 겸 탕지아로 나갔다. 처음 도착하던 날 증명사진을 찍으러 주주와 한번 나가보기는 했지만, 나름대로 분위기가 있는 듯해서 다시 가보고 싶던 것이다. 예상은 틀리지 않았다. 탕지아에는

조잡한 신축 건물들 사이로 청말민초에 세운 중서합작中西合作 양식의
낡은 집들이 적지 않았다. 고목 밑의 돌의자 위에 앉아서 장기를 두
는 동네 노인들과 문 앞에 신단을 모셔놓고 기둥에 가정화목영취재家
庭和睦永聚財 신체건강무가보身體健康無價寶라고 쓴 주련을 붙여놓고 승관발
재升官發財를 비는 할머니들의 모습은 잊어 버린
우리의 어제를 보여주고 있었다. 그러나 탕지
아에는 슈퍼도 있고 식당도 많았지만, 선뜻 들
어가고 싶은 곳은 많지 않았다. 탕사오이의 구
가故居에 가보시지 않겠느냐는 샨샨의 말이 귀
에 선뜻 들어왔던 것은 이 때문이다. 광저우
캠퍼스의 근대중국 18선현 동상광장에는 없었
지만 어느 정도 중요한 인물이니 구가도 보존
하고 있겠지, 하며 따라나섰다. 그러나 골목길
로 접어들면서 이런 생각이 얼마나 경솔했는가
를 반성하지 않을 수 없었다.

▲ 탕사오이 대리석 흉상

　방치된 봉분처럼 듬성듬성 자란 풀들을 머리
에 이고 있는 기와지붕들, 구멍가게를 내느라 반쯤 헐어버린 담장 밑
에서 돋아나고 있는 이끼들, 동강나서 쓰레기더미 위에 버려진 오래
된 비석, 썩은 구정물만 담겨 있는 예쁜 우물돌, 시멘트로 덮였지만
자태가 여전히 아름다운 포장석 그리고 대문 앞에 놓인 장대석 의
자……. 이들은 한결같이 이 동네의 오랜 역사를 알려주고 있었다.
하지만 광저우에서 자란 샨샨은 낡은 냉장고 하나 들여놓고 잡다한
물건을 파는 구멍가게의 탁자에 빙 둘러앉아 카드놀이를 하고 있는
이 동네 사람들이나, 선반에 다리를 올려 놓고 고개를 떨구고 졸고

있는 이발관의 아가씨들을 보여주는 것이 부끄러운 것 같았다. 그러나 지금 이 길이 정치적 유혹을 뿌리치고 1921년에 고향으로 내려와 중산현을 전국 유일의 모범현으로 만들었던 '포의현장布衣縣長' 아니 중화민국 초대 국무총리 탕사오이가 모친을 기리기 위해 닦아놓은 산방로라는 사실을 알았더라면, 나는 샨샨의 부끄러움에 결코 동의하지 않았을 것이다.

▲ 탕사오이 구가

구가는 조금 숨을 돌릴 수 있는 공터 옆에 있었다. 동네의 쇠락한 집들과 달리 청기와를 올려 얼마 전에 단장했음을 알려주는 대문을 들어서니 십여 미터 안에 있는 계단 위로 탕사오이 구가라는 현판을 매단 중문이 보인다. 우물 정자로 생긴 구가는 진입로 양쪽에 야트막한 집들을 거느리고 있었고, 그 안에 앉아 있던 노인들은 우리를 무심한 눈길로 내다보았다. 문을 열고 들어가자, 코카콜라 마크가 선명한 파라솔 밑에서 다리를 올려놓고 졸고 있던 관리인이 발을 내려놓으며 쳐다보았다. 손님은 아무도 없다. 샨샨은 자기는 보았으니 선생님만 보고 나오라고 한다. 잔돈(입장료 5위안)이 없어 50위안짜리를 내자 돌려주며 그냥 들어가라고 손짓한다.

150년 전에 탕사오이의 조상이 세웠고 그가 태어났다는 구가는 바깥에서 볼 때와 달리 단정하고 아름다웠다. 세월의 풍화에 시달린 주름살은 어쩔 수 없었지만, 다른 집보다 한 층이나 높은 터에 지은 이층집이라 전망도 좋았고, 잘 키운 분재 몇 분과 연꽃을 키우고 있는 돌확, 그리고 조그만 정원을 지키고 있는 잘생긴 나무는 중서합벽과 전목결합^{磚木結合} 양식에 잘 어울렸다. 하지만 현관 입구에 서 있는 탕사오이의 흰 대리석 흉상은 반가웠던 발걸음을 잠시 멈칫하게 만든다. 너덜너덜한 방명록에는 오래 전에 방문한 사람들의 이름만 적혀 있다. 최근에는 그나마 방문객도 없는 듯, 하나만 켜놓은 백열등은 부옇게 먼지를 뒤집어쓰고 대리석 바닥 위에서 졸고 있는 가구들의 어깨를 희미하게 비춘다. 회색 전돌로 쌓은 벽에는 총리 시절 쑨원과 함께 찍은 사진이나 말년의 사진을 담은 액자들이 일렬로 걸려있다. 문득, 수많은 사람들이 감탄하며 안내원의 설명을 경청하고 있었지만 꺼멓게 썩어 들어가는 수의^{壽衣} 냄새가 나는 것 같아 얼른 나오고 싶었던 둔황의 어두운 석굴이 생각났다.

　오른쪽에 있는 계단으로 발을 옮기는 순간, 주칠^{朱漆}의 원형 막대를 창살로 삼아 만든 대문 밖에서 나를 노려보던 개가 으르렁거린다. 주인의 손때가 스며있는 이 집을 경건하게 잘 보라는 경고인가. 그러나 나중에 질손^{姪孫} 탕훙쾅^{唐鴻光(1922-)} 옹으로부터 이 대문이 통풍과 방범을 겸할 수 있도록 100여 년 전에 만든 자동 미닫이문이라는 사실을 듣고는 무척 감탄했다.

　과거 중국 여인들의 전족처럼 좁고 가파른 계단을 더듬거리며 올라가보니, 전면에 서양풍의 여닫이 덧문 유리창을 달아 놓은 이층은 일층보다 오히려 환했다. 중앙에는 고풍스런 마작탁자^{牌桌}와 의자가 놓여 있고, 침실에는 섬세하고 화려하게 조각한 발보상^{拔步床}과 자단목^{紫檀} 침상이, 문간방에는 화류^{花梨} 문갑과 북걸상^{鼓櫈} 등이 비치되어 있어 계급혁명 투쟁사를 기록한 연보들로 벽을 채우고 유품이라고는 호롱불 하나만 놓여있던 쑤자오정의 스산했던 구가와 비교된다.

　방과 방 사이의 모퉁이에 놓인 큰 여행용 가죽가방과 서안 및 장미목 의자도 집 주인의 상당했던 경력과 안목을 잘 보여준다. 그러나 그때까지도 이 훌륭한 가구들이 탕사오이의 수장품 가운데 가장 격이 떨어지는 것들이며, 또한 그가 1938년 9월 30일, 골동상을 가장하고 찾아온 국민당 특무대원들에게 상하이의 우거에서 무참하게 살해되었다는 사실을 몰랐다. 일층보다 약간 밝기는 했지만 그래서 더 덥게 느껴지는 이곳에 오래 있고 싶지 않아 계단을 내려오다가 상량보 밑의 석채石彩 매화도를 보고, 풍류를 즐겼던 고위관료였구나 하고 생각했을 뿐이다.

　언제 또 올지 모르니 사진이나 찍어 두자는 생각에 흉상을 향해 셔터를 누르고 현관을 나섰다. 그러나 카메라는 "셋째 아들 탕주를 낳은 후 산후 조리를 하다 게를 먹고 중독으로 죽었다.第二个妻子朝鮮鄭氏在誕下第三者唐柱後，在坐月時喫了螃蟹中毒身亡"는 두 번째 부인 조선 정씨를 추모하려고 일부로 말레이시아에서 수입해서 세웠다는 담홍색 기둥—놀랍게도 모든 걸 다 파먹는 흰개미도 이 기둥만은 공략하지 못하고 있었다.—은 물론 바로 그 옆방에 걸린 낡은 액자 속에서 오랜 세월 갇혀있던 그녀를 담아내지 못했다.

　아, 얼마나 반가웠고 얼마나 섭섭했을까. 100년의 세월을 기다려 오늘 뜻밖에도 저 멀리 고국에서 건너온 사람이 들어와 반가웠는데, 저렇듯 무심하게 훌쩍 가버리다니……. 그래서 나는 그 외로움을 조금이나마 헤아릴 수 있는 가슴앓이를 하고 난 후에야 그녀를 처음 만날 수 있었던 것일까. 그날 이후 계속 신열을 앓는 것도 이와 무관하지 않을지도 모른다. 셋째아들 이름을 주柱라 하고, 풍수지리상 전

▲ 1912년 초대국무총리 시절의 탕사오이(왼쪽)와 쑨원

례가 없다는 반대에도 불구하고 담홍색 기둥을 세우고 죽은 그녀를 그리워했던唐和鄭氏感情特別好 탕사오이. 실의에 빠진 그에게 수염을 깎고, 경제권을 양도하며, 첩을 두지 말라는 조건을 내세우며 30살의 나이 차를 무릅쓰고 정씨 사후 1년도 되지 않은 1913년에 결혼하여 세상을 놀라게 했던 셋째부인 우웨이차오吳維翹. 그리고 지난 1993년 103살의 나이로 우웨이차오가 죽을 때까지 아니 오늘도 여전히 비천령飛天領의 봉산鳳山에 쓸쓸하게 묻혀있는 중화민국 초대 국무총리의 둘째부인 정씨와 나의 인연을 생각하면서……

아, 내일은 탕사오이의 구가를 처음 찾은 한국인이라며 반갑다고 손을 꽉 잡아주던 탕홍쾅 옹을 찾아가 약주라도 대접하면서 이 답답한 속내를 풀어버리지 않으면 안 될 것 같다.

● 2008.9.28.일.

▲ 탕사오이의 질손 탕홍쾅 옹과 함께

두견화와 오랑캐꽃

안악도 우두머리도 돌볼새없이 갔단다
도래샘도 띳집도 버리고 강건네로 쫓겨갔단다
고구려 장군님 무지무지 쳐들어와
오랑캐는 가랑잎처럼 굴러 갔단다.

구름이 모혀 골짝골짝을 구름이 흘러
백년이 몇백년이 뒤를 이어 흘러갔나.

너는 오랑캐의피 한방울 받지 않었것만 오랑캐꽃
너는 돌가마도 털메투리도 몰으는 오랑캐꽃
두 팔로 햇빛을 막아줄께
울어보렴 목놓아 울어나보렴 오랑캐꽃

긴 세월을 오랑캐와의 싸홈에 살았다는 우리의 머언 조상들이
너를 불러 '오랑캐꽃'이라 했으니 너의 뒷모양이 어찌보면
머리태를 드리인 오랑캐의 뒷머리와도 같은 까닭이라 전한다

— 이용악, 「오랑캐꽃」

85

9월 30일. 벌써 이곳에 온지도 한 달 여. 오랜만에 낮잠을 자고 나니 오후 2시. 하늘은 언제 그랬냐는 듯 다시 부옇다. 방에만 있으면 우울해질 것 같아 가방에 연필, 스케치북을 쑤셔 넣고 며칠 전에 산 모자를 찾는다. 어디로 갈까. 지난 일요일 가보았던 공락원에나 다시 가볼까. 하지만 국경절이라 문을 닫았을지도 모른다. 그러면 어떤가. 길이 끝나는 곳에 길이 있으리라. 그녀를 처음 만난 것은 이런 심정으로 나갔다 우연히 들렀던 그곳에서였다.

서문은 베란다마다 촘촘히 내걸린 빨래들로 가득한 기숙사 건물 뒤에 있었다. 이리저리 파헤쳐 놓고 개발을 기다리는 동네에서 입주자도 별로 없는 박아원博雅園 맨션과 거대한 장난감집처럼 생긴 북사대北師大 주하이 부중附中은 오히려 낯설었다.

▲ 공락원의 석패방

'주하이시 10대 관광풍치지구 공락원'이란 녹슨 간판과 만난 것은 이런 황량한 풍경을 보며 걷다가 그나마 역사가 있어 보이는 건물 한 채를 보고 반가워 오른쪽으로 돌아서는 순간이었다. 그러나 그때 나는 공락원이 어떤 곳인지 몰랐다. 다만 넓은 마당에 서 있는 나무와 잠겨있는 문이 한가롭게 보이는 명원주루明園酒樓의 풍치가 좋아 언제 술이나 한잔 하러 와야겠다고 생각했을 뿐이다.

명원주루 담장을 따라 길게 난 길은 넓고 한적했다. 공락원은 피식 웃음을 터뜨리게 하는 경고문—이곳에 쓰레기를 함부로 버리지 말라. 깨닫지 못하는 자는 즉사하리라.此處禁止扔垃圾 不自覺者卽死—을 크게 써 붙인 낡은 아파트 맞은편에 있었다. 하긴 '부자각자즉사'란 지나친 감은 있지만, 나 같은 인간을 가리키는 말이 아닌가 싶다.

중화민국 초대 국무총리 탕사오이의 사가私家 원림으로 1910년에 세우기 시작했으며, 면적은 3.4만 평방미터(지금은 23.3만). 백은白銀 40만냥을 투자하여 6년 만에 완성했고, 처음에는 소영롱산관小玲瓏山館이라 했으나, 1921년 확장하면서 탕사오이가 탕지아 주민들에게 무상기증하기로 하고 공락원으로 개명했다. 2001년 주하이 인민정부는 국내외 수백 종의 진기한 식물이 있는 이곳을 주하이 10대 풍치지구로 선정했다.

▲ 공락원의 수석들

안내문을 대충 읽고 입장료10위안를 내고 들어섰다. 일요일인데도 사람은 별로 없었다. 길 양쪽에는 거목들이 즐비하게 서 있다. "선인은 나무를 심고 후인은 서늘함을 즐긴다.前人栽樹 後人乘凉"고 하더니, 주민들에게 무상으로 기증하고 여민공락與民共樂이란 의미로 이름까지 이렇게 바꿨다면 존경을 받을 만한 인물이라고 생각했지만, 강요에 의한 것이 아니었을까 하고 상상해보지 않았던 것도 아니다.

아마 오른쪽 언덕배기에서 하얗게 빛나던 해방군만산군도열사기념비解放軍萬山群島烈士記念碑가 이런 생각을 부추겼을지도 모른다. 1950년 해방군 131사단이 격전 71일 만에 만산군도 45개 도서를 해방시킨 기념으로 1957년 12월 14일에 세웠다는 건립기를 보면서, 국민당의 원로였던 그가 국민당이 패배하여 타이완臺灣으로 쫓겨 가는 것을 보았다면 어떠했을까 생각하니 더욱 그랬다. 물론 이런 상상은 그가 이런 역사의 현장을 보지 못하고 1938년에 장제스가 보낸 특무대원들에게 처참하게 살해되었다는 사실을 안 뒤에는 수정되어야 했다.

얼마 전에 지은 건물인 듯 살풍경한 계빈정憩賓亭을 보고 실망한 나를 붙잡아 세운 건 '공락원'이라고 붉게 음각한 세 글자가 돋보이는 석패방石牌坊이었다. 검버섯으로 얼룩진 돌기둥에는 '지자요산인자요수知者樂山仁者樂水 백년수인십년수목百年樹人十年樹木'이 대련으로 새겨져 있었고, 앞에 놓인 석수石獸도 오래된 것이었다.

안내석은 "1915년에 공락원의 원문園門으로 만들었으며 높이는 6.65미터, 폭은 2.46미터. '공락원'은 탕사오이 수적手迹을 음각한 것이며, 대련은 왕징웨이汪精衛(1883-1944)가 1922년 공락원에 초대받았을 때 쓴 제사題詞를 음각한 것"이라고 설명하고 있다. 특히 '백년수인 십년수목'이란 "한 해 계획으로 곡식 심는 것 만한 것이 없고一年之計 莫如樹穀, 십년 계획으로 나무 심는 것 만한 것이 없으며十年之計 莫如樹木, 백년 계획으로 사람 심는 것 만한 것이 없다.百年之計 莫如樹人"는 관중管仲(?-BC 645)의 말을 주거량諸葛亮(181-234)이 "10년을 내다보며 나무를 심고, 100년을 내다보며 사람을 심는다.十年樹木 百年樹人"고 압축했는데, 왕징웨이가 다시 이렇게 바꾼 것이라고 한다. "공락원에서 소요하시는 사오천 선생께 집구하여 가르침을 받듭니다.小川先生松遊共樂園集句奉敎" 라는 헌사도 그렇고, 서체도 달라 이상하다 했더니 이유가 있었던 셈이다.

석패방을 지나 계단을 따라 올라갔다. 나무를 무척 좋아했던 사람의 사가 원림답게 수종도 다양했으나 주로 남방 계통의 나무들이라 소나무에 익숙한 눈에는 오히려 낯설었다. 그러나 이런 조용한 장소를 찾았다는 것만으로도 흐뭇했다. 산중턱에서 기다리고 있던 취성각 앞에 있는 큰 바위에도 '취성단류翠聲丹流'라는 그의 수적은 남아 있었다. 화려한 꽃잎 속에 노란 꽃술을 내밀고 있는 부용화芙蓉花를 잠시 들여다보며 한숨을 돌린 후 다시 올라가 마지막 정자에 도착했다. 아, 멀리 탕지아만과 신구 양식의 주택들이 뒤섞인 탕지아의 전경이 한눈에 들어온다.

사람은 정녕 자기가 보고 싶은 것만 보는 것일까. 처음에는 그가 이곳 탕지아를 대표하는 가문의 자제로 중화민국 초기에 잠시 국무총리를 역임한 인물인 줄로만 알았다. 그리고 흐릿해서 아쉽기는 했지만 바다도 볼 수 있고, 탕지아에 의외로 고가가 많다는 사실을 알게 해준 것만으로도 고마운 사람이라고 생각했을 뿐이다.

내려오면서 보니 아까 보지 못했던 기묘한 형상의 바위들이 눈에 들어왔다. 졸정원拙政園의 주인처럼 그 역시 호고가好古家였던가 보다. 그러나 "탕사오이는 천연 예술조형의 바위를 특별히 좋아해 고석산古石山에 있는 백종의 기형 괴석 대부분은 말레이시아, 일본, 조선에서 직접 가져온 것."이라는 설명문을 보는 순간, 이런 친근감에 묘한 파문이 일어났다. 그가 고종1852-1919 앞에서도 무릎을 꿇지 않았던 위안스카이의 막후이자 대리로서 구한말의 정국을 좌지우지하던 청나라 관료의 한 사람이었음을 깨닫지 않을 수 없었던 것이다. 아니, '조공'이란 단어를 떠올렸던 것인지도 모른다. 야외별장에서 그 여인, 그의 두 번째 아내인 정씨의 사진을 보는 순간 한국과 중국 근대사의 이면을 들여다보고 싶은 욕구에 사로잡혔던 것도 이런 감정과 무관하지 않다.

그의 아내들(한명의 첩실은 누락) 사진을 실은 도판은 그녀의 사진 밑에 정씨두상^{鄭氏頭像}이라고 한 다음, "唐紹儀在朝鮮任職時所聚, 生有三女一子.Tang's second wife during his service in Korea, who bore him three daughters and one son" 라고 설명하고 있다. 물론 '소취'란 장가 들었다고 해석할 수 있는 표현이지만, 장씨의 경우는 "張氏爲唐紹儀原配夫人.Zhang is the first wife of Tang Shaoyi"으로, 셋째 부인 우웨이차오는 자세한 경력과 집안 내력 소개에 이어 "1913年由伍廷芳做媒與唐紹儀結婚.In 1913, through Wu Tingfang's acting as a go-between, she became Tang's wife"이라고 설명하고 있어 묘한 해석의 차이를 보여주고 있었던 것이다.

▲ 정씨 부인

순간, 마음 한 구석 어딘가에서 금이 가는 소리가 들렸다. 이 짧은 문구는 무언중에 장씨는 정실부인이고, 우웨이차오는 정식으로 결혼한 셋째 부인이지만, 정씨는 속국으로 간주했던 조선에서 얻은 여인이라는 의미를 은밀하면서도 너무 또렷이 보여주고 있었기 때문이다. 차라리 두 여인보다 화사하고 세련된 정씨의 사진이 없었거나, 정 아무개라고 이름이라도 밝혀놓았더라면 나는 이렇게 묘한 감정에 사로잡히지 않았을지 모른다.

그의 개인천문대라는 관성각도, 전서구 둥지탑인 신합소^{信鴿巢}도, 온갖 정성을 들여 만든 호수 위의 구곡교도 눈에 들어오지 않았다. 아편 연기처럼 무겁게 가라앉은 하늘에서 쏟아지는 뜨거운 햇살을 뚫고 숙소로 돌아오는 내 머릿속에서는 이용악¹⁹¹⁴⁻¹⁹⁷¹의 시 「오랑캐꽃」이 자꾸 떠올랐다. 그리고 아까 산 위의 그 정자에서 두견화, 종이꽃처럼 붉은 중국의 꽃을 만지작거리며 하염없이 내

▲ 부용화

가 건너온 바다, 그 너머를 바라보고 있었을 그 여자의 서글픈 눈동자가 지워지지 않았다. 머나먼 이곳에서 며칠 동안 가슴앓이를 하고 있었기에 찾아온 영혼의 황홀한 피습이며, 그래서 스스로 만든 환영일 수 있다는 생각을 하면서도 말이다.

● 2008.9.30.화.

91

폭풍우 속에서

Gertrude : To whom do you speak?

Hamlet : Do you see nothing there?

Gertrude : No, nothing but ourselves……

Hamlet : Ecstasy? My purse as yours doth temperately keep time, And makes as healthful music. It is not madness.

폭풍우가 거세다. 어제 주하이 박물관을 다녀와 문을 열고 들어서
자마자 쏟아져 다행이라 생각했던 비는 오늘도 여전히 세차게 내리
고 있다. 밤새 인터넷을 뒤졌지만 그녀에 대한 기록은 없어 공락원에
다시 가서 서성거리다가 숙소로 돌아와 마침내 그녀의 죽음을 알려
주는 자료와 만났던 지난 9월 23일. 그날 밤부터 태풍은 찾아왔다.
마치 고양이가 우는 것 같은 태풍은 밤새 그칠 줄 모르더니, 오늘은
더욱 심한 것 같다.

어쩌면 그날 밤을 새워가며 적었던 글을 읽고 당황했던 희원이와
승원이는 그 격앙된 감정을 불러일으킨 이유의 일부가 하염없이 울
어대던 저 폭풍우에 있었다는 사실까지는 모를 것이다. 그러나 어제
중국에서 처음 나왔다는 탕사오이 평전(張曉輝·蘇苑, 『唐紹儀傳』, 珠海出版社,
2004)을 구입하여 더듬거리며 읽어보았지만 정씨에 대한 언급은 없었

고, 그날 밤부터 돋아났던 상상의 촉수는 여전히 날카롭기만 하다. 우연에 불과한 자연현상에도 민감해진 신경을 누그러뜨리기 위해서라도 오늘은 그동안 살펴본 자료들을 정리해 보아야 할 것 같다.

탕사오이는 평생에 세 번 결혼했다. 아내와 첩이 모두 4명이다. 본처 장씨는 중산 사람인데, 1900년 8개국 연합군이 톈진을 침공했을 때 그녀는 난민을 구하다 불행하게 폭격을 맞고 부상을 당해 죽었다. (중략) 탕사오이는 장씨가 죽은 후 조선에 있을 때 얻은 부인 정씨를 정실부인으로 삼았다. 唐公一生結過三次婚. 先後有妻妾四人, 元配夫人張氏是中山人, 1900年八國聯軍進攻天津時, 她因救助離民不幸被砲火所傷而亡⋯⋯ 一是唐公在朝鮮時所納鄭氏夫人 在張殉離後 唐公把她扶爲正室.

탕사오이 구가의 대청에는 담홍색 기둥이 똑바로 서 있는데 이는 대청의 너비와 풍수를 중시하는 중국 일반가정에는 없는 양식이다. 후손의 소개에 의하면 탕사오이가 대청 한 가운데 기둥을 세운 이유는 바로 두 번째 아내 조선 정씨가 셋째 아들 탕주를 낳은 후 산후 조리를 하다 방게를 먹고 중독으로 죽었기 때문이다. 탕사오이는 특히 정씨와 정이 깊었는데 아들 이름도 탕주로 지었기 때문에 집에서 제일 눈에 띄는 곳에 한 개의 기둥을 세우고 이를 보면서 아내를 그리워했다는 것이다. 탕사오이의 구가는 주하이 탕지아 산방로 99호에 있다. 대청에 담홍색 기둥을 세운 것은 두 번째 아내를 기념하기 위한 것이다. 唐紹儀故居的大廳豎立着一根褐紅色的柱子, 這是一般家庭所沒有的, 尤其在注重廳室闊落、風水的中國建筑中. 据唐的后代介紹 唐之所以在自己的廳中間豎一柱子, 皆緣于其第二个妻子朝鮮鄭氏在誕下第三子唐柱后, 在坐月時吃了螃蟹中毒身亡, 由于唐和鄭氏感情特別好, 儿子又取名唐柱. 于是, 在家里最顯眼的地方豎一"柱", 以睹"柱"思妻 唐紹儀的故居. 位于珠海唐家山房路99号, 大廳豎立着一根褐紅色的柱子, 是爲紀念其第二个妻子 - www.gzlib.gov.cn

　위의 자료로 미루어 보면, 우선 그녀가 탕사오이가 조선에서 21살에서 37살까지 16년간 재직$^{1882-1898}$했던 이른바 평보청운^{平步青雲}의 시절에 얻은 여인이라는 사실은 명백하다. 하지만 출생연도나 고향, 가문 등은 물론 이름마저 모른다. 그러나 탕사오이는 갑신정변 당시 일견계합^{一見契合}했던 위안스카이의 전폭적 지지와 청나라 정부의 강력한 후원 속에 자국의 이익을 지키는데 앞장섰던 관료였던 만큼 그녀 역시 지체 높은 가문의 여자였을 가능성이 크다. 물론 공락원의 설명문이나 기타 자료들은 '취처'니 '소납^{所納}'이니 하여 이런 가능성을 은연중 차단하고 있기는 하다. 하지만 탕사오이가 1900년 8개국 연합군이 톈진을 침공했을 때 본처 장씨를 폭격으로 잃자 정씨를 정실부인으로 삼았고, 그녀의 사후 산방로 99호의 구가의 대청에 담홍색 기둥을 세워 추모했으며, 아들 이름도 '주柱'로 지은 것을 보면 그녀에 대한 사랑이 얼마나 지극했는지 넉넉히 짐작할 수 있다.

한편 그녀의 소생인 탕바오주안唐寶娟(?-? 6녀)은 량바오창梁寶暢과 결혼하여 세 아들을 낳았고, 탕바오메이唐寶玫(1902-1941 8녀)는 두 번 결혼했으며, 탕사오이가 가장 사랑했다는 탕주唐柱(1912-1976 3남)는 우위안吳元과 결혼하여 탕징시엔唐景縣을 낳았으며 7녀는 일찍 죽었다고 한다.위의 책, p.375 그런데 이들을 포함하여 5남 10녀(2자 탕동唐棟과 3,4,7녀는 요절)를 두었던 탕사오이가 중일전쟁 발발 후 우웨이차오와 그녀의 소생들이 있던 홍콩으로 피신하지 않고, 상하이에서 학업 중이던 탕주와 탕바오메이와 함께 본처 장씨의 소생인 맏딸 탕바오주唐寶珠(?-1979)의 남편, 즉 맏사위 주창니엔諸昌年의 집에 머물다 국민당에서 보낸 특무대원들에게 암살당한 사실은 시사하는 바가 적지 않다. 탕사오이는 말년에 남은 자식들을 통해서나마 사랑하던 정씨 부인의 모습을 보려고 했던 것이 아닌가 생각되는 것이다.

탕지아의 구가를 지키고 있는 질손 탕훙쾅 옹의 말에 의하면, 그는 5명의 아들―나무를 좋아했던 탕사오이는 아들 이름을 목부木部로 통일하여 장씨 소생인 장남은 류榴, 정씨 소생인 삼남은 주, 우웨이차오 소생들은 량梁, 리櫟, 지안欄이라고 지었다.―가운데 탕주를 가장 사랑했다고 한다. 그런데 일부 자료는 일본 유학생 출신으로 탕바오메이의 두 번째 남편인 천더광岑德廣이 중일전쟁 직후 상하이 조계에 머물고 있던 탕사오이를 괴뢰정권의 수반으로 만들려고 했던 일본의 선무공작에 앞장선 인물로 표현하고 있어 주목된다.

아직까지 탕사오이의 말년에 대한 평가가 엇갈리고 있는 만큼 자세한 내막은 좀 더 기다려봐야 하겠지만, 정씨의 소생들에게 탕사오이의 죽음에 대한 일말의 책임을 지우려는 의도가 아닌가 생각되기도 한다. 그의 사후 수많은 재산과 골동품은 홍콩에서 피신하던 중이라 임종을 지키지도 못한 우웨이차오와 그의 소생들에게 돌아갔음은 물론이다.

이처럼 일견 모순되기도 하고 일관되기도 한 탕사오이의 정씨에 대한 곡진한 사랑은 산후 조리를 하는 과정에서 방게를 먹고 중독되어 죽었다는 사실에 일말의 회의를 품게 하는 요인이 된다. 아이를 처음 낳은 여자도 아닌데, 과연 이토록 소홀한 조치가 가능했을까 하는 의문이 드는 것이다. 지나친 비약일지 모르지만, 선통제 푸이^{傳儀}⁽¹⁹⁰⁶⁻¹⁹⁶⁷⁾가 퇴위하면서 탄생한 중화민국의 초대 국무총리에 탕사오이가 임명^{1912.3.13}됨과 동시에 때를 맞춘 것처럼 일어난 그녀의 돌연한 죽음 뒤에는 어떤 모종의 음모가 있었는지 모른다.

강화도조약¹⁸⁷⁶에서 조선이 독립국가임을 선포하도록 방임했고 톈진조약^{1885.4.18}에서 조선의 자주독립을 인정하면서 종주국으로서의 권한을 잃었던 것을 천추의 한으로 여기며, 오늘도 동북공정에 열을 올리고 있는 이들이 과연 속국 조선에서 건너온 여자가 중화민국 초대 국무총리의 정식부인이 된다는 걸 달갑게 생각했을까? 의문이 아닐 수 없다. 참고로 종신 대총통이 되고자 음모를 꾸몄던 위안스카이의 야욕에 맞서 제출했던 탕사오이의 사표는 1912년 6월 27일 수리되었다.

그래서일까. 이런 가정을 고려하지 않는 한 나로서는 아무리 결혼의 전제로 세 가지 사항을 내세울 만큼 당돌한 여자였다고는 하나, 정씨가 죽은 지 채 1년도 되지 않은 1913년 6월 2일에 훙커우^{虹口} 공원에서 52살의 탕사오이와 성대한 결혼식을 올린, 22살에 불과한 우웨이차오의 저돌성이 잘 납득되지 않는다. 그래서 돌연하게 죽은 그녀를 보며 나는 정치적 타산의 계곡 밑으로 내던져진 한 떨기의 오랑캐꽃을 떠올리지 않을 수 없었고, 내가 건너온 바다 그 너머를 아득히 바라보는 눈동자 앞에서 발걸음을 멈추지 않을 수 없었던 것인지 모른다.

아니, 창문을 두드리며 울부짖는 폭풍우 소리에서 그녀의 울음소리마저 듣는 것 같은 착각에 빠졌던 나는 또 다른 의미에서 탕주일 수도 있는 아버지의 초라했던 무덤을 발견한 순간 수락산에서 떠오르던 쌍무지개를 바라보며 무릎을 꿇었던 나와 억울하게 죽은 아버지의 유령을 만나는 햄릿을 동시에 떠올렸던 것이다. 물론 과장된 감정이입인지 모르는 바 아니다. 그러나……

▲ 흰옷을 입은 탕주와 양복을 입은 탕류, 무릎에 앉힌 탕지안과 탕량을 데리고 웃고 있는 탕사오이(1924)

연초에 샹저우구 화교사무실, 주하이시 문화학회는 양씨 대부인의 무덤 근처에서 탕사오이의 조선 국적 정씨 부인의 무덤을 발견했다. 年初香洲區僑辦、市文化學會又在鄰近梁氏大夫人墓附近發現唐紹儀朝鮮籍鄭氏夫人墓穴 - www.zhwin.com

지난 1999년 초, 주하이시 문화학회가 비천령에 있는 탕사오이 어머니 양씨 부인의 묘소 근처에서 정씨의 묘소를 발견했다는 이 기사를 발견하는 순간, 이런 회의는 다시 철회되어야 했다. 정씨는 우웨이차오가 탕사오이의 품에 안겼던 그날부터 지금까지 끊임없이 지워지고, 중국인들의 잉샹수影香樹처럼 뿌리깊은 우월감에 짓눌려 철저히 방치되었다가 오늘 저렇게 통곡하고 있다고 생각하지 않을 수 없었던 것이다.

더구나 우웨이차오의 후손이라는, 전직 배우이자 화가인 탕이펑唐乙鳳이 내놓은 탕사오이의 수장품 가운데 흑자단 책상과 등받이의자가 600만 위안약 12억이란 가격에 책정广州中藝國際拍賣有限公司 홈페이지 참조된 것을 보고 경악했던 27일, 햇빛 속에서 돌연히 쏟아지던 여우비는 이런 감정이입에 더욱 힘을 실어주기도 했다. 아, 폭풍우는 과연 언제나 그칠 것인가. 주하이의 밤은 길기만 하다.

◑ 2008.10.5.일.

두 딸에게 보내는 편지

아빠. 굿모닝.^^

답장이 하루 늦었네요. 정신없는 월요일이었습니다. 오늘은 먼저 아빠께 메일을 보내구 업무를 시작하려구 해요. 아빠와 그 여인과의 소통을 더 깊게 이해하기 위해서, 저는 아빠의 글을 다시 한 번 차근차근 읽어보려구 해요. 오늘 집에 돌아가 2층 방에서 차분히 읽어야겠어요. 어수선한 사무실에서는 도무지 제 생각만큼 몰입을 할 수가 없어요.ㅠㅠ

그나저나 그 곳 날씨는 어떤가요? 여기는 아침저녁으로 공기가 쌀쌀하고, 낮에는 높은 하늘 청명한 그야말로 가을이 왔습니다……^^ 마당의 감은 엄청 크고 탐스럽게 익어가고 있구요.(떨어진 감을 맛보았는데, 정말 정말 맛있었어요) 아빠가 돌아오실 11월 말 쯤이 되면 초겨울의 날씨로 접어들겠죠? 많이많이 기다려집니다……^^

아빠, 저는 황금주말을 이용해 친구들과 동해 바다에 다녀왔어요. 올해 정말 정신없이 많은 일들이 벌어지고, 마음이 어수선했는데 차분하게 가라앉힐 수 있었던 좋은 계기였어요.

가을 바다는 참 너그러워 보이더라구요. 사진 한 장 보낼게요^^(제 사진도 있어요!) 아빠 오늘도 동그라미의 하루를 같이 해요. 또 전화할게요.

김치찌개를 끓여놓고 쌀을 불리는 동안 컴퓨터를 켜보니 희원이의 반가운 이메일이 기다리고 있다. 보낸 시간은 09시 21분 49초. 벌써 출근해서 잠시 틈을 내서 보낸 모양이다. 오늘은 보잘 것 없는 글을 열심히 읽어주는 희원이와 중간고사 준비에 여념이 없을 승원이가 집에 돌아오기 전에 몇 가지 궁금해 하는 사항들을 알려주어야 할까 보다.

희원아. 아빠는 일어나자마자 창문을 여는 습관을 갖게 되었단다. 연안도시이고 오염이 심하지 않아 공기도 나쁘지 않지만, 날이 좋으면 예전에 한국을 찾은 관광객들이 극찬하던 가을하늘처럼, 새털구름이나 뭉게구름이 높이 떠다니는 모습이 보기 좋아서 그렇단다. 지금 생각하면 방금 도착한 외국인들에게 한국의 첫인상이 어떠냐고 물었던 질문은 우문이었고, 하늘이 아름답다는 그들의 대답은 현답이었던 셈이지만, 그만큼 아빠가 초등학교를 다닌 60년대는 순수하고 촌스러웠으며, 또한 세계를 알고 싶은 열망에 사로잡혀 있었던 시대였단다.

88서울올림픽 개막식을 네 살 때 컬러TV로 본 너나, 그 해에 태어난 승원이는 그런 의미에서 축복받은 세대인지도 모르겠구나. 하지만 대체로 흐린 날이 더 많고, 폭우라도 쏟아지면 한 번도 들어본 적 없는 엄청난 천둥소리와 함께 번개가 무섭게 내려친단다. 그래서 어젯밤에는 처음으로 얇은 요를 덮고 자야했으니 가을이 오긴 왔나 보다. 며칠 전만 해도 깨자마자 에어컨부터 켰는데, 오늘은 선풍기도 언제 켜주나 하고 내 눈치만 보고 있으니 말이다.

승원아. 요즘 아빠는 밥을 지어 먹는단다. 가끔 너희들에게 수제비도 끓여주고 파전도 부쳐주긴 했지만 그건 즐거운 예외였고, 이젠 밥 짓는 일이 일상이 되어버리고 말았구나. 지금도 누가 문을 두드려 나가보니 아저씨가 생수를 가져왔구나. 그런데 여기 수돗물로는 밥도 짓지 말라고 하니, 초등학교 시절 산에서 놀다 목이 마르면 꿀꺽꿀꺽 마시던 시냇물은 정녕 전설이 되고 말았나 보다.

아, 어떻게 찌개를 끓였는지 궁금하다고? 위층의 선생들이 준 김치에 고춧가루와 멸치, 며칠 전에 사온 햄을 얹은 다음 물을 넣고 끓이면 된단다. 고추냉이를 푼 간장과 구운 김도 있으니 한 끼는 훌륭하게 해결될 것 같구나. 교내식당이나 음식점에서 파는 음식들마다 고기가 빠지지 않고 들어있어 싱싱한 야채가 그리울 뿐이란다. 그런데 감이 그렇게 맛있게 익었다고? 아, 나무에 매달려 있는 모습은 얼마나 아름다울까. 여기에도 많은 종류의 과일들이 있지만 우리 것만큼 입에 당기지 않아 잘 먹지 않고, 밥은 주로 태국쌀로 지어 먹는다.

음, 또 뭐가 궁금할까. 여러가지 많겠지만 다음에 또 들려주마. 돈만 있으면 아일랜드산 기네스 맥주나 국산 과자 등 모든 걸 살 수 있다는 것도 정보가 될까. 하하. 아, 빨래는 이제 달인 수준에 이르렀단다.

▲ 1929년, 탕사오이가 미국 유학 시절 학우이자 친구였던 후버 Hoover H.C.(1874-1964)가 31대 미국 대통령으로 당선되었다는 기사를 읽고 있다

다음에는 왜 아빠가 탕샤오이에 많은 관심을 갖게 되었는지 궁금할 것 같구나. 우선 그의 가족사가 우리 집의 그것과 유사하고, 그가 한국 근대사에서도 재조명될 만한 인물이라는 점에서 관심을 갖게 되었단다. 물론 처음에는 정씨 부인의 사진을 보며 그에 대한 의혹과 분노를 느꼈던 건 사실이지만, 살펴볼수록 그는 쑨원이나 마오쩌둥毛澤東(1893-1976) 같은 정치가는 아닌 것 같았단다.

다시 말하면, 그는 유미유동 출신으로 청나라와 중화민국 두 시대에 걸쳐 충실하게 복무했던 관료이면서도 출사와 은거의 한계를 분명히 할 줄 아는 정치인이었고, 예술을 사랑했던 지식인이었다는 말이다. 그를 가리켜 '대절불후大節不朽의 민국총리'라고 하는 말은 따라서 그의 전모를 보여주는 말은 아니라고 생각된다. 거기에 내가 좋아하는 나무와 돌을 비롯하여 골동품을 사랑한 호고가였다는 점도 친연성을 느끼게 한 요인의 하나이긴 하지만 말이다. 더구나 피난민의 후예인데다가 주위에 어른들도 없어 집안내력을 잘 몰라 답답했던 나이기에 그는 더욱 흥미로운 대상으로 다가왔는지도 모르겠다.

너희들도 잘 아는 박영효1861-1939보다 한 살 어리고, 서재필1864-1951보다 두 살 많은 그는 아빠의 증조부와 비슷한 연배인 1862년생이란다. 그러나 나에게 증조부란 단정하게 도포를 입고 갓을 쓰고 개화경을 걸친 어른이 손자손녀아버지와 고모를 데리고 찍은 흑백사진 한 장으로만 존재한단다. 그나마 미국으로 이민을 간 큰형이 잘못 건사하는 바람에 없어졌고, 이제는 그 분의 봉분마저 건설 중인 제주대병원에 편입되는 바람에 오늘도 해결을 모색 중이란다. 그런데 그 분이 낳은 두 아들 가운데 큰아들—아빠에게는 할아버지고 너희들에게는 증조부가 되겠지.—이 우웨이차오와 같은 당돌한 여인과 재혼하면서 우리 집의 비극이 시작되었던 것이란다.

간략하게 말하면 아버지와 고모, 친할머니를 평양에 두고 서울^{경성}에서 금광과 영화사업을 하던 할아버지가 친할머니의 사촌뻘인 여인과 재혼하고 무려 7남매를 낳았던 것이란다. 그런데 이혼 후 친할머니도 개가를 했으니 남매가 고아처럼 자랐을 것은 너무도 분명하지 않느냐? 뿐인가. 그 서조모란 분은 장남인 아버지와 전혀 연락이 닿지 않는다는 핑계를 대고 변호사를 입회시켜 많은 재산을 몽땅 가로챘단다. 아, 피난 당시 이북에 남았던 고모는 이미 돌아가신지 오래되었을 거다. 아무튼 그들은 60년대에 미국으로 이민가면서 할아버지의 묘소마저 정리해버렸고, 난 어려서 할아버지를 딱 한번 보았을 뿐이다.

이렇듯 당신의 아버지와 인연이 없었던 아버지가 만일 유산의 일부라도 받았더라면 과연 50살에 그렇듯 허무하게 쓰러지고 말았을까 생각하기도 한다만, 다 지나간 일이다. 아빠가 어렸을 때부터 기록을 중시하고, 또 이렇게 근대사에 관심이 많은 이유도 여기에 있단다. 그래서 그 여인의 흑백사진과 설명문을 보는 순간, 개인사적인 동질감을 넘어 중국과 일본 틈바구니에서 혼돈을 거듭하다 국권을 상실하고, 동족상잔의 전쟁을 치르고 오늘에 이른, 그러나 아직도 이데올로기 갈등이 심한 우리의 과거사를 돌아보았던 것이라 생각된다. 더구나 유미유동 출신으로 묄렌도르프^{P. G. von Möllendorff(1847-1901)}의 비서로 입국했다가 주한 총영사까지 승진했으나 부친상으로 귀국해야 했던 그가 16년 동안 갑신정변, 청일전쟁, 을미사변, 아관파천, 대한제국 수립, 독립협회 활동까지 냉정하게 지켜보았던 중국인이었기 때문에 더욱 그렇다.

요컨대 '탕사오이가 조선에서 얻은 부인으로 1912년에 죽었다'고 짤막하게 처리된 정씨의 사진을 보면서 그를 알았고, 다시 그를 통해 우리의 과거를 보다 객관적이고 상대적인 시선으로 되돌아보게 되었다고 할 수 있겠구나. 그래서 인연이란 말이 새로운 의미로 다가오기도 한다.

희원아, 승원아. 진부한 말이지만 역사는 과거와 현재의 대화라고 한다. 우리는 해방 후에 이룩한 성취에 혹시 너무 자만하고 있는 건 아닌지 모르겠다. 이번 기회에 역사에 대해 많은 관심을 가졌으면 좋겠다. 저녁 맛있게 먹어라. 아빠 걱정 너무 하지 말고.

　● 2008.10.7.화.

▲탕사오이의 본처 장씨와 정씨 부인 및 셋째부인 우웨이차오吳維翹

유미유동과 꾸이즈^{鬼子}

햇살이 뜨겁다. 베란다에서 더 이상 책을 보기 어려울 것 같다. 날이 흐리면 후텁지근한 공기와 탁한 시야가 싫고, 날이 좋으면 햇살이 너무 강해 싫다면서 방에서 책만 읽고 있는 것도 어느덧 나흘째. 집에 있을 때나 똑같은 생활이 반복되고 있는 걸 보면 이제는 어느 정도 적응이 끝났나 보다. 아, 어제 저녁에 강사료가 나오면 한턱내겠다고 했던 약속도 지킬 겸 동베이 식당에 다녀온 걸 잊었다. 하지만 중국인들의 희미한 약속관념—국경절 관계로 생활보조금은 내려오지 않았고, 강사료도 다음 주에나 줄 것 같다고 한다.—은 여전했고, 관심의 방향이 다른 사람들과의 대화도 이제는 바닥이 드러나 독한 줄도 모르고 혼자 술잔을 비우다가 허정거리고 돌아와야 했으니, 집에서 책이나 읽는 게 제일 편할지도 모른다.

그나저나 이제 두 권을 읽었으니 가져온 책이나 다 읽고 갈 수 있을지 의문이다. 그러나 다케우치 요시미^{竹內好(1910-1977)}의 『루신^{魯迅}』^(未来社, 1961)은 이런 씁쓸함과 초조함을 보상해 주기에 충분했다. 1943년 징집영장을 받고 자기가 사랑하던 중국에 가서 총부리를 겨누어야 했던 그가 '유서'처럼 쓴 글이라서 그럴까. 나이답지 않게 문제의식은 통렬했고 문체는 단호했다. 그러나 문학이란 정치에 대해서 무력하다는 사실을 자각하면서 그 절망감 속에서 작품을 썼던 루신[1881-1937]의 생애를 읽을 때, 도쿠토미 소호德富蘇峰(1863-1957)와 『매일신보』 사장 아베 요시이에阿部充家(1862-1936)의 격려를 받으며 조선 민족을 개조하기 위해 작품을 썼던 이광수[1892-1950]와 영국 같은 나라에는 두 번 다시 가지 않겠노라고 이를 악물며 '자기 본위의 문학'을 하겠다고 결심했던 나쓰메 소세키夏目漱石(1867-1916)의 얼굴이 자꾸 떠올라 몇 번이나 책을 덮지 않으면 안 되었다.

우연히 보게 된 한 장의 흑백사진을 통해 탕사오이와 조선의 인연을 살펴보게 되었다는 사실에 지나치게 많은 의미를 부여하려는 나……. 하지만 "절망이 허망한 것은 바로 희망이 그러함과 같다."는 루신의 통렬한 지적은 그냥 자신의 감정과 느낌에 충실할 것만을 요구했다. 그렇다. 내가 쓰고자 하는 것은 나의 상상 속에 있는 탕사오이라는 한 인간의 이미지일 뿐이다. 그러나 조금이나마 근접된 이미지를 그려내려면 아무래도 그가 조선과 인연을 맺기까지의 과정을 간단하게나마 살펴보지 않을 수 없을 것 같다.

탕사오이는 동치제同治帝(1861-1874)가 즉위하고 서태후西太后(1835-1908)가 임조臨朝를 시작했던 1862년 1월 2일, 지금의 주하이시 탕지아에서 6형제의 넷째 아들로 태어났다. 그러나 탕씨 집성촌인 이곳에서 농민의 아들로 태어난 그는 유미유동이란 새로운 운명의 전기를 맞이하게 된다. 제2차 아편전쟁[1856]을 통해 '천고에 없는 기변奇變'을 당했던 청나라가 서양의 과학과 기술을 도입하여 자강을 꾀하려 했던 양무운동의 거센 물결은 탕지아에도 밀려들어왔던 것이다. 그 결과 이곳 출신으로 중국에서 최초로 1854년에 미국의 예일대학을 졸업하고 학위를 취득했던 룽훙은 조기유학계획을 청나라 조정에 건의할 수 있었다.

▲ 샌프란시스코에 도착한 유미유동들

▲ 룽훙

▲ 중화민국 초대 국무총리 탕사오이(오른쪽)와
　청나라 우전부 부대신을 지낸 량루하오

'서양문명의 학술로 동방문화를 개조'하여 노대국 청나라가 '소년 신중국'으로 탄생하려면 서구 유학이 절대 필요하다고 판단했던 룽훙은 1868년부터 수차례에 걸쳐 조기유학계획안을 제출했고, 청나라 조정은 1870년 마침내 그 계획안을 받아들였다. 12살에서 14살까지의 연령으로 제한하여 120명을 선발하고 매년 30명씩 나누어 파견하되 15년의 유학 기간 동안 의식주 경비 일체는 정부에서 대고, 귀국 후에는 총리아문의 관리로 등용한다는 파격적인 지원책이었다. 그러나 과거를 통한 입신양명의 꿈을 버리지 못하고 있던 사대부 집안에서는 어린 자식을 15년 동안이나 미국에 보낸다는 계획에 모두 고개를 가로저었다.

유학생 선발이라는 새로운 난관에 부딪친 룽훙은 17세기부터 1840년대 아편전쟁 전후까지 중국의 대외무역항이자 고향이기도 한 광둥 지역을 비롯하여 비교적 개방적인 사상을 갖고 있던 상하이, 닝파^{寧波}, 푸젠^{福建} 등 연해안 지역의 자제들을 대상으로 학생들을 선발하지 않으면 안 되었다. 120명의 유미유동 가운데 광둥 출신이 84명이나 되고, 그중에서도 샹산^{주하이}에 적을 둔 학생이 전체의 3분의 1인 39명이나 되는 것은 이런 사정에서 비롯된다.

이미 서구 문명의 세례를 어느 정도 받았던 이 지역의 사람들은 자기 자식이 양한림^{洋翰林}이 될 수 있다는 생각에 적극적으로 응모했다. 탕사오이의 경우 친척이자 룽훙의 친구였던 탕팅수^{唐廷樞(1832-1892)}의 추천과 반대하는 집안의 어른들을 설득한 어머니 양씨의 혜안, 농사일을 그만두고 상하이에서 차 수출업을 하던 아버지의 배려에 힘입어 제3차 유미유동으로 선발될 수 있었다. 그런 의미에서 탕지아는 그에게 기회의 땅이자 보은의 고향이기도 하다. 훗날 그가 중산현 현장으로 내려와 발전계획을 세우고 실천에 앞장섰던 것은 이와 무관하지 않다. 12살의 어린 나이로 그가 중학위체中學爲體, 서학위용西學爲用의 사명을 실현하기 위해 30명의 동료들과 함께 상하이를 출발했던 것은 1874년 9월 19일이었다.

미국에 도착한 유미유동들은 청나라 조정이 기대했던 것 이상으로, 마치 바싹 마른 스펀지처럼, 서양문물을 흡수하기 시작했다. 사회적 동화도 뛰어나 유학생들로만 이루어진 야구부를 조직하고, 조정부에서도 탁월한 기량을 과시하기도 했다. 그러나 이들은 중국인이 아닌 다른 아시아인, 일본인들이 이미 미국에서 공부하고 있음을 알고 놀라지 않을 수 없었다.

어린 그들이 가쓰 가이슈勝海舟(1823-1899)가 미일수호통상조약1858의 비준서를 교환하기 위해 간린마루咸臨丸를 타고 태평양 횡단에 성공했던 것이 1860년 1월 19일이었고, 이때 종복으로 따라갔던 후쿠자와 유키치福澤諭吉(1835-1901)가 『서양사정』1866을 쓰고 게이오기주쿠慶應義塾(1868)를 설립했으며, 『학문의 권장』1872을 출간하면서 탈아입구脫亞入歐를 주장했던 사실까지 알기란 어려운 일이었다.

어쩌면 20년 후 중국땅도 일본땅도 아닌 조선땅에서 벌어진 청일전쟁에서의 승패는 이미 예고되고 있었는지도 모른다. 아니, 신미양요辛未洋擾(1871) 이후 척화비를 세우고 "서양 오랑캐가 침범하는데 싸우지 아니하면 화친하는 것이고, 화친을 주장하는 것은 나라를 파는 것.洋夷侵犯 非戰則和 主和賣國"이라고 도도하게 외쳤던 대원군1820-1898도, 그리고 양무운동을 펼쳤던 청나라도 우승열패의 논리가 앞으로 얼마나 더 가혹하게 전개될 것인지 미처 예측하지 못했던 셈이다.

서양교육을 받고 장차 청조의 순민順民으로 성장하지 않을지도 모른다고 두려워했던 청나라는 1881년 모든 유미유동의 귀국을 명령했고, 컬럼비아 대학에 재학 중이던 탕사오이는 7년간의 미국생활을 접고 귀국하지 않으면 안 되었다. 그러나 무릎을 꿇는 것조차 힘들어하는 그를 보고 꾸이즈鬼子(양놈)가 다 되었다고 깔깔대던 서태후는 이 소년이 30년 후 청조를 무너뜨리고 탄생하는 중화민국의 초대 국무총리가 될 줄은 꿈에도 예상하지 못했을 것이다. 아니, 어린 광서제光緖帝(1871-1908) 역시 서구문화의 세례를 받고 공화제 사상에 공명했던 그가 이상의 항쟁과 보전의 타협 사이에서 괴로워하는 줄은 전혀 모르고, 변발의 청년으로 다시 돌아와 머리를 조아리며 땀을 흘리는 걸 보면서 다리가 저려 그런가 하며 웃었을지도 모른다.

▲ 컬럼비아 대학 중앙도서관

'쩡짜掙扎'—힘써 버티다, 발버둥치다, 발악하다는 뜻인데 다케우치 요시미는 저항이란 의미로 해석하고 있다.—는 루신만 좋아했던 말은 아니었다. 그러나 갈등 끝에 중국의 전통을 현대적으로 변화시키는 관료가 되기로 결심하고, 1882년 9품 현승보용縣丞補用이란 말단 세무아문 통역관으로 톈진天津으로 갔던 그에게 조선은 너무도 빨리 평보청운의 길을 열어주었다. 그보다 한해 앞서 김윤식金允植(1835-1922)이 영선사領選使로 톈진에 와 있었던 것이다. 유미유동 출신 탕사오이와 정씨 여인, 아니 이제 막 청나라와 일본에 유학생을 파견했던 '은둔의 나라' 조선과의 인연은 이렇게 시작되었다.

◑ 2008.10.9.목.

벽안의 참판과 변발의 비서

　졸전을 거듭하던 축구 국가대표팀이 우즈베키스탄과의 평가전에서 시원하게 이기는 광경을 탕지아에서 컴퓨터로 보며 좁아진 세계를 실감한다. "조국에 계신 동포 여러분 안녕하십니까. 여기는 인도네시아의 수도 자카르타입니다." 축구 경기를 중계하던 아나운서의 격앙된 목소리를 들으며, 손에 땀을 쥐던 지난 날에는 상상할 수 없었던 동시성의 세계가 펼쳐지고 있는 것이다. 그러나 다음과 같은 기사는 19세기에도 세상은 이미 좁았음을 보여주고 있다.

　　"유럽에서 최고 수준의 한국문화 컬렉션으로 자리 잡도록 노력하겠습니다." 독일 동부의 라이프치히 국립 민속박물관의 잉오 넨트빅(46) 박사는 요즘 신바람이 나있다. (중략) 이 유물들은 그동안 예산 부족과 관심 소홀로 최근까지 박물관 창고에서 먼지를 뒤집어쓰고 있었다. 넨트빅 박사는 "19세기 말 조선에서 세관 관리로 근무하던 함부르크 출신 독일인 쩽어와, 외국인으로서는 최초로 참판 자리에 오른 파울 게오르그 폰 묄렌도르프(한국명 목인덕) 등이 수집한 유물"이라고 설명했다.(http://blog.joins.com/comeagain/6902679)

　이 기사를 보는 순간, 공락원의 수석들과 광저우 경매장에 나온 탕사오이의 수장품들, 그리고 골동상인으로 가장한 국민당 특무대원들의 초조한 눈빛과 그들이 내놓은 도자기를 지긋이 내려다보는 안경 너머의 노안, 그의 대리석 흉상이 역광 속의 먼지처럼 어지럽게 떠오른다. 이어 박동^{磚洞}의 거처—임오군란 때 피살된 민겸호¹⁸³⁸⁻¹⁸⁸²의 집으로 종로구청 부근으로 추정됨.—를 나와 건너편에 있는 사동^{지금의} ^{인사동}의 어느 골동가게에 앉아 연신 머리를 조아리는 주인에게 값을 물어보는 묄렌도르프와 그 옆에 서 있는 변발의 청년 비서 탕사오이의 모습이 떠오른다. 그러나 그때 그는 벽안의 독일인 상관이 보여주는 이런 취미가 청나라를 반식민지로 전락하게 만든 원인의 하나였음을 알고 있었을까.

▲ 묄렌도르프

선교사들이 중국의 문명을 소개하면서 시작된 중국취미chinoiserie는 18세기 유럽에 순식간에 퍼져 볼테르Voltaire(1694-1778)는 공자의 실천 철학을 높이 평가했고, 중농학파 학자인 케네Quesnay,F.(1694-1774)는 중국의 농본주의를 본받아야 한다고 주장하기도 했다. 유럽인들은 중국에서 수입한 면직물·도자기·칠기·가구·장식품·회화 등에 열광했고, 특히 루이 왕조의 경우 귀족들은 중국식 정원이나 중국관을 만들고 벽에 도자기를 진열하며 부와 교양을 뽐냈다. 귀부인들은 비단옷에 중국문양을 넣은 면직물을 즐겨 입고 큰 부채를 들고 다니기도 했다. 그러나 19세기에 들어와 영국이 산업혁명에 성공하면서 중국은 환상의 대상에서 약탈의 대상으로 바뀌기 시작한다.

우선 판매시장의 확보가 급선무였던 영국에게 가장 큰 장애는 광둥의 무역체제였다. 청나라는 광저우만 개방하고, 당국의 허가를 받은 공행公行이라는 독점적 상인 길드를 통해서만 대외무역을 할 수 있도록 허용하고 있었다. 공행의 자의적인 관세 부과와 외국 상인의 무역에 대한 제재, 무역항의 제한을 가장 큰 장애요인으로 판단했던 영국은 1793년 9월 매카트니Macartney,G.(1737-1806) 백작을 파견하고 완화를 요청했지만, 삼궤구고두례三跪九叩頭禮를 요구한 건륭제乾隆帝(1735-1795)는 완강하게 거부했다. 이에 영국은 기호성 마약인 아편에 눈을 돌렸고, 동인도회사에 수출독점권을 주기로 결정했던 것이다.

이후 건륭제가 상왕으로 물러나고 가경제嘉慶帝(1796-1820)가 즉위하면서 아편 수입으로 국내의 은값이 폭등했고, 은으로 세금을 납부해야 했던 서민들의 생활은 어려워졌으며, 상인들도 예외는 아니었다. 명말 이후 약 200년 동안 유입되었던 외국은—총 2억 5,200만냥, 약 3억 6천만 달러로 추정—이 유출되기 시작했다. 청나라의 경제는 만성적 불황에 시달렸고, 실업자는 증가했으며, 사회불안은 높아졌다. 1826년 이후 광저우의 대영무역은 역조로 바뀌었고, 은의 대량 반출은 가속화되었다.

도광제道光帝(1820-1850) 즉위 후 사태는 더욱 악화되었다. 제1차 아편전쟁1840과 굴욕적인 난징조약1842을 체결하면서 제국의 위신은 추락했다. 이어 함풍제1850-1861가 즉위했지만 15년에 걸친 태평천국의 난1851-1864이 일어나고, 제2차 아편전쟁1856으로 톈진조약1858을, 영불연합군의 베이징 점령으로 베이징조약1860을 체결하면서 더욱 깊은 나락으로 떨어졌을 뿐이다. 1861년 함풍제가 태평천국의 난이 평정되는 것을 보지 못하고 르허熱河, 즉 지금의 청더承德의 이궁에서 죽은 후 6살의 동치제가 즉위하고 서태후가 임조를 시작했을 때, 청조 멸망의 날은 50년 앞으로 다가오고 있었다.

탕사오이는 이른바 동치중흥의 최대 수혜자였는지도 모른다. 동치제 3년1864에 태평천국의 난은 평정되었고 그 과정에서 국력은 피폐해졌지만, 구미의 선진기술을 도입하여 자강을 도모해야 한다는 양무파의 관료들을 등용하면서 정치 개혁에 성공했고, 다행히 동치 13년간은 대외적으로도 큰 파탄이 일어나지 않았던 것이다. 더욱이 동치체가 죽자 네 살짜리 조카 광서제를 앞세운 서태후가 다시 수렴청정을 강력하게 시행했을 때, 그는 제3차 유미유동으로 떠날 수 있었기 때문이다. 따라서 탕사오이 눈에 비친 묄렌도르프는 임오군란으로 정권을 잡았던 대원군을 바오딩保定으로 압송1882.8.26하면서 조선의 내정·외교 문제에 적극적으로 간섭하며 종주권을 강화하려고 했던 리훙장李鴻章(1823-1901)이 고종에게 추천한 독일인에 불과했을지도 모른다.

두 사람은 이후 한러밀약 사건1885으로 갈라서게 된다. 그러나 프

러시아 귀족으로 동양어와 법률을 전공하며 동양문화에 대한 심미안을 갖고 있었던 묄렌도르프와 개화파의 칼날에 맞아 피투성이가 되어 그의 집에서 치료받으며 만나게 되는, 대원권과 묵란에서 쌍벽을 이루었던 민영익1860-1914이 그의 삶에 미친 영향은 예상보다 컸으리라 생각된다.

탕사오이는 그들과 만나면서 상고적 세계관과 예술적 심미안을 온축했고, 또한 유학 시절 공화제 사상을 체득했기 때문에 훗날 모든 정치적 유혹을 뿌리치고 탕지아로 귀향할 수 있었던 것인지도 모른다. 더구나 묄렌도르프는 조정의 냉담한 대접에 절망하며 톈진의 수사水師 부설 양무학당 견습생과 세무위아문 직무 담당으로 주저앉았던 그에게 뛰어난 영어실력과 외교능력을 마음껏 펼칠 수 있도록 길을 터주었고, 그의 내면에서 강렬하게 타오르는 정치적 열망을 실현시켜 줄 수 있는 위안스카이와 만나는 계기를 제공했던 인물이 아니었던가.

외교교섭을 통해 자국의 이익을 지키는 것이 얼마나 중요한가를 절감했던 청나라가 유미유동 출신들의 재능을 조선에서 활용할 기회는 예상보다 빨리 찾아왔다. 1881년 7월 19일 임오군란이 일어나자 톈진에 있던 김윤식과 어윤중1848-1896이 파병을 요청했던 것이다. 강화도 조약으로 실추된 종주권의 회복에 부심했던 청나라는 이 요청을 흔쾌히 받아들였고, 태평천국의 난을 진압하며 최대의 군벌로 떠오른 북양대신 리훙장은 북양수사 제독 딩루창丁汝昌(1836-1895)과 광동수사 제독 우창칭吳長慶(1834-1884)에게 군함 3척과 육군 3,000명을 이끌고 조선에 들어갈 것을 명령했다. 그들은 8월 26일 오후 5시 대원군을 압송하면서 임오군란을 평정했다.

이후 조선은 청나라에 의지하기 시작했고, 행정기구를 개편하여 통리군국사무아문^{내아문}과 통리교섭통상사무아문^{외아문}를 설립하고 지도감독을 맡아줄 고문을 파견해 줄 것을 요청했다. 교섭상무를 담당할 인재가 없어 고심하던 리훙장은 톈진에 있던 독일영사 묄렌도르프를 조선양조해관사무로 추천했다. 1882년 12월 8일 묄렌도르프는 유미유동 출신 탕사오이와 차이사오지^{蔡紹其(1859-1933)}, 우중셴^{吳仲賢}을 비서로 데리고 조선에 도착했다. 우창칭 휘하에서 영무처^{營務處} 회판이던 위안스카이와 탕사오이가 기회의 땅 조선에서 처음 만나 의기투합한 것은 1884년 12월 5일이다. 그들의 나이 불과 26살과 23살이었다.

◐ 2008.10.11.토.

▲ 탕사오이

어둠 속의 우물

"선생님. 처음 왔을 때 잘 웃었어요. 근데 요즘 그렇지 않아요." 교내식당에서 말없이 밥을 먹던 나를 보며 주주가 입을 삐죽이며 이렇게 말하자 옆에 있던 완지에도 그렇다는 듯 고개를 끄덕인다. 내 마음의 어둠을 이들도 알아차린 것일까. 그러나 혹시 한국어 원고를 좀 봐달라고 부탁했던 일 때문에 그런 것인지도 모른다.

> 선생님, 저는 일찌 읽었어요. 아주 훌륭한 원고이는 것 같아요. 말아기 예선은 다음 주예요. 두 학생을 뽑아서 이번 달 말에 광둥성 말아기 대회를 참가할 거예요. 일등나 이등을 받으면 무료 한국에서 유학을 할 수 있어요. 너무 어렵지만 저는 최선을 할 거예요. 좋은 결국이 없어도 아주 좋은 경험이에요. 안녕히 계세요!^^

조금 고쳐 주었더니 이렇게 답장을 보냈던 주주가 새벽에 도착한 이메일을 보고 미안해서 그런다면 그건 나의 의도와 전혀 상관없는 일이다. 그래서 비가 와서 그런가 보다며, 한국에 돌아갈 때 입을 옷도 없으니 다음 주에 꽁베이에 함께 나가지 않겠느냐고 물어보았다. 그제야 안심했다는 듯 주주는 "맞아요. 선생님 추워요. 이제 사야 해요." 라며 환하게 웃는다.

117

어느새 어두워진 방의 불을 켠다. 오전에 혼자 버스를 타고 이곳에서 제일 유명하다는 원명신원圓明新園에 가보았지만 조악하게 복원한 모습에 실망하여 들어가지 않았다. 대신 옆에 붙어있는 족락원이란 곳에 들어가 이곳에 와서 처음 발마사지를 받았지만 몸은 무겁기만 하다. 긴장해서 지금까지 잘 견디던 몸을 잘못 건드린 것일까. 그럴지도 모른다. 하지만 비에 젖은 차창 밖으로 탕지아만을 바라볼 때, 문득 새파랗게 젊은 청나라 병사들에게 붙잡힌 대원군이 탄 배가 저 멀리서 오고 있는 듯한 착각에 빠지면서 시작된 고질병, 그 과도한 감정이입이 더 큰 이유인지도 모른다.

▲ 김윤식

아니, 제 전공도 아니고 이미 많은 학자들이 정리하고 평가마저 끝낸 근대사를 괜히 어설프게 건드렸다가 요동백시遼東白豕나 되는 것이 아닌가 하는 부담감도 없지 않았고, 자국의 권익 확보를 위해 냉혹할 수밖에 없었던 청나라의 말단관료로 조선에 들어와 승진을 거듭하다가 조선 여인을 사랑했던 한 개인의 삶이 문학사적으로 무슨 의미가 있는가 하는 어쩔 수 없는 직업의식에 발부리를 채여 잿빛으로 변해 버린 마음을 주주는 정확히 짚어낸 것이다. 그럼에도 무엇인가 희미하면 못내 답답해하는 성미를 이기지 못하고 19세기 후반의 국내 정황을 살펴본다.

1876년 개항 이후 김윤식과 어윤중 등 온건개화파들은 중국에서 서구 과학 기술과 병기 도입 및 군사훈련을 하기 위해 유학생 파견을 시도했고, 마침내 1880년 4월 조선정부도 이 문제를 구체적으로 논의하기 시작했다. 그러나 반대하는 목소리도 높았고, 자신들의 신군제와 연병을 참고할 것을 강요하는 일본 때문에 조선정부는 1880년 12월 근대문물을 수용하기 위한 기구로 통리기무아문을 설치하고, 일본과 중국에 신사유람단과 영선사를 동시에 파견하기로 결정했다.

총 83명으로 구성된 영선사 일행은 1881년 9월 26일 서울을 출발하여 육로로 11월 17일 베이징에 도착했다. 김윤식은 도착 직후 일본의 독점적 진출과 러시아의 남하를 견제하기 조선의 연미론聯美論을 권유하는 리홍장을 만나 전권대표 파견과 수호조약 초안 검토, 미국 사신의 내조 문제 등을 협의했다. 그러나 1882년 7월 19일 임오군란이 일어나면서 청나라에 파병을 요청했던 김윤식은 그들과 같이 귀국했고, 유학생들은 11월 1일 귀국할 수밖에 없었다.

한편, 60명으로 구성된 신사유람단은 영선사보다 앞서 1881년 4월 10일 일본을 향해 출발했다. 박정양1841-1904, 홍영식1855-1884 등과 함께 조사朝士로 선발되어 재정 경제 부문 시찰을 임무로 부여받았던 어윤중은 3개월 후 귀국할 때 수행원 유길준1856-1914과 윤치호1865-1945를 더 공부하도록 남겨놓고, 영선사 김윤식과 합류하기 위해 톈진으로 떠났다. 그는 김윤식과 북양대신 리홍장, 해관총독 저우푸周馥(1837-1921) 등과 회담한 뒤 12월에 귀국했다. 1년간에 걸쳐 일본과 중국을 시찰한 복명서를 제출하고 고종에게 견문서와 개화정책을 개진했던 그는 1882년 문의관이란 직책으로 다시 청나라에 파견되었으나 그 역시 임오군란이 일어나자 청나라 군대와 함께 귀국하지 않을 수 없었다.

임오군란을 일으킨 조선 군인들이 일본공사관을 공격하자 인천으로 탈출했던 일본공사 하나부사 요시모토^{花房義質(1842-1917)}는 외무상 이노우에 가오루^{井上馨(1836-1915)}의 지시로 육군을 인솔하고 돌아와 조선정부에 7개항의 요구조건을 제시했지만, 대원군이 주도하는 조선정부는 강력하게 반발했다. 결국 8월 26일 대원군이 바오딩으로 압송되면서 일본은 청나라의 적극적 개입으로 8월 30일 제물포조약과 수호조규 속약을 체결하고, 마침내 주병권^{駐兵權}을 획득하는데 성공했다.

청나라의 개입으로 임오군란을 수습한 조선정부는 조영하¹⁸⁴⁵⁻¹⁸⁸⁴를 진주사^{陳奏使} 전권대신으로 임명하고 김홍집¹⁸⁴²⁻¹⁸⁹⁶과 어윤중을 보내 10월 1일 전문 8조의 조청상민수륙무역장정을 체결했다. "이번에 정약하는 수륙무역장정은 중국이 속방을 우대하는 뜻에서 나온 것이므로 각국은 일체 균점할 수 없다." 라는 전문이 보여주듯, 조선에 대한 종속관계를 질적으로 변화시키려고 했던 리홍장은 마젠창^{馬建常}⁽¹⁸⁴⁰⁻¹⁹³⁹⁾과 묄렌도르프를 추천하여 통상외교와 관세를 장악했고, 군대도 친군 4영제로 개편했다. 그러나 열강들은 청한 종속관계를 묵인했지만 일본은 인정하지 않았다.

임오군란은 민씨 정권이 추진한 성급하고도 무분별한 개화정책에 대한 반발과 정치·경제·사회적인 모순을 배경으로 일어난 군민의 저항이었지만, 외세의 간섭이 가속화되는 결과를 낳고 말았음을 부인하기 어렵다. 이후 조선정부는 수구파와 개화파로 나뉘어 대립하게 된다. 특히 1882년 일본에 건너가 메이지유신의 진행상황을 살펴보았던 김옥균¹⁸⁵¹⁻¹⁸⁹⁴이 임오군란 소식을 듣고 급히 서울로 돌아오면서 두 진영의 갈등은 첨예해졌다. 그러나 메이지유신을 모델로 근대화를 급격히 추진하려고 했던 개화파들에게는 자금이 부족했다. 더구나 임오군란 진압 후에도 3,000명의 군사를 주둔시키고 있었던 청나라는 그들이 개화정책을 추진하는데 가장 큰 걸림돌이었다.

▲ 김옥균

김옥균은 세 차례의 일본 방문을 통해 근대화가 더욱 시급함을 깨닫고 개화정책을 서둘렀지만, 그럴수록 민영익을 비롯한 민씨 세도정권과는 더욱 날카롭게 대립할 수밖에 없었다. 정치적 위기에 빠진 김옥균은 이이제이以夷制夷 곧 조선 지배의 관건이 청일전쟁을 전제로 한다는 것을 통감하고 있던 일본을 이용하여 수구파를 타도하고자 했다. 정변을 통해 정권을 장악한 다음, '위로부터의' 급진적인 방법으로 개혁정책을 추진하기로 계획을 세우고 있던 그들에게 마침내 기회는 왔다. 청불전쟁[1884]이 일어나자 청나라의 승리를 두려워했던 일본은 개화파를 지원하여 배후를 치기로 정책을 선회했던 것이다.

이미 상식이 된 역사이지만 한번 훑어보고서야 불을 끈다. 그러나 영불연합군이 태워버린 원명원의 치욕을 되풀이하지 않겠다는 듯, 서둘러 조선에 군대를 파견했던 청나라의 탕사오이와 위안스카이를 생각할 때, 그들의 창칼에 도륙을 당했던 젊은 병사들, 연금된 지 3년 만에 풀려나왔다가 다시 일본낭인들에게 불태워진 민비[1851-1895]의 시신 앞에 끌려 나와야 했던 대원군, 그리고 넋이 빠져 주저앉았을 고종, 뜨겁게 달아오른 양화진에서 쇠파리가 윙윙 끓고 있던 김옥균의 잘려진 목……. 이런 장면이 아무리 잠가도 똑똑 떨어지는 수돗물처럼, 아니 한 방울 한 방울 천장에서 떨어지는 핏방울처럼 어둠 속의 이불을 적시며 떠오른다.

안개 속으로 끝없이 녹아들고 있는 누런 바다와 지평선 밑으로 아득히 펼쳐진 대륙은 남의 나라에 짓밟히고 다시 분단된 채 살아가고 있는 나라에서 건너왔다는 자의식의 옷깃을 틀어잡고 어둠 속의 우물에 목을 밀어 넣고 있다. 이미 잠은 달아나버렸다. 다시 불을 켠다. 그리고 제 나라를 위해 목숨을 바치는 걸 주저하지 않았던 삼국의 젊은 그들이 피를 뿌리며 싸웠던 그날을 다시 한 번 생각하는 것이다. 수돗물은 지금도 여전히 떨어지고 있다.

◗ 2008.10.13.월.

▲ 주하이시 탕지아만

상상으로 그려본 어느 우정

　장면1—유난히도 춥던 갑신년[1884] 12월 4일 밤, 잠자리에 들려는 순간, 문을 두드리는 소리가 요란하게 울렸다. 마당에 나가보니 묄렌도르프를 모시고 우정국 개막 축하연에 갔던 하인이 헐떡거리고 뛰어 들어오면서 변란이 일어났으니 빨리 대감을 모시고 와야 한다고 외치는 것이 아닌가. 창과 총을 꺼내 들고 아루누스[Arnous], 크니플러[Kniffler], 하인들과 함께 전동의 우정국으로 달려갔다. 그러나 이리저리 접시가 엎어지고 의자가 쓰러져 아수라장이 된 연회장에는 모반자들도, 초대받았던 고관들도 없었다.

　여러 군데 칼을 맞고 축 늘어져 있는 민영익을 붙들고 옷에 온통 피를 묻힌 묄렌도르프만이 부들부들 떨다 살았다는 듯 우리를 올려다보았을 뿐이다. 어찌된 영문이냐며 달려가 손을 내밀자, 그는 김옥균 일당이 모반을 일으켰는데 대궐로 몰려간 것 같다고 신음을 토하면서 겨우 몸을 일으켰다.

　개화파들의 동태가 수상하다고 생각하긴 했지만 이렇게까지 빨리 움직일 줄은 몰랐다. 민영익을 태우고 달리는 가마꾼들의 발자국 소리에 놀란 개들이 어둠 속에서 요란하게 짖었다. 정신을 수습한 묄렌도르프는 하인들에게 알렌[H.N.Allen(1858-1932)]을 빨리 모셔오라고 지시

한 후, 대문을 단단히 지켜달라고 부탁했다. 힘깨나 쓴다는 하인들과 창을 들고 지키고 서 있는데도 어느새 손에는 땀이 흥건했다.

　몇 시간이나 지났을까. 순간, 오른쪽 육조거리에서 미명을 뚫고 땅을 쿵쿵 울리며 달려오는 군사들의 발소리가 들려왔다. 온몸의 피가 다 빠져나가는 것처럼 다리가 후들후들 떨렸다. 하지만 무기를 내려놓으라고 외친 건 모반자들이 아니었다. 맥이 풀린 것도 잠시, 어디서 온 놈들이냐고 호통을 쳤다.

▲ 묄렌도르프의 저택

　이곳 톈진에 온지도 벌써 1주일째. 사위는 조용하다. 오늘도 골동가게 주인이 가져온 물건이나 구경하고 책만 읽었다. 유달리 골동을 사랑하던 벽안의 참판 목인덕을 비웃더니 어느새 호고벽好古癖에 빠졌으니 늙은 것일까. 쓴 웃음이 나온다. 그러나 오늘 왜 그날 밤 일이

자꾸 떠오르는 것일까? 그 젊은 장교 아니, 지난 2월 선통제가 퇴위하고 쑨원이 사임하면서 3월 13일 총통으로 선출된 위안스카이와 그날 처음 만났기 때문이리라.

다음날 아침, 문밖에 서있던 내게 그는 "아우님, 그나저나 대단하시우. 서생이 창을 들고 파수를 다 보시다니." 하며 껄껄거리고는 말에 올랐던 것이다. 하지만 지난 주 상기된 얼굴로 아무 말 없이 노려보기만 하던 그는 패기만만하던 그날의 장교는 아니었다. 그리고 나역시 겁도 없이 병사들에게 호통치던 23살의 청년도 아니었다. 더구나 총통실에 들어가기 전까지만 해도 사표를 내면 의절하겠다는 말을 들을 줄만 알았지, 그가 그런 말까지 할 줄은 몰랐다.

지난 16일 처음 사표를 제출하고 호출을 받았을 때, 나는 호통치는 그를 일부러 똑바로 쳐다보면서 "차라리 총리를 하지 않을지언정 당성을 절대 희생하지 않겠다.寧願不當總理, 斷不犧牲黨性"고 말했다. 그렇지 않으면 국민당을 기만하기 시작한 그의 야망을 잠재울 수 없을 것 같았고, 집요한 그가 놓아줄 것 같지도 않았기 때문이다. 그러나 그날은 달랐다. 불같이 화를 내다가도 금세 누그러지기도 하는 그가 착가라앉은 목소리로 새삼스레 호까지 부르며 이렇게 말했던 것이다.

"나도 이미 늙었네, 사오촨. 다음에는 자네가 총독을 맡아주게나.我老了, 小川, 你來當總督吧" 그러나 우리가 30년을 함께 살아온 의형제拜把兄弟라면 룽안容庵—나도 오랜만에 그의 호를 불러본다.—은 이런 말까지는 하지 말았어야 한다. 물론 그는 지금까지 청나라의 관료로 승승장구했던 내가 쑨원의 동맹회원들을 입각시키고, 이렇게 사표까지 내자 정치적 포석으로 생각하고 이런 제안을 했는지도 모른다. 하지만 그는 아직도 나를 잘 모른다. 서글픈 일이다. 이번 일만 끝나면 만삭인

아내^{정씨}가 기다리고 있는 탕지아로 내려가 좋아하는 나무들이나 심으며 조용히 살고 싶다. 차는 어느새 식어버렸다.

장면2—차라리 혁명파들과 한번 붙어 싹 쓸어버리려고 했건만, 내전이 확대되면 또 다시 열강들이 무력간섭을 할 것이 분명하니 그러면 안 된다고 극구 반대하기에 그럼 자네가 대표로 나가 그들과 타협해보라고 하지 않았던가. 그래서 결국 이렇게 피도 흘리지 않고 중화민국이 탄생한 것이라면 그게 도대체 누구 덕인가. 쑨원인가, 아니면 나 위안스카이인가.

쑨원이 2주일 만에 사임할 뜻을 밝히고 나를 임시대총통으로 추천한 것이 과연 그의 구국적 결단이었을까. 내 뒤에 있는 막강한 10만의 북양신군과 영국과 일본 그리고 입헌파들의 지지가 두려워서 할 수 없이 양보했던 것이 아닌가. 그런데 무력을 사용하지 않고 만주족을 이 땅에서 몰아낸 것만으로도 만족한다느니 하면서 쑨원 그 인간이 자신을 거룩한 희생양처럼 떠들고 다닌다니 기가 막힌다.

네 놈들이 아무리 수십만의 혁명군이 있다고 떠들어봤자 오합지졸들뿐이고, 군대를 움직일 돈도 없어 그랬다는 걸 내가 모를 줄 아느냐? 그런데 탕사오이, 너는 어째서 동맹회 골수당원인 쑹자오런^{宋教仁(1882-1913)}, 차이위안페이^{蔡元培}, 천치메이^{陳其美(1878-1916)} 같은 놈들에게 농림, 교육, 공상총장 자리를 준단 말이냐. 아무리 옆에서 동맹회 내각이 되고 말았느니 뭐니 하면서 속살거리는 놈들이 있어도 아우가 어련히 잘 알아서 하는 일이니 놔두라고 했건만, 이제는 내무총장으로 내가 추천한 짜오빙댜오^{趙秉鈞(1859-1914)}까지 퇴짜를 놔? 그리고 뭐? 총리실 권한을 존중해 달라고! 또 왕지샹^{王之祥}을 직예총독으로 승인하지 않는 건 임시약법 위법이라고······.

　미친 녀석. 그렇게 오랜 세월을 같이 보냈으면서도 내 속을 그렇게도 모를 수가 있단 말이냐. 나보고 혁명파 그놈들을 어떻게 믿으란 말이야. 그런데 이젠 차관 문제까지 사사건건 걸고 나오더니, 아예 사표까지 내? 내 일찍이 네 놈의 야심을 모르는 바 아니라 아예 속을 까뒤집어 보여주며 같이 가자고 했는데, 한마디 말도 없이 톈진으로 내려가 버려? 탕지아에서 올라온 촌놈이 영어께나 하고 외교능력도 있어서 리훙장 대인에게 충직명민忠直明敏이요 담식겸우膽識兼優니 하면서 침이 마르도록 칭찬하여 9품에서 정1품까지, 아니 국무총리까지 시켜줬더니 눈에 보이는 게 없나 보구나.

　이놈이 아무래도 제 고향 후배고 외국물까지 같이 먹었다고 쑨원 그 놈한테 단단히 홀린 게 분명해. 뭐라? 중화민국은 국권재민 원칙에 따라 사상·신교·결사·표현의 자유를 보장하고 삼권분립과 책임내각제를 규정한 '임시약법'을 반드시 준수하지 않으면 역사의 죄인이 된다고?

　이봐, 나도 너만큼은 공화제를 잘 알아 탕사오이. 하지만 이 나라는 아직 안 돼. 비록 청나라가 270여 년 만에 망했지만, 진시황제 때부터 2,000년 동안 몸에 밴 전제왕조의 틀을 이 나라 백성들이 어떻게 하루 아침에 깨뜨릴 수 있단 말인가. 또 쑨원 같은 반골 기질, 그 커자 출신한테 어떻게 이 나라를 맡긴단 말이냐!

　아무리 생각해도 끓어오르는 분노를 참을 수 없다. 며칠째 술을 먹었지만 속에서 일어난 불길은 좀처럼 잡히지 않는다. 그런데도 언제나 곁에 있던 그가 없다는 사실을 실감하기 어렵다. 순간, 고종의 요청으로 동학도들을 진압하던 1894년, 자기를 잡으려고 혈안이 되어있던 일본군의 감시망을 교묘히 따돌리고 인천에서 배를 태워 톈진으로 떠나보내던 그의 단호한 얼굴이 떠오른다. 무더웠던 그날, 자기는 알아서 갈 테니 먼저 가라면서 어둠 속에서 손을 흔들던 그 녀석은 정말 군인인 나보다 더 냉정하고 대담했다. 그래서 이 사실을 아는 인간들은 생사지교生死之交니 뭐니 하면서 온갖 아첨을 떨기도 했었지……. 아, 안 되겠다. 량스이梁士詒를 내려 보내 빨리 그 인간을 데려오라고 하지 않으면 안 되겠다. 어이, 비서실장, 거기 밖에 누구 없나? 그의 목소리가 텅 빈 총통실에 쩌렁쩌렁 울려 퍼진다.

▲ 1912년 3월 29일, 중화민국 초대 국무총리 탕사오이(앞줄 오른쪽 끝)와 관료들

후기―며칠 후 량스이는 면목 없다는 말만 되풀이했다. 위안스카이는 탕사오이의 사표를 1912년 6월 27일자로 수리했다. 탕사오이의 삶에서 가장 짧고 길었던 3개월은 이렇게 지나갔다. 위안스카이는 1916년 6월 6일, 만성 피로와 요독증으로 사망했다.

어쩌면 비약일지도 모르지만, 위안스카이가 그로부터 불과 4년 만에 허무하게 쓰러지고, 탕사오이의 일생을 가리켜 '휘황상반세輝煌上半世 낙막하반세落寞下半世'라고 하는 것은 30년의 세월 동안 서로의 가슴 속에서 키웠던 나무, 그 성장이 더딘 우정이라는 나무를 하루아침에 뽑아버린 허허로움과 무관하지만은 않을지도 모른다.

대권욕이 컸던 만큼 소유욕도 강했을 위안스카이가 자신의 분신과도 같은 탕사오이와 헤어졌을 때의 충격이란 우리의 예상보다 훨씬 크지 않았을까. 이것은 탕사오이가 사랑하던 정씨가 죽은 후 담홍색 기둥을 세우며 그리워했지만, 그 빈자리를 잊지 못해 우웨이차오와 서둘러 다시 결혼했던 것과 대응되는 심리일 수도 있다.

◑ 2008.10.16.목.

홍콩을 바라보며

바다는 언제나 똑같은 황토색이었다. 산허리를 깎아 만든 아파트와 호텔들이 멀리 바다 위로 떠다니는 작은 어선들을 바라보고 있었다. 사람들은 이 황량한 풍경이 그래도 좋다며 바위에 올라가 사진을 찍고 있었다. 다가왔던 사진기사가 들고 있는 카메라를 보고는 발길을 돌렸다. 비라도 흩뿌리지 않았더라면 애꿎은 담배만 몇 대 더 피다 돌아갔을지 모른다. 하지만 여기를 통해 집으로 돌아갈지도 모른다고 생각하면서 구내에 들어가 보았다. 낮이라 그런지 어두워 보이는 터미널에는 승객도 별로 없었다. 무표정하게 앉아있는 세관원들을 뒤로 하고 버스가 기다리고 있는 곳으로 걸어 나왔다. 빗발은 굵어지고 있었다.

버스는 한참을 기다려서야 들어왔다. 오늘만 세 번째 타는 버스다. 아까 진딩金鼎으로 갔다가 여기 주호강九州港까지, 그리고 다시 샹저우로 가려는 것이다. 수증기가 부옇게 낀 차창 너머로 터미널이 보인다. 항구는 예상보다 작았다. 그러나 여기서 배를 타고 건너가면 도착하는 홍콩은 중국 근대화의 과정을 압축한 공간이기도 하다.

1840년 아편전쟁 때 홍콩섬을 점령했던 영국은 1842년 선박수리를 위해서라는 명목을 내세우며 난징조약을 체결하면서 청나라로부터 이 섬을 할양받았다. 영국령 식민지 홍콩British Crown Colony of Hong Kong은 이렇게 탄생했다. 이후에도 영국은 1860년 제2차 아편전쟁 후 1차 베이징조약으로 주룽九龍반도를 할양받았고, 다시 1898년에는 2차 베이징조약으로 신제新界와 부속도서를 99년 동안 조차했다. 이후 홍콩은 1905년에 주룽과 광둥을 잇는 철도가 개통되면서 물자의 집산지이자 해외로 진출하는 화교들의 거점으로 발전하기 시작했고, 1861년에 약 12만이던 인구는 오늘날 700만을 상회한다.

홍콩은 항만, 공장 노동자와 도시 빈민들이 증가하고 신해혁명 이후 팽배한 내셔널리즘과 공산주의 사상이 침투하면서 여러 차례 혼란을 겪었다. 그 중에서도 국공합작으로 이루어진 광둥정권의 지도하에 벌어진 총파업사태는 16개월1925-26 동안이나 계속되었다. 바이스지에白石街의 구가에서 태어난 쑤자오정이 이때 맹활약했음은 살펴본 바 있다. 그리고 1937년 노구교사건을 일으키고 일본이 상하이를 점령했을 때, 고령의 탕사오이가 우웨이차오와 그의 자식들을 홍콩으로 피신시키고 자신은 머물러 있다가 살해당했던 것도 우리는 기억한다. 이후 홍콩은 1941년부터 1945년까지 일본군에게 점령되었으나, 일본 패망 후 1946년 5월부터 다시 영국의 식민지가 되었다.

1949년 10월에 공산정권이 수립되면서 군사적 긴장상태가 빚어져 영국군이 급파되기도 했지만, 영국은 1950년 1월 중국을 승인했고, 중국도 1963년에 "홍콩과 마카오 문제는 평화적 해결이 이루어질 때까지 현상을 유지한다"는 성명을 발표하면서 1966년 4월의 '주룽폭동'과 1967년 5월의 '반영폭동'에 개입하지 않았다. 영국은 발 빠르게 1972년 자유중국타이완 주재 영사관을 폐쇄하고, 중국과 대사교환 협정을 체결하면서 홍콩의 정치적 안정을 보장받았다.

1984년 12월 19일, 영국과 중국은 홍콩반환협정을 체결했고, 마침

내 홍콩은 1997년 7월 1일 155년간의 식민지 역사를 청산하면서 중국으로 반환되었다. 그러나 중국은 홍콩에 대해 50년간 현행 체제를 유지해주기로 약속했다. 즉 1국가 2체제one country two system에 의해 중국대륙은 사회주의를, 홍콩은 자본주의를 그대로 시행하기로 한 것이다. 따라서 지금 홍콩의 정식 명칭은 '중화인민공화국 홍콩특별행정구SAR(Special Administrative Region)'라고 한다. 중국과 별도로 운영되는 특별지역이라는 정도로 이해하면 될 것이다.

홍콩은 이처럼 중국의 근대화 과정을 압축한 공간으로 대서구 협력의 중계지이자 근대화를 위한 남쪽 창구로 기능하고 있다. 세계에서 여섯 번째 경제대국으로 성장한 중국이 홍콩과 마카오의 무역을 합칠 경우, 네 번째가 된다는 사실을 생각하면 홍콩의 비중이 어떤지 짐작할 수 있을 것이다.

탕지아라는 공간에서만 보면 광둥성은 아직 낙후되어 있는 것 같지만, 중국의 32개 성(타이완 포함)과 4개 직할시와 5개 자치구 가운데 광둥성이 중국 전체 GDP국내총생산의 8분의 1, 전체 세수稅收의 7분의 1을 차지하고 있음을 기억할 필요가 있다. 중국이 '세계의 공장'이라고 한다면 광둥성은 '중국의 공장'인 셈이다. 특히 중국의 '개혁과 개방의 1번지'라고 할 수 있는 선전시深圳市는 중국에서 처음으로 지난해 1인당 GDP가 1만 달러를 돌파했고, 광저우시의 1인당 GDP도 9천 달러가 넘는다. 처음 꿍베이에 나갔을 때, 핸드폰 손목걸이만 하나 사갖고 왔던 것도 서울과 전혀 다르지 않은 경제 사정과 무관하지 않다. 하긴 중국의 2008년 하루 GDP가 1952년 한 해 GDP보다 많다고 하지 않던가. 또한 최근 중국은 미국에 이어 G2 경제대국으로 성장했으니……

진딩공단 또한 미래의 중국을 잘 보여주고 있었다. 한적하다 못해 황량한 공단의 한 귀퉁이에 내려 끝없이 뻗어나간 건물들과 넓은 길, 그리고 잔디밭에 앉아 점심시간 후의 달콤한 휴식을 즐기는 공원들을 보면서 NBA에서 활약하고 있는 야오밍姚明(1980-)의 예전 모습, 어정쩡하지만 엄청난 미래가 엿보이는 힘을 느끼지 않을 수 없었다.

버스가 움직이기 시작했다. 앞으로 사람들의 손때가 조금 더 묻으면 엄청난 에너지로 빛날 높은 건물들이 차창 뒤로 잇달아 지나간다. 질은 양에서 나온다는 사실을 알고 있다는 듯 아랑곳하지 않고 이렇게 많은 고층빌딩들을 짓는 중국인들의 배포와 그에 따른 미래……. 아직은 밋밋하고 크기만 한 근육의 소유자가 리샤오룽李小龍(1940-1973)처럼 세기를 가다듬는다면 어떻게 될 것인가.

이와 동시에 탕사오이와 위안스카이가 묄렌도르프의 집에서 만났다 헤어질 때까지 그 30년의 세월 동안 갈피를 못 잡고 허둥대다 일본의 식민지로 전락했던 우리의 과거가 떠오른다. 그리고 처음 교편을 잡았던 23살의 청년이던 내가 초대 국무총리직을 사임하고 톈진으로 내려갔던 탕사오이와 어느덧 동갑이 되어 그의 고향에서 이렇게 버스를 타고 다니는 모습을 차창에 비춰볼 때, 그는 죽었고 지금 나는 여기에 살아있다는 사실이 무엇이 중요한가 반문하지 않을 수 없다. 어차피 시간 앞에서 무력한 존재들이 아니던가.

그런 의미에서 역사를 배우는 것이란 허무를 배우는 일인지도 모른다. 그러나 절망은 자기 자신에게 희망을 주는 유일한 것인지도 모른다. 죽음은 삶을 낳지만, 삶은 죽음에 이르는 것일 뿐이다. 타고 남은 재가 기름이 되듯이 역사를 보며 절망하고, 다시 그 절망을 자신에게 돌림으로써 희망을 찾아내는 것이다. 버스는 샹저우에 도착했다.

오랜만에 맛있는 밥을 먹었다. 어제 주스코에 들러 고기라도 구워 먹을까 하고 쇠고기를 샀지만 너무 질겨 먹지 못하고 김치찌개에 넣고 끓였던 것이다. 커피를 마시고 컴퓨터를 켠다. 부시^{George W.B.} ^(1946-) 미대통령이 한국을 미국의 비자면제프로그램^{VWP} 신규 가입국으로 공식 발표했다는 소식이 헤드라인으로 올라와 있다. 일본과 러시아를 견제하기 위해 연미론을 주장했던 리훙장의 주선으로 조선정부가 제물포에서 14개 조항의 조미수호통상조약에 서명했던 것이 1882년 5월 22일이었으니 한미수교 126년만이다.

이때 수교의 기회를 놓친 러시아는 묄렌도르프를 통해 1884년 6월 25일 조아수호통상조약을 체결한다. 그러나 '친중, 결일, 연미'로 러시아를 견제하라고 했던 황쭌시엔의 제안과 달리 '인아거청引俄拒淸'의 논리를 조선정부에 제시한 묄렌도르프를 리훙장이 가만둘 리 없었다. 묄렌도르프는 1885년 12월 5일 중국으로 돌아가야 했다. 이후 쌍두마차처럼 활약했던 탕사오이와 위안스카이는 조선이 일본의 식민지로 전락했던 1912년, 새로 탄생한 중화민국을 이끌고나갈 정치적 노선에 대한 견해 차이로 30년의 우정을 접었다.

문득 1883년 9월 18일 민영익을 전권대신으로 한 보빙사 일행이 뉴욕의 한 호텔에 머물고 있던 21대 대통령 아더^{Arthur,C.A.(1829-1886)} 를 예방하고 큰절을 올리자 당황한 나머지 어색한 표정을 짓고 있는 모습을 그린 뉴욕신문^{1883.9.29}의 흥미로운 삽화 한 장이 생각난다. 이제 더이상 비자를 받기 위해 광화문의 미국대사관 앞에서 길게 줄을 서지 않아도 되기 때문일까. 아니면 여전히 한반도 정세의 유효한 틀로 작용하고 있는 6자회담이라는 틀 때문인가……

↩ 2008.10.18.토.

버스의 추억

　희미한 카바이트 불 밑에서 낡은 잠바를 입은 아저씨가 드럼통을 개조해서 만든 고구마통 뚜껑을 열고 장작을 넣고 있다. 뒷짐을 진 구멍가게 할머니가 먼지가 부옇게 낀 미닫이 유리창 너머로 내다보고 있다. 저렇게 손님이 없어서야 하며 혀를 끌끌 차는 듯하다. 그래도 어느새 담배를 피워 문 아저씨의 얼굴 표정은 푸근해 보인다.

　'아저씨, 오라이!' 화장실에 다녀온 듯 어깨를 움츠리고 종종거리며 뛰어오른 차장 아가씨가 이렇게 소리치자, 버스는 와르릉 부서지는 소리를 내며 다시 출발했다. 드문드문 서 있는 가로등 밑에는 억새처럼 흩날리는 불빛들이 수북하다. 손님은 이제 아무도 없다. 어느새 문 옆에 앉았던 차장 아가씨의 고개가 기울어진다. 아까 종점까지 간다고 말했으니 이제 내려 줄 손님도 없는 것이다.

　발이 시리다. 이렇게 먼 줄 알았으면 아까 내릴 걸 그랬다. 버스가 섰다. 기름을 오래 먹은 바닥은 장어의 지느러미처럼 번들거리고 있었고, 작업장 한 구석에서는 정비공들이 라면을 먹고 있었다. 차가운 공기가 코에 쩍쩍 들러붙었다. 사무실에서 흘러나오는 형광등 불빛이 길가에 쌓인 연탄재와 쓰레기더미 사이로 사라지고 있었다.

　차창을 뚫고 들어오는 햇살이 따갑다. 그래서인가. 중학교 시절 어느 추운 날 낯선 종점까지 갔다가 낭패를 봤던 모습이 떠올랐다. 그러나 오늘은 다르다. 아까 분명 매계패방梅溪牌坊이라고 적혀 있는 걸 보고 탔다. 그나저나 10월도 다 지나가고 있건만 대낮의 더위는 처음 올 때나 지금이나 거의 똑같은 것 같으니, 이러다간 여름옷을 그대로 입고 돌아가야 할지도 모르겠다. 하늘은 푸르다. 그런데 그날 나는 왜 낯선 동네의 종점까지 갔던 것일까. 고등학교에 입학할 날만 기다리던 겨울방학이라 그랬을까. 지금도 선명하다. 어둠 속에서 운전수와 차장이 다시 올라 타기만을 초조하게 기다리며 떨고 있던 내 모습이.

지금 생각하면 우습기도 하지만, 그때는 버스를 타는 게 퍽이나 좋았다. 낯선 동네에 내렸을 때 슬며시 다가오던 두려움과 뭔가 새로 열리는 듯한 느낌. 아마 그런 기분을 잊을 수 없어 오늘도 여기서 이렇게 버스를 타고 돌아다니고 있는 것인지도 모른다. 하지만 요즘처럼 버스가 손님을 기다리는 세상에서는 상상할 수도 없을 만큼 당시 교통사정은 열악했다. 그럼에도 아름다운 기억으로 남아있는 건 가난했던 시절에 대한 연민과 점점 더 멀어지는 세월 때문일까.

그럴지도 모른다. 아니면 감수성이 예민하던 중고등학교 시절―초등학교 6학년 때인 68년 11월에 전차가 사라졌고, 고등학교 3학년 때인 74년도 8월에 지하철이 개통되었다.―에 버스를 타고 다녔다는 세대적인 특성과도 무관하지 않으리라. 하긴 친구들 가운데 버스에서 마주친 여학생을 따라 대문 앞까지 쫓아갔다 돌아왔던 추억을 갖고 있지 않은 녀석은 드물 것이다. 국전을 보러 덕수궁에 가는 예외도 있었지만, 대부분 교복을 입고 빵집에서 여학생들을 만나던 시절이었으니, 버스 속의 우연이란 우리에게 하나의 환상이었다. 지금도 지하철보다 버스를 즐겨 타는 것은 사춘기 때의 감성이 한 개인의 내면을 어떻게 지배하는지 잘 보여주는 사례다.

어쩌면 버스에 대한 추억 또는 향수는 중2였던 70년도 초겨울부터 시작되었는지 모른다. 정릉에서 어쩔 수 없는 사정으로 노량진으로 이사 와야 했지만, 친구들과 헤어지는 것도 싫었고, 본고사가 있던 시절이라 갑자기 환경을 바꾸기도 어려워 미아리까지 통학해야 했던 것이다. 지금 생각해도 결코 짧지 않은 거리인 만큼 새벽같이 일어나야 했다. 그래서 미리 잠을 자고 일어나 새벽 공부를 하다가 어머니가 해주는 밥을 먹고 첫차를 탔다.

어머니는 그래서 늘 잠을 제대로 주무시지 못했다. 요즘처럼 각 방을 쓸 수도 없던 시절, 어머니는 졸린 눈을 비벼가며 짰던 스웨터를 풀었다가 다시 짜거나, 잠시 토막잠을 주무시면서 내 옆을 지켜주었다. 아, 그때는 왜 그리 웃풍도 셌던가. 담요를 덮고 있어도 발은 시렵기만 했다. 5시 정도가 되면 어머니는 부엌에 내려가 연탄불에 냄비 밥을 해오셨다. 반찬은 없어도 좋았다. 맛있는 김치와 양미리 조림만 있어도, 아니 샘표간장에 소머리표 마가린 또는 달걀 한 알만 비벼 먹어도 밥은 꿀맛이었다. 그런데 이제까지 잊고 지내던 그 냄비 밥을 여기에 와서 혼자 해먹게 될 줄은 정녕 몰랐다. 그리고 어머니가 아내보다 젊은 나이였던 것도……

미아리까지 가는 버스를 타려면 노량진 역전까지 걸어 나와야 했다. 새벽 수산시장에서 돌아오는 아주머니들의 고무 앞치마에서 비린내가 물컥 풍겨왔다. 희미한 불빛으로 어두컴컴한 차 안에는 아무도 없을 때가 많았다. 신림동에서 노량진까지 빈차로 내려온 운전수 아저씨에게 미안해서 인사도 못하고 언제나 앉는 뒤에서 두 번째 좌석으로 가면, 초록색 비닐 커버를 씌운 딱딱한 의자는 조금씩 붉게 물들기 시작한 한강이 등 뒤로 사라질 무렵에야 따뜻해졌다. 서울역을 지나 회현 고가에 올라설 때 비로소 깊은 바다색 같은 아침 하늘이 차창을 적셨다. 단성사 극장을 지나 비원 앞의 주유소에 들러 차에 기름을 넣을 때에야 차창 밖으로 출근하는 사람들이 지나가는 모습이 보였다. 그리고 창경궁 고가 위로 올라설 때 쯤이면 동숭동 하늘 위로 솟아오른 아침 햇살이 눈부시게 쏟아져 들어왔다.

이미 거의 종점을 향해 달리고 있는 버스에는 사람이 많이 타지 않았다. 귀신이 나온다고 소문이 났던 미아리 고개 위의 집을 바라보며 힘겹게 올라왔던 버스는 이젠 문제없다는 듯 미도극장—초등학교 시절 어머니와 누나를 따라가 숨죽이며 보았던 「벙어리 삼룡이」[1964]와 「불나비」[1965]의 장면은 아직도 생생하다.—을 뒤로 하고 미아 삼거리를 향해 거칠게 몸을 틀었다. 그리고 추첨 번호 23번을 받고 배정받았던 서울 북중[숭덕중학교로 개명] 건너편의 종점에 서면서 긴 운행을 마쳤다.

어둔 새벽에 집을 나와 환한 아침에 도착해서 그랬을까. 버스에서 내리면 잠시 어지러웠다. 마스터 수학 참고서 한 권도 사기 어려웠던 집안 형편이라 나름대로 분발한다며 책을 보면서 왔기 때문인지도 모른다. 교문은 아직도 잠겨있었다. 수위 아저씨가 자다 말고 일어나 뿌루퉁한 표정으로 교문을 열어주었다. 앞뒤로 문을 활짝 열어놓은 교무실에 들어가 학급일지를 꺼내고 복도 문을 열었다. 방과 후 청소시간마다 파라핀으로 열심히 닦았던 복도에는 아침 햇살이 부드럽게 비치고 있었다. 활짝 연 교실 창문 아래로 내려다보이는 운동장에는 하얗게 서리가 내려앉아 있었다.

지난날 버스에 얽힌 일들을 생각하니 여러 사람들 특히 어머니를 괴롭혔다는 생각에 마음이 아프다. 문득 차창 밖으로 888가(街)라는 표시판이 보인다. 8월 8일 8시에 올림픽을 열었던 나라에 와있다는 실감이 난다. 8의 발음이 'ba'이고, ba는 '돈을 벌다, 재산을 모으다'는 뜻을 가진 '발發'의 fa 발음과 이 비슷하기 때문에 중국인들이 8을 좋아한다는 건 이제 상식이지만, 막상 현장에서 보니 재미있다.

그런데 여기는 버스 요금도 우리와 다르다. 3위안 짜리 냉방차와 2위안과 1.5위안 짜리 보통차가 있는 것이다. 한 푼이라도 아쉬운 서민들에게는 좋은 요금 체계인 듯하다. 그리고 운전석에는 반드시 모니터가 달려 있어 손님의 안전을 배려하고 있는 것도 주목된다. 이밖에 자동문이나 안내방송, 내림 표시용 버저, 카드와 현찰 겸용 등은 비슷하다. 다만 노약자석은 없지만, 올라오자마자 두리번거리는 노인들이나 마지못해 양보하는 젊은이들의 모습은 매한가지라 씁쓸하다. 자리가 없으면 노인이라도 서서 가는 걸 당연하게 여기고, 그러면서도 아직 일부 지역에서 전차를 운행하고 있는 일본과 대조되는 모습이다.

▲ 버스 풍경

이런 저런 생각을 하다 보니 어느덧 다음이 매계패방이다. 물도 맑고 매화가 많이 펴서 매계梅溪라고 불렀겠지만, 이렇게 사철 내내 더우니 옛날에 지은 지명임이 분명하다. 이른 시간인데도 벌써 관광버스 두 대가 입구를 막고 서있다. 벽에 길게 붙여 놓은 울긋불긋한 설명서를 읽어본다. 원명신원처럼 실망스러우면 오늘도 들어가기를 포기하고, 지금 내린 버스 종점에 있다는 보타사普陀寺나 다녀오려고 한다.

◑ 2008.10.21.화.

패방牌坊과 필로티pilotis

버스에 앉아 가장 먼저 보게 되는 건 사람들의 표정과 눈빛이다. 과민한 건지 모르겠지만, 서울에서 버스를 탈 때 올라오면서부터 한 번 죽 훑어보는 사람들의 사나운 눈빛이 늘 부담스럽기 때문에 이런 습관이 생긴 듯하다. 서울에서 지하철보다 버스를 자주 타게 되는 것도 맞은편에서 빠히 쳐다보는 사람들의 눈길과 무관하지 않다. 다행히 이곳 사람들은, 소수의 예외가 없는 건 아니지만, 대체로 무관심한 표정과 눈빛을 보여준다. 그렇다고 애써 눈길을 피하는 일본인들의 의식화된 교양을 갖고 있어 그런 것 같지는 않다.

몰염치한 휴대폰 사용 매너는 우리에게 결코 뒤지지 않는다. 한번 떠들기 시작하면 몇 정거장은 아예 기본이다. 그래서 여기에서도 버스에 오르는 순간부터 차창밖을 내다보곤 한다. 하지만 지나치다 싶을 만큼 화려한 신축빌딩과 초라한 옛날 가옥들, 정신마저 산란하게 만드는 신구 간판들, 녹슨 차량 사이로 질주하는 외제 차량들밖에 보이지 않으니 이 또한 즐거운 구경만도 아니다.

이렇듯 개혁 개방 30주년을 맞은 중국의 거리는 날로 다양한 모습으로 바뀌고 있다. 이는 세계에서 제일 먼저 나침반, 화약, 인쇄술, 제지술을 발명했다는 걸 과시하듯 전기를 아끼지 않는 점에서도 드러난다. 물론 이들이 전기를 아끼지 않는 대신 관광 수입을 올릴 수 있다는 사실을 모를 만큼 순진한 것 같지는 않다.

버스 정류장도 예외는 아니어서, 변두리는 덜 하지만 시내의 경우 무척 화려하고 규모도 대단하다. 아마 작게는 15미터 크게는 25미터 쯤 되는 것 같다. 특히 8개의 기둥을 세우고 그 위에 주황색 기와지붕을 올린 버스정류장은 중국인들의 허장성세를 단적으로 보여주는 것 같아 보기 싫었다. 그러나 이런 생각은 지난 화요일 매계패방을 나서는 순간부터 조금씩 수정되기 시작했다.

화교 백만장자로 유명한 천팡陳芳(1825-1906)은 1849년에 백부를 따라 하와이로 건너가 중국 물품을 전문으로 취급하는 방식기芳植記라는 회사를 차리면서 성공의 가도를 달리기 시작했다. '개가식 판매, 자유 선택 구매, 자택 배달開架售貨 自由選購 送貨上門'이라는 혁신적인 경영방식을 도입하면서 그의 회사는 하와이 8대 기업의 하나로 성장했던 것이다. 이후 1874년 남북전쟁으로 북부에 사탕수수 품귀현상이 벌어지는 걸 보면서 제당업으로 업종을 전환했던 그는 1880년에 이미 100만 달러 이상을 소유할 수 있었다. 그리고 황족 줄리아와 결혼하며 귀족 계층으로 진입했던 그는 하와이 왕국 국회의원으로 당선되면서 청나라가 하와이와 정식 외교관계를 수립1881하는 데 많은 기여를 했다.

광서제가 1881년에 그를 하와이 초대 영사2품로 임명했던 것은 이런 노력과 무관하지 않다. 그 결과 1851년 고용노동자로 하와이에 첫 발을 디딘 이래 30년 만에 10만이 넘는 인구로 성장했던 화교들의 권익은 법적으로 보호를 받을 수 있었다. 참고로 한국인의 하와이 이민은 1902년—하와이 이민국 기록으로는 1900년—에 시작되었다. 1890년 귀국한 그는 수로 사업, 도로 건설, 학교 설립, 재해 구조 등을 통해 고향의 발전에 공헌했고, 광서제는 1886년과 1891년 두 차례에 걸쳐 패방을 하사하면서 그의 공로를 치하했다. '상업계의 왕자' 또는 '일대 당왕糖王'으로 불렸던 그는 1906년 81세의 고령으로 마카오에서 병사했다.

지금은 탕지아나 바이스지에白石街의 사람들이 긴 의자로 쓰고 있는 포장석이 길게 깔려있는 길을 따라 들어가자 푸른 하늘을 뒤로 하고 내려다보고 있는 두 개의 패방이 나타났다. 패방은 흔히 패루牌樓라고도 한다. 그러나 지붕받침斗拱과 지붕屋頂이 있는 패루와 달리 패방은 모양만 부각시키고 있는 경우가 많다. 요컨대 패방은 표창, 기념, 상징의 기능을 갖고 있는 건축물로 우리의 홍살문 곧 정려문旌閭門과 비슷하다. 대개 수려하고 정치한 남방식과 궁전양식을 따른 엄숙한 북방식으로 나누어지며 돌·벽돌·나무·시멘트를 이용하여 만든다. 공락원의 석패방이나 광저우의 쇼핑가 앞에 있는 패방들, 또는 인천의 차이나타운 앞에 있는 패방에서 알 수 있듯이, 패방은 동네의 대문과도 같은 역할을 한다. 일본의 도리이鳥居는 그런 점에서 패방의 영향을 받았다고 하겠다. 이렇게 본다면 패방은 "안녕히 가세요. 여기부터는 OO입니다." 라는 안내문을 새긴 경계석 위에 우두커니 서 있는 국적 불명의 석수石獸나 조형물보다 훨씬 의미가 깊은 전통적 건축물인지도 모른다.

엄청난 양의 화강암으로 만든 중서합벽 양식의 매계패방은 그 웅장하고 아름다운 자태에도 불구하고, 세월의 흔적을 보여주는 검은 돌이끼와 가진 자와 배운 자에 대한 저주로 가득했던 홍위병들의 끌과 망치에 의해 깊게 패이고 부서진 상처를 함께 간직하고 있었다. 그러나 그 역학적 구조와 장식적 예술성의 완벽함은 중국을 대표하는 석조건축물이라는 사실을 입증하기에 충분했다.

1891년부터 1896년까지 세웠다는 천팡의 구가 역시 부와 명예를 가진 사람이라면 누구나 따라서 짓고 싶을 만큼 화려했고, 또 그래서이겠지만 처마 밑의 대리석에 새겨진 화려한 조각들은 모두 예리한 칼날로 뜯겨나가고 없었다. 다행히 한두 군데 완벽한 곳이 있었다. 동네주민들이 진흙을 발라서 감추었기 때문에 홍위병들이 뜯어내지 못했다고 한다. 하지만 급한 마음에 시멘트를 발랐던 부분은 아직도 복원을 하지 못하고 있었다. 피비린내 나는 문화대혁명 시기에도 천팡의 선행을 잊지 않은 주민들이 있었던 것이다. 탕사오이 구가도 예외는 아니었다. 부르주아의 잔재라고 지목될 것을 두려워하여 시멘트로 벽을 발랐다가 몇 년 전에야 떼어내면서 수성 페인트로 벽돌과 벽돌 사이에 금을 긋는 우여곡절을 치러야 했던 것이다.

천팡이 1881년 중국 최초로 하와이 영사가 되어 수많은 화교들의 권익 보호를 위해 앞장서고 있을 때, 쑨원이 하와이의 이오라니 하이스쿨^{中學校}에 재학하면서 민주공화제 사상을 배웠던 것은 시사적이다. 그러나 쑨원은 화교들의 경제적 지원이 없었더라면 과연 혁명에 성공할 수 있었을까. 그리고 위안스카이와 결별하고 쑨원을 돕다가 탕지아로 내려와 현장^{縣長}이 되었던 초대 국무총리 탕사오이와 패방까지 하사받았던 초대 하와이 영사 천팡은 은원^{恩怨}을 뒤집고 창을 겨누는 고향 사람들의 돌변을 예측할 수 있었을까. 그들은 탕사오이를 능상능하^{能上能下}의 인물로 높이 평가했고, 쑨원의 적자임을 표나게 강조했던 마오쩌둥이 양성한 홍위병들이 자신들의 손때가 깃든 보금자리마저 이렇게 파괴할 줄은 몰랐을 것이다. 뿐인가. 탕홍쾅 옹에 의하면 탕사오이의 무덤은 도굴꾼들이 다 파헤쳐서 흔적도 없다고 하지 않던가. 하지만 이 모습이 바로 중국 근대화의 역사 그 자체일 수도 있다.

버스를 기다리며 정류장을 새삼스레 살펴보니, 투박하긴 하지만, 패방을 현대적으로 변용하려는 의지를 엿보여주고 있는 것 같기도 하다. 그렇다면 아시아에서 제일 길다는 주하이 캠퍼스의 강의동 역시 패방 형태를 참조한 필로티 양식인지도 모르겠다. 그리고 572미터나 되는 강의동은 이들이 좋아하는 용을 상징한 것이고…… 하긴 옆에 있는 산과 호수의 이름이 용아산^{龍牙山}과 은지^{隱池}가 아니던가. 또한 강의동 끝에서 시작되는 365개의 계단이 책을 펼친 팔자^{八字} 형태로 서 있는 도서관 양쪽 건물 사이로 길게 넘어가고 있음을 생각하면, 전혀 근거가 없는 상상도 아니다. 그래서일까. 버스에서 내려 걸어오면서 강의실을 바라보니 거대한 용 한 마리가 입을 쩍 벌리고 탕지아만을 향해 기어나가는 모습처럼 보이기도 한다.

중국인 특유의 허장성세, 근대화 과정에서 생긴 콤플렉스를 극명하게 보여주는 건물로 보였던 도서관과 강의동이 풍수지리 사상과 패방의 건축 미학을 나름대로 활용하면서 지었다는 사실을 깨닫는 순간, 하나밖에 없던 분수마저 없애버렸고, 당간지주 형태로 100주년 기념 정문을 세우자고 했던 어느 교수의 제안을 촌스럽다고 거절한 모교의 짧은 안목을 떠올리지 않을 수 없었다. 계곡이 깊으면 산도 높다는데, 계곡은커녕 샘물도 바짝 말랐으니 그렇게 각박하고 눈빛이 사나운 것인가. 아, 목이 마르다. 어서 들어가 찬물이라도 마시지 않으면 안 되겠다.

◑ 2008.10.26.일.

145

예술과 운명, 그 역설

벗이어 나의 벗이어

죽음의香氣가 아무리조타하야도 白骨의입설에 입맛출수는 업슴니다

그의무덤을 黃金의노래로 그물치지 마서요 무덤위에 피무든 旗대를 세우서요

그러나 죽은大地가 詩人의노래를거처서 움직이는것을 봄바람은 말함니다

벗이어 부끄럽슴니다 나는 그대의노래를 드를때에 엇더케 부끄럽고 떨리는지 모르겟슴니다

그것은 내가 나의님을떠나서 홀로 그 노래를 듯는 까닭임니다.

　　　　　　　　　　　　　　　　　——한용운, 「타골의 시를 읽고」에서

　　매계패방을 돌아보고 나오는 마음이 광장의 햇살처럼 공허하다. 아무리 많이 베풀었어도 살아서는 망루를 세우지 않으면 안 되었고, 죽어서는 그런 모욕을 당해야 했으니, 어떤 부귀와 명예도 결국은 잡초의 생명력에 이바지하는 한 줌의 흙으로 돌아갈 운명을 거역할 수 없는 것이다. 그럼에도 우리들은 화강암의 틈을 비집고 올라온 잡초와 집요하게 붙어있는 검버섯에서 생명의 끈질김을, 탄력을 잃어버린 직선과 희미해진 윤곽선에서 소멸의 미학을, 닳아 부서진 덩어리에서 초극의 의지를 읽어낸다. 세월 앞에서 모두가 무력하다는 사실을 돌

아보면서 자신의 오늘과 내일을 확인하는 것이다. 그때 저 돌은 돌이면서 돌이 아니고, 돌이 아니면서 돌인지도 모른다. 죽음은 삶을 낳고, 삶은 죽음을 낳는다. 삶도 예술도 죽음으로 완성된다. 아니, 무력하다는 사실을 자각할 때 비로소 삶은 삶이 되고, 예술은 예술이 된다.

지난 금요일 구위안古元(1919-1996) 미술관을 찾았다. 중국 현대 유명 판화가이자 수채화가. 1938년 루쉰예술학교에서 학습하였으며, 건국 후 인민미술출판사 창작실 주임, 중앙미술학원 교수 및 원장, 중국미술가협회 부주석, 중국판화협회 부주석, 베이징 수채화연구회 명예회장직 등 역임. 대표작품은 「모주석과 농민의 대화」, 「감세회减租會」, 「낡은 토지계약서를 소각하다燒毁旧地契」, 「인간다리人橋」, 「류즈단과 적

위군劉志丹和赤衛軍」,「조원등광棗園燈光」 등. 아무도 없는 전시실 입구에는 대충 이렇게 요약될 수 있는 설명문만 환한 조명 속에 빛나고 있다.

민족 해방과 위대한 조국의 건설이라는 시대의 요청에 충실하게 부응했던 사실주의 계열의 작가의 한 사람인 그의 후반기 작품부터 보기 시작했다. 그러나 나이도 들고 정치적으로 안정되었던 후반기에는 판화보다 수채화 작업에 더 집중했던 것으로 보인다. 한편의 서정시를 보듯 아름다운 말년의 수채화를 볼 때 탕지아만의 포구로 돌아와 스케치를 하는 늙은 소년, 그 언어의 회귀를 생각하지 않을 수 없었다. 일본 외광파의 영향을 받고 대상을 단순하게 포착하고 있는 중학교 시절의 습작이 화려하게 꽃핀 형국이다.

▲ 구위안 미술관

잘 알려진 사실이지만, 루쉰은 1930년대에 케테 콜비츠Kathe Kollwitz(1867-1945)의 현실 참여 예술에 감동을 받고 "나무판과 칼만 들고 민중 속으로 들어가라!" 외친 바 있다. '목판화의 본질적인 기능은 사회교육'이라는 그의 말처럼, 목판화는 힘찬 칼질과 강한 윤곽선에서 오는 거칠면서도 강한 호소력을 가지고 있어 많은 중국 작가들의 호응을 받았다. 그리고 마오쩌둥이 1942년 옌안강화延安講話를 통해 작가들은 민중의 내부에 '자체적으로 깃들어 있는' 양식을 먼저 배우고 그 양식을 통해 다시 민중을 교육하지 않으면 안 된다고 교시하면서, 그들은 '민중의 승인을 획득한' 미술을 창조하기 위해 민간연화民間年畵에 눈을 돌렸다. 이후 민중들의 아름다운 생활에 대한 동경과 소망, 소박하고 천진난만한 미적 정취와 창조적 재능이 구현된 민간연화는 혁명의 메시지를 가장 효과적으로 전달할 수 있는 강력한 수단이자 중국 미술의 양식을 선도하는 매체로 각광을 받기 시작했다. 구위안은 이런 중국 신판화운동의 한복판에 서 있던 작가의 한 사람이다. 그는 중일전쟁[1937]이 발발하자 팔로군에 입대하고 옌안延安에 들어가 루쉰예술학교를 졸업[1940]했다.

다시 연대순으로 보면서 작품의 변천 과정을 음미하기로 했다. 추수하는 농부들, 등불을 들고 이야기하는 루쉰과 군중들, 기나긴 장정 대열, 남녀 노동자들의 건강한 얼굴, 공장으로 출근하는 사람들, 땅문서를 태우는 농민들, 도망가는 지주들, 힘찬 건설 현장, 씨 뿌리는 사람들, 탄광의 인부들, 중일전쟁 전투 장면, 민중들에게 계몽연설을 하는 지도자 등 초기 작품들에는 사회주의 건설을 위한 주제가 섬세하고 힘찬 칼질로 탁월하게 형상화되어 있다. 가끔 강렬한 대비 효과를 겨냥한 석판화와 동판화도 있었지만 주로 흑백 목판화였다.

농민과 노동자들을 주인공으로 내세우며 사회주의 리얼리즘을 충실히 구현했던 구위완의 작품은 중화인민공화국 수립[1948.10.1.] 이후 대약진운동, 문화대혁명을 거치면서 투쟁보다는 사회주의 이상향을 미화하는 밝고 긍정적인 분위기로 변모하기 시작했다. 특히 그의 작품은 우리에게 널리 알려진 자오옌니안趙廷年의 작품보다 서정성이 강하고 미학적 완성도가 높아 주제를 생경하게 전달하는데 그친 개념화의 한계를 극복하고 있는 것으로 보인다. 그는 멕시코 벽화운동을 주도했던 리베라Diego Rivera(1886-1957)나 시케이로스Siqueiros, David Alfaro(1896-1974) 보다는 가난한 사람들의 삶과 진실을 과장 없이 생동감 있게 표현했던 케테 콜비츠의 작품 경향을 더 선호한 듯 하다. 그러나 딱딱한 선의 흔적을 남기지 않고 광선에 의한 명암의 대비만으로 완벽한 분위기를 연출했던 콜비츠의 자기를 처절하게 응시하는 고뇌는 보이지 않는다. '인류의 사회생활이 예술의 유일한 원천'이라는 당의 예술적 강령을 누구보다 열심히 실천하려고 했던 작가답게 소박하고 건강하며 낙천적인 분위기의 작품이 대부분이다.

순간, 80년대 민중예술운동의 물꼬를 텄던 오윤¹⁹⁴⁶⁻¹⁹⁸⁶의 얼굴이 스치고 지나갔다. 이동주¹⁹¹⁷⁻¹⁹⁹⁷의 조선조 속화(俗畵)와 실경산수에 대한 민족주의적 입장의 새로운 해석에서 많은 영감을 받고 멕시코 벽화운동의 영향을 받았던 그는 자기만의 선과 한국의 정서를 발견했던 작가로 평가된다. 더구나 그는 목숨을 담보로 내걸고 작업에 몰입함으로써 미완의 작가라는 신화를 남겼다. 이에 비하면 구위안은 예술의 공리성을 지나치게 낙관했던 것이 아닌가 생각된다.

▲ 구위안, 「일하는 사람들」

자신을 판화의 세계로 이끈 루쉰이 정치에서 자기의 그림자를 보고 그 그림자를 파괴했다면, 구위안은 자기의 그림자를 정치에 비추려고 애썼던 것은 아닐까. 그는 문학이나 예술은 정치에 무력하지만, 무력하기 때문에 절대가 되는 그 역설을 실감하지 못했는지 모른다. 살인자는 비판자를 죽이지만, 비판자는 죽임을 당함으로써 살인자를 비판하는 그 역설을……

그래서일까. 그의 판화는 오윤의 그것보다 기법이나 서정성에서 뛰어나지만 전율이 느껴지지 않는다. 마르크시즘이라는 낙관론적 세계관에 기대어 작품을 했던 그의 경력과 무관하지 않으리라. 물론 오윤의 작품이 신화의 반열에 오를 만큼 위대하다고 생각하지는 않는다. 그러나 그가 민중미술을 하나의 상품으로 팔아먹는 작가들의 머릿속에서 「칼노래」의 주인공처럼 존재한다면, 그의 예술은 완성된 것으로 보아도 무방하다.

작가의 절망과 죽음으로 완성되는 예술, 그것은 '나의 님을 떠나서 홀로 그 노래를 들을 때만 찾아오는' 것은 아닐까. 예술은 소외됨으로써 성립하는 행동이며, 예술과 정치의 관계는 종속도 상극도 아니라면 더욱 그렇다. 진정한 예술은 정치에서 자기의 그림자를 파괴한다. 아니, 진정한 예술은 정치에 의해서 자기를 유지하는 문학을 경멸한다.

구위안이 말년에 주로 그린 수채화가 예쁘기만 하고 때로는 그래서 진정성의 무게를 느낄 수 없는 것은 마르크시즘이라는 굴레 또는 사슬에서 벗어났을 때의 허전함을 채우지 못했던 작가의 한계와 무관하지 않을 듯하다. 예술과 운명, 이들은 절망과 죽음을 매개로 완성되는 역설 그 자체인지도 모른다.

🌑 2008.10.28.화.

151

완물상지玩物喪志와 완인상덕玩人喪德

아무도 믿지 않았다. "이번에는 빈손으로 돌아올 거야." 가방을 챙기며 이렇게 말했지만 아내는 웃기만 했다. 뿐인가. 최근 몇 년 동안 분수에 넘치는 골동품을 가져와 이런 결심까지 하게 만든 김명오 아저씨는 고추장 두 통을 내놓으며 "이번에 짐이 많으면 아예 화물로 먼저 부쳐유!" 하면서 놀리기도 했다. 옆에 있던 희원이와 승원이가 이 말을 듣고 깔깔거리기에 "아니야. 이번에는 돈도 없고 살 것도 없어. 혹시 남으면 화장품이라도 사다 줄게." 하며 애써 부정했지만, 아이들 역시 '글쎄요?' 하는 표정을 바꾸지는 않았다. 사정이 이러하니 다른 지인들의 경우는 말할 것도 없다.

불신시대다. 아니, 늙은 양치기 소년의 자업자득이다. 하긴 그간의 중국여행이 골동품 여행이었다고 해도 과언이 아니고, 아저씨한테 그만 좀 사라고 만류했던 사람도 한두 명이 아니었으니 이런 불신도 무리는 아니다. 1996년도에 베이징의 유리청琉璃廠에서 청동 향로를 산 것을 시작으로 상하이, 쑤저우, 항저우, 둔황, 충칭, 투루판, 쿤밍, 셔먼은 물론 씨엠리아프, 방콕, 하노이의 골동시장을 뒤졌고, 아저씨에게 사는 것도 모자라 가끔 인사동에서도 사는 걸 잘 알고 있는 그들이 아니던가. 그래서 한성이는 아예 처음부터 믿지 않는다는 듯 웃

지도 않았다. 그러나 이곳에 온지 두 달이 다 되어 가건만 정말 아무
것도 사지 않았다는 걸 알고는 중국 교포에게 물어보았다며 광저우
의 골동시장에 대한 정보를 이메일로 보내기도 했다. 그 역시 나 때
문에 몹쓸 호고벽에 빠진 것이다.

▲ 광저우의 골동시장

　이들의 예측은 틀리지 않았다. 공항에 내려 차에 오르는 순간부터
언제 그랬냐는 듯 골동가게가 어디 있나 하고 거리를 열심히 내다봤
고, 위층의 선생들을 만나마자 아는 골동가게가 있느냐고 물어보았
으며, 얼마 전에는 혼자 버스를 타고 나가 꽁베이의 골동가게를 결국
찾아냈으며, 한성이가 정보를 보내기도 전에 이미 광저우의 골동시장
을 휘젓고 다녔으니 말이다. 하지만 탕지아에는 장대석들만 길가에
너부러져 있었고, 꽁베이의 골동가게의 주인들은 방품에 엄청난 가격
을 매겨 쓴웃음을 지을 수밖에 없었으며, 광저우의 골동시장에 있는

153

골동들은 인사동에서 본 것들과 다르지 않아 필통 하나만 기념으로 사갖고 돌아와야 했다. 따라서 지금까지의 약속 이행은 본의보다 타의에 의한 것임을 고백하지 않을 수 없다. 하지만 골동에 대한 욕망이 예전 같지 않은 것만은 사실이다. 특히 탕사오이와 천팡의 구가를 다녀온 이후 더욱 그랬다.

그들이 아꼈던 수장품도 관광객의 눈요깃거리밖에 되지 못하고, 또 골동품 때문에 죽임을 당하고 무덤조차 도굴꾼들에게 파헤쳐졌다는 탕사오이와 잡초만 수북한 한 평 남짓한 묘지에 누워있는 천팡을 생각할 때 허탈하지 않을 수 없었다. 그럼에도 불구하고 골동에 대한 미련이 깡그리 없어졌다고 말할 자신은 아직 없다. 그건 이제는 아름다운 여인이 돌처럼 보인다고 큰소리치는 것처럼 공허하다. 그러면 나는 왜 고완古玩에 몰입하게 되었던 것일까.

초등학교 2, 3학년 때였던가. 집 아래에 있는 공터에서 놀고 있는데, 옆에서 소꿉놀이를 하던 계집애들이 땅속에 뭐가 있다고 소리쳤다. 함께 파보았더니 대나무 숲속에서 호랑이가 얼굴을 내밀고 있는 오석烏石 문진文鎭—중국에서는 쩐치鎭紙 또는 슈쩐書鎭이라고 한다.—이었다. 하지만 그때는 그게 뭔지 알 수 없었고, 신기해서 과자 한 봉지랑 바꿨던 것 같다.

지금도 그때 일을 떠올리면 웃음이 나온다. 그러나 박사과정이 끝나던 1984년 겨울, 한 달 동안이나 뜸을 들여 애기장을 살 때까지 골동품을 샀던 기억은 없다. 좋아하긴 했지만 초등학교 5학년 때 시작된 헌책방 순례가 막바지로 접어들고 있었기 때문이다. 그러다가 1995년 홍정희 선생을 만나 골동에 대한 안목을 조금씩 키울 수 있었지만, 골동품 구입은 여전히 소량으로 드물게 이루어졌을 뿐이다.

본격적인 골동품 구입은 김명오 아저씨를 처음 만난 2004년 1월 5일부터 시작되었다. 이후 술과 사람을 좋아함에도 불구하고 주로 동네에 칩거했던 가장 큰 이유의 하나는 그때부터 시작된 골동품 구입과 무관하지 않다. 물론 많이 샀다고는 하지만, 여유 있는 사람들이 구입하는 청화백자 하나 값도 안 되는 돈에 불과하기는 하다. 하지만 좀 더 학문에 매진해야 할 때 한눈을 팔고 있을 뿐 아니라 쾌적한 환경에서 살고 싶어 하는 아내와 아이들의 기대를 저버리면서 많은 돈을 쓰는 것 같아 항상 마음이 무거웠다. 그러나 열 손가락 깨물어 안 아픈 손가락 없다는 듯 보면 보는 대로, 가져오면 가져오는 대로 4년 동안이나 사들이다 보니 나중에는 내가 골동을 사는 것이 아니라 골동이 나를 사고 있었다.

▲ 어느 골동가게의 중국 도자기들

골동품으로부터의 도피. 연구년을 신청한 이유의 하나도 여기에 있다. 그런데 하필 중국이라니……. 지인들의 반신반의와 가족들의 체념에 근거가 없는 것만은 아니다. 그러나 다행히 이제 오후 3시에 접어든 나이마저 잊어버릴 만큼 호고벽이 깊지만은 않다. 언젠가는 어디로 떠나려고 하는데 자꾸 늦어져 시계를 보니 벌써 오후 3시라 안타까워 하다가 잠을 깼던 적이 있다. 제 나이와 분수를 잊지 말라는 무의식의 경계였던 셈이다.

그렇다. 아내 속을 무던히도 썩히며 사들였던 책은 어느 정도 거리감을 두는데 성공했고 그마나 월급이라도 갖다 줄 수 있는 초석이 되어 다행이지만, 골동의 경우 지갑에 돈이 남을 날이 없고, 그 심오한 경지 또한 학문의 바다보다 결코 얕지도 좁지도 않으니, 날이 갈

수록 즐겁기보다는 불안해졌던 것이다. 그럼에도 자제를 하지 못하고, 퇴짜를 놓기에는 박정한 듯해서 받아놓고는 나중에 후회를 하고 김명오 아저씨에게 화를 낸 적도 적지 않았다. 하지만 기껏 사놓고는 뒤늦게 "물건을 가지고 놀면 뜻을 잃는다.玩物喪志"는 말을 뼈아프게 떠올리는 내가 잘못이지, 그에게 무슨 잘못이 있겠는가. 더구나 그는 "사람을 가지고 놀면 덕을 잃는다.玩人喪德"는 말과는 담을 싼 선량한 사람이 아니던가. 이처럼 집에 있는 골동과 책들은 주인의 변화무쌍한 감정에 그만 주눅이 들어 아직도 빛을 보지 못하고 있다. 그러나 이들은 내면의 어둠을 밝히는 등불이자 신원증명을 위한 보물, 유리가 주몽을 찾아가 아들임을 증명해 보였던 그 단검임에 틀림없다.

1967년, 아버지의 주검을 지켜보며 나는 슬픔에 앞서 내가 어디에서 왔고 어디로 가야 하는지 물어볼 대상이 이제 영원히 사라졌다는 사실에 더 절망하고 있었다. 깜깜한 광장에 홀로 남겨진 건 당신이 아니라 어린 나였다. 피난민의 후예로 친척마저 없었고, 유산이라고는 낡은 옥편 한 권 그리고 과거에 잘 살았다는 입증하기 어려운 후일담밖에 없었으니 더욱 그랬다.

어린 마음에 헌책방을 뒤지며 책을 한두 권씩 사 모으기 시작했던 것은 이런 어둠을 밝혀보고 싶다는 마음과 무관하지만은 않을 듯하다. 그런데 세월이 흘러 이 욕망의 호수에 물이 어느 정도 차오르자 이번에는 당신의 손길을 느낄 수 있는 골동—침묵 속에서 문화적 배경과 역사의 편린을 보여주는 물증—의 세계로 나아갔던 것이다. 헌책문헌과 골동물증은 잃어버린 역사의 복원을 위한 회로이자 신원을 입증할 수 있는 증거였던 셈이다. 물론 문헌과 물증은 역사를 이해하는 자료로 중요하지만 그 성격마저 같은 것은 아니다. 텍스트 자체의 진정성과 순정성을 확정하기 위한 원전비평이 있는 것을 보더라도 알 수 있듯이, 문헌은 집필자의 주관이 강하게 작용하고 후대인들의 수식이 첨가되면서 역사의 객관적 재현에 일정한 한계를 드러낸다. 물증 또한 해석 과정에서 주관이 개입하지 않을 수 없긴 하지만, 보다 객관적으로 문화배경을 들려주고 성립과정을 보여준다. 따라서 문헌과 물증이라는 두 개의 축이 교차하는 지점에서 우리는 문명의 형성과정을 살펴볼 수 있는 것이다.

가족들은 물론 지인들이 걱정할 만큼 몇 년 동안 열중했던 골동에 대한 탐닉은 이런 의미에서 한 번은 통과하지 않으면 안 될 계단이자 심연이었다. 그러나 책은 그나마 값이 헐해 쉽게 다가설 수 있었지만, 골동은 많은 금전과 안목이 필요한 분야였으니 더욱 초조했던 것이다. 또 그럴수록 어서 채우고 시원한 학문의 바다로 나가고 싶었기 때문에 집착의 강도는 더 심해졌는지도 모른다. 그러나 부재의 대상을 향한 욕망의 불길도 세월 앞에서는 무력했다.

어느 날인가 아버지보다 조금 더 오래 살았고, 아들이기 전에 이젠 아비라는 사실을 깨달았을 때, 이 불길이 서서히 잦아들고 있음을 느끼지 않을 수 없었다. 따라서 이제 남은 건 보상심리로서의 호고벽도, 쌓아두기만 하고 책도 읽지 않는 장서가의 헛된 긍지도 아니다. 무목적성의 합목적성이라는 교양의 정신을 잊어버리는 순간, 책벌레나 골동귀신으로 전락하는 사례를 너무 많이 보지 않았던가. 사랑, 그 완전한 이해의 별명을 실천하면서 살아가는 따뜻한 가슴과 맑은 눈만이 필요하다. 거기에는 도피도 불안도 자책도 체념도 절망도 없다. 있는 그대로, 있는 그대로가 있을 뿐이다.

🌙 2008.11.1.토.

뚜어사오치엔

도저히 못 참겠다. 그에게 전화를 걸었다. 통화 중이다. 아, 장사도 되지 않는 그 사람에게 이 무슨 날벼락이란 말인가. 잠시 후 벨이 울린다. 류 사장이다. "류 라오스, 니 하오마?유 선생, 괜찮습니까" "뚜이, 뚜이그럼, 그럼……" 하지만 목소리에 힘이 하나도 없는 그에게 할 줄도 모르는 중국어로 위로를 한다는 건 불가능하고, 또 무슨 의미가 있으랴. 지금 가겠다고 전화를 끊고는 입고 있던 티셔츠에 꼬질꼬질한 가죽조끼를 걸치고 문을 나섰다.

정류장에는 토요일이라 버스를 기다리는 사람이 많았다. 그러나 꽁베이까지 가려면 족히 40여분은 걸리니 이렇게 급한 마음으로는 도저히 탈 수 없을 듯하다. 마침 택시가 지나간다. 먹을거리를 사들고 오는 모습을 학생들에게 보이기 민망해서 주스코에서 학교까지 한두 번 타고 들어온 적은 있지만, 이렇게 멀리까지 타고 나가는 건 처음이다. 하지만 지금 그것까지 따질 겨를은 없다.

"따오 꽁베이 취빠.到拱北去吧(꽁베이까지 갑시다)" 서툰 중국어를 알아들은 운전수는 장거리 손님을 만나 반갑다는 표정으로 뭐라고 되묻는다. 구체적인 장소를 묻는 듯하다. 그래서 "워 뿌퉁 한위. 워 쯔다오 워 더 무디 띠디엔. 완자 빠이후.나 중국어 모른다. 나 목적지 알고 있다. 만가 백화점"

라고 했더니 알아들었다는 듯 고개를 끄덕인다.

길은 예상외로 잘 뚫렸다. 물론 나중에 합석한 영석이가 55위안약
11,000원을 주었다고 했더니 "그 인간이 해안으로 돌았네요."해서 그
이유를 알았지만……. 그러나 덕분에 한번 가 보려고 했던 주하이
해녀漁女 동상도 보았고, 탕지아와 분위기가 전혀 다른 해안가의 고급
빌라촌도 보면서 왔으니 아까울 것은 없다. 뿐인가. 초조하게 속을
끓이며 버스를 타고 왔더라면 얼마나 답답했을 것인가.

이제는 눈에 익은 동네라 운전수가 모르는 지점까지 차를 몰아 내
렸다. 하룻밤 사이에 까맣게 속이 타버린 듯한 류이바오劉藝寶 사장이
나를 보더니 벌떡 일어난다. 그래서 중국말을 생각해 낼 겨를도 없이
"나 당신 보고 싶어 택시 타고 왔어. 빨리 왔지!" 했더니 알아들었다
는 듯 '하오 하오'를 연발한다. 그러나 고맙다는 말을 해야 할 사람
은 그가 아니다.

그가 지난 1주일 내내 둘이 앉아 차를 마시던 유리 진열상자의 텅
빈 모습을 가리키며, '빠완 위안'이라며 허탈하게 어깨를 들썩인다.
그럼 어제 도둑맞은 물건이 8만 위안 그러니까 1,600만원 어치나 된
단 말인가. 그나마 몸이 다치지 않은 것만 해도 다행이라고 위로했더
니 고개를 끄덕이긴 했지만, 얼마나 속이 상했겠는가. 나 같은 잔챙
이 손님이 몇 번 드나드는 걸 보고 뭔가 있는가 보다 생각한 도둑놈
이 문을 뜯고 들어와 손쉽게 들고 갈 수 있는 고가의 옥 제품과 골
동시계만 홀랑 털어갔으니…….

나중에 영석이 말에 의하면 학교에서도 경비원들이 학생들 물건을
훔친 일이 많았다고 했으니, 이번 일도 예외는 아닐 듯 싶다. 신문지
귀퉁이에다가 나 때문에 조금 이익을 보고 큰 손실을 보았다고 적고,

그래서 내가 너무 마음이 아프다고 가슴을 두드렸더니 '뿌스, 뿌스.^不
^{분不분(아니다, 아니다)}' 하면서 연거푸 손사래를 치며 도리어 내 어깨를 두
드려준다. 착한 사람이다.

▲ 류이바오

그의 얼굴을 처음 본 건 지난 22일이었다. 그의 가게는 방품이 분
명한데도 하도 엄청난 가격을 불러 쓴 웃음을 짓게 만든 가게 바로
옆에 붙어 있었다. 2평 정도밖에 안 되는 점포인데 그는 내가 들어가
자 정중하게 일어섰다. 그러나 이미 황당한 가격을 부르는 옆집 주인
에게 실망하고 들렀던 터라, 값도 물어보지 않고 대충 살펴보고는 다
시 오겠다는 인사만 하고 나왔을 뿐이다. 다른 데도 마찬가지였다.
어떤 가게에는 공인감정서를 붙여 놓은 토기도 있었고 신작도 있었
지만, 입만 벌렸다 하면 만 단위나 천 단위는 기본이었다.

더 이상 미련을 둘 곳이 아니라 생각하고 발길을 돌리다가 다른 가게주인들과 달리 점잖게 손님을 맞아주던 그의 모습이 떠올라 다시 가보았으나, 얼굴에 신문을 덮고 낮잠을 자고 있었다. 이미 살 마음을 잃었는데 깨우기만 하고 사지 않고 나온다면 그것도 못할 짓이라 밖에서 잠시 들여다보았다. 골동시계들이 진열장에 놓여 있어 반가웠다. 공락원을 드나들 때 하도 더워 차고 있던 손목시계 끈이 끊어지는 것도 모르고 잃어버리는 바람에 퍽이나 답답했고, 또 태엽 시계에 대한 향수가 있었던 것이다. 그럼에도 주인이 낮잠을 자니 이 집도 나와는 인연이 없나 보다 하고 발길을 돌렸다. 그리고 며칠 후 광저우의 골동시장에서 실망하고 돌아와서는 골동품을 사지 않겠다던 다짐이 정녕 실현되는가 하면서 혼자 웃기까지 했던 것이다.

그를 두 번째로 만난 건 보타사라는 절을 찾아갔으나 너무 세속적이라 실망했던 지난 27일이었다. 대낮에 터덜터덜 숙소로 들어가자니 처량하기도 하고, 배도 고파 샹저우에 나가 병맥주 한 병과 초밥 몇 점을 집어먹었지만 그래도 아직 2시도 안 돼 무작정 버스를 타고 꽁베이로 나갔다. 그날 일어서서 맞이하던 태도도 그렇지만 까무잡잡하고 바싹 마른 체구에 검은 안경을 쓴 그의 얼굴이 여러 주인 가운데 가장 양심적으로 보였고, 또 골동시계는 거기에만 있었기 때문이다. 그러나 버스는 돌아도 너무 돌았다. 한 시간 이상을 이리 돌고 저리 돌며 진을 다 빼놓았다. 벌써 두 달째 깎지 못한 머리카락은 땀에 젖어 목덜미를 덮고 있었다.

▲ 예지보

다른 골동가게는 아예 돌아보지도 않고 들어서자, 그는 알아보겠다는 표정으로 반갑게 맞아주었다. 가게는 예상보다 훨씬 아기자기했

161

다. '예지보藝之寶'라는 상호가 과장만은 아닌 듯했다. 물론 전부 진품만 있는 것은 아니었다. 하지만 이건 방품이며 저건 진품이라고 자세하게 알려주는 그를 보며 나의 예감이 틀리지 않았음을 확인할 수 있었다.

목도 축이고 땀도 걷히자 담배가 한 대 피고 싶었다. 한 대 피워도 되겠냐고 했더니 그 역시 나 때문에 안 피우고 있었던 듯 얼른 재떨이를 꺼내놓고는 담배를 권했다. 건강에는 좋지 않을지 모르지만, 낯선 사람끼리 담배를 나누어 피는 것이 얼마나 많은 대화를 단축하는 일인지 아는 사람들은 안다. 중국 사람들은 담배를 권하는 것으로 자신의 친밀감을 보여준다.

볼수록 오밀조밀한 그의 가게에는 내가 좋아하는 골동들이 적지 않았다. 특히 여기에 다시 오게 만든 골동시계는 많지 않았지만, 황학동이나 인사동에서 거의 사라진 구형 탁상시계들이라 반가웠다. 백통으로 만든 민국 초기의 것들이 세 개 있기에 가격을 물어보았더니, 싼 게 800위안약 16만원이고 비싼 게 1,200위안약 24만원이라고 한다. 생각보다 만만치 않은 가격이라 실망했지만, 일찍 들어가 봐야 반겨줄 사람도 없고, 사지 못하고 보는 것만으로도 즐거워 권하는 대로 차를 마시며 계속 구경했다. 유리진열장 앞에 앉아 안을 들여다보니 지오자이거우九寨溝에서 보았던 티엔주天珠 팔찌 등 고급스런 패물이 많았다. 하지만 가격은 역시 만만치 않았다.

벌써 실내는 담배연기로 흐려졌고, 차는 몇 잔이나 마셨으니 어떻게든 담판을 지을 시점은 다가오고 있었다. 이미 마음에 드는 탁상시계 두 개를 진열장 위에 올려놓고 잘 가는지 보려고 작동을 시켜 놓은 상태였으니 말이다. 며칠 전 집에 전화할 때 아내와 아이들에게 살만한 것도 없고, 더구나 여성용은 고를 자신도 없으니 화장품이나 면세점에서 사가겠다고 했지만, 그래도 차고 다닐 수 있는 팔찌라도 선물로 가져가는 게 낫겠다는 생각을 굳히고 있었기에 마음에 드는 팔찌 세 개와 탁상시계 하나를 가리키며 '뚜어사오치엔?'얼마입니까 하고 물었다. 이미 부를 가격은 대충 알고 있었지만 다시 한 번 묻는 것이다. 그리고 어차피 살 바에는 한 몫으로 몰아서 사는 편이 낫다는 것이 평소 지론이라면 지론이고……

이때 주인의 대답을 기다릴 때까지의 팽팽한 긴장감이야말로 골동 구입의 매력이며 여행의 즐거움인지도 모른다. 자기가 원하는 가격을 생각하며 주인의 얼굴을 바라보는 손님과 최대한 손해 보지 않는 가격을 부르기 위해 물건을 내려다보며 마음속으로 계산하는 주인의 멋진 일합이 시작되는 순간이다. 얼굴이 상기된 채 잠시 망설이던 그가 어렵게 입을 열었다.

◐ 2008.11.4.화.

어리석은 손님과 정직한 주인

광기의 시간은 시계로 측정되지만, 지혜의 시간은 어떤 시계로도 측정할 수 없다. —윌리엄 블레이크

과거의 회상은 아름답고 달콤하다. 멀어질수록 더욱 커지는 그리움. 그 거리감에 대한 사랑을 골동품처럼 극적으로 보여주는 것은 많지 않다. 그날 예지보에서 가져온 탁상시계의 백통 몸체에서 들려오는 초침 소리는 황홀했다.

정지용[1902-1950]은 「시계를 죽임」에서 "한밤에 벽시계는 불길한 탁목조啄木鳥! 나의 뇌수를 미신바늘처럼 쫓다. 일어나 쫑알거리는 '시간'을 비틀어 죽이다. 잔인한 손아귀에 감기는 가녈핀 모가지여!" 라고 근대인의 불안을 묘사했고, 살바도르 달리[Salvador Dali(1904-1989)]는 「기억의 지속」에서 흐물흐물 녹아내리는 시계를 통해 잠재의식의 세계를 보여주었지만, 나는 낡은 시계를 통해 기억 너머로 사라졌던 지난날들을 아름답게 떠올리고 있었던 것이다. 아니, 오랜만에 들어보는 시계 소리는 초록의 권태를 단풍의 황홀로 바꾸어 주고 있었다. 그래서 골동에 심취하면 미래를 보지 못한다고 경계했던 것일까. 그러나 '시계의 죽음'은 너무도 빨리 찾아왔다. 달콤한 회상에 젖어 스탠드 아래서

경쾌하게 숨을 몰아쉬는 시계를 바라보며 차가운 맥주를 한잔 들이키는 순간, '딱!' 하는 소리가 들려왔다. 태엽이 끊어진 것이다.

시계의 죽음보다 아픈 건 신뢰의 무너짐이었다. 아까 둘 사이의 겨루기는 단 이 합에 끝나고 말았다. 일 합의 부딪침에 이어 이 합 만에 그는 내가 겨눈 칼끝에, 아니 888위안으로 끝내자는 제안에 행복한 항복을 하고 말았던 것이다. 아직 얼굴이 붉게 물든 채 웃고 있는 그에게 거스름돈 12위안을 받고 버스를 타고 돌아올 때 즐거웠다. 그역시 그것이 돌아갈 차비의 전부라는 걸 알고는 환하게 웃었다. 그러나 나는 집에 돌아와서도 봉지를 풀지 않았다.

창문을 활짝 열고 대걸레로 바닥을 깨끗하게 닦고 담뱃재가 남아있는 책상을 걸레로 말끔히 훔친 다음, 일주일 넘게 냉장고에 넣어두었던 기네스 맥주 한 캔과 칭다오 맥주 한 병을 꺼냈다. 어렸을 적부터 사고 싶었던 시계와의 만남을 이렇게라도 자축하고 싶었던 것이다. 아니 중국인들의 희미한 약속관념에 실망했던 나에게 깨끗한 모습을 보여준 그에게 감사하며 천천히 음미하고 싶었는지 모른다.

태엽을 감아주자 아침 마당에 찾아오는 참새처럼, 아니 꼭 끌어안아주면 좋아서 아르릉 거리며 콩닥콩닥 뛰던 고사리의 심장소리처럼, 시계는 채깍채깍 움직이기 시작했다. 전축이라도 있었으면 에디트 피아프Eith Piaf(1915-1963)의 「장밋빛 인생La Vie En Rose」이라도 틀었을지 모른다. 그런데 그 시계가 그만 숨을 거둔 것이다. 반신半信과 반의半疑의 초침소리는 아침이 밝아올 때까지 어둠 속에서 똑딱거렸다.

시계를 받아든 류 사장은 혀를 끌끌 차며 "타이쭈안太捲, 타이쭈안." 하고 낮게 중얼거렸다. 너무 세게 밥을 준 것이다. 그는 아무 말 없이 다른 시계로 바꾸어 주었다. 나는 시계를 내밀었던 손목이라도 가리지 않으면 부끄러울 것 같아 은팔찌를 하나 샀다. 걸핏하면 흔들리는 마음을 다잡아 준 그에게 고마움을 느꼈는지 모른다. 그러나 다음날 그를 다시 찾아가지 않으면 안 되었다. 역시 처음에 골랐던 시계가 예뻤고, 이번에는 태엽이 끊어진 건 아니지만 가다가 서곤 했던 것이다.

그런데 이상한 일이다. 분명 그의 가게에 앉아 차도 마시고 담배도 피우면서 천천히 구경했지만, 눈에 들어오지 않던 시계가 나를 올려다보고 있는 것이 아닌가. 투명한 플라스크 병 속에서 톱니가 돌아가는 모습까지 그대로 보여주는 구형 독일제 탁상시계 말이다. 아, 마음의 눈이란 정녕 이런 것일까. 눈앞에 있어도 보지 못하는 시각형 지식인의 비애! 먼저 샀다가 반품한 시계들보다 비쌌지만 흔쾌히 샀다. 류 사장도 가져갈 걸 이제 가져간다는 듯 즐거워했다. 지금 이 글을 쓰는 순간에도 시계는 그간의 시행착오를 놀리듯 정확한 발걸음으로 또박또박 걷고 있다. 이제 돌아갈 시간이 얼마 남지 않았으니 조금 더 힘내라며 격려하듯이……

마음의 문을 활짝 열었던 건 나만이 아니었다. 내 것만 욕심낸 듯해서 지인들에게 줄 선물이 될 만한 것들이 있나 하고 다시 들렀던 목요일에는 술도 못 먹는 그가 식당에서 맥주 한 병을 시키더니 정중히 따라주는 것이 아닌가. 28년이나 골동장사를 했다는 그는 마카오에 살고 있었고, 용띠였다. 그래서 한국에서 친하게 지내는 골동가게 아저씨도 용띠니 이것도 인연인가 보다 하고 말했지만, 잘 전달되었는지는 모르겠다. 예전 같으면 밥을 먹고 헤어졌겠지만, 그는 차라도 한잔 더 하고 가라고 팔을 잡아끌었다. 거절할 이유가 없었다. 그러므로 그는 지금까지 만난 중국인 가운데 가장 많은 대화를 나눈 사람이기도 하다. 아, 그러고 보니 9월 25일 탕사오이 구가에 다녀오다가 목이 말라 들렀던 구멍가게 주인도 류 씨였구나. 류관샤오^{劉觀橋}. 맞다. 그날 처음 만났지만 동네 아저씨처럼 푸근한 인정을 보여주며 저녁까지 함께 먹자고 했던 그 사람을 잊고 있었구나.

류 사장은 서예에도 상당한 조예를 갖고 있었다. 전지에 쓴 초서와 전서가 예사롭지 않아 파는 건가 보다 했는데 그의 습작들이었다. '예보'라는 이름도 필명이 아니고 본명이었다. 그 역시 팔자는 타고 났지만 꽃을 피우지 못한 예인인 것이다. 그래서 더 가깝게 느껴졌다.

그는 골동에 대한 지식도 많이 알려주었다. 가령 티엔주의 경우 1, 3, 5, 7, 9로 무늬가 있는데 진짜는 3과 9라는 것, 자기는 당삼채를 잘 보는데 나라에서 수출을 금지하고 있으니 시중에 돌아다니는 것들은 전부 가짜라는 것, 내가 가져간 물건들 가운데 진짜 골동은 목함인데 10년 전부터 갖다 놓았지만 팔리지 않더니 결국 인연을 따라가는 것 같아 예전 값대로 주었다는 것, 준골동이라고 하면 어제 가져간 은입사 필통과 수산석^{壽山石} 필통이고, 팔찌들은 진짜긴 하지만 공예품이라고 해야 한다는 것 등등 그는 골동의 기준을 청말까지로 한정하는 고지식하고 믿음직한 주인이었다. 그리고 그는 진품과 방품을 구별하는 방법을 알려주기도 했다. 간이 현미경을 꺼내 두 작품을 비교해보라고 하기에 들여다보고 난 다음, 결정의 엉성함^疎과 빡빡함^密이 차이냐고 종이에 썼더니 '뚜이 뚜이^{맞다}' 하면서 똑똑한 제자를 보듯이 기뻐한다. 졸지에 골동의 스승을 만난 셈이다.

흥이 오른 그는 진열대 뒤의 커튼을 열더니 상자에서 진품 청화와 오채^{五彩}를 보여주었다. 그리고 처음 중국에 갔을 때 베이징의 유리청에서 샀던 것과 동일하지만 제법 큰 향로는 한정품으로 만든 방품이며 진짜는 어마어마한 가격이라는 것 또한 제製자가 어떻게 다르냐에 따라 제작연대를 구별한다는 사실을 가르쳐주기도 했다. 한편 고향이 푸젠성福建省인 그는 아내와 손자와 함께 살고 있으며 심심풀이로 조금씩 도박을 한다고도 했다. 그래서 그날 888위안으로 얼마나 땄느냐고 묻자 조금밖에 못 땄다면서 웃었다.

비록 말은 통하지 않지만 필담으로 때로는 눈빛으로 많은 이야기를 나누다 보니 많은 시간이 지났다. 하지만 그는 나를 놓아주려고 하지 않았고, 나 역시 가고 싶지 않았다. 이제는 골동을 보상심리의 차원에서, 또는 질은 양에서 나온다며 마구잡이로 구입하던 만용을 거두려는 찰나에 그를 만났기 때문에 더욱 즐거웠던 것이다.

점점 더 흥이 오른 그는 진열대 안에 있는 옥 제품들을 보여주며 이것들은 진품이지만 중산대학에서 그것밖에 주지 않으니─그는 마카오의 카지노에 중산대학 교수들이 얼마나 많이 오는데 그것밖에 주지 않느냐고 분개하기도 했다.─살수도 없고, 사지도 말라면서 손사래를 쳤다. 그리고 다시 서랍을 열고 엄청나게 비싼 계혈석 연적과 10금으로 만든 문진을 꺼내 보여주기도 했다. 그래서 가게에서 어떤 것이 제일 비싼 것이냐고 물었더니, 충칭重慶의 대족석각에서 본 것과 같은 와불상과 건륭제 때 만든 향로가 비싸지만, 역시 아까 본 도자기들과 지금 이 옥 제품들이 제일 비싸다고 했다. 그러나 그때까지도 그와 나는 마주 앉아 차를 마시며 이야기하는 우리의 뒷모습이 그토록 많은 질시를 받게 되는 원인이 될 줄은 까맣게 모르고 있었다.

● 2008.11.5.수.

중국인의 두 얼굴

돌아가기로 했다. 사람을 이렇듯 비참하게 만드는 여기서 며칠 더 묵는다는 건 아무 의미가 없다. 물론 나중에는 좀 더 있다가 많은 걸 보고 올 걸 하고 후회할지도 모른다. 그러나 세계를 돌아다니지 않고도 '가위와 풀'만 갖고 『황금가지The Golden Bough』를 썼던 프레이저 Frazer, J. G.(1854-1941)와 비슷한 체질의 소유자임을 스스로 모르는 바 아니다.

내면에서 시키는 대로 하는 것이 가장 좋다. 시청률이 조금 오른다고 종방을 질질 미루는 그 결말 지연의 행태를 누구보다 혐오하는 내가 아니던가. 더구나 아름다운 중국인의 한 사람으로 오래 기억될 류이바오 사장도 만났고, 또 이런 실망을 젊은이의 패기와 성실로 충분히 보상해 준 영석이도 오는 17일 여행을 떠났다가 월말에나 돌아온다니 말이다. 또한 영혼의 교통이 이루어지지 않는 사람들의 형식적인 인사를 받으며 돌아서는 내 뒷모습을 보여주고 싶지도 않다.

"선생님. 대단하세요. 어떻게 중국 사람한테 1,000위안이나 외상을 할 수 있으세요. 여기 사람들은 100위안도 어림없어요." 지난 토요일 꽁베이로 달려갔을 때 우연히 전화를 했다가 사정을 듣고 달려왔던 영석이의 말이다. 그날 기운을 내라는 말에 힘을 얻은 듯 류 사장은

'취판러마?^{밥 먹었느냐}' 하고 물었다. 먹었지만, 담배만 피웠을 것이 분명했기에 함께 일어섰다. 그러나 길을 건널 힘도 없는지 몇 번 갔던 식당이 아니라 가게 뒤에 붙어있는 허름한 분식집에 가는 것이었다. 부담을 느낄까봐 할 수 없이 만두 몇 개를 집어먹고 있는데 영석이에게 전화가 왔던 것이다. 누구냐고 묻기에 중국어를 잘 하는 한국유학생이라고 했더니 그러냐면서 국수를 먹는 모습이 딱했다. 담배 한 대 피우겠다고 나오면서 돈을 지불했다. 쓸데없는 짓을 한다는 듯 양미간을 찌푸리면서도 고마워하는 그의 표정에 가슴이 더욱 아팠다.

내가 해줄 수 있는 일이란 말보다는 한 푼이라도 만회를 해주는 일이기에 며칠 전에 봤던 문진을 다시 보자고 했다. 용을 세밀하게 조각한 단무檀木^(박달나무) 문진 한 쌍은 아름다웠지만 비싸 집어넣으라고 했었는데, 그래도 내가 문방사우─그때마다 그는 원팡스바오文房四寶라고 교정해 주었다.─를 좋아한다고 일부러 가져와 보여준 그의 성의를 무시한 것 같아 마음에 걸렸던 것이다.

골동품을 사다보면 손님의 이런 미안함 또는 확실하지 않은 의사 표시의 틈새를 주인들은 어쩔 수 없이 파고들게 되어 있다. 그래서 김명오 아저씨에게도 비슷한 물건을 몇 번이나 사고는 나중에 화를 내는 어리석음을 범하곤 했다. 순진한 호고가들은 떡 하나 주면 안 잡아먹지 하는 호랑이 앞에 선 아이인지도 모른다. 그래서 골동에 눈을 뜨려면 수없이 많은 시행착오가 필요한가 보다. 그러나 이번 경우는 다르다. 사진기를 들고 이것저것 신기해하며 찍으니까 더 좋은 물건이 여기에 있다고 보여준 배려라고 생각한다. 그래서 오늘은 웬만하면 사려고 마음먹고 있는 것이다.

정말 중국 골동품의 정교함은 대단하다. 우리는 흔히 여백의 미니 자연과의 조화니 하며 우리 골동품만 옹호하고 중국 골동품은 너무 기하학적이고 인위적이라고 폄하하지만, 이는 무의식에 잠재된 민족주의적 편견 또는 옹졸한 생각이 아닌가 생각할 때가 많다. 아름다운 것은 아름다운 것으로 충분하며, 나머지는 사족일 수 있는 것이다. 그래서 중국 골동품을 사지 말라고 하는 김명오 아저씨에게 "그럼 우리 건 다 좋은 거냐?" 하고 반문하곤 했다. 어쩌면 중국 골동품은 세허謝赫(?-?)가 『고화품록古畵品錄』에서 말한 육법六法—전이모사에서 기운생동에 이르는—을 너무 철저하게 지키다 작위에 빠진 것이 아닌가 생각할 때가 있다. 또 그렇기 때문에 그 경직성에서 벗어날 때 보여줄 창조적 에너지가 두렵기도 하고……

하긴 어제 오바마Barack Hussein Obama(1961-)가 미국 역사상 처음으로 제44대 미국대통령에 당선된 것처럼 세상은 언제나 한 곳에 머무는 것은 아니다. 그 누가 노예해방1863이후 145년 만에, 그리고 미국독립1776 232년 만에 흑인이 미국 대통령이 될 줄 알았을까. 내가 『톰 아저씨의 오두막』을 감동적으로 읽었을 때 6살이었을 오바마도, 스토Stowe,H.B.(1811-1896) 부인도 이런 날이 이렇게 빨리 올 줄은 몰랐을 것이다. 제행무상이다.

영석이가 들어왔다. 인사를 시키고 그를 통해 충분하게 전하지 못했던 마음을 다시 전하자 고마워하며 아니라고 손사래를 쳤다. 침묵은 금이고 웅변은 은이라고 하지만, 이런 경우는 반대다. 결국 문진을 샀다. 골동은 아니지만 명품이고 워낙 비싸게 사왔다는 말에 아무소리도 하지 않고 가지고 있던 돈을 다 털었지만 1,000위안이 모자랐다. 그래서 5일에 와서 갚겠다고 했더니 군소리 없이 내주었다.

남에게 주는 건 인색하고 받는 건 철저한 중국에서 유학생활을 하고 있는 영석이가 이런 거래를 보고 놀랐던 것도 무리는 아니다. 그러나 세상에 예외는 없다. 지난 수요일 시계를 살 때 주머니를 다 털어도 100위안이 모자라기에 역시 5일 날 와서 갚겠다고 했었지만, 하루라도 빨리 갚으려고 다음날 다시 나와 갚았던 것이다.

그나저나 이번에는 중산대학이 생활보조금을 제대로 줄까 의문이었다. 4,000위안에서 3,500위안으로 다시 3,000위안으로 깎더니 그것도 9월 9일에야 주었고, 10월에는 국경절 때문에 늦었다며 15일에나 주었다. 뿐인가. 9월 11일에 끝난 강사료는 10월 23일에나 받을 수 있었다. 그래서 이런 돈은 써버리지 않으면 안 된다고 해서 나왔다가 류 사장을 만났던 것이다. 더구나 그것도 갖다 주거나 입금해 주는 것이 아니라 꼭 도서관 10층에 있는 사무실까지 직접 올라가 받아야 하니 엄친 앞에 가서 무릎을 조아리고 훈계를 받으며 몇 푼 안 되는 용돈을 받는 기분이다. 그러므로 300만원씩이나 그들에게 주면서 이런 모멸감에 젖게 한 학교에서 만일 생색을 낸다면 가만있지 않을 작정이다.

영석이는 이런 사정을 듣고는 제가 빌려드릴 테니 걱정하지 말라고 한다. 물론 돈이 없는 건 아니다. 그러나 아까 류 사장에게도 말했지만, 통장의 돈을 헐어가며 골동품을 사고 싶지는 않다. 그 역시 가족들도 있으니 그럴 필요는 없고, 자기도 원하지 않는다고 했다. 이런 줄도 모르고 저렇게 좋은 사람에게 실망을 시키면 안 된다고 선뜻 나서는 녀석이 대견하다.

예상은 적중했다. 어차피 꽁베이로 버스를 타러 나가는 길목에 사무실이 있어서 올라갔다. 담당자는 없었다. 마침 허 선생을 만나 알아봐 달라고 부탁했더니 며칠 더 기다려야 한다는 것이 아닌가. 순간, 내 딴에는 참는다고 이를 악물었지만 그들이 벌겋게 달아오른 내 얼굴을 어떻게 보았는지는 모르겠다. 분을 삭이는 내 모습을 보기도 민망하고, 또 우리 학교처럼 만만한 대학—허 선생의 고백에 의하면 B대학의 경우 중국인 교수들에게 12시간 강의를 시키고 200만원밖에 주지 않는다고 한다.—과 관계가 끊어질지 모른다고 생각했는지, 한참을 쑥덕거리더니 30분만 기다려 달란다. 웃음이 나온다. 결국 받긴 받았지만 정문 앞의 호수에 내던지고 싶었다. 그러나 깨끗이 돌려주기로 했다. 얼마 이문도 남기지 못했겠지만, 배운 자보다 인격이 몇 길이나 위인 류 사장에게 다 주기로 한 것이다.

서울로 돌아가기 전에 식사라도 꼭 하자고 약속하며 돌아서는 마음이 허전했다. 저녁 때 영석이를 불러 빌렸던 돈을 주며 말했다. "영석아, 너마저 없는데 선생님이 여기서 무슨 낙으로 이런 글이나 쓰며 앉아 있겠니? 이제 705위안 남았다. 아니, 숙소 보증금으로 받을 500위안도 있구나. 그러면 한 열흘 동안 생활하고도 몇 푼 남겠네. 여기서 받은 돈은 몽땅 골동품으로 바꿨으니 됐고, 우리 15일 날 광저우에 올라가서 한잔 먹자. 그렇게 나를 떠나보내야 너도 속 시원하게 여행을 다녀올 거 아니냐?" "선생님, 괜찮으시겠어요."

29일에서 16일로 예매표를 변경했다는 영석이의 전화가 왔다. 이제 눈앞이 조금 환해지는 것 같다.

 2008.11.6.목.

짐을 꾸리며

오후 3시. 짐을 꾸리고 샤워를 마친 후 시계를 보니 오후 3시다. 어제 중산시에 다녀와 피곤했지만 늦게 자도 새벽이면 어김없이 일어나게 되는 새로 생긴 습관은 바뀌지 않고, 돌아갈 날도 며칠 안 남아서 그런지 밥 먹을 생각도 없어 짐이나 싸기로 했던 것이다. 게다가 골동품을 포장할 공기주머니 비닐도 충분했다.

어제 저녁, 그동안 못한 구경이라도 시켜드린다고 앞장섰다가 버스에서 내리자마자 얼굴이 하얗게 질려 토하는 줄 알았던 주주와 완지에가 하도 기특해서 슈이이팡으로 데리고 가다 보니 북문 옆에 비닐이 수북이 쌓여 있었다. 먼저 들어가시라고 한 두 아이는 비닐을 한아름 안고 들어오며 "선생님, 이거면 충분해요?" 하면서 활짝 웃었다.

순간, 낡은 트럭을 타고 여행을 갔다가 쓸 만한 것이 있다 싶으면 주워 와서는 "선생님, 이거 어디 작품에 쓸 데 없으세요?" 라고 묻던 한성이와 "야야, 버려. 귀신 나와!" 하며 손을 홰홰 내젓던 상기, 그리고 "그거 버려. 작품 안 돼." 하며 특유의 경상도 톤을 내려 깔던 몬당이, "야, 또 뭐 주웠어?" 하며 꾸부정한 어깨를 늘어뜨리고 다가오던 경범이, "뭔데 뭔데? 으하하." 하며 좋다고 웃어대던 관무, "애도 이제 골동 다 됐네." 하며 빙그레 웃던 홍 선생, 그럼에도 버리기 아쉬워

한 번 더 내 얼굴을 쳐다보는 녀석에게 "차 뒤에다 실어. 다 쓸 데가 있을 거여." 하며 담배를 피우며 웃던 김명오 아저씨의 모습이 떠오른다.

최대한 단출하게 살겠다고 다짐하긴 했지만, 오늘 보니 그동안 생긴 짐도 만만치 않다. 우선 탕사오이와 룽훙의 평전을 비롯해서 최근 CCTV 채널 10에서 인기리에 방영중인 중국 골동입문서 몇 권이 눈에 띤다. 그런데 나온 김에 하는 말이지만, 책처럼 무겁고 가벼운 것도 없는 것 같다. 우선 이삿짐센터 직원들은 책을 제일 싫어한다. 무겁기도 하거니와 여러 번 옮겨야 하니 차라리 냉장고처럼 큰 물건이 낫다고 한다. 하긴 사갖고 들어오면 기뻐서 비닐로 단정하게 싸서 책장에 꽂아도 표시가 안 나지만, 막상 풀어놓으면 어마어마한 양이라 기가 질렸던 것은 나만의 경험은 아니리라. 뿐인가. 사다놓기만 하고 아직 읽지 않았다는 자각이 들면 얼마나 준열하게 째려보는지 가슴이 다 저릴 지경이고, 막상 읽고 나면 담배연기처럼 종적이 묘연하니 책처럼 무겁고 가벼우며, 얇으면서도 두꺼운 것은 없는 듯하다. 그래서 그 신기루에 홀려 지금 여기까지 온 것인지도 모르지만…….

다음은 결국은 사갖고 가게 된, 중산대학의 졸렬한 행태를 빌미로 더러운 돈 다 써버린다고 하다가 아내와 아이들은 물론 제자나 지인들의 놀림을 피하지 못하게 된 골동품들이다. 성격은 운명이라더니, 첫날밤 춘향이를 안은 몽룡이가 그랬듯 처음에는 주저했으나, 나중에는 체면이고 뭐고 다 때려치우고 '옷 벗고 놀자.'는 식이 되어 사고 말았던 것이다. 물론 생각지도 못했던 류 사장네 도난 사건도 일조를 하긴 했지만, 시작하면 끝을 봐야 직성이 풀리는 성격이니 다 핑계인지도 모른다.

골동 또한 책과 비슷하다. 살 때는 몇 번이나 살펴보고 주인과 팽팽한 신경전까지 치러가며 사지만, 풀어놓으면 허망하기 그지없다. 그런 의미에서 사르트르Sartre, J.P.(1905-1980)가 '부재는 욕망'이라고 한 말은 명언이 아닐 수 없다. 다행히 이번에는 양도 얼마 되지 않고, 마음의 문을 연 주인과 충분한 대화를 하며 샀기 때문에 아직 후회되는 물건은 없다. 여행할 때마다 시간에 쫓기고, 가이드의 눈치―예정에도 없고 아무런 혜택도 없는 골동시장에 가는 걸 그들이 좋아할 리 있겠는가.―를 보면서 서둘러 사느라 나중에 후회하던 것과는 사뭇 다른 양상이라 짐을 싸는 마음마저 가볍다. 더구나 돌아가려고 싸는 짐이 아니던가.

우여곡절 끝에 이곳에 올 때, 100일이라도 채워보려고 8월 27일부터 12월 4일까지 있겠다고 통보한 바 있다. 하지만 이들은 숙소도 11월 30일까지만 잡아놓았다. 또한 사람을 모멸의 진흙탕에 빠뜨리게 한 3,000위안도 철저한 계산 끝에 도출된 액수였다. 지금까지 쓴 경비를 따져보니 한 달 평균 3,200위안 정도였다. 그것도 문화비는 아예 생각하지도 못하고, 최대한 검소하게 생활한 결과가 그렇다.

이처럼 곳간에서 인심난다는 말과 전혀 무관한 곳이니 있으라고 하지도 않겠지만, 잡아끌더라도 남고 싶은 생각은 전혀 없다. 손익계산에는 철저해서 받을 때는 좋아하고 줄 때는 인상을 찌푸리는 거래방식을 고수하는 한, 이들이 열망하는 '대국'이 된다는 건 연목구어인지도 모른다.

그렇지만 더 한심한 것은 이들에게 일방적인 구애를 보내고 있는 우리학교나 다른 대학의 이해 못할 자세다. 여기에 있는 단국대생들이 겪는 수모도 나에게 못지않다. 중산대 학생들은 단국대로부터 용돈까지 받는다는데, 이들은 신체검사도 다시 받아야 했고, 인터넷 사용료까지 내야 하니 더 이상 무슨 말을 하겠는가. 나 역시 140위안을 내고 지금 이 글을 쓴다. 과연 우리는 이런 대접을 받으면서도 중국인들이 원래 그렇다며 웃을 만큼 도량이 넓고 배짱이 좋은 이른바 '강성대국'이 된 것일까.

만일 그들이 내게 준 3,000위안을 기준으로 한다면, 그들에게도 약 180만원을 주어야 마땅하다. 이것도 물가와 환율200으로 계산까지 고려해서 3배를 주는 경우를 말한다. 말하자면 지금 우리 학교는 체류기간은 4분의 1, 급료는 5분의 1이라는 역조의 수혜자로 나를 처음 파견한 셈이다. 유붕자원방래有朋自遠方來 불역낙호不亦樂乎란 이들에게 고사성어에 불과하다. 그런데도 우리만 탁발하러 다니는 수행자처럼 문전박대를 받고도 "불쌍한 중생들이로고!" 하면서 입을 쩍쩍 다실 필요가 있을까. 원칙으로의 복귀만이 필요하다.

물론 이들의 입장에서는 3개월 생활비와 2주 강사료를 받은 나 같은 인간은 처음인지도 모른다. 아니, 김 선생 부군이 전하는 말에 의하면, 작년에 어느 미국인 교수도 이런 행태에 진저리를 치고 학기 도중에 가버렸다고 하니, 선례가 없는 건 아니다. 물론 학생들에게 D와 F 학점만 주고 가버렸다니 바람직한 처사는 아니지만, 그 심정만은 충분히 이해된다.

어떤 사람들은 그래도 이런 불황에 3,000위안이면 어디냐며 복 받았다고 할지 모른다. 또 어떤 후배는 그래도 자신이 나름대로 애를 써서 선정되었으면 가만히 있을 것이지 저렇듯 유별을 떨 건 뭐냐며 분수를 모르는 선배가 괘씸해서(?) 이메일을 안 보내는지 모른다. 그러나 이는 나 개인의 문제가 아니다. 그리고 이들에게 주는 300만원도 학생들의 등록금에서 나간다. 더구나 여기에 오려고 아쉬운 소리를 한 적도 없고, 말도 되지 않는 서류를 낸 적도 없다. 또한 잘 되면 내가 잘났으니 그럴 수밖에 더 있었겠느냐며 어깨를 펴는 결과론적 사고를 제일 두려워 하기에 많은 이들의 도움으로 오늘이 있다는 인과론적 사고를 억지로라도(?) 갖고자 노력하고 있다. 따라서 오늘의 이 불만은 받아먹을 거 다 받아먹고 오리발 내미는 뻔뻔함도 아니고, 면천한 노비가 찾아온 주인을 죽인다는 옛말을 재현하고 있는 것도 아니다. 뿐인가. 땅 덩어리 큰 나라의 친구들이 그런다고 나까지 그럴 수는 없어서 오늘 화장실 변기까지 이렇게 깨끗이 청소해준 것이 아닌가.

스탠드나 핸드폰 등 일용품은 학생들에게 주기로 했다. 생수는 3분의 1 정도 남았으니 굳이 시키지 않아도 될 듯하다. 물 값 한 푼이라도 아끼려는 이들에게 침을 뱉을 생각은 전혀 없다. 오히려 밥을 남기는 중국 학생들에게 그럴 바에는 처음부터 조금 담지 그랬느냐며 나무라기도 했다. 그밖에 다른 것은 없을까. 이제 다 버리고, 다 치우고, 다 닦고, 다 묶었으니 없는 듯하다. 남은 것은 땀에 젖은 내 몸뚱이 뿐이라 오랜만에 천천히 샤워를 하고 책상에 앉아 시계를 보니 3시였던 것이다. 하지만 언젠가 꿈속에서 보았던 오후 3시는 아닌 듯하다. 속이 들여다보이는 시계를 산 것도 의미가 없는 일만은 아닌지도 모르겠다.

오늘은 마지막으로 류 사장에게 가서 인사나 하고 와야겠다. 그러나 나한테 이만큼이라도 팔았으니 그나마 다행이 아니냐는 말을 도둑맞은 그에게 끝내 할 수는 없을 것 같다.

◑ 2008.11.7.금.

그리운 사람들의 편지

새벽 3시. 긴장이 풀릴까봐 가져온 몸살 감기약을 한 알 먹고 잠을 청했지만 깨어보니 또 이 시간이다. 밖에는 어제부터 불던 찬바람이 계속 불고 있다. 하도 더워 입을 수 없을 것 같았던 긴팔 티셔츠를 꺼내 입었다. 참으로 간사한 인간의 마음이다. 어깨를 감싸주는 감촉이 이렇게 좋다니……. 그래서인가. 늦은 나이에 전임이 되어 화계사에서 연수를 받던 그날, 새벽예불에 참석할 시간이라며 살며시 깨우던 김무봉 형의 음성이 떠오른다.

"같이 있을 때는 아무 때나 만날 수 있다는 생각에 늘 만나는 것이나 다름없이 보냈는데, 막상 만나기가 어렵게 되니 강한 것 같으면서도 정이 많은 당신이 불현듯 보고 싶을 때가 있소." 그의 편지는 땔거리를 걱정하며 꽁초만 피워대는 아우가 딱해 몰래 들여 준 연탄처럼 따스했다. 하긴 그는 김장호¹⁹²⁹⁻¹⁹⁹⁹ 선생을 따라 돈암동의 어느 포장마차에 갔을 때 어려워하는 내게 "응, 이거 먹어라 이거. 맛있는 거다." 하며 안주를 가리키던 이동림¹⁹²³⁻¹⁹⁹⁷ 선생의 제자가 아니던가.

아, 우리는 어느새 많은 것을 알아 주체하지 못하는 사람처럼 의기양양하던 김장호 선생과 그를 바라보며 "아, 그만 좀 떠들고 술이나 좀 자셔요." 하고는 그렇지 않느냐는 듯 빙글빙글 웃던 이동림 선생, 그분들과 같은 나이가 되고 말았구나. 하지만 사개가 잘 물려 아직 쩡쩡하고 은은한 목기와도 같았던 그분들에 비하면 나는 왜 이렇게 여전히 어설픈 신작인 것만 같은가.

장영우 역시 격절된 시간과 공간 속에서 연구년을 먼저 보냈던 선배(?)답게 다음과 같은 편지를 보내 위로하기도 했다. "이래서는 안 되는데 하며 반성하지만, 그리고 지금은 마음이 많이 안정되었지만, 한동안은 아침 눈을 떠서부터 밤에 눈을 감을 때까지 분노를 삭이지 못한 적이 많았습니다. 하기야 형제 사이도 만나지 않다보면 멀어지는데, 그렇지 않은 사람에게 지나치게 정을 많이 쏟았던 내게도 문제는 있겠지요."

그의 말처럼 사랑하는 선후배에게 배신을 당한다면, 그건 스마치안 司馬遷(BC 145경-BC 85경)이 당했던 궁형보다 더한 아픔이리라. 그런 의미에서 나는 행복한 사람인지도 모른다. 뒤늦게 초등학교 동창임을 알고 할 수 없이 동료로 대접해야 했던 선배의 쓰라린 마음(?)을 짐짓 모른 척하는 이관제는 다음과 같은 글을 보내 한참동안 허리를 아프게 하기도 했으니 말이다.

아우야, 잘 보내고 있니? 좀 쉬지 글 쓰느라 너무 진을 빼는 건 아닌지? 요즈음 네 글은 어려워, 마치 최인호가 역사의 현장에 다니며 소설집필 준비하는 것 같아. 며칠 전 김무봉 교수하고 자네에 대한 이야기를 했지. 내용은 자네에 대한 감탄의 이야기…… 참고로 무봉 형 호를 낑깡으로 해주었어. 없을 무에 봉우리 봉. 도톰한 봉우리가 없으니까. 오늘은 일요일. 논술 채점 끝나고 한 자 적는 거야. 다음 주에 중간고사라 어디 바람이나 쏘이고 싶은데 네가 없으니 바람 잡을 사람도 없네. 독거노인은 전시회 준비하느라 정신없이 보내나봐. 나 혼자 훌쩍 다녀올 생각이야. 올 날도 얼마 안 남았네. 잘 챙겨먹고 몸 건강히 보자. 참 전철에서 수구 형 보았는데 너 들어오기 전에 한 번 다녀오겠다고 하시더라. 안녕. 만추의 가운데에 매너 리.

그가 말했듯, 이번 19일에 열리는 전시회 준비로 안구 건조증에 시달리고 있다는 독거노인(?) 오원배 형 역시 환쟁이답게, 무잡한 나의 호고벽을 경계하면서 다음과 같이 몸에 좋다는 쓴 보약 한 첩을 보내주기도 했다.

자존심 상하는 말이겠지만, 골동바닥에 십 수 년 기웃거렸으면 이젠 질로 수집해야지요. 그리고 목기면 목기, 자기면 자기, 토기면 토기 하는 식으로 전문화시키고 안목을 집중시킬 필요가 있지 않나 합니다. 가짓수만 많다고 좋은 것은 아니니까요. 골동을 보면 소장하고 있는 사람의 격이 그대로 드러나게 마련이니 충동에 이끌리기 보다는 이성적일 필요가 있지요.

다들 개막식에 참석하는데 나만 여기서 궁상을 떨게 되나 보다 했는데, 남원집에서 소주 한잔이라도 같이 나누며 독설(?)을 퍼붓게 되었으니 다행이다. 아마 나는 그날 선배 전시회 보려고 조기귀국까지 감행했다며, 2차를 빨리 쏘라고 떼를 쓰지 않을까 생각된다. 그런가 하면 뒤늦게 내 소식을 알았던 문재文才의 문제 변호사 이일우는 다음과 같은 글을 보내 문학 교수라는 인간을 부끄럽게 만들기도 했다.

지난주 월요일부터 또 다른 작은 시작을 했다. 삶은 매일 매일이 시작으로 좌절하고 실망하고 흥분하고, 그리고 확실한 곳으로 가는 것 아니겠나. 인성이 깊은 몇몇 후배들과 아주 전문적으로 팀을 구성하여 주위의 도움을 받아 꾸렸다. 염려 마라. 어떤 목표를 이룬다는 생각보다 내 원칙을 지키면서 살아가는 방식을 추구하고 있다. 멀리서 보내온 너의 향수 서린 편지를 읽고 늦가을 시린 가슴에 조그마한 통증을 느낀다. 서정주 님의 시로 내 마음을 대신한다.

그의 이메일은 정에 굶주려 때로는 공격유발적으로 돌변하는 마음에 그만 불을 지르고 말았다. 그가 보낸 "눈이 부시게 푸르른 날은 그리운 사람을 그리워하자."를 읽는 순간 미당 서정주[1915-2000] 선생은 물론 김장호 선생 밑에서 함께 컸던 후배 윤재웅이 살가운 소식을 좀처럼 보내지 않았다는 사실을 깨달았던 것이다. 위안스카이의 대권욕과는 달리 애정 독식욕이 강한 내게 이는 결코 작은 사건이 아니었다. 더구나 이 녀석이 언제부턴가 선배님이라고 부르면서 거리감을 두니 기가 막힐 노릇이 아닐 수 없었다. 교수이기 전에 자연인이기를 더 원하는 내게 이런 호칭은 참으로 낯설다. 그러나 이는 이미 예정된 업보였는지 모른다.

　돌아오시면 좀 더 풍요롭고 부드러운 일상을 보내기를 바라고, 마음속의 화는 사라졌는지 궁금합니다. (중략) 화를 내고 소리 지르는 성격을 다스릴 수만 있다면 고 교수님은 이 세상에서 가장 아름다운 사람일 것입니다. 아무 잘못도 없이 관심이 지극하다는 이유로 소리 지르고 화를 낸다면 당하는 사람은 자신이 무시당하고 있다는 생각에 급기야 언젠가는 화산처럼 폭발할 것입니다. 그동안 했던 많은 이유 없는 화냄은 앞으로는 절대 있어서도 안 되고 되풀이되어서는 안 될 것입니다. 왜냐하면 아무 이유가 되질 않기 때문입니다. 상대방이 순하다는 이유로 계속한다면 그것은 자신의 습관일 뿐입니다. 주위의 고귀한 사람들을 존중하는 마음이 더 하기를 바랍니다.

홍정희 선생의 지적은 뼈저리다. 외로움을 잘 타고 정이 많다는 걸 핑계로 착한 사람들에게 너무 많은 상처를 주었던 지난 날들을 반성하지 않으면 안 된다. 그러므로 내게 따스한 이메일을 보내준 이들은 그나마 구제불능까지는 아닌 것 같으니 조금만 두고 보자며 참고 기다려준 것에 다름 아니다. 그러나 재웅이는 역시 꼬장꼬장했던 장호 선생의 제자답게 이제 머리도 컸는데 아직도 말을 함부로 하다니, 하면서 반기를 든 것이다. 하지만 재웅아, 어제 전화를 걸어 다짜고짜 "야 이놈아, 너 나한테 무슨 불만 있냐?"고 소리치며 '아니요'라는 답변을 유도했던 것처럼, 네 형이 원래 고질병 환자가 아니더냐. 아무리 이곳 인심이 더러워 일찍 돌아간다고 해도 "형한테 딱 좋은 케이스니 한번 힘써 볼게요."했던 너의 따스한 마음이 있어 이런 글이나마 보낼 수 있었던 걸 모르지 않는단다.

순간, 이메일을 보내봐야 내 요설을 못이길 걸 잘 알아서 서서히 외로움에 지쳐갈 무렵 전화를 해서는 "한 두 달 되어가니까 슬슬 보고 싶어지네!" 하던 권수구 형이 내 그럴 줄 알았다며 웃는 것 같다. "그래. 그래야 너다워." 하면서 말이다. 뿐인가. "나이 먹으니 세월은 시위를 떠난 화살 같아. 귀국하실 때는 가족들 화장품 잊지 말고 챙겨오세요. 골동품으로 돈 다 날리고 빈손이면 중국으로 되돌려 보내버리라고 희원 엄마에게 말할 거야." 하고 오금을 박은 박현숙 사장이 "하여튼 못돼 먹었어. 아휴, 저 놈의 성격……." 하면서 예쁘게(!) 째려보는 듯하다. 그리고 "고박. 옛말에 큰 나무 덕은 보지 못해도, 큰 사람 덕은 본다더니 고박의 해박한 지식과 섬세한 관찰로 쓰신 글 덕분에 제가 한중 역사공부를 톡톡히 하는구나 생각하면서 읽고 있어요." 라고 해서 쥐구멍을 찾게 만든, 그러나 언제나 좀 더 덕성스런 사람이 되어주기를 바라는 최의선 선생의 명랑한 얼굴도 떠오른다.

● 2008.11.9.일.

모포 한 장과 빈 그릇

오랜만에 늦게 일어났다. 7시. 어제 김 선생 부군이 가져온 모포와 전기장판 덕분에 따뜻하게 잘 수 있었던 것 같다. 커피 한 잔을 타서 베란다에 나간다. 바람이 차갑다. 정말 6층 내외의 배려가 없었더라면 감기가 들었을지 모르겠다. 나무들은 여전히 시퍼런데 날씨는 추우니 이상한 느낌마저 든다. 하긴 어제 류 사장에게 점심이라도 대접하지 않고 돌아가면 후회할 것 같아 버스를 탔을 때, 사람들이 모두 긴소매 옷으로 갈아입고 있어 가죽조끼라도 걸치지 않았더라면 혼자 우스운 사람이 될 뻔했다.

일요일에는 위층의 선생들과 회식을 했다. 굳이 그런 자리를 만들고 싶지 않았지만, 그렇게 가시면 섭섭하다고 하니 어쩔 수 없었다. 김 선생 부군이 맥주를 사갖고 방으로 와 결국 2차까지 하게 되어 헤어지는 기념으로 단주를 하나씩 드렸다. 그러나 단주는 세 개밖에 없어 한 분에게는 인조수정 팔찌를 드릴 수밖에 없었다. 다행히 그 분은 다른 사람들보다 좋은 걸 받았다며 소녀처럼 기뻐했다. 물건은 역시 임자가 따로 있는가 보다. 그래서 류 사장에게 식사도 대접하고 단주도 몇 개 더 사려고 나갔던 것이다.

문은 닫혀 있었다. 또 무슨 일이 생긴 건 아닌가 걱정되어 전화를 했다. 아직 문을 열지 않았다고 하는 말은 알겠는데 나머지는 영 '팅 부똥.聽不懂(못 알아듣겠다)'이다. 그래서 전화를 끊고 그동안 보지 못했던 곳들을 구경하며 기다리기로 했다. 골동가게는 메이란美蘭 백화점 2층 에도 많았다. 닫힌 곳들이 많아 편하게 유리창 너머로 구경할 수 있 었지만, 이미 류 사장에게 마음을 줘서 그런지 눈에 들어오는 물건은 없었다. 하긴 마음에 들어도 수중에 남은 돈은 이미 구입할 능력을 상실한지 오래다. 지하 식품부에서 며칠 동안 먹을 것이나 살까 하고 내려오는데 전화가 왔다.

이발을 하러 갔던 모양인지 깔끔해진 류 사장은 찻물을 끓이고 있 었다. 나는 이렇게 지저분한데, 자기만 예쁘게 깎았다고 놀렸다. 그러 자 웃으며 그럼 너도 가자는 듯 팔을 잡아끈다. 중산대학의 한국어 선생들에게 팔찌를 선물로 주었더니, 그 분들도 사러오고 싶어 한다 고 하자 흐뭇해한다. 사실 그랬다. 손목에 차고 있는 팔찌를 보고는 어디서 샀느냐고 묻는 여선생들에게 위치도 알려주고 1,000위안이나 외상을 했던 이야기도 해주었던 것이다.

어느새 12시 반이다. 내가 오늘은 밥을 살 테니 나가자고 했더니 손가락을 딱 치며 좋다고 일어선다. 둘이 함께 다닌지 벌써 2주일째 인 식당의 주인이 반갑게 맞아준다. 야채와 오리구이 그리고 겉만 바 싹 튀겨 두툼하게 썬 돼지고기와 맥주 한 병을 시켰다. 가격은 31위 안. 우리 돈으로 따지면 약 6천원으로 둘이 충분히 먹고 마실 수 있 는 성찬이 마련된 것이다.

반팔을 입은 사람은 정말 나밖에 없는 듯하다. 하지만 날은 추워졌 지만 하늘은 맑았다. 이제는 마치 동네를 돌아다니는 기분마저 든다. 그가 철물점에 가서 자물쇠를 사는 것도 지켜보고, 가게로 돌아와 따뜻한 차까지 마시니 그런 것 같다.

"뿌씽不行, 씽行……." 뿌씽이란 주인이나 된 것처럼 가게 안쪽에 앉아 물건들을 살펴보던 내가 황동으로 만든 골동 자물쇠를 발견하고는 차비 빼고 남은 돈으로 달라고 하자 손을 저으며 '안 된다'고 하는 류 사장의 말이고, 씽이란 되는 말인지 안 되는 말인지 모르겠으나 뿌씽의 부정형으로 내가 '된다'는 뜻에서 한 말이다. '뿌씨잉 …….', '씽!' 결국 못 이기겠다는 듯 류 사장이 그 특유의 손짓으로 가져가라고 하고 웃으면서 종이에 싸주었다. 다시 오기 힘들 것 같아 온 김에 가져가겠다는 내 억지에 그만 두 손을 든 것이다.

생각하면 김명오 아저씨에게도 이런 억지를 얼마나 많이 부렸던가. 계산을 끝내고 돌아서다 마음에 드는 물건이 보이면 돈도 모자라는데 가져가겠다고 억지를 부리곤 했다. 그러면 아저씨는 "오늘은 그냥 가구 나중에 와유." 하고 손을 내저었지만, 나는 물러서지 않고 "아무튼 덕산 사람하고는 이제 말을 하지 말아야지. 어째 사람이 그렇게 인정이 없어. 나 같으면 그냥 주겠네." 하며 그를 흘겨보곤 했다. 그러면 아저씨는 아이구 저 놈의 입 좀 틀어막자는 듯 담배를 권하면서 "아, 그럼 난 뭐 먹고 살어? 맨날 다 주면?" 하고 궁시렁거렸지만 이미 한 발을 뺀 목소리였다.

이때다 싶으면 나는 한술 더 떠서 "어유, 온갖 궁상을 다 떨어요. 대궐 같은 집이 두 채나 있구, 나보다 현찰은 항상 더 많이 갖고 다니면서……. 나는 아저씨한테 다 바쳐서 이렇게 개털이구. 그래 관둬라, 관둬!" 하면서 담뱃불을 끄고 일어서는 척 하면, 아저씨는 졌다는 듯 일어서면서 "에잇, 귀신같이 보기는 또 언제 봤다?" 하며 투덜댔지만 결코 싫지 않은 표정이었다. 그런데 이런 실랑이가 머나먼 중국

땅 꿍베이의 골동가게에서 재현되고 있으니, 정녕 '하나의 세계, 하나의 꿈'이라는 베이징 올림픽의 구호는 맞는가 보다. 공항에서 전화를 드리겠노라 하고 그의 가게를 뒤로 하고 나오는 마음이 가볍다. 다시 기운을 차린 모습을 보았으니 더욱 그렇다.

버스에서 내려 걸어 들어오는 교정은 한가했다. 날씨가 추워져서 그런지 돌아다니는 학생들도 없고, 손목에 채워진 인조수정 팔찌만 햇살 속에서 반짝거린다. 아까 되니 안 되니 하며 입씨름을 하다 결국 내게 두 손을 들었을 때, 손목에 걸려 있는 걸 뒤늦게 보고 이것도 계산하라고 내밀자 이미 마음을 비운 그가 '뿌용不用(필요 없다)'이라고 해서 그냥 차고 온 것이다.

최하나에게 전화를 했다. 여러 사람에게 알릴 것도 없는 귀국이지만, 그래도 단국대생 가운데 한 명에게는 알려줘야겠다고 생각했던 것이다. 수업이 없었는지 마침 전화를 받은 녀석은 연락도 못 드려 죄송하다는 말부터 한다. 교내식당 앞에서 볼 수 있겠냐고 했더니 나오겠단다. 같은 캠퍼스에 있으면서도 이렇게 하지 않으면 보기 어려운 사람과 사람의 만남…… 류 사장이나 영석이는 나하고 무슨 인연이 있었던 것일까.

등 뒤에서 교수님 하고 부르는 소리가 들린다. 무슨 일인가 하고 눈을 호동그래 뜨고 나온 키 크고 착하게 생긴 녀석—그래서 희원이와 승원이가 더 생각나기도 했다.—에게 팔을 내놓으라 하고, 수정 팔찌를 끼워주니 상아색 긴팔 티셔츠와 잘 어울린다. 내 이메일 주소는 똑같으니 가끔 연락하라고 하고, 보이지 않으면 간 줄 알라며 손을 흔들어 주었다.

교내의 게시판에 공락원의 석패방을 찍은 포스터가 붙어있다. 주하이시에서 문화축제라도 하는 모양이다. 폭풍우 속에서 정씨의 울음소리를 듣는 듯한 착각에 빠졌던 날들이 먼 과거처럼 느껴진다. 마음 같아서는 그녀의 무덤을 찾아가 소주라도 한잔 뿌려주고 싶었지만, 군부대 안에 있어 방문절차도 복잡하다니 그만 두기로 했고, 또 저번에 허 선생에게 내년에 한국어 학과가 개설되면 축제의 일환으로 탕사오이와 그녀의 사랑을 한번 다뤄보는 것도 좋겠다고 말해주었으니, 이제 그녀도 덜 외로우리라. 이런 저런 생각을 하며 설거지를 하고 있는데 6층의 이 선생이 전기장판과 모포를 가져왔던 것이다.

▲ 공락원 축제 포스터

189

돌아가면 지겹던 이 날도 그리워질 것은 뻔한 일. 이왕 먹은 김에 오늘도 한잔 어떠냐고 했더니 빙그레 웃고 따라나선 이 선생과 슈이이팡에서 맥주를 들이키는데 누가 어깨를 쳤다. 그렇지 않아도 한 번 찾아보려고 했던 류관쟈오 내외가 반갑게 웃으며 내려다보고 있었다. 모레쯤 들르겠다고 하니까 꼭 오라며 손을 흔들고 가는 내외의 머리 위로 달이 환하게 빛나고 있다. "가는 줄 아는지 이제야 날이 시원해지네." "글쎄 말입니다." 이 선생이 웃으며 잔을 부딪쳤다.

오늘은 주스코라도 다녀와야겠다. 그동안 요긴하게 썼던 그릇을 빈 그릇으로 올려 보낼 수는 없는 일 아닌가. 이메일 박스를 열어본다. 읽어 보지 않은 사람들이 꽤 있다. 석 달 남짓 혼자 북 치고 장구 치듯 썼던 글을 읽어주다 지친 모양이다. 이들에게는 무엇을 담아 고마움을 전해야 할까. 아, 이제는 80일간의 주하이 체류기도 그만 보내니 무슨 답장을 또 쓰나 하고 걱정할 필요가 없다는, 제일 반갑고 시원할 소식을 전하기로 하자.

◗ 2008.11.11.화.

다시 시작해야 할 이야기들

광저우 외곽에 있는 세븐 데이스 인連鎖酒店 805호에서 일어난 것은 16일 오전 7시였다. 이제 가족들과 만날 시간도 몇 시간 남지 않았다고 생각하니 벌써 주하이에서 있었던 일들이 먼 과거의 일처럼 느껴졌다. 15일 오전, 숙소를 체크 아웃하려고 들렀던 초대소 여직원이 놀랍다는 듯 웃던 모습이 떠오른다. 비록 달콤한 추억은 없었지만, 그래도 처음으로 외국에서 보냈던 공간에 대한 고마움을 표시하는 유일한 방법이란 청소밖에 없음을 모르지 않아 나름대로 구석구석까지 닦고 쓸었던 것이다. 더구나 퇴실 후 6층 김 선생 가족이 여기로 이사할 수도 있다는

소식을 들었기에 이왕이면 더 깨끗하게 치워주고 싶기도 했다.

11시에 올라온 영석이와 함께 문을 잠그고 초대소로 가서 보증금 500위안을 받았다. 알리지 말라고 했는데도 룡은이와 하나, 소연, 나은이 등 단국대 학생들이 인사를 하러 나왔다. 출발 시간은 12시 30분. 이들과 함께 점심이라도 먹으려고 했지만, 아침부터 배에 가스가

차 도저히 먹을 수 없어 만두 몇 개만 집어 먹었다. "너희들을 남겨 두고 먼저 가서 미안하다만, 데리고 가면 공부를 방해하는 선생이 되는 셈이니 할 수 없구나." 하고 웃으며 광저우행 버스가 들어오는 강의동으로 향했다.

날씨는 더워 긴팔 티셔츠에 받쳐 입은 낡은 가죽조끼가 무색했다. 지금은 한시라도 빨리 벗어나고 싶은 곳이지만, 그래도 돌아가서 생각하면 그리울 것 같아 가방을 끌고 가는 영석이와 륭은이 뒤를 따라 천천히 걸어가며 학교를 살펴보았다.

정류장에는 한국어 말하기 대회에 참석하느라 곱게 차려입은 주주와 완지에가 기다리고 있었다. 잠시 후 이 선생도 자전거를 타고 왔다. 아직도 시간이 많이 남아 그만 돌아가라고 했지만, 가는 거 보고 가겠다며 웃기들만 한다. 사진을 몇 장 찍고 이런저런 이야기를 하다 보니 버스가 들어왔다. 륭은이와 이 선생과 악수를 하고, 주주와 완지에의 등을 두드려준 다음 차에 올랐다. 이제 주하이 80일의 여정이 끝나는 것이다.

혼자 가슴이 먹먹하여 돌아다녔던 탕지아만의 부연 바다를 뒤로 하고 버스는 고속도로로 접어들었다. 늘 그랬지만, 돌아가는 길은 빨라 어느 사이에 버스는 중산대학 서캠퍼스에 도착했다. 가방이 무거워 택시를 탔다. 언제 다시 올지 몰라 눈에 많이 담으려고 했지만 이미 익숙해진 풍경이라 그런지 별로 들어오지 않았다.

하룻밤을 보낼 숙소는 아주 기능적이고 조그만 공간이었다. 가방을 놓고 밖으로 나왔다. 높다란 고가도로 밑으로 야시장을 준비하는 행상들이 나오고 있었다. 자기도 모레 여행을 떠나야 하는데도 나를 배웅하기 위해 같이 올라온 영석이가 기특하고 고마워 먹고 싶은 게 없냐고 하다가 여기 와서 한 번도 먹어보지 못한 휘구어火鍋를 먹기로 했다. 그러나 막상 찾으려고 하니까 보이지 않았다.

　광저우는 서구에 개방한지 오랜 도시라 예쁜 공간도 많았고, 중국 경제의 10분의 1을 담당하는 지역답게 규모도 크고 화려했다. 어느 동네의 한적한 공터에 앉아 배드민턴을 치고 있는 동네 사람들의 모습을 볼 때 전화가 왔다. 류 사장이다. 내년에 기회가 되면 꼭 친구들과 함께 오겠다고 인사를 하고 전화를 끊으니 정말 이제는 돌아가는가 보다 하는 실감이 났다. 순간 그를 비롯한 많은 사람들이 옆에 없었더라면 주하이에서의 나날들이 얼마나 적적했을까 하는 생각이 들었다. 영석이의 등을 두드려 휘구어 식당을 다시 찾기로 한 것은 이런 고마움과 무관하지 않다.

　오랜만에 맛있는 요리를 실컷 먹고 시내 야경을 구경했다. 광저우의 명품 백화점은 우리보다 화려하면 화려했지 결코 뒤떨어지지 않았다. 연일 사상 최저치 코스피 지수를 갱신하고 있다는 소식을 전하는 나라로 돌아가야 하는 마음이 편치 않았다. 둘이서 노천카페에 앉아 생맥주를 한 잔씩 마시고 숙소로 돌아와 한숨 돌린 후 다시 문을 나섰다. 아까 돌려받은 500위안도 이미 바닥을 드러내고 있었기 때문이다.

　다행히 24시간 은행은 바로 옆에 있었다. 1,000위안을 찾아 영석이와 반으로 나누었다. 차표도 제가 샀고, 숙박비를 내느라 현찰이 모자랐던 나 대신 식사비를 냈던 녀석에게 많은 돈을 줄 수 없어 미안했다. 더구나 모레 싱가포르로 여행을 떠난다고 하는데……. 그래서 이미 할 만한 곳에는 다 연락을 한 핸드폰을 미리 주었다. 공항에서 주려다가는 아무래도 잊어버리고 탈 것 같았다.

193

군이 선생님께 마지막으로 꼬치요리를 대접하고 싶다는 녀석을 밀치고 꼬치와 맥주를 시켰다. 정말 이제는 이곳에서는 마지막 술자리라는 생각이 들어서인지 배가 부른데도 술은 잘 들어갔다. 무더운 밤하늘의 고가도로 밑으로 차들이 뿜어대는 전조등 불빛이 하얗게 부서지며 떨어지고 있었다.

짐은 다시 정리하지 않으면 안 되었다. 주하이에서 마지막 이메일을 보내고 갑자기 진공상태에 빠져 남은 1주일이 지난 날보다 더 지루하다고 느꼈던 지난 12일, 탕지아를 한 번 더 보려고 나갔다가 우연히 재래시장의 한 귀퉁이에서 발견한 왕씨네 골동가게에서 산 문진과 몇 개의 팔찌, 뤼송스綠松石 목걸이, 류은溜銀 재떨이 등이 의외로 무거운 재질의 공예품들이었기 때문이다.

그러고 보면 이번 여행 역시 골동에서 골동으로 끝나는 예의 관행을 벗어나지 못한 셈이다. 하지만 추가로 산 공예품의 일부를 6층의 김 선생이나 영석이에게도 줄 수 있었고, 꽁베이와 탕지아는 물론 중산시와 광저우의 골동가게들을 다 둘러보고 능력껏 사보았으니 나름대로 의미가 없는 것은 아니다. 두 달 여를 줄기차게 입고 돌아다니느라 너덜너덜해진 바지는 버리기로 했다. 그럼에도 짐은 20킬로를 넘었다. 수화물 발송대에서 다시 짐을 꾸리고 출국장 앞에 도착한 것은 11시. 여행을 다녀오는 대로 연락을 드리겠다는 영석이를 뒤로 하고 탑승구로 걸어가다가 면세품점에서 류 사장과 함께 맛있게 피웠던 쌍희 담배 5통과 다기 세트를 샀다. 이제 중국 돈은 한 푼도 없다. 이른바 올인이다.

비행기는 연착하지 않고 도착했다. 아내와 승원이 한성이가 기다리고 있었다. 더부룩한 머리카락이 흔들려라 아내와 승원이를 안아주었다. 날씨는 차가웠다. 대문을 열고 들어서니 희원이와 태진이, 상기, 몬당이가 기다리고 있다가 반갑게 맞아준다. 고사리는 허리가 부러져라 꼬리를 흔들었다. 마당의 나무들도 웃고 있는 것 같았다. 벌써 8시에 가까워 배가 고플 것 같아 동네 돼지 갈비집으로 나갔다. 꿈을 꾸다 돌아온 것 같은 기분으로 고기를 굽고 술잔을 부딪치고 있는데, 수구형이 들어왔다. 잠시 후 관무도 허겁지겁 들어오고, 경범이와 경란이도 왔다. 다들 건강한 모습이라 반가웠다.

집으로 돌아와 거실에서 짐을 풀었다. 하나하나 포장을 벗기며 사연을 설명하며 나누어 주니 다들 좋아한다. 불심이 돈독한 허관무에게는 탕지아 왕씨네에서 산 흑단 단주를, 수능을 치른 아들에게 좋은 소식이 있으라고 권수구 형에게는 앙증맞은 새가 앉아서 돌아가는 탁상시계와 고옥 팔찌를, 곧 결혼하게 될 조각가 박경범과 박경란에게는 은팔찌와 연지함을, 전한성에게는 광저우에서 산 도자기 필통과 인조수정 팔찌를, 배태진에게는 팔찌와 핸드폰 걸이를, 한국화와 조각을 하는 이상기와 금몬당에게는 연적을 나누어주고, 마지막으로 아내와 딸들에게 양피상자에 들어있는 패물을 주니 여기저기서 환호성이 터진다. 아무리 골동을 그만 사려고 하지만 이렇게 나누어 주는 기쁨이 커서 사지 않을 수 없는 것이다.

이렇게 귀국했던 첫날 이후 어느덧 열흘이 지난 오늘, 무더운 여름의 기억들을 다 털어버리고 헐벗은 채 서 있는 모과나무와 감나무를 차갑게 적시는 겨울비가 내린다.

돌아오기 3일 전이던가. 일찍 잠에서 깨어 베란다에 나가 담배를 피울 때, 마치 눈앞에 잡힐 듯이 떠있던 별들을 보며 다짐했던 깨끗한 마음을 어느새 잊고 흐트러졌던 열흘인 것 같다. 지인들과 만나

술을 마시고 쏟아지는 잠을 자면서 정신없이 보낸 시간이 더 이상 계속되면 후회는 뻔한 일. 더구나 돌아와 새로 알게 된 이야기들이 예상보다 많고, 연구년도 내년 2월 말까지가 아니던가. 영혼의 탐색 은 아직 끝나지 않았다.

2008.11.27.목.

▲ 장완지에(왼쪽)와 옌주주

영흥도의 상량보

1년 만에 강의를 시작해서 그럴까. 며칠 전부터 목이 뜨끔뜨끔하더니 기침이 나온다. 어제는 강의를 마치고 학교에서 내려오는데 온몸이 저리고 오한이 났다. 몸이라도 덥히지 않으면 크게 앓을 것 같아 일부러 막걸리 한잔을 걸치고, 집에 들어오자마자 이불을 쓰고 누웠다. 땀을 흠씬 흘리고 잔 탓인지 몸에서 쉰내마저 나는 것 같다. 그래도 열은 조금 내렸다. 바람이라도 쐬려고 베란다에 나간다.

화사한 봄의 얼굴에 생채기라도 내려는 듯 손톱을 곧추 세우며 찾아온 꽃샘추위는 오늘도 여전하다. 그러나 어깨를 움츠렸던 목련은 젖빛 꽃망울을 조금씩 터뜨리기 시작했고, 다슬기들이 다닥다닥 올라와 붙은 듯 연둣빛으로 빛나는 모과나무는 새싹 사이로 작은 꽃망울을 내밀고 있으며, 감나무는 콩알처럼 푸른 싹들을 가지 끝에 매달고 작년의 풍성함이 예외가 아니었음을 알려주고 있다. 지루한 장마철의 눅눅한 어둠을 환히 밝혀주는 능소화 또한 죽은 줄 알고 행여 꺾어 버리지나 말라는 듯 마른 가지 사이로 새싹을 밀어올리고 있다. 꽃샘추위는 안간힘을 쓰며 매달려 있는 저 몇 개의 낙엽인지 모른다. 지난날들에 대한 환상을 오늘도 떨쳐버리지 못하고 있는 꽃샘추위는 그래서 매섭지만 초라하다.

좁쌀을 뿌려주자 참새들이 마당에 오르르 내려앉는다. 봄기운을 얻은 참새들의 날갯짓이 가볍다. 긴 의자에 앉아 한 나절이 다르게 연둣빛을 더하는 나무들을 바라보다가 커피라도 한 잔 마시고 싶어 일어선다. 의자에 적혀있는 상량문이 눈에 들어와 잠시 발걸음을 멈춘다. "구龜 룡龍 대청大淸 광서光緖 7년 신사辛巳 세차歲次 3월 23일 묘시卯時 입주상량立柱上樑 자좌子坐 오향午向 용용龍龍 구龜" 말이 긴 의자일 뿐 사실은 상량보인 것이다. 그런데 이렇게 상량문이 선명한 남의 집 상량보를 의자로 쓰다니, 그게 될 말이냐며 혀를 끌끌 차는 소리가 들리는 듯하다. 한줌의 재로 바뀔 운명에서 구했던 사연을 모른다면 무리도 아니다.

이 상량보와 인연을 맺은 건 지난 2007년 1월 30일이다. 김명오 아저씨와 함께 대부도에 갔다가 이왕 나온 김에 바람이나 쐬자며 영흥도로 방향을 돌렸을 때, 상량보는 타다 남은 기둥들과 함께 공터의 한 귀퉁이에서 흙을 뒤집어쓴 채 나뒹굴고 있었다. 누가 먼저랄 것도 없이 차에서 내려 이렇게 잘 생긴 나무들을 그냥 태워버리다니 너무 아깝다며 중얼거리던 우리는 마침 비닐하우스에서 나오는 할머니에게 주인이 누구냐고 물었다.

지나쳐 온 길가의 슈퍼를 가리키는 손길을 따라 차를 돌렸다. 문을 열고 나온 주인에게 특별히 쓸 것이 아니라면 사고 싶은데 팔 수 있느냐고 물었다. 그랬더니 어차피 태워버릴 거니까 알아서 가져가라고 하는 것이 아닌가. 뜻밖의 호의가 고마워 짐칸에 실려 있던 전선 감는 나무통을 주겠다고 했더니, 그는 손님 접대용 테이블로 쓰면 좋겠다며 오히려 고마워했다.

튼실한 해송을 얻었다는 기쁨도 잠시 어느새 가로등이 환하게 켜진

시화대교를 건너올 때 마음이 가볍지만은 않았다. 광서 7년 그러니까 고종 18년인 1881년 어느 화창한 봄날—올해의 경우 4월 18일이다.— 동녘이 터 오르는 새벽, 어느 이름 모를 주인은 가족과 목수들 및 동네의 친지들이 지켜보는 가운데 경건하게 상량식을 거행했으리라. 하지만 그는 자신이 손수 고르고 단정한 예서체로 상량문을 적었던 이 나무가 120여 년이 지난 오늘 낯선 사람이 모는 화물차에 실려 영흥도를 빠져나가게 되리라고 생각이나 했을까. 그렇다면 나는? 나 역시 언젠가 이 지상에서 사라질 존재에 불과하지 않던가. 삶과 죽음, 기억과 망각의 차이란 그렇게 큰 것이 아닌데 부질없는 욕심을 부렸다는 후회가 들었던 것이다. 이런 마음을 알아차리기라도 했을까. 아저씨가 담배나 한 대 피우자며 차창을 내렸다. 겨울바람이 차가웠다.

생각지도 못했던 이동에 이어 상량보의 운명이 의자로 뒤바뀌게 된 건 그 이튿날이었다. 널빤지로 켜자니 비용도 만만찮았고 분량도 많이 나오지 않는다고 해서 아담한 책꽂이로 만들려던 계획을 포기하고, 아저씨네 가게에 있던 통나무를 잘라 받침목으로 대고 긴 의자로 만들기로 했던 것이다. 그러나 남의 집에서 쓰던 물건, 그것도 상량보를 베란다에 올려놓는다는 걸 아내가 흔쾌하게 생각할지 의문이었다. 다행히 아내는 마침 둘째 아이가 대학에 합격했다는 소식을 들었기 때문인지, 아니면 재수가 있는 나무라 좋은 소식도 가져왔다는 강변(?)에 기가 막혔는지 웃기만 했다. 하긴 반대한다고 들여놓지 않을 남편도 아니지 않던가.

졸지에 의자 아닌 의자로 변신한 상량보가 영흥도를 떠나 베란다를 지키게 된 연유는 대략 이렇다. 이후 오랜 세월 잘 마른 나무의 포근한 느낌이 좋아서 그런지 뜨악한 표정을 지었던 아내도 즐겨 앉

는다. 그럴 때면 옆에 앉아서 전통의 재활용이니, 숯으로 바뀔 운명에서 구해주었으니 상량보도 기뻐할 것이라며 너스레를 떨었다. 또는 신사유람단을 일본으로 파견하며 근대화 대열에 동참하기 시작했던 시절에도 청나라의 연호를 사용할 수밖에 없었던 우리의 과거를 되돌아보면서, 역사의 변천과 변화무쌍한 인간의 삶을 생각하고 오늘을 다잡을 수 있다면, 그것만으로도 가져온 보람이 있는 것이 아니냐며 애써 동의를 구하기도 했다. 하지만 그때까지만 해도 이듬해에 중산대학에 연구년 교수로 가게 될 것은 물론 그곳에서 상량보에 적혀있는 광서 7년의 역사적 이면을 살펴보게 될 줄은 몰랐다. 나무처럼 살고 싶다고 수수재隨樹齋라고 현판까지 달았건만 결국 상량군자上樑君子(?)에 불과한, 아니 역사의 흐름을 한 치 앞도 내다보지 못하는 시각형 지식인이란 정녕 나를 두고 하는 말인 듯하다.

작년 9월, 공락원에서 탕사오이의 두 번째 부인인 조선인 정씨의 사진을 우연히 본 이후 광서 7년은 새로운 의미로 다가오기 시작했다. 하긴 1881년 유미유동 전원 환국령에 따라 고향 탕지아로 돌아온 탕사오이도 이듬해 톈진의 세무아문에서 번역직으로 종사할 때까지만 해도 조선과의 질긴 인연이 자신을 기다리고 있을 줄은 몰랐으리라. 그가 탕지아에서 울분을 삭히고 있던 그때, 김윤식이 형식은 학도 영솔이었지만 한미수교라는 사명을 띠고 톈진에 들어와 리훙장을 만나고 있었고, 이듬해에는 임오군란이 발발했던 것이다.

탕사오이가 1882년 겨울 묄렌도르프의 비서로 조선에 들어와 1898년까지 정치적 입지를 다지는 가운데 정씨와 인연을 맺고, 1912년에 중화민국 초대 국무총리가 될 수 있었던 것은 이런 계기가 있었기에 가능했던 것이 아닐까. 영선사 김윤식과 세무아문의 말단관리 탕사오이 그리고 그가 사랑한 조선 여인 정씨를 비롯한 수많은 인물들의 인연은 1881년을 전후하여 사대체제에서 국제공법 체제로의 전환을 모색했던 조선과 이를 이용하여 종주권을 강화하려고 했던 청나라의 간섭과 통제 그리고 일본의 계획된 지원과 야욕, 그 역사의 빛과 그늘 사이에서 이미 싹트고 있었던 것으로 생각된다. 다만 인연이란 보이지 않는 수맥을 따라 피는 꽃임을 그들 역시 몰랐을 뿐이다.

차가운 꽃샘추위 속에서 말없이 누워있는 상량보와 탕사오이의 구가에 외롭게 서 있는 담홍색의 기둥은 오늘도 침묵이다. 아, 역사란 기록되지 않은 이들의 그림자까지 살펴보았을 때 비로소 완성되는 것인지도 모른다. 상량식을 올리고 기뻐했을 영흥도의 이름 모를 주인과 청나라의 관료였던 탕사오이, 그리고 그가 사랑했던 정씨가 함께 숨 쉬고 눈물 흘렸던 구한말로 시선을 되돌리지 않으면 안 되는 이유가 여기에 있다. 이는 나에게 상량보를 넘겨준 주인과 한 장의 흑백사진으로 남아 중국인들의 야릇한 눈길을 받으며 오늘도 차디찬 무덤에 누워 두고 온 조국을 바라보고 있는 정씨 부인, 역사의 그늘에서 한 송이 꽃으로 스러진 그녀에 대한 최소한의 예의다. 아니, 결별이 이룩하는 축복을 마련하기 위해 소리 없는 아우성을 지르고 있는 저 나무들의 침묵, 제대로 보는 것이 깨달음이라는 그 가르침에 대한 조그만 실천이다. 바람은 아직도 차갑다.

● 2009.4.3.금.

대리영사와 직예총독

올해도 꽃들은 약속을 어기지 않았다. 아쉬움 속에 짧고 화려한 외출을 마친 목련에 이어 동백과 매화, 철쭉이 마당을 환하게 밝혀주더니 어제는 모란이 화사한 자태를 드러냈다. 그리고 오늘은 찬란한 결별의 순간을 재촉하는 봄비가 내린다. 아마 말없이 고개 숙인 금강초롱이 종처럼 생긴 앙증맞은 꽃송이들을 하나 둘 매어달 때 쯤이면 마당은 하얗게 바랜 꽃잎들로 뒤덮이리라.

소리 없는 생명의 아우성을 보며 기뻐했던 것도 잠시, 4월은 어느새 잔인한 이별을 준비하고 있다. 1882년 12월 8일, 묄렌도르프와 함께 아직 어둠에 잠겨 있는 제물포 앞바다를 바라보던 탕사오이는 과연 저 꽃의 가르침을 알고 있었을까.

탕사오이는 훗날 정치적으로 높은 자리에 올랐다. 베이징에서 그는 서거한 서태후의 이른바 오른팔이었다. 내 생애의 다사다난했던 여러 시기에 이 탁월한 인물이 얼마나 충실하게 나를 도와주었고, 나의 아이들과 나를 해칠 모든 것들을 얼마나 능숙하게 제거해주었는가. 그리고 우리를 얼마나 비호

해주었고, 도와줄 방법과 수단을 얼마나 찾아주었는지 말하지 않을 수 없다. 우리는 그를 평생 잊지 못할 것이다!

　　　　—묄렌도르프, 신복룡·김운경 역주,『묄렌도르프자전』(집문당, 1999) p.62.

탕사오이는 담략이 있지만 명망이 알려져 있지 않아서 일본이 꺼려하지 않을 것이니, 소식을 탐지하여 은밀히 한국을 도와 거래할 것이다. 속히 회답해주기 바란다.

　　　　　　　　—황현, 이장희 역,『매천야록』상(명문당, 2008) p.705.

비호鄙扈가 목가木哥의 가르침을 받았기 때문에 청과 독일을 가리지 못한다. 더욱 탕사오이는 미국에 10여 년간 유학하였는데 그의 마음가짐의 완고하고 비루함이 조금도 다른 청인보다 나을 것이 없다. 가소롭고 천스럽다.

　　　　—윤치호, 송병기 역,『국역 윤치호일기1』(연세대학교출판부, 2001) p.297.

▲ 탕사오이의 젊은 시절과 만년의 모습

1881년 17세 때 신사유람단 수행원으로 일본에 건너가 우리나라 최초의 도쿄 유학생이 되었던 윤치호는 탕사오이를 미국 유학생 출신이지만 온갖 흉모와 잡계가 목가^{묄렌도르프}와 다를 바 없는 더러운 오랑캐^{鄙胡}라고 비난하고 있다. 그리고 황현¹⁸⁵⁵⁻¹⁹¹⁰은 비록 청국인 아버지와 서양 여자 어머니를 둔 혼혈종^{紹儀父淸人 而母洋女 故謂之混血種}이라고 잘못 알고 있으나, 탕사오이가 1909년 일본에게 남만주 철도 부설권과 무순^{撫順} 탄광 개발권을 주고 간도 영유권을 획득했던 간도협약을 고무라 주타로^{小村壽太郎(1855-1911)}와 체결했던 장본인^{하권 p.506}임을 밝혀

놓았다. 그러나 묄렌도르프의 아내 로잘리^{Rosslie}에게 그는 남편에게 존경과 우정을 바쳤던 젊고 명석한 청나라 관리였으며, 위안스카이에게는 아직 명성은 얻지 못했지만 담략이 있는^{唐有膽識無名望} 유능한 막료였다.

시대적 상황과 조건 및 처지에 따라 한 인간에 대한 평가는 이렇게 다르다. 어쩌면 이는 당연한 일인지도 모른다. 하지만 살아남아 치욕을 당한 윤치호와 절명시를 남기고 자결하여 역사에 이름을 아로새긴 황현을 생각하면, 상대적 평

▲ 묄렌도르프

가의 기준이란 과연 어디까지인가 하는 회의가 들기도 한다. 조선에 공적 임무를 수행하기 위해 입국했던 최초의 유럽인이며, 외교와 내정에서 한때 중요한 역할을 했던 묄렌도르프 역시 이런 평가에서 예외는 아니다.

1847년 2월 쩨데니크^{Zedenik}에서 태어난 묄렌도르프는 1865년 할레 아데 에스^{Halle.a.d.S} 대학에 들어가 법학과 언어학 및 동양학 연구에

몰두했다. 졸업 후 북독일의 영사관을 지원했지만, 중국 해관에서 일을 해 보라는 폰 게르스도르프^{von Gersdorf}의 제안을 받고 결심을 굳혔던 그는 1869년 9월 1일 베를린으로 향했다. 트리에스트^{Triest}에서 출발한 배가 알렉산드리아^{9.17}, 아덴^{9.24}, 갈^{Galle(10.4)}, 피낭^{Penang(10.12)}, 싱가포르^{10.15}, 홍콩^{10.21}을 거쳐 상하이에 도착했던 것은 10월 27일이었다.

일단 한커우^{漢口}로 갔지만 1871년 4월 주장^{九江}으로 전근되어 내려갔던 그는 1874년 5월, 원래 희망했던 영사관 근무를 위해 세관 총세무사에 사직원을 제출했다. 하지만 떠나기로 했던 통역관 아렌트^{H.J. E.Arendt}가 베이징에 머물게 되자 광저우로 내려가서 영사 뤼데르^{K. F.Lueder} 밑에서 1년간 근무해야 했다. 1876년 1월, 정식 통역관으로 임명을 받고 톈진으로 전근하게 되었다. 그러나 이번에도 유럽으로 돌아가게 된 통역관 힘리^{Himly}를 대신하여 근무해야 했기 때문에 상하이로 돌아가지 않으면 안 되었다.

묄렌도르프는 이처럼 여러 번에 걸친 전근과 이에 따른 불안정으로 괴로웠지만 중국 연구에 소홀하지 않았다. 같은 해『중국도서목록편람』을 출간하고『만주어문법』,『만주어명문선』, 중국 철학에 관한 원고를 탈고한 후 인쇄 준비까지 마치면서 그는 뛰어난 중국 전문가의 한 사람이 될 수 있었다. 1877년 6개월의 휴가를 받고 독일로 건너가 결혼식을 올렸던 그는 10월 아내와 함께 상하이로 돌아왔다. 그러나 그를 기다린 건 승진이 아닌 강등이었다. 이듬해 중국사정에 밝지 않은 젊은 관리가 상하이 영사로 부임했던 것이다.

1879년 8월 그는 마침내 톈진의 대리영사로 임명되었다. 통역관도 비서도 배정받지 못한 톈진행이었지만 그는 이곳에서 직예총독 리훙장을 만나면서 인생의 전기를 맞이하게 된다. 이들의 만남은 처음부터 우호적인 분위기에서 시작된 것은 아니다. 당시 리훙장은 독일이나 독일인에 대해 전혀 관심을 갖지 않았고, 따라서 그가 총독의 답례를 받지 못한 것은 당연한 일이었다. 그러나 그는 총독에게 답례를 받지 못한다면 베이징의 총리아문외무성에 조회할 수밖에 없다고 통보했다. 다음날 리훙장이 방문했지만 관례에 따른다는 구실로 테라스 위에 서서 영접한 묄렌도르프는 자기의 서재로 인도한 후 그가 자리에 앉기를 기다려서야 책상에 앉았다.

리훙장이 무슨 일로 그렇게 바쁘냐고 묻자 그는 예의범절에 관한 저술을 집필하고 있는데, 그것은 예의범절이 너무 잘 알려지지 않았기 때문이라고 응수했다. 이 말을 들은 리훙장이 그의 어깨를 두드리며 이렇게 말했다. "우린 분명 친구가 될 수 있을 것이오." 양무운동을 주도했던 북양대신 리훙장은 자신에게 중국인의 예법을 오히려 가르치고 있는 당돌한 벽안의 독일인을 보면서 "군자는 자기를 알아주지 않는 자에게는 자신의 뜻을 굽히지만, 자기를 알아주는 자에게는 자신의 뜻을 드러낸다.君子詘於不知己 而信於知己者"고 일갈했던 월석보越石父의 모습을 떠올렸던 것인지도 모른다.

묄렌도르프와 고요한 아침의 나라 조선의 짧고 긴 인연은 이렇게 시작되었다. 그러나 그는 몇 년 후「세난편說難編」을 짓고도 역린逆鱗을 건드려 파멸했던 한비韓非가 될 줄은 몰랐다. 그는 "낚시로 낚을 수 없고 노끈으로 혀를 멜 수 없는" 레비아탄을 잡겠다고 노회한 리훙장의 손아귀 속에서 큰 소리쳤던 욥이었다. 그러나 그에게 '천일야화'와도 같은 조선행을 주선했지만 자신의 뜻을 거스르자 가차없이 소환했던 리훙장도 몰랐으리라. 10년 후 노구를 이끌고 "입에서 횃불

이 나오고 불통이 튀며 콧구멍에서 연기가 나오는" 레비아탄이 되는데 성공한 일본의 시모노세키下關에 건너가 조선의 독립을 확인하고, 군비 2억냥을 배상하며, 랴오둥 반도와 타이완, 펑후도澎湖島를 할양한다는 강화조약을 이토 히로부미伊藤博文(1841-1909)와 체결1895.4.17하게 될 줄은……. 그럼에도 청나라의 역린을 건드리지 않으려고 했던 조선 정부는 진주사陳奏使 조영하의 인도를 받고 하선하는 묄렌도르프 일행을 정중하게 맞았다. 묄렌도르프를 태운 가마를 따라 말에 오른 탕사오이와 차이사오지, 우중셴 등 유미유동 출신 비서들 변발 뒤로 차가운 겨울바람이 불었다. 1882년 12월 10일이었다.

◐ 2009.4.20.월.

◀ 조영하

추락한 파우스트의 후예

조선인도 일본인도 아닌 인종이란 것이 있을 수 없을까. 양반도 아닌 상
놈도 아닌 신분이란 것이 있을 수 없을까. 중학교를 5학년까지 배운 내 어
휘엔 '코스모폴리탄'이란 단어가 있었다. 어느 민족, 어느 국적에도 속하지
않는 이를테면 '세계인'이다. 프레데릭 더글라스가 노린 것도 결국 세계인이
아니었던가. 세계인의 구상具象으로서 톨스토이가 있고 로망 롤랑이 있다.
세계인의 사랑은 매혹적이지만 그곳에 이르는 길은 험난하다. 험난하다기보
다 그 길을 발견할 수가 없다. 유일한 길이 있다면 개인으로서의 결정적인
우월을 쟁취할밖에 없다. 예컨대 아인슈타인처럼 말이다. 그러나 그것이 가
능할 까닭이 없는 것이다.

— 이병주, 「별이 차가운 밤이면」(문학의숲, 2009) p.191.

고요한 아침의 나라 조선을 향해 거친 숨을 몰아쉬고 있는 흥감호
興感號의 갑판 위에서 일렁이는 서해를 바라보며 묄렌도르프는 무슨
생각을 하고 있었을까. 베를린에서 상하이, 톈진 그리고 조선으로 이
어지는 기나긴 삶의 여정을 돌아보면서 그는 쇄국주의를 고집하던
조선이 세계와 교통할 수 있도록 도와주러 들어가는 자신이야말로
세계인이라고 생각했는지 모른다. 그러나 이렇듯 희망에 한껏 부풀었
던 그가 불과 3년 후 중국으로 소환되었다가 끝내 돌아오지 못하고

1901년 닝뽀寧波에서 쓸쓸하게 생을 마감하게 될 줄은 그 자신은 물론 함께 배를 타고 들어오던 조영하를 비롯한 조선 사신들도 몰랐다. 다만 그들은 무사히 임무를 마쳤다는 안도감에 한숨을 내쉬며, 의주에서 산하이관山海關으로 이어지는 연행로 대신 새로운 사대질서의 공간으로 떠오른 서해 아니 황해의 수평선을 바라보고 있었으리라. 훗날 이광수, 임화1908-1953, 학병 출신 이병주1921-1992 등 '식민지의 적자들'이 자신들보다 더욱 착잡한 심정에 사로잡혀 관부연락선을 타고 현해탄을 건너게 될 것도 모른 채……

리훙장은 조선을 서구열강에 개방하여 각국 세력의 균형을 유지하고, 이를 이용하여 일본이나 러시아를 견제하는 한편 과거의 전통적인 종속관계를 강화하는 정책을 채택했다. 그리고 이와 같은 이이제이 전략의 극대화를 위해 묄렌도르프를 조선에 추천했던 것이다. 묄렌도르프는 이병주의 유작인 위의 작품에서 주인공으로 나오는 노비출신의 주인공박달세이 일본의 학병으로 중국에 건너갔던 것처럼, 청나라의 고용인으로 조선에 파견되었던 셈이다. 그럼에도 만일 그가 세계인으로 자부했다면, 이는 폭력과 파우스트 정신Faustian sprit의 역사적 기간이라고 일컬어지는 19세기의 냉엄한 현실을 직시하지 못했던 책상물림의 착각에 불과하다. 추락한 파우스트의 후예 묄렌도르프와 조선의 인연을 그의 회상 형식을 빌려 살펴보는 것은 그래서 무의미한 일만은 아닌 듯하다.

1882년 12월 13일 8시, 우리 일행은 한성을 향해 다시 출발했다. 가마에서 내려다보이는 야트막한 구릉과 옹기종기 모여 있는 마을, 눈이 희끗희끗 덮여있는 논밭의 풍경은 중국과 별반 다르지 않다. 헐벗은 산들이 많았지만 차가운 하늘을 떠받치고 서 있는 소나무는 늠름하고, 공기는 유럽처럼 맑고 깨끗하다. 지난 이틀간 머물렀던 관사의 기와집과 달리 지붕이 낮고 나무 울타리로 둘러싸인 초가집들은 초라하지만 평화스럽다. 갓을 쓰고 흰색이나 남색 또는 얇은 녹색 천으로 된 긴 옷을 입은 조선 사람들이 우리 일행을 먼발치에서 바라보며 웅성거리고 있는 모습을 보니 정말 조선에 들어왔다는 실감이 난다. 문득 지난 1869년 10월 27일 황포강을 거슬러 상하이에 처음 도착할 때의 내 모습이 떠오른다.

▲ 묄렌도르프의 나들이

나는 그때 과연 이런 날이 오리라 생각이나 할 수 있었던가. 그것도 조선 국왕의 정식 초청을 받고 이렇게 한성에 들어가게 될 줄이야…… 그래서일까. 지난 12월 4일 오후 우리를 태우고 톈진을 떠낫던 해안호海安號가 치푸芝罘에 도착했을 때까지도 조선에 들어간다는 실감은 나지 않았다. 비치 호텔에서 피곤한 몸을 일으키자 굳이 중국 여관에 묵겠다고 고집했던 비서 탕사오이가 들어와 내일 아침에 흥감호로 갈아타고 인천으로 들어갈 예정이니 편히 쉬라는 마젠창의 전달사항을 알려주었다. 그러나 8일 아침 멀리 일본 군함 한 척이 정박하고 있는 인천의 모습이 눈에 들어오자 나의 가슴은 쿵쿵 뛰기 시작했다.

9일 조영하와 전마선을 타고 육지로 나와 월미도를 돌아보았다. 교역장으로 적합한 곳인 듯했다. 우리를 맞아준 조선 사람들은 붙임성도 좋고 대단히 우호적이었다. 인천 부사의 방문을 받고 저녁때 배로 돌아왔다. 10일 전마선을 타고 배를 떠났다. 하지만 간만의 차가 커서 할 수 없이 월미도로 건너가 조선식으로 식사를 마친 후에야 인천에 상륙할 수 있었다.

일본영사 미즈노 세이이치水野誠一가 내방했다. 답방을 마치고 대기중이던 가마를 타고 15리 떨어진 곳에 있는 부사 관청에 도착했다. 저녁때에는 많은 사람들이 찾아왔다. 11일에는 가볍게 산보만 하고 하루 종일 쉬었다. 12일에는 우리를 태우고 온 배의 선장과 치푸에서 합류했던 탕팅수, 기술자 버틀러Buttler가 조선의 광산 사정을 조사하기 위해 먼저 떠났다. 그리고 오늘 이렇게 가마꾼들을 재촉하여 한성으로 들어가고 있는 것이다.

생각해보면 조선과의 인연은 톈진 주재 대리영사로 취임했던 1879년 10월 리훙장과 만나던 날부터 시작되었는지 모른다. 그는 나의 오만한 태도를 엄중한 외교관의 덕목으로 높이 평가했던 것일까. 그때까지 유럽식 만찬에 참석한 적이 없다던 그가 이듬해 3월 빌헬름 1세

생일 축하식에 참석해서 나를 놀라게 했다. 뿐인가. 그는 크루프상사Kruppe. Co.의 대포를 독점적으로 매입할 수 있도록 군부에 압력을 넣었고, 불칸상사Vulkan.Co.로부터는 7,300톤급의 독일 군함 2척을 구입하기도 했다. 이런 파격은 1871년에 북양함대를 창설하여 해군 재건에 앞장섰던 북양대신이자 직예총독인 그의 신뢰와 후원이 없었으면 불가능한 일이었다. 몇 번의 거절에도 불구하고 크루프Alfred Kruppe 사장이 대리점을 제공하겠으니 맡아달라는 달콤한 제안을 전보로 거듭 보냈던 것도 이와 무관하지 않겠지만, 장사치들에게 머리를 굽히긴 싫어 일언지하에 거절했다. 그러나 나의 이런 자긍심은

▲ 리훙장

작년 11월 페테르부르크 주재 독일 부영사였던 P가 톈진 주재 영사로 부임하면서 여지없이 무너졌다.

고민 끝에 휴가 청원서를 제출했다. 그러나 폰 브란트Max von Brandt 공사는 통역관 훈련생에게 부여된 2, 3년간의 중국어 연수기간이 만료되기 전에는 휴가를 줄 수 없다며 청원서를 반송했다. 지난 2년간의 공관 업무에 대한 감사장 하나 받지 못하고 상하이의 통역관 자리로 복귀해야만 했다. 올해 2월 다시 휴가 청원서를 냈으나 대리자를 주선할 수 없다는 이유로 거절당했다. 비참했다. 통역관 훈련생 교육에 필요한 국고를 한 푼 쓰지 않고 중국어 전문가가 되었으며, 조국의 이익을 위해 주선과 부탁을 아끼지 않았던 내게 돌아오는 것이 고작 이런 대접이란 말인가.

217

나는 공직에서 사퇴하기로 결심했다. 물론 폰 브란트 공사의 이런 처사에 분개했던 리훙장이 차라리 중국 공직에 들어오라고 권유했던 것도 결심을 굳히게 된 요인의 하나였음을 부인할 수 없다. 아니, 그가 나를 톈진 주재 영사로 만들려고 중국 공사 이펑바오^{李鳳苞}를 통해 베를린 외무성에 청탁까지 했었다는 사실을 알고 감격했을 때, 이미 이런 결심은 섰는지 모른다.

5월 9일, 결국 짧은 휴가를 얻어 톈진으로 갔다. 13일 저녁, 도대^{道臺} 저우푸가 만나자는 연락을 보내왔다. 다음날 그의 관저에서 개최된 만찬에서 나의 임용은 결정되었다. 리훙장의 비서 뤄펑루^{羅豊祿}가 축하한다며 어깨를 두드렸다. 그러나 사직서를 들고 상하이로 내려가는 마음이 편치만은 않았다. 중국인들 밑에서 일한다는 것이 부끄러운 일은 아니지만 마음에 걸렸고, 또 외무성에서 어떻게 볼 것인가 하는 자격지심도 들어서 그랬으리라. 하지만 이것이 모두 값싼 감상에 불과하다는 사실을 일깨우는 사건이 다시 일어났다. 폰 브란트 공사가 나의 사직원을 본국에 타전하기를 거부했던 것이다.

◗ 2009.4.21.화.

톈진, 제물포, 한강

Sini Kuikuke wa pollo posini, kamtšick hawa, Kalliek tšĭnsim haolkosini, kuetšu kesoto kangsine sienim haopsikiril paramnaita.

주머니에 들어있던 쪽지를 꺼내 읽어본다. 어제 관사에서 쉴 때, 국왕에게 조선말로 인사를 올리고 싶은데 어떻게 해야 하느냐고 물었더니 반색한 조영하가 탕사오이를 시켜 이렇게 적어 준 것이다.

"신臣이 귀국에 와 불러보시니, 감축하와 갈력竭力 진심盡心하올 것이니 귀주貴主께서도 강신降臣에 신임信任하옵시를 바랍나이다." 뜻은 알겠지만 발음하기가 여간 힘든 것이 아니다. "파람나이타, 파람나이다?" 우여곡절도 많던 조선행을 혀가 먼저 실감하고 있는 셈이다. 하지만 보름 전만 해도 과연 이런 인사말을 할 수 있게 될 것인지 알 수 없었다. 폰 브란트 공사의 방해가 예상외로 집요했던 것이다.

나는 지금도 그의 저의를 잘 모르겠다. 물론 외무성의 공사이니 만큼 계약기간을 채워 퇴임하라는 그의 지시를 이해하지 못하는 건 아니다. 하지만 프로이센의 명예법전Eheren Kodex은 국가 이익에 손실을 주지 않는 한 관리의 사임은 신청 후 1주일 내에 확정된다고 명시하고 있다. 뿐인가. 지난 2년간 악조건 속에서 영사관 업무를 수행했고,

219

▲ 고종황제와 황태자(순종)

휴가 중인 베이징 주재공사 통역관의 업무까지 무보수로 맡아 처리
하지 않았던가. 그런데 그는 공관 업무가 끝나면 당연히 신청 가능한
휴가를 이런저런 핑계를 대가며 허락하지 않더니, 끝내는 5월 19일에
제출한 사직청원서를 외무성에 타전하는 것마저 거부했다. 규정집을
펼쳐가며 거칠게 항의하자 마지못해 10월 전에는 대리인을 구할 수
없다고 외무성에 통보했을 뿐이다. 결국 7월에야 자유를 얻을 수 있
었다. 그나마 오스트리아 영사 폰 하스von Hass가 관례대로 일을 맡아
주었기 때문에 가능했지, 그렇지 않았더라면 나는 지금도 상하이에
남아 가슴을 까맣게 태우고 있었으리라.

7월 6일, 아내와 나는 진저리를 치며 상하이를 떠났다. 10일, 뤄펑루에게 도착소식을 전했다. 12일, 저우푸는 나를 보자마자 그동안 얼마나 마음고생이 많았느냐며 위로했다. 그리고 여행 중인 총독이 내가 중국 공직에 들어오게 된 것을 기뻐하고 있으며, 이제 뤄펑루와 마젠창과 같은 총독 비서관이 될 것이라고 말했다.

이미 조선에 가지 않겠느냐는 리훙장의 제안을 받았던 터라 총독의 생각도 그러하냐고 조심스레 물어보았다. 그러자 그는 총독의 생각은 잘 알고 있지만, 자기를 도와주는 고문이 되어주었으면 좋겠다고 말했다. 그러면서 이제부터 조선어를 열심히 공부하고 해관 설치에 관한 문서와 서적을 익혀 놓으라고 했다. 그리고 앞으로는 옆문으로 다니지 말고 정문으로 다니라는 당부도 잊지 않았다. 나에 대한 최상의 배려였던 셈이다.

다음날 그는 비서를 앞세우고 답방했다. 컬럼비아 대학에서 유학하고 돌아와 올해 초부터 해관 업무를 맡게 된 청년이라고 소개했던 그 비서가 지금 나와 함께 한성으로 들어가고 있는 탕사오이다. 그러나 저우푸의 희망은 이루어지지 않았다. 숙소 앞의 큰 나무 때문에 그가 할 수 없이 가마에서 내려 들어와야 했을 때 이미 그럴 조짐은 있었는지 모른다. 중국 사람들은 이런 일을 흉조로 생각한다.

아무튼 그날부터 조선어 공부를 시작했다. 그러나 나의 새로운 출발을 시기라도 하듯 독일 외무성에서 전신료 400마르크와 가구 집물비 및 여행비 2,100마르크를 상환하라는 전보를 보냈다. 뤄펑루가 총리아문에서 수신한 서한에서 보았다는 것보다 훨씬 많은 액수였다. 더구나 폰 브란트 공사는, 이미 납득하고 있는 줄 알았건만, 이 서한에서 10월 1일 이전에 내가 중국 공직에 들어간 건 계약위반이라고 리훙장에게 항의했다고 한다. 중국 사람들에게 추한 모습을 보이는 것 같아 다시 상하이로 돌아가 잔무를 처리하고, 9월 말에 톈진으로 돌아왔다. 그럼에도 저우푸의 대우는 각별했고 동료들이 보여주는 신뢰는 두터웠다. 하지만 나의 지위는 여전히 불안정한 것이었다.

다행히 이 무렵 나의 신상에 관한 결정이 끝났던 것 같다. 지난 7월에 발생한 변란임오군란 때문에 조선에 들어갔던 마젠종馬建忠(1845-1900)이 리훙장에게 전보를 보내 나를 조선으로 파견해달라고 요청했다는 것이다. 그는 프랑스 유학생 출신으로 오늘 함께 들어가고 있는 마젠창의 동생인데, 아마 동아시아 사정도 잘 알고, 외국어에 대한 지식도 많으며, 청나라 정부로부터 신임을 받고 있는 인물이 파견돼야 조선에 대한 영향력을 계속 유지하기 쉽다고 생각했던 것 같다. 그런데 그때 조선의 사은사 겸 진주사전권대신 조영하와 김홍집 어윤중 등 일행이 톈진에 머물고 있었다. 그들은 조선에 출병했던 제독 딩루창과 도원道員 마젠종과 함께 9월 8일에 들어왔다고 한다. 변란을 진압해준 데 대한 감사와 바오딩으로 압송8.26한 대원군의 방환 요청을 위한 사절이었다.

그들은 10월 1일 조선을 청나라의 속방이라고 규정한 조청상민수륙무역장정을 체결했다. 이후 그들은 어떻게 내 소식을 들었는지 찾아와 조언을 구하기 시작했다. 내일 총독을 방문할 예정이니 그간의 경과를 보고서로 작성하라는 저우푸의 전갈이 도착한 것은 바로 그날이다. 이튿날 오랜만에 만난 리훙장은 여전히 친절하고 우호적이었다. 그날 한 시간 넘게 진행된 만남에서 그는 나에게 조선 국왕의 고문이 되는 동시에 해관 총세무사가 될 것이며, 그리고 2, 3년 뒤에 청나라에 돌아오고자 한다면 어떤 유럽인도 가져보지 못한 지위를 주겠노라고 말했다.

그래서일까. 그날 이후 조선의 사신들은 나의 조선행을 공공연히 말하고 다니기 시작했다. 특히 누구보다 기뻐했던 조영하는 조선에 가면 자기 저택에서 함께 살자고 하면서 모든 지원을 아끼지 않겠다고 약속했다. 그가 국왕에게 보고를 하기 위해 톈진을 떠난 것은 10월 5일이다. 그러나 미국공사 영John R.Young(1840-1899)과 영국의 하트 경Sir Robert Hart(1834-1911)이 비용도 들이지 않고 더 유능한 관리를 조선에 파견할 수 있다고 하면서 나의 파견을 반대한다는 소식이 들려왔다. 초조했다.

조영하가 다시 돌아온 것은 11월 11일이다. 조선 정부의 결정을 못내 궁금해 하는 내게 그는 아직 확실하게 결정된 것은 없지만 조선에 오게 될 것만은 틀림없는 것 같다면서 선물로 가져온 갓을 쓰고 사진을 찍으라고 했다. 국왕에게 미리 보여주려고 그러는 것 같아 안심이 되었다. 그런데 다음날 아침 조영하가 달려와 저우푸와 총독이 의견 절충을 끝냈으며, 총독이 조선 국왕에게 나와 마젠창의 천거를 확정해서 보고했다는 소식을 들려주었다. 마젠종도 축하한다면서 이 사실을 확인해주었다. 하루 종일 불어로 계약서를 기초했다. 13일 마젠종이 6개조로 구성된 계약서를 검토하고, 다시 그와 조영하, 나 세 사람이 상의한 다음 총독의 승인을 받았다. 그리고 11월 18일 오후 3시 도대의 아문에서 서명을 마쳤다. 천일야화와도 같은 조선행이 마침내 실현되는 순간이었다.

다시 조선어를 공부하기 시작했다. 그러나 해관을 운영하려면 미국에서 교육을 받은 중국 청년들이 필요했다. 19일, 6명이 선발되어 왔다. 겨울 휴가를 받아 고향에 가기를 원하는 3명을 제외하고 탕사오이와 차이사오지, 우중셴을 비서로 채용했다. 23일, 리훙장은 조영하

223

와 나를 위해 만찬을 베풀었다. 25일, 작별 인사를 하기 위해 리홍장을 방문했다. 그가 웃으며 물었다. 조선 국왕에게 무릎을 꿇겠느냐고. 나는 그런 일은 없을 것이라고 단언했다. 그에게도 그런 경외의 표시를 나타낸 적이 없기 때문이다.

마지막 며칠은 송별회와 방문으로 정신없이 지냈다. 그러나 여장을 꾸리고 있던 12월 3일 저녁, 영사 P가 외무성의 위임을 받았다면서 2,500마르크를 갚으라고 찾아왔다. 기가 막혔지만 출발을 몇 시간 앞둔 만큼 앞으로 받을 봉급에서 공제하여 내년 3월 1일에 지불하기로 약속했다. 오, 나의 조국 독일제국이여.

12월 4일 새벽 우리 일행은 해안호에 승선했다. 그리고 오늘 이렇게 조선의 수도 한성으로 들어가고 있는 것이다. 멀리 소잔등에 나뭇짐을 잔뜩 싣고 가는 농부의 모습이 보인다. 그런데 조선 사람들은 저렇게 소를 부리다가 잡아먹기만 할 뿐 우유는 먹지 않는다고 하니 영문을 모르겠다. 그나저나 얼마나 더 가야 하는 것일까. 아, 저기 한강이 보인다.

🌙 2009.4.27.월.

리홍장의 미소

"그래 잘 다녀오너라. 그런데 아빠가 있던 주하이가 바로 코앞인데 한번 가보지 그러니." "시간이 없어요. 다음에 우리 가족 모두 한 번 같이 가요. 저녁 때 공항에서 전화 드릴게요. 잘 다녀오겠습니다." 5월 1일이 노동절이라 하루 전날 근무하고 오후에 떠나면 3박 4일 홍콩 여행이 가능하겠다며, 지난 1월부터 오늘만 기다렸던 큰아이는 이렇게 말하며 문을 나섰다.

"다녀오겠습니다." "그런데 너 밥은 먹었니?" "아니요." "그럼 약이라도 먹고 가렴." "아, 늦었는데……." 이번에는 아빠의 엄명(?)에 할 수 없이 현관에서 신발을 신다 말고 한약 한 봉지를 먹은 작은아이가 종종거리는 발걸음으로 현관을 나선다. 아침 강의가 있나 보다.

아내는 아이들보다 먼저 출근했으니 집에는 이제 나와 강아지밖에 없다. 거실에서는 전직 대통령이 검찰에 출두하는 광경을 중계하기 위해 아침부터 봉하마을에 내려가 있는 아나운서와 해설자의 목소리만 크게 들려온다. TV를 끄고 2층 베란다로 올라간다.

작년보다 탐스런 꽃송이를 매단 불두화가 모란과 영산홍 사이에서 출렁이는 모습이 싱그럽다. 어느새 신록으로 단장한 모과와 감나무는, 앙상하게 문살만 남았던 창문에 푸른 한지를 붙이기라도 한 듯, 빤히 들여다보여 민망할 때도 많았던 건넛집들을 가려주고 있다. 찬란한 변신이다. 나무들은 구차한 비극을 되풀이하지 않는다. 그러나 5공 청문회에서 명패를 집어던지며 스타덤에 올랐다가 대통령이 되었던 사람은 20년 만에 비리 혐의로 검찰에 출두하는 피의자가 되고 말았다. 만일 그가 죽은 권력의 초라함과 살아있는 권력의 횡포를 운운하기 전에 버림으로써 가질 수 있는 저 나무들의 가르침을 알았더라면, 이번 사건의 빌미가 된 자식에 대한 과잉보호는 없었을지도 모른다.

문득 신입생 시절에 읽었던 불교설화가 생각난다. 인도의 수학자가 어느 날 붓다를 찾아왔다. 자신이 평생 추구했던 진리를 36살에 불과한 샤카족의 왕자가 깨달았다는 소식을 들으면서 일어난 경외심과 묘한 반발심이 그를 그곳까지 이끌었으리라. 그가 물었다. 붓다여, 진리는 어디 있습니까? 붓다는 빙그레 웃기만 했다. 그가 다시 물었다. 붓다는 손을 들어 먼 곳을 가리켰고, 그는 머리를 깎고 사문이 되었다는 이야기다.

　두 아이를 배웅하고, 전직 대통령의 초췌한 모습을 보는 오늘, 진리란 결국 내가 찾는 것이라는 사실을 일러주는 이 설화의 의미는 새롭다. 부모란 아이들에게 고기를 잡아주기보다 잡는 법을 알려주어야 하는 것이다. 하지만 아직 제대로 가르치지도 못하고, 가리켜 주지도 못하고 있으니 깨달음이란 정녕 멀기만 하다. 리훙장이 추진했던 15년 유학프로젝트는 그래서 주목된다.

　제2차 아편전쟁[1856]으로 불탄 원명원은 중국인들에게 씻을 수 없는 치욕을 안겨주는 동시에 대포와 기선을 만들지 않으면 전쟁에서 승리할 수 없다는 사실을 깨닫게 해주었다. 자희태후[서태후]의 지지를 받고 있던 공친왕 이신[奕訢]과 원샹[文祥] 등 조정 대신과 지방의 쩡꿔판[曾國藩(1811-1872)], 쭤쭝탕[左宗棠(1812-1885)], 리훙장 등이 개혁에 앞장섰다. 양무운동의 시작이다. 1854년 예일대학을 졸업했던 룽훙의 유학생 파견 계획이 수용되었던 것은 실용을 중시하고 변통[變通]을 긍정하기 시작했던 시대적 분위기와 무관하지 않다.

　1871년 8월 5일, 리훙장은 그의 스승이자 양강총독 겸 남양통상대신이던 쩡꿔판과 연명하여 다음과 같은 계획을 상소했다. "외국으로 선발하여 파견하는 어린아이ㅡ처음에는 13,14세에서 20세 미만이었으나 나중에는 10세에서 15세까지로 수정되었다.―는 매년 30명을 정원으로 하고, 4년 동안 총 120명을 보낸다. 외국에서 공부한 유동들은 15년이 되면 해마다 30명씩 중국으로 돌아온다. 외국에 주재하는 위원은 각자의 장단점을 기록하여 임용에 대비하며, 이들을 각각 안배하여 관직을 주어 임무를 맡긴다. 국비유학생들은 외국에서 국적을 취득하거나 개인적으로 귀국할 수 없고 공부하는 동안 다른 일을 할 수 없다."

동치제를 수렴청정하고 있던 함풍제의 후궁 자희태후와 황후 자안태후東太后는 총리아문으로 상소문을 내려 보내 심의할 것을 명령했다. 9월 9일 황제의 교지가 내려왔다. 의의흠차!依議欽此(심의에 의거하여 시행하라)

중국 역사상 처음 있는 일이었고 고금에 유래가 없는 일이었던 15년 유학프로젝트는 이렇게 실현되었다. 그러나 최고 귀족집단인 팔기八旗의 자제와 한족 고관의 자제들은 응모하지 않았다. 어떤 곳인지도 잘 모르는 나라에 15년 동안이나 어린 자식을 보내려고 하는 부모는 없었다. 당시 중국인들은 오늘날처럼 잘 알려지지 않았던 미국을 화기국花旗國이라 불렀다. 유학생 모집이라는 난관에 부딪쳤던 룽홍은 마카오와 자신의 고향으로 시선을 돌렸다. 일찌감치 서양인과 교류를 하면서 집안을 일으키고 부를 일구었던 샹산 즉 오늘날의 주하이 지역 사람들은 그의 기대를 저버리지 않았다. 유동 120명 가운데 광동성廣東省 출신이 82명이고, 샹산 출신이 39명이나 되는 이유는 여기서 비롯된다. 특히 작년에 머물렀던 탕지아에서는 탕사오이와 나중에 칭화淸華대학교 초대총장이 된 탕꿔안唐國安 등 7명의 유동이 배출되었다. 이화양행의 경영자이자 상하이 윤선초상국 총재를 지냈던 탕팅수唐廷樞도 이곳 출신이다.

1872년 8월 11일 제1차 유동 30명을 태우고 상하이를 출발했던 배는 30일 후 샌프란시스코에 도착했다. 3만 2천리나 되는 머나먼 길이었다. 쪽빛 적삼에 짙은 검정색 파오^袍를 입고 비단신을 신은 유동들은 생전 처음 보는 기차를 타고 미국 동부 뉴잉글랜드 지역으로 흩어졌다. 미국인 가정에 맡겨졌던 아이들은 서양문명을 경이로운 시선으로 바라보면서도, 중국 학문은 우리의 몸이고 서양학문은 쓰임일 뿐이라는 '중학위체 서학위용'의 교훈을 잊지 않았다. 그러나 유학 반대론자였던 천란삔^{陳蘭彬}이 1878년에 미국 영사로 부임하고, 이듬해 그의 추천으로 우쯔떵^{吳子登}이 제4대 감독원으로 부임하면서 코네티컷의 중심도시 하트포트에 세워졌던 유학사무국은 갈등에 휩싸이기 시작했다. 또한 이 무렵 중국과 미국 사이에 일어났던 미묘한 관계는 이런 갈등을 더욱 심화시켰다. 본래 리훙장은 유동들을 군사학교나 해군학교에 입학시킬 생각이었다. 그러나 미국 정부는 뜻밖에 일본 유학생들에게만 진학을 허가했고, 또한 미국 서해안을 중심으로 중국 배척 풍조가 나타나면서 푸안천조약¹⁸⁶⁸을 폐지하고 중국 노동자의 입국을 제한하자는 민족차별운동이 일어났던 것이다.

1880년 12월 17일, 강남도^{江南道} 감찰어사였던 리스삔^{李士彬}이 유학생들이 이교도가 되어버렸으니 유학사무국을 철폐해야 마땅하다고 상소를 올렸다. 이어 1881년 6월 8일 총리아문에서도 "유동들이 어린 나이에 머나먼 타국으로 갔기에 행보를 종잡을 수 없고, 그곳 습속에 물들더니 끝내 생각조차 본국과 멀어졌다."면서 유학생들을 모두 소환하라고 상소를 올렸다. 황제의 비답이 다시 내려왔다. 의의흠차!

과거제도와 정면으로 부딪치지 못한 채 시행되었던 15년 유학프로젝트는 '제도 밖의 안배'라는 한계를 극복하지 못하고 중단되었다. 그러나 소환된 유동 94명 가운데 반수에 해당하는 41명이 북양해군, 광둥해군, 선정학당, 강남제조총국, 타이구太沽 어뢰국 등 해군 계통으로 배치되었고, 탕사오이를 비롯한 일군의 유동들이 해관업무를 돕기 위해 텐진에 배치되었음을 기억한다면, 10년 동안 리홍장과 룽훙이 필생의 사업으로 추진했던 조기유학 사업의 성과가 아주 없었던 건 아니다.

1882년 11월 23일, 묄렌도르프와 조영하를 위한 만찬회가 끝날 무렵 잠시 의자에서 휴식을 취하던 리홍장은 비서 뤄펑루에게 저들을 따라 조선에 들어가는 청년들을 데리고 오라고 지시했다. 코흘리개에 불과했던 어린 것들의 장성한 모습을 다시 한 번 보고 싶었던 것이다. 작년 가을 총독 관저에서 거행된 유미유동 귀국 환영회에서 총독에게 인사를 올릴 때 뒤통수에 임시로 붙였던 가짜 변발이 흘러내릴까봐 진땀을 흘렸던 탕사오이는 옷깃을 여미고 동료들과 함께 총독 앞으로 걸어갔다. 그의 등 뒤로 1년 동안 자란 변발이 출렁거렸다. 세 명의 청년들을 지긋이 바라보는 리홍장의 입가에 흐뭇한 미소가 감돌았다.

▲ 리훙장

● 2009.4.30. 목.

미완의 15년 유학 프로젝트

"아, 중국 역사를 좀 더 많이 알고 갔더라면 좋았을 걸 그랬어요."
어제 돌아와 한잠 푹 자고 일어난 큰아이는 아쉬운 표정을 지으며
이렇게 말했다. 역사에 대한 관심도 커졌고, 외국어의 중요성도 절감
했다니 좋은 여행을 한 셈이다. 어린이날 대공원에 데리고 가면 좋아
서 팔짝팔짝 뛰던 아이가 해외여행도 다녀오고, 가족들 선물까지 챙
겨오는 어엿한 숙녀가 된 것이다. 제 나이 먹는 줄은 모르고 아이들
의 성장에 놀라는 걸 보면 나도 늙어 가는가 보다. 어느덧 이순을 바
라보던 리훙장이 머리를 조아리고 서 있는 청년들을 바라보며 느꼈
던 감회도 이와 비슷했을지도 모른다.

유동들을 미국에 보냈던 리훙장은 각종 외교와 정치무대, 군사와
경제 전선을 학교로 삼아 양무운동에 앞장섰다. 그러나 보수파들은
그의 개혁 방안을 반대했다. 리훙장은 지금 중국은 수천 년 동안 겪
어보지 못한 변환기를 맞이했으며, 역사상 만나보지 못한 강적을 마
주하고 있으니 다가올 재앙이 어디까지 미칠지 모르겠다고 호소했다.
그의 우려는 현실로 나타났다. 오랜 세월 동안 '하잘 것 없는 소국'
으로 간주했던 일본이 류우큐우琉球(지금의 오키나와) 어민 살해사건[1871]을
빌미삼아 타이완을 침략했고, 은화 50만냥 배상을 확약 받은 후에야

철수했던 것이다. 해상 방위력이 전무한 중국의 실상이 여지없이 폭로된 사건이었다.

물론 중국의 해군력이 처음부터 허약했던 것은 아니다. 명의 영락제永樂帝(1360-1424)는 베이징에 세력 기반을 두면서 남방 진출에도 의욕을 보였다. 그 중에 가장 유명한 것이 정허鄭和(1371-1435)의 대원정이다. 이슬람교도 환관 출신인 정허는 1405년 인도양 탐험에 오르면서 대선 62척에 선원 28,000명을 데리고 갔다. 선단에는 한의사와 약제사가 180명이나 타고 있었고, 보선寶船은 120미터로 100년 후 유럽의 바다를 지배했던 스페인의 전설적인 범선 갤리온galleon보다 두 배 이상 길었다. 그러나 대외확장에 소극적이었던 홍희제洪熙帝(1378-1425)는 1424년 세계 최고를 자랑하던 해군을 해체했다. 이후 명 왕조는 16세기 후반까지 민간의 해외무역을 금하고 조공무역으로 일원화하는 대외무역 관리 정책을 채택했다. 해금海禁의 시작이다.

이런 의미에서 중화中華와 이적夷狄이라는 공식적 위계를 전제하지만, 약소국가의 내적 자율성을 보장하는 전통적인 조공체제에 안주했던 중국과 이에 의지했던 조선의 시련은 예고되었던 것인지도 모른다. 세력이 비슷한 유럽 국가끼리는 형식적으로는 대등한 입장에서 외교 또는 전쟁을 하지만, 비서양 세계에 대해서는 철저하게 식민주의적 질서를 강요하는 서양제국에게 조선이나 중국, 일본은 반미개국이었을 뿐이다. 미개인(국)은 국제법상 정복의 대상으로 '선점의 법리'에 의해 문명국이 점유할 경우 그 나라의 영토가 되는 것이다.

조공체제에서 불평등조약체제로 강제 편입되는 위기를 공통적으로 겪어야 했던 세 나라의 근대화 이행 경로는 만국공법 질서에 대한 지식 습득 정도와 그것을 받아들이는 자세의 차이에 따라 달라질 수밖에 없었다고 할 수 있다.

타이완 사건은 해상방위대토론海上大籌議이 일어나는 계기가 되었다. 리훙장은 기기구매, 군함제작, 양학국 설립 등 6개항을 건의했지만, 보수파들은 변법이란 오랑캐를 중화로 바꾸는 것에 불과하다며 격렬하게 반대했다. 토론이 진행되던 1875년 동치제가 천연두에 걸려죽고, 자희태후가 제2차 수렴청정을 시작했다.

리훙장은 자희태후에게 탄광채굴, 철도정비, 학교건설, 타이완 개발 등을 비롯해서 외교에 힘쓸 것을 건의했다. 제4차 유동들이 떠났던 이 해에 해상방위 정비안은 승인되었고, 그는 문화전文華殿 대학사1860-1861가 되었다. 1860년에서 1894년까지 이어진 하드웨어적 부국강병책을 주도한 '양무운동'의 영수가 되었던 것이다.

1876년 여름, 유동들이 필라델피아에서 미국 건국 100주년 기념 세계박람회를 참관하고 있을 때, 옌타이煙台에는 서양 7개국 군함이 속속 모여들고 있었다. 리훙장은 영국·프랑스·독일의 군함을 참관하면서 선빠오전沈寶楨, 딩르창丁日昌과 오랫동안 숙의했던 해군 유학생 파견 구상을 구체화했다.

1877년 3월 31일, 기선 제안호濟安號는 옌푸嚴復 등 선정학당船政學堂—쬐중탕과 선빠오전이 푸젠성에 세운 중국 최초의 해군학교—학생들을 태우고 유럽으로 떠났다. 유미유동보다 평균 6살에서 7살이 많았던 이들은 제1차 유동들이 출국할 때보다 5년 먼저 선정학당에 입학했고, 5년 늦게 출국했다. 그리고 이들이 런던의 그리니치 로얄 해군학교에서 학업을 마치고 유럽에서 구입한 군함 초용超勇과 양위揚威를 몰고 지중해를 건너오고 있을 때, 유동들 또한 태평양을 건너오고 있었다.

▲룽훙이 참여해 세운 중국 최초의 기계제조공장 강남제조총국

한편 리훙장은 제1차 유동들이 미국에 도착하던 해에 중국 해운업을 농단하던 서양인과 경쟁하기 위해 중국 최초의 상업조직인 윤선초상국輪船招商局을 세웠고, 1878년에는 카이핑開平 탄광을 열었으며, 1879년에는 중국 최초로 전신선을 설치했고, 1881년에는 중국인의 힘으로 처음 철도를 건설했다. 그가 전보를 보내 앞으로 제조할 두 척의 중국 군함에 정원定遠과 진원鎭遠이라는 이름을 붙이라고 명령했던 것도 이 무렵이다.

청나라는 1872년부터 1886년까지 모두 214명의 유학생을 외국으로 보냈다. 유동 120명과 유럽에서 해군학과 육군학을 배운 학생 94명이었다. 그러나 1889년부터 1896년까지 7년 동안 국비유학생은 단한 사람도 없었다. 리훙장은 자신의 원대한 계획을 위해 보수파의 의견을 따를 수밖에 없었던 것이다. 유미유동 소환령은 중국의 근대화를 위해 앞장섰던 리훙장의 10년 노력과 일본의 메이지유신明治維新⁽¹⁸⁶⁸⁾보다 한발 앞서 1861년에 시작된 양무운동이 결국 미완에 그쳤음을 단적으로 보여주는 사건이다.

1871년, 이와쿠라 도모미岩倉具視(1825-1883)는 48명의 정부 주요 인사들로 구성된 사절단을 이끌고 미국 및 유럽 국가들을 순방했다. 표면적으로 내세운 목적은 조약 개정을 위한 교섭이었지만, 실제로는 서양의 선진문명을 현지에서 시찰하려는 것이었다. 귀국 후 그는 내정개혁이 급선무임을 확신하고, 그가 없는 동안에 마련된 해외 출병계획을 취소했다. 이때 사절단을 따라 서양 각국으로 파견되었던 50명을 시작으로 급증한 일본 유학생 수는 1873년에는 이미 1,000명을 넘어섰다. 같은 해 제2차 유동까지 60명을 보냈던 청나라와 대원군이 하야하고 민씨 일파가 득세했던 조선의 상황과 대조되는 역사의 한 장면이 아닐 수 없다.

유동들은 세 차례로 나누어 귀국했다. 제1차로 들어온 유동 20명 가운데 17명이 1880년 설립된 톈진 전보학당에 배치되었고, 1881년에는 탕궈안을 포함한 일곱 명의 유동들이 카이펑 사무국의 노광학당路鑛學堂에 배치되었다. 이어 소환된 유동 94명 가운데 41명이 북양해군, 광둥해군, 선정학당 등에 들어가 청나라 해군의 핵심적인 요원으로 활동했다. 그러므로 임오군란을 계기로 조공체제를 근대적으로 변혁—속방정책 강화라는 전통적 수사로 포장되었지만 사실상 제국주의로의 이행이었다.—하려고 했던 리훙장의 아이들에게 조선은 외국에서 배운 능력을 마음껏 써볼 수 있는 기회의 땅이었다고 할 수 있다.

그로부터 125년의 세월이 흐른 지난 4월 23일, 중국은 인민해방군

해군 창군 60주년에 맞춰 산둥성 칭다오^{靑島} 항에서 세계 29개국 대표들이 보는 가운데 관함식을 가졌다. 핵추진 잠수함 4척과 구축함, 호위함 25척이 등장해 위용을 자랑했지만, 최신예 핵잠수함은 공개하지 않았다. 량광례^{梁光烈} 국방부장은 최근 "항공모함 보유를 추진하겠다."고 선언했다.

북양수사 제독 딩루창과 광둥수사 제독 우창칭에게 북양해군 3척과 청군 6영 3,000명을 주면서 임오군란을 진압했던 리훙장이 그 후속조치의 일환으로 조선에 들어가게 된 유미유동 출신 청년들을 바라보며 흐뭇해하는 모습이 자꾸 떠오르는 것은 무슨 까닭일까.

◗ 2009.5.5.화.

기회의 땅, 조선

세 명의 청년은 공손하게 큰절을 올리고 제 자리로 돌아왔다. 먼발치에서 보기는 했지만 이렇게 바로 앞에서 총독의 말을 들었던 건 처음이었다. 훗날 유미유동 가운데 제일 먼저 청나라 정부의 대신이 되었던 량청梁誠이 미국의 친구에게 다음과 같이 설명하고 있는 것으로 미루어볼 때, 이들이 리훙장을 만났을 때의 심정이 어떠했을지 짐작하기란 어렵지 않다.

우리는 총독 리훙장을 만나보았어. 그는 유학사무국을 창시한 사람으로 우리를 공부하도록 격려했단다. 아주 멋진 모습을 지닌 그는 미국의 제퍼슨 대통령과 아주 흡사해. 가난한 집에서 태어났고 신하로서는 가장 높은 지위까지 올라갔지. 총리각국사무아문과 육해군 및 군수공장이 모두 그의 관할 아래에 있고, 모든 상공과 건설이 그의 후원으로 진행되고 있었어. 그는 외국사상에 대해서도 아주 개방적이었단다. 중국의 젊은이들을 훈련시키기 위해 수많은 기구를 세웠고, 병원과 빈민구제기구까지 세웠지. 물론 그 자신은 개방파의 영수였기에 당연히 강력한 정적들도 많았단다.
— 첸강·후징초 지음 이정선·김승룡 옮김, 『유미유동』(시니북스, 2005) p.234.

    연회장을 빠져나와 뒷마당의 대리석 원탁에 앉았다. 벌겋게 달아올랐던 얼굴이 조금 식는 것 같다. 아까는 가짜 변발을 달았던 1년 전의 기억 때문에 제 머리카락인데도 자꾸 신경이 쓰여 총독에게 무슨 말을 들었는지 모를 지경이었다. 숨을 한번 크게 들이쉬고 밤하늘을 쳐다보았다. 이때 "아약스, 오늘 총독께 잘 하라는 말씀까지 들으니 정말 조선에 간다는 실감이 나더라. 자넨 어때?" 차이사오지가 어깨를 툭 치고 지나가며 이렇게 말한다.

    "어떻긴 뭘. 나도 자네하고 같은 기분이지." 제일 먼저 미국 땅을 밟았고, 나이답지 않게 뚱뚱하고 침착해서 늙은 유태인Old Jew이란 별명을 갖고 있는 친구이건만 그 역시 꽤나 긴장했었나 보다. 화장실로 달려가는 뒷모습이 우습다. 하긴 저놈들 양놈 다 된 거 아니냐며 훑어보는 사람들 눈초리도 따갑고, 번역이나 하며 사는 것도 지겨운데 새로운 곳으로 가게 되었으니 얼마나 다행인가.

▲ 1872년 8월 11일 미국으로 출발하는 제1차 유미유동

아약스Ajax? 참으로 오랜만에 들어보는 별명이다. 언제부턴가 미국 친구들이 나를 아약스라고 불렀다. 처음에는 내가 헥토르Hector와 한 차례 싸웠다가 비겼던 영웅처럼 멋있다는 말인가 하면서 어깨를 으쓱거리기도 했다. 하지만 아약스가 독수리를 의미하는 그리스어 아이에토스에서 나왔음을 알게 된 다음에는 왜 그렇게 부르는지 이유를 알 수 있었다. 심한 근시라 사람을 쳐다볼 때 양미간을 찌푸리는 걸 모르고, 그들은 눈초리가 날카롭고 성질도 만만찮으니까 그렇게 불렀던 것이리라. 하지만 아킬레스Achilles 다음 가는 영웅이라니 이 별명이 마음에 들지 않는 건 아니다. 아, 생각난다. 코네티컷 강가의 아름드리 벚나무들과 인자했던 가드너E.C.Gardner 씨의 모습이……. 오늘따라 별들이 높이 떠있는 것 같다.

"야, 이거 오늘 우리도 한잔해야 하는 거 아냐?" 만날 때마다 나보다 1년 먼저 태평양을 건넜으니 선배로 부르라고 우기는 우중셴이다. 아까는 총독 앞에서 덜덜 떨기만 하더니 이제는 흰소리를 늘어놓는 걸 보니 역시 뺑코Big Nose답다. 주먹코에다가 가는 실눈을 뜨고 엉뚱한 말을 잘해서 우린 그를 뺑코라고 부른다. 아무튼 1, 2, 3기가 나란히 조선에 들어가게 되었으니 묘한 인연이다. 화장실에서 나온 차이사오지가 혹시 누가 또 찾을지 모르니 들어가자며 손짓한다.

"찾긴 누가 찾아? 우리 같은 말단을. 영감들이야 무희를 옆에 거느리고 있어 좋겠지만 우린 멍청하니 서서 뭐하자는 말이야? 에이!" 우중셴은 이렇게 투덜거리면서도 어느새 옷매무새를 가다듬고 앞장선다. 연회는 한참 더 있어야 끝날 것 같다. 추녀 밑에서 흔들리는 홍등이 아름답다. 연회장에서 누가 인사를 하는지 와 하며 박수치는 소리가 요란하게 들려온다.

239

탕사오이의 내면을 빌려 조선으로 출발하는 유동들의 심정을 살펴보았다. 그러면 이들 외에 또 누가 조선에 들어왔을까. 차관 교섭 때문에 다시 상하이로 나갔던^{1883.1.22-4.10} 묄렌도르프가 량루하오梁如浩, 저우서우천周壽臣, 임포천을 추가로 데려왔던 것으로 생각된다.

유미유동들에 대한 당시의 기록을 살펴보면, 묄렌도르프의 자서전 외에도 "또 동문학을 설치하여 장교 1인을 두었는데 간동의 종형님이 장교가 되었다. 나이가 젊고 총명한 자를 가려 뽑았다. 외아문^{통상} ^{아문}에 학당을 열었는데 중국인 오중현, 당소의 두 사람이 양어를 가르쳤다.又設同文學 置掌敎一人 諫洞從兄主爲之 抄擇年少聰明者 開學堂于外衙門卽通商衙門 中原人 吳仲賢 唐紹儀兩生 敎習洋語"(『음청사』하 1883.11.21)는 김윤식의 기록이 있다. 그리고 알렌도 "영국인 핼리팩스는 묄렌도르프에 의하여 2개월 전에 개교한 영어학교의 교사로 임명되었다. 동시에 미국에서 교육을 받은 중국인 유학생 동同-S.Y.Tong도 교사로 착임하였다."^{김규병 역, 『한국근대외교사} ^{연표』, 국회도서관입법조사국, 1966}고 적고 있다.

이후 이광린은 우중셴이 1883년에 창설된 서울 세무사에서, 탕사오이가 부산 세무사에서 근무^{『한국사강좌 근대편』, 일조각, 1981. p.228.}했음을 밝혔고, 이구용은 "묄렌도르프를 끝까지 도와서 해관 업무에 종사한 이는 당소의, 오중현, 주장령 뿐이었으며, 구한국 외교문서의 내용을 보면 채소기는 병으로 인해 휴가를 얻어 갔으며 양여호와 임포천은 인천에 도착한지 며칠 후 돌아갔다."^{「조선에서의 당소의의 활동과 그 역할」, 『남사 정재각 박사} ^{고희기념 동양학논총』, 고려원, 1984. p.420.}고 정리했다. 그리고 김원모는 묄렌도르프가 데리고 들어온 해관 요원 명단을 자세하게 제시^{『한미외교사』, 철학과} ^{현실사, 1999. p.387.}했으나, 입국 순서를 혼동하고 있을 뿐 아니라 위의 두 논문과 마찬가지로 유미유동의 역할과 역사적 의미는 물론 탕사오이를 제외한 유동들에 대한 정보를 제시하지 못하고 있어 아쉬움을 남긴다.

조선에 들어왔다가 병으로 휴가를 얻어 돌아갔다고 하는 '늙은 유태인' 차이사오지는 예일대학을 수료했다. 유신 시기에 톈진의 중서학당 창립에 참여했던 그는 1903년 4월 27일, 중서학당이 북양대학으로 바뀌면서 총장이 되었다. 유동들 가운데 총장이 된 최초의 인물이다. 그는 1876년 6월 23일 스프링필드 대학연합회 제1차 기념회에서 이렇게 외쳐 갈채를 받기도 했다. "중국은 죽지 않았습니다. 다만 잠이 들었을 뿐입니다. 중국은 곧 잠에서 깨어나 기필코 당당히 세계에 우뚝 설 것입니다!"『유미유동』, 앞의 책, p.167.

▲ 차이사오지

'뻥코' 우중셴은 브라운대학을 다녔으며 훗날 요코하마 총영사를 지냈다. 저우서우천은 탕사오이와 컬럼비아대학 동문이며 장령長齡이란 이름처럼 장수했다. 홍콩에서 태어났던 그는 1894년 톈진 윤선초상국 총재가 되었고, 1905년에는 팡뽀량方伯梁과 같이 산하이관 부근에 노광학당을 열었다. 이 학교가 지금의 산서교통대학이다. 98세까지 살았던 그는 1959년에 세상을 떠났다.

탕사오이의 어릴 적 벗으로 스티븐스공과대학에서 공부했던 량루하오는 위안스카이가 직예총독이 된 다음에는 북녕北寧(베이징-난징) 철도 총재가 되었다. 그 뒤 량뚠옌梁敦彦의 후임으로 톈진세관장이 되었으며 그의 후임은 차이사오지였다. 냉혈한Chalie Cold Fish이란 별명을 갖고 있던 량루하오는 탕사오이, 황야오창黃躍昌 성원양盛文揚 등과 함께 스프링필드의 가드너 가에서 살았다.

241

그러나 6명 가운데 임포천은 유미유동 명단에 포함되어 있지 않아 행적을 알 수 없다.

조선에 들어온 유동들은 세관과 동문학—외교관 양성을 목적으로 설립했던 중국의 동문관1862을 모방해서 만든 영어학교로 육영공원 1886의 모태가 되었다.—을 중심으로 활약하며 외교 통상 방면의 새로운 파워 엘리트로 부상했다. 종주권 강화라는 목적을 달성하기 위해 파견된 리훙장의 아이들에게 조선이야말로 미래의 정치적 성장을 위한 훌륭한 인큐베이터이자 기회의 땅이었던 것이다. 더구나 리훙장의 총애를 받았던 위안스카이라는 리더를 만나면서 그들은 무서운 속도로 성장하기 시작했다. 그리고 그 선두에 탕사오이가 있었다.

● 2009.5.7.목.

자비自卑 그리고 자대自大

　역사는 현재의 일부인 역사가와 과거의 사실 사이의 상호작용으로 이루어진다. 그리고 작가는 역사에 집착하면서도 자신이 사는 시대에 발을 딛고, 이를 바탕으로 과거를 이해한다. 역사적 상상력은 일시적이고 세속적인 사실에 질서를 부여하고 이질적인 것들을 통합하는 힘이며, 이 힘의 구조적 원천은 과거와 현재의 이중적인 배치에서 비롯된다. 역사는 현재와 과거의 끊임없는 대화라는 말은 그런 의미에서 타당하다. 김동인1900-1951의 「젊은 그들」『동아일보』1930.9.2-31. 11.10.은 이런 역사적 상상력의 안과 밖을 보여주는 작품으로 임오군란을 전후한 2년 동안을 주된 배경으로 삼고 있어 주목된다.

　이야기는 이활민이 대원군의 재집권을 돕기 위해 만든 비밀결사 활민숙에서 새로운 학문과 무술을 익히는 안재영과 이인화 등 20여 명의 숙생들의 사랑과 복수를 중심으로 전개된다. 안재영명진섭은 죽은 명판서의 자제로 같은 숙생인 남장 여인 복돌이인화과 어렸을 적에 정혼한 사이지만 그와 스승은 목표를 달성할 때까지 이 사실을 발설하지 않기로 약속한다. 이후 이인화는 대원군을 암살하기 위해 잠입했던 명인호―그 역시 대원군의 총애를 받던 명석규의 아들이다.―를 정혼자로 오해하게 되고, 사실을 밝힐 수 없어 괴로워하던 안재영은 자신을 사모하는 기생 연연과 인연을 맺는다. 방황하던 안재영은 오해를 풀고 의형제를 맺었던 명인호의 간곡한 충고를 듣고 민겸호의 집에 잠입하여 활민숙 습격 음모를 엿듣다가 발각되어 총살형을 당한다. 활민숙은 폐쇄되고 대원군은 실의에 빠진다. 이후 안재영이 김시현의 구원으로 살아 돌아오고 임오군란이 일어나면서 사태는 반전된다. 그러나 재집권의 기쁨도 잠시 대원군이 청나라로 압송된다. 절망한 활민숙의 '젊은 그들'은 전원 음독자살한다. 어렵게 재회했던 안재영과 이인화도 아이를 가진 연연에게 훗날을 부탁하고 함께 자살한다.

▲ 대원군

알다시피 민족의 자주권이 부정되는 포위심리 siege mentality에서 비롯된 저항민족주의의 폐쇄성은 '우리 것을 지켜야 한다.'는 당위론으로 발전하여 전통주의를 미화하는 국수적인 자세를 낳는다. 또한 저항민족주의는 일치단결을 위해 적대관계인 전통주의와 봉건적 체제 및 가치관까지 저항의 한 요소로 활용하기 때문에 외부의 적이 증발할 경우 내부의 적을 만들어 체제를 강화하기도 한다. 그런 의미에서 영웅사관과 선악의 이원론적 구조로 이루어진 이 작품은 저항민족주의의 구체적 사례라고 할 수 있다.

이 작품에서 대원군은 '하늘에서 타고난 지배자'이며, '젊은 그들'은 민비 일파에 의해 탄압을 받거나 사형을 당한 집안의 자제들로서 정의감에 불타는 혁명가들이고, 민비나 민겸호는 역사의 죄인에 불과하다. 모든 인물을 선과 악 또는 억압과 항거의 대립관계를 통해서 보여준 결과, 중간자적 인물인 민영환^{민겸호의 아들}의 전향은 억지스럽고, 고종은 그림자처럼 등장하지 않으며, 주인공들의 전원 자살이라는 충격적인 결말로 끝난다. 억압은 치열한 저항정신을 산출하기도 하지만, 자학과 파괴의 정신으로 전이되기도 하는 것이다.

물론 일제에 의한 검열에서 자유로울 수 없었기 때문에 작가는 내부의 적으로 민비를 상정했을지 모른다. 하지만 이런 책임 전가와 복수 심리는 결국 '여우사냥'^{민비 시해}에 앞장선 일본의 만행을 합리화하는 결과를 낳는다. 억압/항거와 억압/체념의 이원론에 사로잡혔던 김동인은 임오군

▲ 옥호루. 명성황후를 시해한 장소로 알려져 있다.

란을 대원군과 민비가 벌인 정치적 대결로 보고, 적대 관계에 놓인 인물들 사이의 원한과 복수의 문제로 초점을 맞추면서 일제의 식민사관에 무의식적으로 복무하고 있는 셈이다. 국제적 감각의 결여에서 비롯된 자학적 역사관이라 할 만하다.

임오군란은 일부 구식 병사의 반란을 이용한 대원군 일파의 쿠데타이자 대원군정권과 계유정권¹⁸⁷⁴⁻¹⁸⁸²의 대결이며 조선이 이질 문명권과 만난 이후 처음으로 외국의 국가기관과 폭력적으로 충돌한 국제적 사건이기도 하다. 그런데 김동인은 일본에 대한 비판은 검열로 할 수 없었다고 하더라도, 러시아와 이리^{伊犂} 분쟁을 겪으면서 새로운 변경 정책을 채택했던 중국이 대원군 압송과 중국 군대의 조선 주둔을 의도적으로 감행했다는 사실을 제시하지 않고 있어 아쉽다. 김윤식이나 어윤중의 중국에서의 활동 또한 언급하지 않았다. 그 결과 대

원군을 압송하려던 중국의 사전 계획은 민비의 간청에 의한 결과로 낙착되고, 이를 치명적인 패배로 인식했던 주인공들은 절망에 사로잡혀 죽을 수밖에 없게 되는 것이다.

이밖에도 일국적 사관에 머문 역사적 상상력의 한계를 보여주는 대목은 적지 않다. 예컨대 대포와 기선으로 대변되는 시대에 단검 던지기에 몰두하고 있는 안재영, 중국이 뒤늦게나마 15년 유학 프로젝트를 실천하고, 일본이 구미에 유학생을 1,000명이나 보내고 있을 때 명인호의 아버지 명석규를 비밀리에 독일에 보냈다고 하는 대원군, 그리고 "백기경천白氣經天이면 필유천화必有天禍"라는 예언으로 정변 발생을 암시하는 대목 등이 그것이다. 참고로 비록 유미유동을 조기소환했지만 중국은 청일전쟁 이후 유학생 파견에 인색하지 않았다. 1907년 2월 6일 일본은 재일중국인 유학생이 17,860명이라고 공식집계한 바 있다.

한편 이 작품은 혼사장애 모티프를 효과적으로 활용하고 심리묘사를 탁월하게 구사하면서 야담의 한계를 벗어나고 있지만 장계권선狀啓勸善을 표방하면서도 살육참혹으로 치달았던 일본의 복수물과 비슷한 결말을 보여주고 있어 주목된다. 임오군란은 외국군대의 진주와 외국세력에 의한 국정개입이라는 첫 사례를 남겼지만, 모든 가능성의 차단을 의미하는 사건은 아니다. 그렇다면 '젊은 그들'의 집단자살과 동반자살은 민족을 위한 이타적인 자살이기 전에 '셋부쿠切腹'와 '신주心中'의 무의식적 모방은 아니었을까?

일본에서 복수는 법률상으로는 1873년에 금지되었지만, 아직 찬미하는 기풍이 남아있었기 때문에 작가들은 이런 감정에 영합하는 자세로 작품을 썼다. 주인공들의 비극적 죽음으로 끝나는 작품 역시 같은 이유로 많은 인기를 끌었다. 이런 점을 상기한다면, 근거 없는 추론만은 아닐지도 모른다.

거칠게 말하자면 모든 대립을 이기고 지는 것으로 간주하여 승자에게는 모든 것이 돌아가고 패자에게는 아무 것도 가지 않는 결과에 이의를 제기하지 않는, 복수물의 이른바 '깨끗하고^{あっさりした} 냉정한 패배 수용방식에 공감했던 김동인은 구차하게 살아남은 선배들에게 이런 결말을 제시하며 '항의' 또는 '복수'를 감행했던 것은 아닐까. 그러나 사람은 태어나서 죽고, 인생의 무수한 싸움에서 이기고 또한 진다. 선과 악, 승과 패, 미와 추는 삶의 양면적 진실이다. 이는 구차함과 초라함을 삶의 태도로 용인하라는 말이 아니라 진정한 초월과 승화를 위해 유보적 관점도 수용하라는 제안에 다름 아니다.

만일 계유정권의 무신에 대한 뿌리 깊은 편견과 군축 방침, 신군과 구군의 갈등, 사대주의에 안주했던 대원군, 중국과 일본의 제국주의적 야욕까지 아우르며 열린 결말을 제시했더라면 이 작품은 신파적 한계를 극복했을 것으로 생각된다. 약소국의 정치와 외교의 현실은 세계 정치의 중심 세력과 관련하여 검토하지 않고는 그 본질을 알기 어려운 법이다. 「젊은 그들」이 저항민족주의와 일국주의 역사관의 한계를 벗어나지 못하고 일본의 복수물과 유사한 결말로 끝난 것은 아쉬운 대목이 아닐 수 없다.

「젊은 그들」을 읽고 이런 생각에 잠겨 있던 지난 토요일, 이 작품의 충격적 결말과 유사한 소식이 들려왔다. 그리고 그 여파가 가시기도 전인 월요일, 북한의 2차 핵실험 소식이 다시 일면을 장식했다. 멍했다. 아직 젊은 전직 대통령의 돌연한 자살과 민족의 존엄과 자주권을 고수하기 위한 일대 장거라고 주장하는 핵실험 소식을 잇달아 들으며, 불행했던 근대화 과정에서 우리도 모르게 키운 증오와 원한의 골이 아직 깊고, 열등감의 또 다른 표현인 자비自卑와 자대自大의 두 그림자가 아직 너무 길구나 하는 탄식을 터뜨리지 않을 수 없었다.

"누구도 미워하지 마라. 운명이다." 전직 대통령의 유언을 우리들은 오늘 이후 과연 어떻게 받아들일 것인가. 그리고 필연적으로 일본의 핵무장을 자극하게 되어있는 북한의 핵전략의 끝은 어디인가. 오늘도 우리들의 역사적 상상력은 가파르게 치달았던 근대화의 막다른 골목 그 어둠 속에서 서성이고 있는 것 같아 쓸쓸하기만 하다.

◗ 2009.5.28.목.

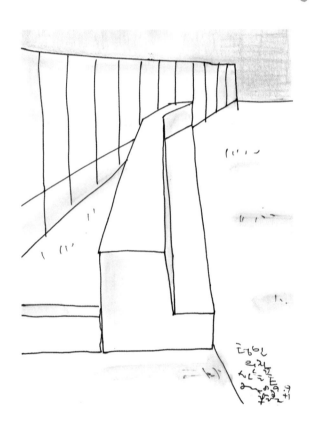

기억의 공급과 소비

마샬 맥루언Marshall Mcluhan H.(1911-1980)은 『구텐베르크의 은하계』에서 문자가 발명되기 전에 청각이나 촉각을 주로 사용했던 사람들은 원시부족사회 즉 열정과 신비와 공동 참여의 동시음향적인 공간에서 살았지만, 문자가 생겨나면서 청각은 시각에 자리를 내어주고 감각의 균형은 비교적 중립적이고 객관적인 눈의 세계로 옮아가게 되었다고 말한 바 있다. 활판 인쇄술의 발명을 계기로 사람들은 선적이고 연속적이며 객관적인 방식으로 사물을 지각하게 되었다는 것이다. 이른바 구텐베르크 시대Gutenberg age라는 새로운 환경의 형성이다.

그에 의하면 인류 문명의 역사는 지배적인 커뮤니케이션 미디어가 인간이나 사회에 미친 영향을 기준으로 볼 때 3단계로 나뉜다. 시각 청각 후각 등 다면적인 감각 또는 복수감각으로 지배하는 부족사회 체제제1단계에 이어 구텐베르크 시대는 인쇄 기술의 발달로 시각 위주의 부분 감각형으로 변하고 사회 체제도 탈부족화 체제제2단계로 전환된다. 마지막으로 전기매체의 출현으로 시각형에서 점차 탈피하여 복수감각형으로 복귀하고 재부족화 체제제3단계로 옮아간다는 것이다.

전기매체는 우리의 감각기관을 즉각적인 주변 환경뿐만 아니라 전세계 우주공간의 구석구석까지 연장시켜주어 지구차원의 연대의식이

가능한 지구촌 사회를 형성할 수 있게 해준다. 특히 모든 감각기관의 연장이라고 할 수 있는 TV는 시각 위주였던 문자시대의 과도한 분석적 사고와 개인주의, 합리주의의 병폐에서 벗어나 총체적인 사고능력을 가진 균형 잡힌 인간형으로 유도한다. 전기매체의 출현으로 인쇄매체 시대는 점차 몰락과정을 밟고 있다는 주장에 다름 아니다.

우리 방송의 경우, 이런 낙관적인 전망과는 달리 정치적 권력으로 기능하고 있어 대조적이다. 뿐만 아니라 역사는 역사가에 의해 선택되는 집단적 기억의 주입이 아니라 대중에 의해 소비되는 기억의 재구성으로 변모하고 있어 주목된다. 역사가 기억의 공급논리에서 벗어나 수요논리에 의해 지배받는 시대로 바뀌었다고나 할까. 아니면 역사를 권력자의 입맛에 맞게 단일품목으로 공급하는 다량생산 시대에서 역사를 소비하는 대중에게 다품종으로 소량생산하는 시대로 접어들었다고 할 수 있을지도 모르겠다.

「주몽」이나 「연개소문」, 「불멸의 이순신」 「바람의 화원畫員」 그리고 요즘 방영중인 「천추태후」나 「선덕여왕」 등 역사적 사실fact을 토대로 자유로운 상상fiction의 날개를 펼치는 각색실화faction는 그 단적인 예라고 할 수 있다. 그러나 이같은 포스트모던 역사론은 모든 기억 또는 역사 해석은 동등하다는 상대주의로 기울면서, 수많은 기억과 역사 해석의 투쟁을 일으킨다. 그런데 이 투쟁에서 승패를 결정짓는 것이 학문의 엄밀성이 아니라, 시장의 논리와 다수결의 원칙이란 점에서 그 폐해는 예상보다 심각하다. 물론 시청자들이 드라마의 내용과 역사적 사실을 분리해 바라볼 것이라는 전제가 없는 것은 아니다. 그러나 이는 공급자의 논리에 불과하다. 가령, 부여나 고구려를 황제국으로 묘사한 것은 현실에 대한 불만을 과거의 영광을 제시하는 방식으로 대리 충족시키려 했던 일제강점기 민족주의 사관의 반복이라는 점에서 일종의 퇴영적 현상으로 볼 수 있기 때문이다. 사실과 사실 사이의 여백에 상상력의 침투를 수긍하면서도 역사해석의 보편성을 확보할 때 역사 드라마의 지평은 넓어지리라 생각된다. 이병주의 역사대하소설 『바람과 구름과 비』전9권에 나오는 다음과 같은 대목이 돋보이는 것은 이와 무관하지 않다.

> 야보野步엔 지인생知人生이고 등고登高엔 구인생究人生인데 그 뜻을 알겠느냐. 알 듯도 하고 모를 듯도 합니다. 들길을 걸으면 인생이 뭔가 하는 것을 알 것 같은 기분이 되고 높은 산을 오르고 있으면 인생의 뜻을 살피는 것 같은 기분이 된다는 얘기다. 알겠습니다.
> 또 이렇게도 말할 수 있지. 도선渡船에선 판인생瓣人生이고 마상馬上에선 감인생感人生한다는. 왜 그렇게 되는 겁니까. 배는 판자 밑에 지옥이 있지 않은가. 인생이란 그런 거여. 지옥과 아슬아슬하게 접해 있는 게 인생의 실상이란 것을 배를 타 보면 판별할 수 있다는 얘기고, 마상에 감인생을 한다는 것은 다리를 움직여 걷는 수고가 없으니까 인생 이모저모를 너그러운 마음으로 느낄 수가 있다는 얘기다. ─ 제8권(한국서적공사, 1983) p.161.

철종 14년1863부터 갑신정변까지 약 20여 년간의 격동기를 시대적 배경으로 삼고 역사에서 누락된 패자와 주류에서 벗어난 야인들의 삶을 통해 민초의 꿈을 대변하고 있는 이 작품의 덕목인 방대한 사료와 날카로운 역사의식, 그리고 박물지적 지적 편력은 위에서 말한 인생관이 하나의 수사가 아님을 보여준다.

조실부모하고 천출로서 입신출세의 길이 막힌 관상가 최천중은 나라꼴을 누추하게 만들고 백성들을 도탄에 빠뜨린 조선을 뒤엎고 이

251

상국가를 세울 웅대한 꿈을 품는다. 그는 나라를 물려받아 군림할 자식을 얻기 위해 양가집 유부녀까지 겁탈하고, 마침내 왕이 될 사주팔자를 가진 아들을 얻는다.

이상국가를 세우기 위해 온갖 방법을 가리지 않고 기재와 인재, 호걸을 모으는 최천중의 꿈과 야망을 그리고 있는 이 작품은 "장안의 점술가들을 모조리 동원하시오, 불원 새 세상이 닥쳐오리란 예언을 퍼뜨리게 하시오. 나라와 백성을 구할 신왕이 백구白鷗의 깃발을 들고 나타날 것이라고 이르시오."제9권 p.307.라는 대목으로 끝난다. 그러나 진정한 결말은 다음과 같은 것임을 작가는 이미 알려준 바 있다.

> 만당晚唐의 시인 육귀상陸龜象의 "시인이 궁액窮厄을 만나는 것은 그들이 천물天物을 폭暴하며 조화造化의 비秘를 들추어 낸 것에 대한 보복이 아닌가. 이하李賀 요夭하고 맹교孟郊 궁窮하고 이상은李商隱이 벼슬 한 번 못하고 죽은 까닭을 우리는 이로써 짐작할 수 있는 것"이란 글을 읽고 민하도 결국 그런 숙명을 가지지 않았을까 하는 두려움을 느끼게 된 것이다. 바꿔 말하면 민하가 궁액을 만난다면 왕문의 성공이 가망이 없다는 것으로 되는 것이다. — 제9권 p.190.

위에 나오는 민하閔賀는 500년을 지속한 왕조가 망하는 판에 한 사람의 절창도 없다면 너무 허무하다는 생각에서 이병주가 자료를 뒤져 찾아냈다는 한말의 저주시인咀呪詩人 민좌호를 가리킨다. 그는 노비를 어머니로 하고 태어난 서출이었다는 점에서 최천중의 분신이며, 유작 『별이 차가운 밤이면』의 주인공 박달세의 전신이라고 할 수 있다. 그러나 최천중과 민하가 "민심은 완전히 조정에 등을 돌렸고 어떤 외인外人의 지배라도 안온하게 배불리 먹을 수 있는 환경만 만들어준다면 하등의 불평도 하지 않을 그런 상황"ᵖ·²⁹⁸에 접어든 조선을 구하려는 혁명가들이었다면, 박달세는 '사갈蛇蝎을 닮으려고 작정을 했던' 노비 출신의 조선인 학병으로 일본군 첩보기관에서 엔도遠藤 대위로 활약하는 점에서 다르다고 할 수 있다.

이병주는 "사람이란 원래 사람이 될 수 없는 악운을 타고난 존재"라는 역설을 알았기에 저주받은 운명의 소유자들을 선호했고, 일반론으로 어떻게 할 수 없는 인생임을 알았기에 역사를 관념적으로 해석하지 않았다. 이 작품이 열린 결말로 끝나고, 구상의 실마리를 제공한 민하와 송이화의 인연을 제시하지 않은 것도 "나라의 불행은 시인의 행복國家不幸詩人幸"이라는 역설과 "나라는 망해도 산하는 있어 성에 봄이 오니 초목이 우거진다國破山河在 城春草木深"는 냉엄한 현실을 잊지 않았기 때문에 가능했는지 모른다. 이 대하소설은 총체적인 복수감각을 가진 자만이 쓸 수 있는 수작의 하나가 아닐 수 없다.

◑ 2009.6.10.수.

◀ 광화문

소설적 진실과 역사적 사실

　장마가 시작되었나 보다. 온통 눅눅하고, 조금만 움직여도 등에 땀이 흐른다. 차가운 물을 뒤집어썼는데도 그때뿐이다. 차라리 햇볕이 쨍쨍 내리쬐는 한낮의 지글지글한 더위가 그립다. 오늘은 『우국의 바다』전6권나 마저 읽으면서 더위를 거두어야 하겠다. 갑신정변과 을미사변을 양축으로 삼고 한일 관계의 역사적 사실을 그린 이 작품은 주변머리도 없고 문단과 무관한 내가 아는 얼마 안 되는 작가의 한 사람인 김원우 선생이 공들여 쓴 역사소설이기도 하지만, 뜻밖에 탕사오이도 등장해서 반가운 마음에 며칠째 읽고 있다.

　언제였던가. 김원우 선생과 처음 만났던 날이…… 가물가물한 기억을 더듬어 탁상용 일지를 찾아보니 오늘처럼 무더웠던 1998년 8월 5일 『일본현대문학사』 상하권을 들고 가락동 근처에 있던 그의 작업실로 찾아갔음을 알 수 있다. 일본관계 서적을 간행한 적이 없던 출판사에서 용기를 내게 된 이면에 그의 조언과 추천이 있었음을 모르지 않았기에 고마운 마음을 직접 전달하고 싶었던 것이다.

　그날 작업실에서 나온 우리는 어느 술집에 들어가 맥주를 거의 한 짝이나 마셔가며 즐거운 대화를 나누었다. 다음해 1월에도 몇몇 지인들과 어울려 한 차례 더 통음한 적도 있지만, 대구로 내려가신 후에는 몇 번 통화만 했을 뿐 만나지 못한 채 오늘에 이르렀다. 그러나 이 작품을 읽기 시작한 순간, 그날 책을 받고는 펼쳐보면서 "수고 많으셨네요. 그런데 고 교수, 이 책 번역하면서 겐세이牽制(견제) 많이 받으셨죠?" 하며 웃던 그의 목소리가 들려와서 지난 10년 간 만나지 못했다는 사실이 오히려 낯설게 느껴졌다.

그렇다. 일본문학을 전공한 것도 아니고 일본유학을 다녀온 적도 없는 이른바 시로토素人(비전문가)가 『일본문학·사상명저사전』1993에 이어 다시 『일본현대문학사』를 번역했으니, 분수를 모르는 짓거리를 한다는 비난과 야유가 왜 없었겠는가. 그의 지적은 그런 의미에서 정확했다. 또 이는 나보다 먼저 한일근대사의 이면을 외롭고 힘들게 살펴보았던 분이기에 할 수 있는 말이었다고 생각된다.

한국근현대문학사를 심층적으로 알려면 일본근현대문학사에 대한 조망이 필요한데, 어째서 우리는 번듯한 번역서 한 권조차 없는가 하는 반감에 따가운 시선을 오히려 분발과 자극의 원천으로 받아들였던 지난날을 위로하는 그의 말에 용기를 얻었기 때문일까. 그날 나는 차가운 맥주를 마구 들이키며 되지도 않는 말을 많이 지껄였던 것 같다. 그러나 사람은 정녕 자기가 보고 싶은 것만 보는가 보다. 나는 그때까지 나의 고충만 토로하며 위로받으려 했을 뿐 그가 지금까지 베일에 가려져 있던 대한제국 최초의 테러리스트이자 마지막 능참봉이었고 뛰어난 민권운동가였으며 충신의 위상을 뚜렷이 아로새긴 고영근의 전모를 파악하기 위해 일본 현지를 여러 차례 답사하며 당시의 희귀한 자료를 발굴했다는 사실을 미처 몰랐다.

오늘 그의 작품에 등장하는 탕사오이를 중심으로 소설적 진실과 역사적 사실의 간격을 살펴보려는 것은 이런 사실을 뒤늦게 확인한 부끄러움과 이를 발판으로 좀 더 아름다운 인연을 만들고 싶다는 마음에서 비롯된다. 이 작품에서 탕사오이는 다음과 같이 묘사되고 있다.(단 고딕체는 필자)

원세개 밑에는 훗날 당대의 거물이 된 당소의를 비롯하여 담갱요, 장승도, 장광보 등등의 참모가 따랐다. 당소의는 영문 번역 담당 관원이었으며, 갑신정변이 일어났을 때는 자격당한 민영익을 호위하여 묄렌도르프의 집에 안치했고, 그 집의 경비 책임자로 문병을 맞아들인 인물이었다. 이홍장은 일찍이 미국 컬럼비아대학 유학생이었던 당소의의 재질을 간파하여 **묄렌도르프의 조수**助手로 박아놓았던 것인데, 조선에 부임하자마자 곧장 갑신정변이라는 돌풍에 휩싸이고 말았던 것이었다. 당시 그의 나이는 원세개보다 두 살 아래로 불과 스물네 살이었다. 그의 직책은 **묄렌도르프의 단순한 통역관 내지는 조수를 넘어서 재정 문제에 대한 조언자를 겸한 무관**이었다.

—『우국의 바다』제2권(세계사, 1993) pp.167~68.

대체로 정확한 기술이라 생각된다. 이미 살펴보았듯이 1874년 9월 19일 량루하오 등 30명과 함께 제3차 유미유동의 일원으로 상하이를 출발했던 탕사오이는 환국령에 따라 1881년 8, 9월경 학업을 다 마치지 못하고 귀국한 후 톈진 수사水師 부설의 양무학당 견습見習이 되었다. 이어 톈진 세무아문 공직供職이 되었던 그는 1882년 12월 10일 묄렌도르프의 비서로 조선에 들어왔던 것이다. 그에게 조선은 기회의 땅이었다. 일개 수행원으로 들어왔던 조선에서 탕사오이는 그의 정치 생명에 지대한 영향을 주게 되는 위안스카이를 만나 생사지교의 우정을 나누게 되었고, 이를 바탕으로 뛰어난 재능을 발휘하게 되면서 외교계의 신성으로 떠오르게 되었으며, 운명의 여인과도 만날 수 있

257

었기 때문이다.

> 미국 유학을 다녀온 위인이라 당소의는 바른소리를 잘했다. 또한 그는 이
> 홍장의 신임을 두터이 받고 있는데다 원세개보다 불과 한 살 아래였다. 더
> 욱이 그는 야심만만하여 원세개를 상관이라기보다도 적수로 알고 지내는
> 터수였다. (중략) 고영근이 형장을 빠져나오며 중얼거린다. "당소의라! 원총
> 리가 시종무관 하나는 잘 두었구먼." ─제2권 pp.334-35.

우선 탕사오이는 위안스카이보다 3살 어리며, 적수라기보다는 철저
한 요속관계僚屬關係에 놓인 문관이었다는 사실을 지적하지 않을 수 없
다. 1884년 청불전쟁이 일어나자 우창칭은 펑톈奉天을 방위하러 떠나
면서 위안스카이에게 3영을 주어 조선을 방어하게 했다. 12월 4일 갑
신정변이 일어났고, 탕사오이는 자격을 당한 사대당의 영수 민영익을
가인들과 함께 묄렌도르프의 집으로 데려와 치료했다. 민영익이 묄렌
도르프의 집에 피신했음을 알고 위안스카이가 군사들을 이끌고 들이
닥쳤을 때, 창을 들고 문앞에서 군사들을 막았던 늠름한 청년이 바로
묄렌도르프의 비서이자 세무위원인 탕사오이였음은 이미 살펴본 바
있다.

위안스카이는 봉건가정의 자제였고, 탕사오이는 구풍미우歐風美雨의
침윤을 받은 유학생 출신이자 차 수출 상인의 자제였다. 그러나 가정
출신과 문화교육 배경이 달랐지만 혈기방장한 청년들은 조선에 대한
종주권 강화라는 사명을 철저히 자각하고 있었다. 이는 이들 장래의
초석이 되었다. 아무튼 갑신정변을 계기로 위안스카이1859년생와 민영
익1860년생, 탕사오이1862년생는 깊은 우정을 나누게 된다. 이런 점에서
위안스카이와 탕사오이, 민영익과 고영근을 주종관계로 배치한 김원

우의 작가적 상상력은 돋보인다. 이후 위안스카이는 전횡과 전단으로 일시 외교적으로 곤경에 빠져 부득이 환국하지 않으면 안 되었지만, 이들의 관계는 중단되지 않았다.

텐진조약^{1885.4.18}으로 일본은 중국과 조선을 공동관리하게 되었고, 조선 출병의 권리를 얻었다. 그 사이 묄렌도르프가 러시아의 후원을 얻고자 한러밀약을 맺으면서 조선은 인아배청책을 시도했다. 이에 리홍장은 대원군을 방면^{1885.9.20}하여 견제하는 한편, 위안스카이를 조선 주재총리교섭통상사의로 파견하여 내정외교 간섭을 했다. 위안스카이는 부임 후 고종에게 인사를 신중하게 하고 묄렌도르프를 파면하라고 요구했다. 1885년 11월 22일 위안스카이가 '조선주재총리교섭통상사의'로 정식 임명되자 탕사오이는 그의 휘하에 들어가 한성공서 서문번역西文飜譯 겸 수판隨辦 양무위원이 된다. 영어에 정통했고 외교에 능숙했던 그에 대한 위안스카이의 전폭적 신뢰와 극척자시克惕自矢, 갈충민지竭忠盡智의 자세로 보좌했던 그의 충성심이 어우러지면서 탕사오이는 5개월만에 5품의 관직에 오를 수 있었다.

◑ 2009.6.30.화.

259

청나라의 '젊은 그들'

천둥소리……. 먹빛 하늘은 채찍처럼 쏟아지는 빗줄기에 몸을 비틀고, 번갯불은 창문에 푸른 금을 긋는다. 주하이의 아득한 바다를 가득 메우며 끝없이 쏟아지던 폭우가 생각난다. 그래서 더욱 멀리 떨어져있다는 상념에 사로잡혀 그리웠던 베란다에는 비에 젖어 얇은 속살을 드러내고 바닥에 떨어진 능소화와 스스로 풋열매를 솎아내며 결실의 그날을 기다리는 감나무만이 장대비를 맞으며 고개를 숙이고 있다. 오늘도 저 어설픈, 그래서 버려지는 생명의 파편들 같은 이야기나 쓰면서 다시 한나절을 보내야 할 듯하다.

원세개는 이미 백씨와 민씨 성을 가진 두 조선 여자를 측실로 거느리고 있었기 때문에 조선말을 웬만큼 알아들었다. 더욱이나 그 두 측실은 명문 출신의 규수여서 한문을 알았고, 내실에서는 한동안 필담으로 의사를 통했는데 두 여자의 단아한 용모와 아취있는 필력에는 원세개도 자주 감복하며 지내던 터였다. 그중에서도 민씨는 중전 민비의 가까운 인척으로서 민문의 어느 일등 사대부가 뇌물 맞잡이로 들이민 여자였다. 그 중매를 당소의가 섰으며, 당소의도 여자라면 자다가도 일어나는 사내였다 .

— 「우국의 바다」 제2권 p.331.

정확한 내용은 잊어버렸지만, 포스터Forster,E.M.(1879-1970)는 『소설의 양상』에서 소설이란 한 사람이 '태어나서 살다가 죽은 이야기', 또는 '태어나서 사랑하다가 죽은 이야기'라고 한 바 있다. 그러나 『우국의 바다』에는 『바람과 구름과 비』와 달리 사랑 이야기가 많이 나오지 않아 아쉽다. 만일 고영근과 엄비1854-1911의 경우 작가의 상상력이 좀 더 발휘되었더라면, 흥미로운 작품이 되었을지도 모른다. 게다가 위안스카이의 조선인 부인에 대한 대목은 사실과 다르다. 어디까지나 소설이기 때문에 진위 여부는 부차적인 문제일 수 있으나, 정확한 역사적 고증에 힘썼던 작가인 만큼 다음과 같은 기사는 좋은 참고가 되리라 생각된다.

중국의 마지막 황제를 꿈꾸던 위안스카이는 정실 1명, 첩 9명을 두었고 첩 가운데 3명이 조선인인 것으로 밝혀졌다. 첩살이를 한 조선의 여인들은 기구한 운명이었지만, 조선인 피를 받은 위안스카이의 손자는 열악한 환경 속에서도 세계적인 핵물리학자로 성장했다. 13일 경향신문이 입수한 중국측 사료에 따르면 위안스카이는 23세 때인 1882년 임오군란을 진압하러 조선에 왔다가 1885년 '조선주재 총리교섭통상사의 전권대표'로서 1894년 청일전쟁 직전까지 9년 동안 조선의 최고 권력가로 군림하며 세도가인 안동 김씨 처녀를 첩으로 맞아들였다.

김씨는 1890년 위안스카이 둘째 아들인 커원克文(1890~1931)을 낳으면서 총애를 한 몸에 받았다. 그런데 위안스카이가 1894년 청나라로 귀국한 다음에 문제가 생겼다. 김씨가 결혼할 당시 수행한 몸종으로 이씨와 오씨 2명이 있었는데, 위안스카이는 첩은 많을수록 좋다며 이들 몸종도 첩으로 편입한 것이다. 그는 나이 순서대로 첩의 순서를 매겨 몸종인 이씨를 2번째 첩, 안동 김씨를 3번째 첩, 몸종인 오씨를 4번째 첩으로 정했다. 위안스카이는 이들 조선인 3명에게서 모두 15명(7남8녀)의 자식을 얻었다. 위안스카이 슬하의 자녀 32명(17남15녀)의 거의 절반을 차지한 셈이다.

안동 김씨가 받았던 스트레스는 엄청났다. 그녀는 정실의 위치까지 은근히 바랐지만 자신의 시중을 들던 몸종이 자신과 같은 위치인 첩이 된 데 대해 무척 언짢아하면서 내내 울적한 세월을 보냈다. 특히 자신이 낳은 첫 아들 커원을 위안스카이가 자식이 없는 쑤저우蘇州 기생 출신의 첫번째 첩 선沈 씨에게 키우라고 넘기면서 심리적 충격은 더 커졌다.

김씨의 몸종 오씨는 1남 3녀를 낳았지만 위안스카이가 직예총독1901-1907 시절 산욕열로 일찍 세상을 떠났다. 그나마 이씨는 다섯째 아들 커취안克權을 비롯해 총 4남2녀의 자녀를 낳아 행복한 편이었다. 1916년 위안스카이가 죽은 직후 유족들이 위안스카이의 활동 근거지였던 톈진으로 거처를 옮긴 점에 비춰볼 때 안동 김씨와 몸종 이씨도 톈진에서 노년을 보낸 것으로 추정된다.

위안스카이는 17명 아들 가운데 안동 김씨가 낳은 둘째 아들 커원과 이씨가 낳은 다섯째 아들 커취안을 가장 총애했다. 황제에 즉위한 뒤 후사를 이들 가운데 한명을 골라 물려주겠다고 생각했다. 반면 정실 위于 씨 부인이 낳은 맏아들 커딩克定(1878~1958)은 독일과 영국에 유학을 다녀온 자신이 대통을 이어야 한다고 여겼지만 1913년 승마를 하다 떨어져 한쪽 다리를 저는 바람에 후사 경쟁에서 탈락했다. 위안스카이의 총애를 받았던 안동 김씨 소생인 커원은 부친의 황제 즉위에 반대하면서 1916년 황제 즉위를 앞두고 다른 형제들이 요란스럽게 행사를 준비하고 있을 무렵 잠적해버렸다. 그는 부친이 황제 즉위 불과 83일 만에 요독증으로 세상을 떠나자 상하이에서 골동품 거간꾼으로 연명하다가 31년 톈진에서 비참하게 세상을 떠났다.

장쉐량張學良(1898-2001) 등과 함께 '중화민국 4대 공자'로 꼽히며 풍류를 즐겼던 위안커원의 셋째 아들이 바로 세계적인 물리학자였던 위안자류袁家騮(1912-2003) 박사다. 그는 30년 옌징燕京 대학을 졸업한 뒤 36년 중국 주재 미국 대사의 추천으로 미국 유학길에 올랐다. 미국 캘리포니아공대에서 물리학 박사학위를 딴 뒤 프린스턴 대학 등에서 연구원을 하면서 기초물리학의 세계적인 권위자로 인정받았다. 위안자류 박사의 부인은 컬럼비아대에서 학위를 한 우젠슝吳健雄(1912~1997) 박사로, 여성으로 유일하게 미국이 원자탄을 개발하는 '맨해튼 계획'에 참가한 바 있다. 이들 부부의 외아들인 위안웨이청袁緯承(59) 박사는 현재 미국 로스알라모스 국립연구소 연구원으로 부모의 뒤를 이어 물리학을 연구하고 있다.

1973년 위안자류 박사가 부인과 함께 중국 대륙을 다시 찾았을 때 저우언라이周恩來 당시 총리는 위안 박사의 집안 내력을 거론하면서 "박사 집안은 대를 내려갈수록 진일보하고 있다."고 말했다는 일화가 전해오고 있다.

— 「중中 마지막 황제 꿈꿨던 위안스카이, 조선인 첩 3명 뒀다」, 『경향신문』(2006.11.15)

위의 기사로 미루어볼 때, 어느 사대부가 위안스카이에게 뇌물맞잡이로 들이민 조선 여자를 탕사오이가 중매했다는 것은 개연성이 없는 설정은 아니지만, 오히려 조정의 적극적 개입과 중신이 있었다고 보는 편이 나을 듯하다. 다 아는 바와 같이 청나라는 1885년 10월 30일, 총판조선상무위원 천수탕陳樹棠을 경질하고, 대원군의 귀국 호송 임무를 맡겼던 위안스카이에게 조선주재총리교섭통상사의Director General Resident in Korea of Diplomatic and Commercial Relation라는 직함을 내리고 도원으로 임명했다. 이때부터 위안스카이는 상무뿐만 아니라 조선의 외교도 간섭할 수 있는 막강한 권한을 갖게 되었기에 더욱 그렇다.

한편 두 사람의 인연은 탄광을 개발하러 입국했던 탕사오이의 숙부 탕팅수가 이익의 일부를 위안스카이가 만든 친군의 경비로 보조하면서 시작되었다는 이야기도 있으나, 역시 갑신정변을 계기로 시작되었다고 보는 것이 옳다. 탕사오이가 위안스카이의 영문번역 겸 보좌관으로 근무했던 한성공서 즉 총리공서總理公署에는 총판總辦 1인, 수

원隨員 2인, 청차聽差 6인, 영문번역 및 조선통사通事 각 1인이 상주하고 있었다. 인천, 부산, 원산에도 지방분서가 있었으나, 원산분서는 위안스카이 부임 이후 폐지되고 1886년 5월 용산분서가 신설되었다.

겨우 9품에 불과했던 탕사오이는 영문방면의 조예와 외교방면의 재능을 인정받으면서 5개월만인 1886년 4월 17일 5품 영문번역사의로 승진한다. 이후 공서의 업무가 증대하고 각국 사절과 접촉이 빈번해지면서 수판 양무위원을 겸직하였고 1889년 10월 11일에는 용산상무분서 위원과 인천 영사를 겸직하게 되었다. 참고로 영문번역사의 봉급은 120냥이었는데 이는 한성공서 총판320냥과 지방분서 분판위원 200냥의 그것과 비교해 보더라도 결코 적지 않았음을 알 수 있다. '충직명민忠直明敏', '담식겸우膽識兼優' '숙실양무교섭급조인정형熟悉洋務交涉及朝人情形'이라는 위안스카이의 극찬과 함께 그의 오른팔로 등장하기 시작했던 것이다.

2009.7.2.목.

◀ 1908년 특명전권대신 겸 재정시찰대신으로 미국에 건너갔을 때 탕사오이가 입었던 팔룡관포八龍官袍

궁궐 담장에 핀 꽃들

　조용한 일요일 아침. 아내와 아이들은 모처럼 달콤한 늦잠을 자나 보다. 가만히 문을 열고 나가 보니 싱그러운 녹음 밑에서 아직 졸고 있는 마당에는 능소화만 가득하다. 일명 금등화, 자위화紫葳花로 불리는 능소화凌霄花는 임금님의 사랑을 받았으나, 후궁들의 시기로 만나지 못해 상사병에 걸린 어느 궁녀가 "내일이라도 오실 임금님을 기다리겠노라."며 죽은 후 담장가에서 피어난 꽃이라는 전설을 간직하고 있다.

　문일평1888-1936은 "능소화는 만성목본蔓性木本으로 다른 나무나 담벽에 뻗어 올라가 거기 흡착해서 사는데, 그 잎은 등엽藤葉과 같고 꽃은 주황색으로 나팔꽃 비슷하며 6,7월의 중복에 피어 화기花期가 1개월 반에 뻗는데 꽃이 질 때는 악萼(꽃받침)이 부러져서 떨어지므로 시들지 않고 싱싱한 채로 떨어져 땅에서 시들어 말라버린다."『화하만필花下漫筆』삼성문화문고,1972. pp.97-98.고 설명하고 있다. 이 꽃의 애절한 전설은 한여름의 정경을 강렬하게 각인시켜 놓고 사라지는 이런 특성과 무관하지 만은 않을 것이다. 특히 소나기라도 시원하게 쏟아진 후 마당에 떨어져 있는 싱싱한 능소화의 자태는 절정 이후의 허망을 보여주는 듯하다. 주황빛 염원으로 피었다는 전설 때문일까. 이 꽃을 만진 손으로 눈을 비비면 눈이 먼다는 말도 전해 온다. 이런 사연을 갖고 여

267

름 마당을 환하게 밝혀주는 능소화를 바라보노라면 정인보[1893-?]의 시가 떠오른다.

꽃 심기는 애들에게 맡겨 뒀더니 여름 되자 섬과 뜰을 에워버렸네.

　　　　　　　　栽花聽兒女 當夏擁皆除

능소화는 느즈막히 붉은 꽃 피우고 쪽빛 머금은 들국화는 갓 피었네.

　　　　　　　　紅吐陵䔖晚 藍含野菊初

두어 떨기건만 넓은 들을 바라는 듯 한번 비 어찌 그에게만 미치리오.

　　　　　　　　數叢如曠望 一雨豈關渠

세월은 무덤덤한 시름 속에서도 유유히 흘러가는구나.

　　　　　　　　歲月無情緖 愁邊冉冉徂

— 정인보, 『담원문록薝園文錄』 상(태학사, 2006.) p.431.(단 종련은 필자 수정)

　　주하이 산방로의 언덕에서 부용화를 바라보며 두고 온 나라, 자기 집 담장에 피어있던 능소화를 떠올렸을 정씨 부인, 아니 화려한 치파오旗袍를 입고 정면을 응시하고 있는 한 장의 흑백사진으로 남아 공락원의 한 벽을 지키고 있던 그녀, 그리고 위안스카이의 첩으로 그늘 속에서 살아야했던 안동 김씨. 이들은 자기 딸이 간택 받기를 바랐던 양반들이 주로 심었기 때문에 구중궁궐의 꽃 또는 양반꽃으로 불렀던 능소화였는지 모른다. 그래서 나는 오늘 한 여름의 그늘에 앉아 이 땅에 들어와 조선의 능소화를 마음대로 꺾을 수 있었던 변발의 청년 위안스카이와 탕사오이의 야망과 몰락 그리고 삶의 무상과

권력의 허무를 다시 한 번 생각해 보는 것이다.

1885년 4월 18일 리훙장과 이토 히로부미는 톈진조약을 체결했다. 첫째, 청일 양군은 4개월 이내에 조선에서 철병한다. 둘째, 조선 국왕에게 조선의 자위군을 양성하도록 권하되, 훈련교관은 청일 양 당사국 이외의 나라에서 초빙하도록 한다. 셋째, 조선에서 이후 변란이나 중요사건이 발생하여 청일 두 나라 또는 어느 한 나라가 파병할 때는 먼저 문서로 연락하고, 사태가 진정되면 다시 철병하기로 한다는 3개 조항이었다. 그 결과 일본은 갑신정변 실패 후의 열세를 만회하고 조선에 대한 영향력을 계속 확보할 수 있었고, 청나라는 임오군란의 경우와 같이 변형된 사대질서를 유지하는데 실패했지만, 일본이 조선 문제에 대해 소극적인 정책을 채택했기 때문에 우월한 지위를 그대로 유지할 수 있었다. 그러나 거문도 사건1885.2과 한러밀약 사건1885.2-7 으로 조선 문제는 청나라와 일본 사이의 지역 문제를 떠나 영국과 러시아 사이의 대립 문제로 확장되면서 세계적인 현안으로 떠오르기 시작했다.

영국의 거문도 점령은 당시 세계 도처에서 대립하던 영국과 러시아라는 제국주의 상호간의 정치적 대립에서 일어난 사건이었지만, 청나라와 전쟁하는 것을 원하지 않았던 러시아가 약 10년간 한반도에 진출하지 않으면서 승리는 영국으로 돌아갔다. 그러나 조선정부는 해결 과정에서 무력한 모습을 보여주면서 서구열강의 문호개방 요구와 더불어 본격적인 제국주의 열강의 침략을 받기 시작했고, 사건 해결의 중개역할을 했던 청나라는 이를 계기로 조선에 대한 종주권을 내세우며 내정간섭 강화에 더욱 박차를 가했다. 한편 청나라와 타협할 필요를 절감했던 일본은 이후 조선 문제에 소극적으로 돌아서는 대신 군비확장 계획을 하나하나 실천해 나가기 시작했다.

뮐렌도르프가 조선을 떠났던 것은 1885년 12월 5일이다. 세계인을 꿈꾸었던 파우스트의 후예 뮐렌도르프와 유미유동 출신의 비서 탕사오이의 운명은 이렇게 엇갈리기 시작했다. 청나라와 일본이 전쟁을 하는 경우, 러시아에 보호를 의뢰해야 한다며 한러밀약을 주도했던 뮐렌도르프는 청나라와 일본의 위정자들에게 퇴출 대상에 불과했지만, 탕사오이는 양국의 이해관계를 조정할 수 있는 실무적 능력의 소유자였던 것이다.

한성공서좌리漢城公署佐理 겸 번역사의飜譯事宜 당소의는 청국 관원으로서는 조선에서 원세개 다음 서열이고, 이홍장의 신임도 두텁다. 노회한 정객 이홍장이 대세판단과 순발력이 뛰어나긴 하나 딜렁대는 원세개를 곁에서 견제하라고 당소의를 붙박아두고 있는 것이다. 당소의는 미국 유학을 갔다온 경력 때문에 일 년 동안 미국을 비롯한 서방 각국을 둘러보고 온 민영익과 어떤 연대감과 친화감을 나누고 있다. 또한 두 사람은 동갑내기고 서구문물을 접할 기회가 없었던 원세개에 대해서는 껄렁한 우월감도 갖고 있다. 아무튼 당소의는 이씨 성을 가진 조선 여자를 정실로 삼을 만큼 조선에 미혹되어 있는데, 그 중신아비가 바로 민영익이다.

민영익이 김옥균 일당으로부터 자격을 당하고 나서 뮐렌도르프의 집에 피신해 있을 때, 당소의는 뮐렌도르프의 자문역으로 조선에 갓 부임해와 있었다. 뮐렌도르프와 민영익이 주무한 화폐 남발이 국가의 재정경제와 시민의 시장경제를 엉망으로 만들어버렸기 때문에 이홍장이 당소의를 보내 보필하라고 한 것이다.

원세개가 2백여 명의 군사를 이끌고 밤늦게 문병을 오자, 당소의는 누구시며 무엇 때문에 왔는지 밝히라고 했다. 원세개는 새까만 부하에게 먼저 직책과 성명을 밝힐 수밖에 없었으며, 당소의가 서양식 인사법으로 악수를 청하며 제 관등성명을 대자, "하, 당소의 선생이시구면, 중당으로부터 존함은 익히 들었소." 라고 받았다. 그런 인사를 나눌 때부터 원세개는 당소의를 내심 **부하라기보다도 경쟁상대자로** 여기게 되었다. 그것은 미국 유학을 갔다온 맞수에 대한 어떤 열등감의 토로였다. ─3권 pp.42-43

위의 작품에서 민영익이 '이씨'─사실은 정씨─를 중매했다는 설정은 그럴듯하지만, 위안스카이와 탕사오이를 경쟁상대자로 본 것은 개연성이 부족하다. 당시의 정치적 상황과 출신배경, 리훙장의 신임 등으로 미루어볼 때 더욱 그렇다. 이는 훗날 종신총통제를 채택하려고 했던 위안스카이의 합류 제안을 거부하고 탕사오이가 초대 국무총리직을 사임했다는 사실에서 비롯된 추론인지도 모른다.

▲ 민영익

　　물론 이들이 '견제'에서 '간섭'으로 전환한 리훙장의 조선정책 강화에 앞장섰던 중국의 '젊은 그들'임에는 틀림없다. 그러나 세계관과 정치관의 차이로 30년의 우정을 접긴 했지만, 당시 탕사오이는 어디까지나 청일전쟁 발발 전까지 조선에서 최고의 권력자로 군림했던 위안스카이를 보좌하며 출세가도에 올랐던 실무형 참모였다. 그럼에도 탕사오이가 평보청운의 조선 재직 시절에 만났던 정씨의 전모는 화려해서 슬픈 그녀의 흑백사진 한 장을 제외한 채 여전히 어둠에 잠겨 있다. 능소화가 떨어진다. 너는 어디에서 왔느냐. 조선과 중국에서도 잊혀 역사의 그늘로 스러진 그녀는 오늘도 말이 없다.

🌙 2009.7.5.일.

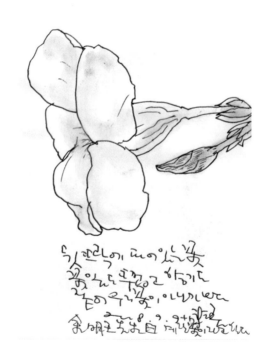

위구르 마부 형제의 분노

'피의 실크로드', '위구르 시위 140여 명 사망……. 1989년 톈안먼 사태 이후 최악 유혈사태'.

지난 5, 6일 유혈시위가 발생한 이래 종족간의 보복폭행으로 발전하며 민족전쟁의 조짐마저 보이고 있는 신장新疆 위구르자치구의 우루무치烏魯木齊 공항에 내린 것은 2006년 10월 8일 새벽 1시 10분이었다. 우루무치에서 투루판吐魯番, 선선鄯善, 하미哈密, 둔황敦煌을 거쳐 위엔柳園에서 기차를 타고 11시간을 달려 우루무치로 돌아오는 실크로드 여행은 이렇게 시작되었다.

늦긴 했지만 머나먼 이역에 왔으니 술이라도 한잔 하고 자야 하지 않겠느냐며 로비에 모였던 우리는 호텔 건너편에 있는 양꼬치구이집에 들어가 술잔을 부딪쳤다. 그래서일까. 우루무치의 인상은 끝없이 펼쳐진 대륙 위에 우뚝 서 있는 유령 같은 대형건물들과 그 사이로 비치는 푸르스름한 조명, 양고기의 누린내와 독한 바이주白酒 냄새로 요약된다.

아픈 머리를 털고 겨우 일어나 식당에 내려갔을 때 우루무치의 이국적 분위기는 더욱 강렬하게 다가왔다. 중국의 55개 소수민족 가운데 세 번째로 인구가 많다는 위구르인들의 남을 경계하는 듯한 표정

273

은 그들의 전통 사각모자 '돕바'처럼 낯설기만 했다. 움푹 들어간 위구르인들의 초록빛 눈동자 뒤에 숨은 어둔 그림자를 비로소 볼 수 있었던 것은 그 이튿날이었다.

투루판으로 이동하여 고창고성高昌故城, 아스타나阿斯塔那 고분군, 베제클리크柏孜克里克 천불동, 화염산, 카레즈坎兒井를 보고, 포도농가에서 건포도를 사고 호텔로 돌아와 잠시 휴식을 취하고 민속공연을 본 우리는 한 시간이라도 이국정취를 더 즐기려고 마차를 타고 야시장에 나갔다. 그리고 오늘의 유혈사태를 예고하는 위구르인들의 분노를 젊은 마부 형제의 육성으로 들었던 것이다.

이름은 잊어버렸지만, 그들은 1884년 11월 청나라의 영토로 합병된 후 끊임없이 독립운동을 전개했으나 1949년 중국공산당에 합병되고 말았던 동투르키스탄의 비극을 잊지 않고 있었다. 그래서 그들은 우리가 36년간 일본의 통치를 받았던 한국에서 온 관광객임을 알고 마음의 문을 열었던 것 같다. 눈빛이 형형했던 그들이 더듬거리는 영어로 토로한 내용은 대개 다음과 같았다고 기억된다.

신장 지역에서 고위직은 모두 한족들이 차지하고 있으며, 위구르인들은 자신들처럼 마차를 끌거나 농사를 짓는 하층민으로 지낼 뿐이다. 중국 당국은 위구르어를 쓰지 못하게 할 뿐 아니라 영어도 가르쳐 주지 않아 독학으로 영어와 컴퓨터 공부를 하고 있다. 막대한 석유와 천연가스, 석탄이 매장되어 있지만 일부러 개발을 하지 않는다. 또 하더라도 한족 기업가나 상인의 배만 불린다는 것 등이었다. 중국 당국이 이번에도 주동자 배후로 지목한 레비야 카디르Qadir.R.(1947-)가 "이번 사태는 구금, 고문, 차별, 종교적인 억압, 언어 박탈 등 60여 년간 지속돼온 위구르인에 대한 부당한 통치에 원인이 있다."라고 지적했던 말을 이미 3년 전에 들은 셈이다.

그래서일까. 나는 그들과 헤어지면서 지금 생각하면 중국 공안원들에게 내란선동죄로 붙잡힐 수 있는 발언을 하고 말았다. 여러분 조국의 독립을 위하여 열심히 공부하라고 말이다. 자정을 넘긴 야시장의 스산한 분위기와 독한 술에 취한 탓도 있지만, 우리의 오늘일 수도 있는 현실을 살고 있는 그들이기에 그렇게 말했던 것이리라. 아니, 늦게 태어나 식민지의 적자가 되는 운명을 모면할 수 있었다는 미안함이 초라한 그들 앞에서 더욱 커져서 그랬는지도 모른다. 하지만 승자와 패자의 역사를 목격하고 착잡했던 그날 나는 주하이에 가게 될 줄은 미처 몰랐다. 또 그곳에서 탕사오이를 만났을 때만 해도 그가 최근 신장위구르 자치구와 함께 대규모 유혈사태를 예고하는 시한폭탄으로 떠오른 티베트 자치구에 사는 티베트인들의 분노와 절망을 오늘까지 이어지게 만든 장본인의 한 사람이라는 사실도 몰랐다.

"부럽소이다. 나에게는 저런 출중한 시생이 없소이다." "당사의唐事宜가 있지 않소이까?"

원세개가 음성을 낮추었다. "당唐은 적수敵手고 오월동주하는 반골이오, 중당의 용인지계用人之計를 내가 왜 모르겠소." 원세개의 호탕한 웃음소리가 무더위 속에 울려 퍼진다. —「우국의 바다」 제3권 p.55.

앞에서도 보았지만 탕사오이는 반골이기는커녕 자국의 이익을 위해 멸사봉공의 자세를 잃지 않았던 청나라의 전형적 관리였다. 미국 유학을 통해 얻은 지식을 학문에 활용하기보다는 천하와 국가 경영에 관한 뜻을 펼치는데 적극적으로 활용한 지사형 인텔리겐차 또는 제국주의적 성향이 강한 서구적 지식인이었던 그의 면모를 살펴보기 위해 잠시 무술정변이 일어났던 1898년으로 돌아가기로 한다.

1898년 10월 부친상을 당했던 탕사오이는 같은 달 26일, 16년간의 조선에서의 외교관 생활을 접고 양광총독 리훙장의 휘하로 들어간다. 비록 조선에 대한 종주권은 청일전쟁의 패배로 확보하지 못하고 말았지만, 조선 재직 시절에 보여준 그의 역량을 높이 평가했던 리훙장과 위안스카이의 후원과 지지 속에 청운직상靑雲直上의 시대를 맞이했던 것이다. 의화단 사건이 일어났던 1900년 그는 8개국 연합군이 톈진과 베이징을 점령했을 때 본처 장씨와 딸아이를 폭사로 앞세우는 불행을 겪기도 했지만, 위안스카이 밑에서 감찰관리로서 상무총국 총재가 되고, 다시 관내외關內外 철로총재로 임명된다. 물론 이런 탄탄대로의 이면에는 조선에서 데려온 정씨와의 달콤한 밀월시대가 있었을 것으로 생각된다.

▲ 1906년 영국과 중영속정인장조약을 마친 탕사오이(중앙)

1901년, 일약 직예총독 겸 북양대신으로 승진한 위안스카이의 추천으로 톈진 세관장海關道으로 임명된 그는 8개국 연합군이 분점한 톈진 성구城區를 접수 처리하고, 진황도秦皇島 해안 관리권을 회수하는 데 성공하면서 그의 역량을 다시 한 번 입증한다. 그리하여 1904년에 외무부 우시랑 및 대청국대황제특파 흠차전권대신으로 임명된 그는 인도로 가서 영국과 티베트西藏 문제를 담판하게 된다. 량청에 이어 두 번째로 임명된 유미유동 출신의 대신이었다.

19세기 말 러시아 방어와 인도 보호를 명분으로 서장을 침략했던 영국은 1904년 8월, 서장지역 관원들을 상대로 사실상 티베트를 영국령으로 만드는 라싸조약拉薩條約을 체결했다. 그러자 다른 나라들 특히 러시아에서 강하게 불만을 표시했고, 이에 영국은 청나라와 다시 담판을 지어야 했다.

1905년 2월 자카르타에서 거행된 회의장에 청나라 협약전권대신으로 나온 탕사오이는 시종일관 자국의 이익을 정당화할 수 있는 입장을 굽히지 않았고, 명백한 증거를 끄집어내면서 영국은 중국이 티베트에 대한 주권을 갖고 있음을 인정하라고 주장했다. 라싸조약을 폐기하고 새로 조약을 체결할 것을 요구했던 그는 좀처럼 결말이 나지 않자 단호하게 회담 중지를 선언하고 귀국했다. 그는 중국이 티베트에 대해서는 오직 종주권만을 갖는다는 조약에는 결코 서명하지 않았던 것이다.

1906년 4월, 베이징에서 속개된 회의에서 청나라 정부는 영국측이 양보하는 조건 아래 '중영속정인장조약中英續訂印藏條約'에 서명했다. "영국은 서장을 침범하거나 서장의 모든 정치에 간섭하지 않는다. 중국은 다른 나라가 서장을 침범하거나 그 모든 정치에 간여하는 것을 허용하지 않는다."는 내용을 골자로 하는 이 조약은 영국이 서장에서 갖는 여러 가지 특권을 인정하고 있지만, 실제로는 중국이 서장지역에 대해 주권을 갖고 있음을 규정한 것이다. 이해 청나라 정부는 칙령을 내려 탕사오이를 회판세무대신에 임명했다. 그의 두 번째 대신 직함이었다.

"삽과 몽둥이… 야만의 피바람", "한족 수천명 '위구르인 때려죽이자' 보복 나서……." 신문의 일면을 장식한 기사를 보는 마음이 착잡하다. 그리고 조선에서 쓸쓸하게 물러났다가 이를 만회하기라도 하듯 티베트의 영토주권을 확보하고 미소를 지었을 탕사오이의 얼굴이 자꾸 떠오른다. 역사의 진실과 허위의 경계선은 과연 어디인가. 또 상상의 공동체라는 민족주의의 정의는 과연 어디까지 유효한 것일까. 나는 민족주의라는 괴물 앞에서 오늘도 말을 잊는다.

◑ 2009.7.8.수.

미의 소유와 영혼의 자유

"돌을 좋아하신다면 엄청 욕심이 많은 분이라예. 저도 어렸을 적부터 돌을 만지다가 오늘까지 왔지만, 돌은 정말 매력적입니더. 돌처럼 오랜 세월을 견디는 게 어디 있습니꺼?"

점심을 대접한다고 꽃등심이 일품이라는 식당으로 굳이 안내한 석재공장 사장이 나를 보고 웃으며 한 말이다. 작년, 주하이에서 골동

가게를 기웃거리며 시간을 보내고 있을 때 이제는 잡다하게 사지 말고 하나라도 제대로 된 걸 사는 게 좋겠다며 이메일을 보내 얼굴을 들지 못하게 만들었던 오원배 형이 이렇게 나를 소개했던 것이다. "고 교수 집에 가면 석물도 많고, 또 돌로 작품도 만들고 그림도 잘 그려서 우리 같은 환쟁이들 밥그릇마저 넘보는 양반이랍니다."

부끄럽다. 칸트Immanuel Kant(1724-1804)는 일찍이 자유로운 정신활동의 산물인 예술의 근원적이며 본질적인 특성은 무목적의 합목적성 Zweckmäßigkeit ohne Zweck에 있다고 지적한 바 있다. 자유에 의해 진정한 생명력을 부여받는 예술은 다른 목적의 개입을 거부하는 것이다. 그러나 나는 혼탁한 현실에서 벗어나 관조적으로 대상을 의식하며 순수함과 여유를 구하는 선비정신을 체득하기 위해 골동을 산 것도 아니고, 영혼의 자유를 위해 그림을 그렸던 것도 아니다. 그것은 생활과 분리된 예술적 생활을 꿈꾸다 현실에 가혹하게 응징당한 아버지를 대신해서 아름다움을 '소유'하려고 했던 집착이며 한풀이였다. 그런데 대상에 대한 관심을 버리지 못하고 개념에 집착하는, 순수하지도 자유롭지도 못한 나 같은 인간이 어떻게 인공으로 정련된 자연과 자연에 환원된 인공의 경지를 넘나드는 예술가들의 영역을 엿볼수 있단 말인가. 나는 그만 쥐구멍이라도 있으면 숨고 싶었다.

그렇다. 지난 2003년 4월 아픈 다리를 이끌고 동네를 산책하다 우연히 그리기 시작했던 드로잉도, 무엇에 들린 사람처럼 사들였던 골동도, 다듬이에 새겨 넣은 부조도, 조잡하게 칼을 댔던 서각도 모두 어린 시절의 상처를 치유하기 위한 보상심리였다. 물론 물감도 사기 어렵고 흔한 반닫이도 하나 없을 만큼 어려운 환경이었다. 그래서 잔망스럽게 이런 집에서 무슨 미술이냐며 고개를 가로저었고, 이모님

집에 있던 고가구를 부러운 눈길로 바라보기도 했다. 그러나 미술을 포기했던 것은 이런 환경적 결함 때문만은 아니다. 만화를 즐겨 그리다가 죽어버린 선과 구도를 발견하곤 절망하여 미술을 포기했던 것이다.

최근 몇 년간 구입했던 골동 역시 선비정신이나 상고주의와는 무관한 수집의 대상이었을 뿐이다. 부재의 형식을 통해 존재를 증명하는 아름다움을 즐기기는커녕 소유하려고 했던 천박한 심미안의 소유자. 그가 바로 나에 다름 아니다. 완물상지玩物喪志란 정녕 나 같은 인간을 두고 하는 말이다.

만일 세상을 좀 더 너그럽게 바라볼 수 있었더라면, 나는 이중섭1916-1956이나 박고석1917-2002, 박성환1919-1996 또는 마해송1905-1966 김내성1909-1957 김리석1914-1964, 선우휘1922-1986 등 이른바 이북 출신의 화가나 작가들을 선후배나 동료로 두었던 분의 아들이라는 사실에 의미를 부여하지 않았을지도 모른다. 이는 입증하기도 어렵고 또 증명할 필요도 없는, 아버지의 화려했던 젊은 시절의 대인관계에 불과하다. 호당 몇 천을 부르는 작품을 남긴 화가도 아니고, 한국 문학사에 한 획을 그은 작가도 아니지만, 자존심이라는 보이지 않지만 위대한 유산을 남겨주고 떠난 딜레탕트 또는 현실 앞에 무기력할 수밖에 없었던 일제 강점기의 교양인이 내 아버지였다는 사실이 더 중요하지 않던가.

이런 사실만 깨우쳤어도 나는 과거에 대한 집착도, 미술에 대한 환상도 갖지 않았으리라. 아니, "흐르는 물은 웅덩이를 채우지 않으면 가지 않는다.流水爲之物也 不盈科不行"『孟子』 盡心章句 上는 말을 화두로 삼고 많은 시간을 낭비하지 않았을지도 모른다. 그러나 '하지 않은' 것이 아니라 '하지 못한' 미술이었고, '사지 않은' 것이 아니라 '사지 못한' 골동이었기에 확인하고 소유하고 싶은 열망은 커져만 갔다. 죄는 아니지만 불편한 가난에 시달렸던 나는 현실 앞에 무기력하기에 위대한 문학도, 보이지 않는 유산을 주었기에 훌륭한 아버지라는 사실도 까맣게 잊고 있었던 것이다. 미술은 황홀한 영혼의 피습이었고, 골동은 고혹적이고 어두운 유혹이었다.

문예반 시절 교지에 컷을 그렸고, 대선배인 이마동¹⁹⁰⁶⁻¹⁹⁸¹이 당신 대신 썼던 표지설명을 보고 칭찬하자 우쭐거렸으며, 후배의 아버님이자 선배이며 서울대 미대 학장이기도 했던 김종영¹⁹¹⁵⁻¹⁹⁸²의 집에 가서 돌이 되어 돌을 다듬던 모습을 보며 감동했던 것 역시 거부하려고 하면 할수록 더욱 강렬하게 다가왔던 미술에 대한 환상과 무관하지 않다.

그래서일까. 교사로 근무할 때도 국어과보다 미술과 선생들과 친했고, 강사시절에 많은 우정을 나누었던 송근배 형의 제1회 개인전^{동덕화랑. 1988}에 발문을 쓰기도 했으며, 모교 부임 후에는 내 강의를 들었던 제자^{금몬당}와 그의 선배^{이상기. 박경범}, 고완^{古玩}의 세계를 떠나 화가로 변신한 홍정희 같은 제자 아닌 제자이자 고마운 인연들의 작품세계를 평하기도 했다. 그러나 그들은 "나라면 저렇게 그리지도, 만들지도 않았을 것"이라는 독설을 끝없이 받지 않으면 안 되었다. 그런데 이처럼 예술과 삶의 일치를 경험하지 못해 독선과 착각에 사로잡혔던 내가 마침내 분수도 모르고 출판기념회 겸 전시회^{관훈미술관 2005.9.28-10.3}를 열었던 것이다. 오호라!

이런 나를 통렬하게 돌아다보게 해준 오원배 형과 처음 만난 것은 그해 10월 19일이다. 국교과 교수가 미술전시회를 한다니 생뚱맞다고 생각했을 터이고, 앞가림을 제대로 못해 늘 걱정인 제자들과 친하게 지낸다는 이야기도 얼핏 들었기 때문일까. 자리를 비운 사이에 전시장을 다녀갔다는 이야기를 뒤늦게 듣고, 미술과 교수 가운데 방명록에 유일하게 이름을 남긴 그에게 고마운 마음도 전할 겸 동국관의 보일러실을 개조한 그의 연구실을 찾아갔던 것이다.

그날 홍탁집에서 처음 막걸리 잔을 부딪친 후 둘의 만남은 잦아지기 시작했다. 그러나 현대인의 소외와 고독을 집요하게 추구하는 그의 작품세계보다 그를 친아들처럼 아끼는 평양 족발집 할머니의 살뜰한 대접에 질투만 느꼈을 뿐이다. 그리고 70년대 분위기가 아직 남아있는 독산동의 포장마차에서 만나 술잔을 기울이면서 1979년에 같이 졸업했음을 알았던 나는 슬슬 기어오르기(?) 시작했으며, 좋은 사람 만나면 소개하고 싶어 몸살을 앓는 예의 버릇 때문에 낯선 친구들을 불러 술좌석에 합석시키는 무례를 여러 차례 범하기도 했다.

뿐인가. 강청에 못 이겨 그는 모기가 물어뜯는 안양천에 와서 소주를 마셔야 했고, 프랑스 유학을 다녀왔으니 「내 사랑, 당신이 없다면」 Sans Toi, Ma Mie을 불러달라는 주정도 곱게 들어주어야 했다. 그리고 올봄에 졸업한 큰딸에게 형이 가장 아끼는 소품 한 점을 주라는 명령(?)을 선선히 들어주기도 했다. 점점 외로운 섬으로 변해가는 대학사회에 나 같은 인간이 한 명 쯤 있는 것도 괜찮다고 생각했던 그의 포용력tolerance이 나를 점점 더 방자한 후배로 만들고 있었던 셈이다. 이런 일방적이고 터무니없는 관계가 일변했던 것은 정태섭 교수와 함께 양양군에 있는 진전사陳田寺를 찾았던 2007년 6월 5일이다.

그날, 우리 대학을 소문과 풍문의 진원지로 만들게 되는 허위학력 위조사건의 실체를 누구보다 자세히 알고 있었지만, 제도권의 벽에 가로막혀 혼자 괴로워하고 있음을 알고 그를 도와 진실을 파헤치기로 결심했던 것이다. 그리고 오늘, 조계사 대웅전 앞마당에 조성될 8각 10층탑 감수 때문에 고령에 내려와야 했던 그를 따라와 석재공장 사장과 석공들과 함께 조금은 홀가분한 마음으로 술잔을 기울일 수 있는 것은 불만족스럽지만 책임소재가 어느 정도 판가름 났기 때문이다.

예술에 대해 아는 것도, 모르는 것도 없어 피곤하고 아슬아슬한 후배를 둔 그의 업보는 이처럼 무겁다. 하지만 생떼를 너그럽게 받아주고, 미술에 대한 환상과 골동에 대한 아집을 깨뜨려 줄 수 있는 경주석慶州石 같은 선배를 둔 나는 즐겁다. 술잔을 들고 분위기를 잡는 나를 보며 "또 시작이로군!" 하면서 기막혀 하는 표정을 보는 일이 최근 내가 누릴 수 있는 즐거움의 하나라는 사실을 그는 과연 알고 있을까.

◑ 2009.7.19.일.

무의식의 돌

순간 뜨거운 것이 용트림 치며 솟구쳐 올라온다. 깊은 바다 속인가. 도대체 어디서 흘러나오기에 이토록 거센 힘으로 밀고 올라온단 말인가. 아무리 배에 힘을 주어도 멈추지 않는 뜨거운 물줄기. 눈은 이미 반쯤 젖었다. 이를 악물었다. 하지만 눈물은 이제 목젖을 막 넘어 오기 직전이다. 안 된다. 다시 한 번 침을 꿀꺽 집어삼켰다. 안 돼. 터지면 안 된다. 읍!

석재공장은 다산면 나정리의 산비탈에 있었다. 오원배 형은 진행 사항을 점검하기 위해 사무실로 들어갔는지 보이지 않는다. 뜨겁게 달구어진 양철지붕 밑에서 윙윙거리는 그라인더 소리에 지친 대형선풍기는 헉헉 거친 숨을 몰아쉬며 돌아가고, 입구를 가로막고 대자로 누운 웅덩이에는 돌가루가 허연 떡밥으로 가라앉아 있다. 지게차는 누런 땀을 흘리며 돌덩어리들을 여기저기 쌓고 있고, 투명한 햇살 아래 속살을 드러낸 돌 앞에 바짝 붙어서 작업을 하고 있는 석공들의 어깨 위로는 돌가루가 하얗게 부서지며 날아가고 있다.

일을 방해하는 것 같아 조금 그늘진 곳으로 나와 앉았다. 그러나 대낮에 소주를 몇 잔 마신 탓일까. 아니면 결코 낯설지 않은 분위기이기 때문일까. 나는 1976년의 뜨거웠던 여름, 부천의 주공아파트 건

설현장에서 일하던 그날로 자꾸 돌아가고 있었다. 혼자 도시락을 먹고 있을 때, 인부들에게 국을 퍼주고 있던 함바집 아줌마가 나를 건너다보며, "여봐요 거기 총각, 돈 안 받을 테니 국 좀 떠가요. 원, 맨밥이 목에 넘어가겠나?" 하며 혀를 끌끌 차는 바람에 세찬 물줄기처럼 솟구쳐 오르던 눈물을 꾹 참던 그날 말이다.

한 학기가 끝났다는 안도감이 등록금을 마련해야 한다는 강박관념으로 바뀌어 얼굴이 새카맣게 타들어가던 어느 날, 노량진에서 헌책방을 하다 부천으로 내려갔던 김정렬 아저씨와 어렵사리 통화를 했다. 집주인으로부터 전화기를 넘겨받은 아저씨는 장사는 잘 되느냐고 묻는 내게 요즘 공사판에 나간다며 이렇게 말했다. "아, 속 편혀. 차라리 들통 지고 하루 종일 일하면 일당이 나오니께 그깟 헌책방하는 것보다 나아. 동생도 나랑 공사판에나 나가자고오!"

스스로 학비를 조달해야 하는 사정을 누구보다 잘 알던 아저씨였다. 어차피 1학년 때 복숭아 장사도 해봤던 터, 노동인들 못 하랴는 마음에 부천으로 내려가기로 했다. 그러나 큰형은 들통도 져보지 않은 네가 어떻게 노동을? 그래 얼마나 견디는지 두고 보자는 표정을 지었을 뿐이다. 그러나 아버지에게 "왜 남들처럼 노동판이라도 나가지 못하느냐?"며 대들었지만, 정작 자신은 그렇지 못했던 큰형은 몰랐다.

보리밥에 시퍼런 열무김치뿐인 도시락이었지만 정성껏 싸준 아주머니의 따스한 정성과 아저씨의 흐뭇한 농담과 여유가 있었기에 연신 물어뜯는 모기도, 남의 집 비좁은 마루에서 쪼그리고 자는 불편도, 어깨가 찢어지는 고통도 달콤했음을. 아니, 자신에게 의지하지 않으려고 했던 셋째의 자존심과 오래 묵은 적개심을……

일용 잡부라 아는 사람도 없었고, 함바집에서 사먹을 처지도 아니라 우리는 늘 함께 싸온 도시락을 먹었다. 그러나 그날은 아저씨가 허리를 다쳐 나오지 못해 토관土管—당시는 대부분 노깡이라고 불렀다.—거푸집을 제거하고 혼자 점심을 먹다 이런 말을 들었던 것이다. 알았다고 대답하긴 했지만, 목젖을 어루만지며 마른 침을 삼키던 나는 아줌마의 친절을 받아들이지 못했다. 일어서면 눈물이 왈칵 쏟아질 것 같았기 때문이다.

그날 이후 사람의 말 한 마디에 뜨거운 눈물이 저 밑바닥에서부터 치솟아 오르는 경험을 한 적은 없다. 그러나 오늘, 땀 냄새가 진동하고 돌가루가 휘날리는 작업장에서 묵묵히 일하는 석공들의 땀에 푹 젖어 누렇게 바랜 러닝셔츠를 보는 순간, 지난 몇 년간 돌과 씨름할 때 이와 비슷한 경험을 몇 차례나 되풀이했음을 새삼스레 깨닫지 않을 수 없었다.

전시회를 마치면 미술에 대한 갈증은 어느 정도 가실 줄 알았다. 그러나 목마름은 여전했고, 고작 이것이었느냐는 자책과 회한은 더욱 커졌다. 그림을 더 이상 그리지 않았다. 그 대신 고재古材로 오디오데크와 탁자, 서안, 책장 등을 만들었고, 소나무로 오리 한 쌍을 깎았으며, 나무판에 모과, 감나무, 능소화 등을 새겨 당채唐彩를 입혀보기도 했다. 그리고 추사의 "화법은 장강이 만리에 뻗친 듯하고 서예는 외로운 소나무 한 가지와 같다.畵法如長江萬里 書藝如孤松一枝"는 대련 가운데 전련前聯을 서각해서 짝을 맞추기도 했다.

사정을 모르는 사람들은 평면에서 입체로 영역을 확장하다니 대단하다고 할지도 모르지만, 나는 본분을 벗어나고 있다는 사실에 두려웠다. 그건 오랜 세월 키워온 미술에 대한 환상이 깨지는 걸 두려워한 자기방어였고, 초라한 재능을 인정하고 싶지 않았던 자기합리화의 몸부림이었을 뿐이다. 그럼에도 "낙목한천落木寒天의 이끼 마른 수석壽石의 묘경妙境"도 모르는 내가 돌을 마주하고 앉았던 것은 갈 데까지 가 보자는 일종의 오기였고 체념이었는지 모른다.

무작정 정을 집어 들고, 어머니가 남겨준 다듬이에 꽃을 새겨 넣었던 것은 2006년 7월 22일이었다. 그러나 돌은 완강했다. 정을 대고 망치를 두드려 눈곱만한 돌조각을 하나 둘 뜯어내면 돌은 더 강력한 힘으로 잊었던, 아니 잊고 싶었던 과거의 일들을 튕겨 되돌려 보냈다.

1967년 5월 어느 날(음력 4월 1일), 일어나는 순간 속이 메스꺼웠다. 마루로 기어 나온 작은형은 이미 토하고 있었다. 연탄가스를 먹은 것이다. 순간, 아버지는? 하는 생각이 들었다. 주무시고 계셨다. "윤애야, 진석아!" 아이들이 겨우 눈을 떴다. 그러나 아버지는 눈을 뜨지 않았다. "아버지, 아버지!" 손을 넣어 이불을 만졌다. 젖어 있었다. "형, 아버지 왜 이래?" "뭐?" 토하고 있던 작은형이 들어왔다. 아이들을 마루에 내려놓고 다시 아버지를 흔들었다. 짙은 눈썹, 꾹 다문 입술, 아직 따스한 몸, 길게 자란 머리카락—아버지는 6개월째 머리를 깎지 않고 두문불출하고 있었다.—은 그대로인데 아버지는 꿈쩍하지 않았다. 놀란 아이들이 울기 시작했다.

조금 익숙해진 것일까. 내려다보지 않아도 망치는 정확히 정을 맞췄다. 그러나 생각의 물꼬는 과거를 향해 치달았다. 그날 작은형과 아이들은 울었지만 나는 울지 않았다. 전기마저 끊겨 촛불 한 자루를 밥상에 놓고 어린 것들에게 밥을 먹여야 했을 때, 아버지는 술잔을 입에 털어 넣으며 이렇게 말하곤 했다. "재석아. 미안하다. 아버진 50살이 되면 죽을 거다. 꼭." 슬픈 예언이었지만 마침내 약속을 지킨 아버지가 자랑스러웠는지 모른다.

망치질은 이제 거의 자동화되어 단조로운 음을 내고 있었지만, 무의식의 자맥질은 끝이 없었다. 큰형에 이어 누나와 작은형마저 학교를 그만두게 되자 이들의 반항은 거세졌다. 어머니는 할 수 없이 방을 하나 얻어야 했다. 그리고 그 방에서 누나가 음독자살을 시도했다. 아버지의 주검을 목격할 수 있었던 것은 이런 사정과 무관하지 않다. 어머니는 누나를 돌보느라 집에 들어오지 못했던 것이다. 그래서일까. 어머니에게 달려가면서도 나는 울지 않았다. 이제 모든 것이 끝났으니 후련하냐는 반감이 앞섰기 때문이리라. 그날 나는 다 성장했다. 그리고 14년 후 송근배 형과 상계동에서 묘소를 이장할 때 아직도 썩지 않은 아버지의 그 긴 머리카락을 움켜쥐고 나는 울었다.

돌은 아버지였고 무의식이었다. 전공도 잊고 많은 시간을 돌과 마주 앉았던 것은 여기에서 비롯된다. 그러나 돌을 깨는 시간이 길어지면서 굳게 닫혔던 성장판이 조금씩 열리는 것을 느꼈고, 작년 탕지아의 공락원에서 이끼 낀 돌을 매만지면서 죽음 앞에서는 모두 평등하다는 사실을 깨달았다.

"아, 뭐해. 더운데 바깥에서. 사무실에 들어가면 에어컨 있어. 들어가!" "괜찮아요. 오랜만에 돌 위에 이렇게 퍼질러 앉아 있으니까 좋은데 뭘." 웬 설익은 도사 같은 소리를 하냐는 듯, 키가 후리후리한 오원배 형이 사람 좋아 보이는 예의 웃음을 지으며 윤재현 상무와 함께 작업장으로 들어간다. 아, 이제는 돌을 좀 더 편한 마음으로 깰 수 있을까. 오늘따라 푸른 하늘에서 쏟아지는 햇살이 따갑다. 눈이 부시다.

🌙 2009.7.21.화.

넓고, 길고, 느리고, 두터운 나라

    회색빛 하늘을 가로막고 서 있는 고층건물들 밑으로 수없이 많은 사람들의 목소리가 벌떼처럼 윙윙거리며 울려 퍼지는 난징루南京路에서 어지러움을 느낄 때 나는 보았다. 지금까지 보았던 중국과 전혀 다른 상하이에서 머리를 바짝 자르고 심각한 얼굴로 걸어가고 있는 이광수와 몸을 흔들거리며 코란을 읽던 조소앙1887-1958 그리고, 마루청을 삐걱거리며 밤낮 무엇인가를 중얼거리던 문일평과 허리를 곧추세우고 세수를 하느라 늘 옷깃을 적시던 신채호1880-1936, 남양생활을 접고 올라와 이들과 함께 묵으며 누워서 책을 읽고 있던 홍명희1888-1968의 얼굴을 보았던 것이다. 환각이었다. 그러나 나는 이렇게 적었을 뿐이다.

    2004. 12. 12(일) (전략) 가이드와 함께 난징루의 카페에서 맥주 한잔을 마시다. 여기저기 끌어안고 사랑을 속삭이는 젊은이들……. 황포강黃浦江 위를 떠다니는 자갈 채취선과 마천루처럼 솟은 빌딩 숲이 내려다보이는 동방 명주탑明珠塔에 올라간다. 129층. 평생 이곳을 한 번도 구경하지 못해 나들이 나온 중국인들과 간간이 보이는 외국인들 사이로 상하이의 전경이 내려다보인다. 서울에서 먹었던 마파두부와 여기 와서 귀한 줄 알게 된 냉수, 퍼석퍼석 날아다니는 밥을 먹고 상하이 서커스 관람을 가다.

293

일본 여행 때보다 짜임새 있게 짜인 일정에서 한 푼이라도 외화를 벌어들이려는 중국 정부의 치밀함이 느껴진다. 하긴 상하이를 찾는 관광객이 연간 500만 명이라니 할 말을 잊는다. 재주를 부리는 서커스단의 모습에서 일말의 연민을 느끼고, 철도호텔 식당으로 향한다. 무뚝뚝하기 이를 데 없는 종업원들. 이것만은 우리의 10년 전이나 다름없다. 동방항공 호텔에 짐을 푼 후 가이드와 국장(류번성)과 함께 조선인들이 경영한다는 주점에 갔다. 서울과 별반 다르지 않은 분위기였지만 60년대에 먹어 본 후 지금까지 그런 맛을 느껴 보지 못했던 북한산 명태가 있어 반가웠다. 맥주 몇 병을 먹고 돌아와 잠에 빠졌다.

2004.12.13(월) 아침에 창문을 여니 눈에 들어오는 건 거대하게 늘어선 죽창 같은 아파트 단지 뿐이다. 뷔페로 아침 식사를 마치고 항저우杭州로 이동한다. 거리는 차량의 홍수다. 희뿌연 매연의 도시. 차량은 여러 유형이다. 각종 외제 차량들과 2층차, 3층차 그리고 자전거, 미니 오토바이들로 가득하다. 고속도로에 들어서니 차량이 꼼짝 못한 채 서 있다. 안개가 끼어 차량을 통제하는 것이다. 아직 시민의식이 떨어지는 건 여기저기서 튀어나와 갓길에서 소변을 보는 모습으로 증명된다. 뿐만 아니라 도로에 담배꽁초는 물론 휴지마저 마구 버린다.

2시간 걸린다는 길을 3시간 반이나 걸려 도착했다. 입맛이 없어 먹는 둥 마는 둥하고 영은사靈隱寺를 주마간산으로 본다. 영취산의 기기묘묘한 마애불과 25미터에 달하는 금불, 오백 나한전, 니불泥佛 등은 그럭저럭 인상에 남을 듯하다. 자그만 체구의 가이드(장학교)의 설명에도 불구하고 너무 인파가 많아 아무런 감흥을 느끼지 못한다. 육화탑六和塔에 갔을 때도 그랬다.

저장浙工대학에서 사진 몇 장 찍고 서호西湖에서 배를 탔다. 그림을 몇 장 그렸다. 중국인들이 신기한지 옆에서 구경한다. 부끄럽다. 장삿속이 빤히 들여다보이는 진주공장에 가서 도장과 벼루를 샀다. 호텔로 돌아와 샤워하고, 샤브샤브 전문집에 갔다. 부국장이 즐거운 듯 떠든다. 말 젖을 발효시켜 만들었다는 마유주馬乳酒를 마시고 다들 취했다.

2004.12.14(화) 어제의 과음 탓인지 학생들이 늦게야 모였다. 쑤저우蘇州로 이동하는 차안에서 뒤를 돌아보니 다들 자고 있다. 졸정원拙政園에 내렸다. '어리석은 자가 정치를 한다拙者之爲政'는 말에서 따온 이름이라고 한다. 규모는 크지만 별다른 감동은 없다. 한산寒山과 습득拾得 스님의 고사로 유명한 한산사寒山寺와 동양의 피사의 사탑이라는 호구탑虎丘塔을 보고 발 마사지를 했다. 편집장 퇴임식을 한다고 하기에 학생들끼리 어울리게 남겨두고 국장과 함께 나왔다. 일본인 관광객들이 몰린다는 거리에 가보았지만 장사꾼들의 속물근성은 만고불변이다. 호텔로 돌아와 노래방에 가서 중국 처녀들과 필담을 하며 술을 마셨다.

2004.12.15일(수) 아침 식사 후 상하이로 이동하여 상하이 사범대학교와 교통대학교를 잠시 들러 보고 태가촌泰家村에서 점심을 먹었다. 그리고 공항. 인천공항에 도착하니 밤 11시 40분. 아이들과 아내에게 선물을 주고 나니 3시 40분. 별다른 감흥 없이 다녀온 두 번째 중국 여행의 대략이다. 혹시 잊을까 하여 적어놓았다. 그러나 중국은 많이 발전했고, 발전할 여지는 무한하다. 96년도에 다녀올 때와 달리 이번에는 우리나라가 초라하다고 생각하게 된 것이 차이라면 차이고 현실이라면 현실이라 할 수 있다. 교만, 그것은 인생 최대의 적이며 최후의 유혹이 아닐 수 없다. 개인에게나 나라에게나.

베이징, 상하이에 이어 세 번째로 중국여행을 떠났던 건 2005년 7월이었다. 그러나 오랜 세월 불만의 계절을 보내면서 독기를 풀지 못한 채 떠났던 1996년도나 몸에 맞지 않는 보직이라는 옷을 입고 상하이로 떠났던 2004년도와는 달리 처음으로 지인과 제자들과 함께 떠난 여행이었기 때문에 조금은 여유로운 마음으로 중국을 느낄 수 있었다.

295

2005.7.5(화) 아침 6시에 일어나 허관무, 전한성과 함께 범계역 공항버스

정류장으로 가다. 만원이던 요금이 2,000원이나 올랐다. 45분가량 지났을까. 버스는 벌써 인천국제공항에 도착했다. 여행사 팻말이 있는 곳에 가니 박현숙 사장과 그의 선배라는 나이 드신 아줌마가 앉아 있다. 홍정희, 최혜자 선생은 아침식사를 하러갔다고 한다. 잠시 후 여행사 사장이 와서 인사한다. 뚱뚱하고 맘 좋게 생긴 아저씨다. (중략) 충칭重慶 공항에 내렸다. 후텁지근한 날씨. 작년 12월에 내렸던 푸둥 공항 보다 작은 듯하다. 여성 가이드(김찬미)가 반갑게 맞이한다. 행선지는 대족석각大足石刻이란다. 대족석각은 중국 만기 석굴예술의 대표작으로 첫 작업은 영휘 6년(650)에 시작되었으며, 오대를 거쳐 양송 시대에 최성기를 맞았고 명청시대까지 계속되었다고 한다. 현재 75개소 이상의 마애조상, 5만체 이상의 조상, 10만자 이상의 명문이 문화재로 지정되어 있다. 그중에서도 보정산 남산 석전산 석문산의 마애조상은 아름다웠다. 우리나라에도 이런 석굴암이 하나만 더 있었더라면 얼마나 좋았을까.

2005.7.6(수) 구황九黃 공항에 아슬아슬하게 도착했다. 3,500미터나 되는 곳에 있는 공항이라 자칫하면 회항하기 일쑤란다. 새로운 가이드 이름은 김봉수. 날씨가 차다. 차를 타고 끝없이 펼쳐지는 고산을 보는 순간, 속이 메슥거린다. 고산병이 시작되었나 보다. 호텔에 도착해서 황룡黃龍 풍경구로 들어갔다. 물속에서 자라고 있는 나무들, 끊임없이 흘러내리고 있는 에메랄드빛 물줄기…… 정상까지 사람을 지고 나르는 방방(짐꾼)과 가마꾼들이 달려들어 손님들과 흥정한다. 사진을 찍으며 오르자니 숨이 턱턱 막힌다. 고산증이 심한 박경범은 그만 탈락하고 말았다. 정상 가까이 오르니 절이 보인다. 황룡사다. 여기가 언제가 TV에서 본 샹그리라shangrila란 말인가. 가이드 말을 들으니 샹그리라는 다른 곳에 있다고 한다. 아무튼 샌들 신고 제자들과 설산이 보이는 황룡사까지 올라왔으니 기쁘다.

2005.7.7(목) 지오자이거우九寨溝로 이동. 9개의 장족藏族 마을이 있는 곳. 수없이 많은 호수와 폭포가 장관이다. 장족이 경영하는 골동가게에서 필통과 옥그릇, 목걸이 등을 사다. 말은 통하지 않았지만 이상하게 모두 알아들

을 수 있는 것 같은 경험을 하다. 조선식당에서 밥을 먹고 밤늦게 야외에서 맥주 파티를 하다. 비가 와서 실내로 들어가 한잔 더 먹고 노래방에 가다.

2005.7.8(금) 청두成都로 돌아와 러산다포樂山大佛를 구경하다. 어메이산峨眉山 입구의 호텔에 짐을 풀고 보국사 경내를 참관하고 식사. 시내 야시장을 구경하고 들어오다가 동네 앞의 주점에서 우렁과 가재를 안주 삼아 칭따오 맥주를 마시다. 즐거운 마음에 주인집 딸 린리林麗의 초상화를 그려주다.

2005.7.9(토) 케이블카를 타고 에메이산 정상에서 사진 찍고 내려와 점심 먹다. 원숭이가 장난치고 있던 만년사의 모습이 인상적이다. 시내로 돌아와 흠선재欽羨齋에서 저녁 먹고 천극川劇 관람. 삼국시대의 거리를 재현한 진리錦里를 보며 인사동의 무잡한 모습을 한탄하다.

2005.7.10(일) 춘망사春望詞로 유명한 여류시인 설도薛濤를 기념하여 만든 설도공원과 유비현덕劉備玄德과 제갈공명諸葛孔明의 묘를 안치한 무후사武候祠를 돌아보고 인천공항에 도착하다.

중국은 조금씩 다른 모습으로 다가왔다. 처음에는 넓었고 다음에는 길었으며, 이번에는 느리고 두터웠다. 세 번째 중국여행을 하면서 나는 비로소 이 네 마디로 집약되는 중국의 문화와 예술, 그리고 두 나라 사이의 기나긴 역사를 느끼기 시작했던 것 같다.

◗ 2009.8.2.일.

서역西域의 모래바람

오랜 세월을 기다려 허물을 벗어던진 자신의 노력에 도취한 것일까. 아니면 너무 짧게 주어진 시간에 항거하는 것일까. 더위에 지쳐 누웠던 풀들이 바람에 몸을 맡기고 일제히 일어서듯 울어대는 매미 소리에 투명한 공기마저 가늘게 떨리는 것 같다. 매미의 추억은 그래서 너무 길고 짧다. 여행 또한 그렇다. 트렁크를 찾아들고 입국장을 나와 낯선 풍경을 바라보며 담배를 한 대 피워 무는 순간 여행은 이미 완성된다. 그리고 일상으로 돌아와 어느덧 권태의 이끼가 파랗게 낀 것을 느낄 때 여행은 다시 시작된다.

네 번째로 중국을 여행하기로 하고 짐을 꾸리던 날, 나는 소리쳐 불러도 듣지 못한 채 차창 밖에서 걸어가던 지바고Zhivago의 연인 라라를 생각했다. 내 앞에서 사라졌지만 언젠가는 나타날 듯한 추억의 여인을 향한 그리움처럼 미지에 대한 동경은 황홀하고 아름답다. 이노우에 야스시井上靖(1907-1991)의 『둔황』을 읽으며 느꼈던 서역이라는 말의 아득한 신비감 때문에 더욱 그랬는지 모른다.

2006년 10월 8일 새벽 1시 10분. 우루무치 공항에 내린 우리는 조선족 가이드(김영재)의 안내로 호텔에 여장을 풀고, 늦은 시간인데도 양꼬치구이집에 모여 술잔을 부딪쳤다. 그리고 아침 일찍 일어나 홍

산공원을 찾으면서 고된 일정은 시작되었다. 이슬람 양식의 진용탑^鎮龍塔이 우뚝 서 있는 공원 한 쪽에는 영국에서 밀수입한 아편을 불태우고 수입 금지 조치를 내리면서 아편전쟁을 유발한 린쩌쉬^{林則徐}의 동상이 서있었다. 이어 신장^{新疆} 위구르 자치구 박물관에서 완벽한 형태의 미이라를 보며 부식의 자유마저 박탈하고, 시간마저 박제로 만들어버리는 사막의 냉혹함을 확인했다. 그리고 남산목장에서 카자흐족들의 독한 체취를 맡고, 톈산^{天山}에 쌓인 눈을 올려다보며 차로 내려올 때 서역에 와 있음을 실감했다.

점심 식사 후 투루판^{吐魯蕃}으로 이동했다. 투루판은 톈산 남북을 잇는 교통의 중심지로 실크 로드 북쪽의 중간 기착지이자 우루무치를 지나 중앙아시아로 나가는 분기점이기도 하다. 숙소로 들어가기 전에 중국 고대 차사왕국^{車師王國}의 수도 유적지인 교하고성^{交河故城}을 찾았다.

그러나 과거의 영화는 이미 없고, 오랜 세월 바람에 쓸려 바스러진 관처럼 여기저기 흩어져 있는 성곽의 잔해만이 우리를 맞이했을 뿐이다. 두 개의 하천 사이로 솟은 30미터 벼랑 위에 세워진 길이 1,650미터 폭 300미터의 천연요새도 세월의 풍화작용 앞에서는 속수무책이었나 보다. 어둠 속에서 시동을 켜고 일행을 기다리는 버스로 돌아올 때, 역사의 전변轉變을 묵묵히 지켜보았던 초승달만이 희미한 그림자를 만들어주며 따라오고 있었다.

9일 아침 고창고성高昌故城으로 향했다. 교하고성보다 규모가 커서 마차를 타고 돌아보아야 했지만, 차사왕국을 멸망시킨 고창국의 자취는 남아있지 않았다. 아니, 교하성을 합병하고 수도를 고창성으로 정했던 고창국의 흔적도, 그들을 평정하고 그곳에 안서도호부를 설치했던 당나라의 위용도 없었다. 풀 한 포기조차 자라지 않는 거대한 테라코타 같은 고성 앞에는 10위안을 받고 관광객들을 태우려고 몸이 단 마부들의 서글픈 눈동자와 조잡한 실크 목도리를 팔려고 손님들을 붙잡는 처녀들의 어설픈 미소만이 어지럽게 흩어지고 있었다.

오늘의 이런 모습은 640년 당태종이 소정방蘇定方(592-667)을 보내 돌궐족과 가까웠던 고창국을 정벌하면서 시작되었는지 모른다. 소정방이 657년에 서돌궐까지 항복시킴으로써 중앙아시아의 여러 나라들은 모두 안서도호부에 예속되었고, 고창국은 역사의 뒤안길로 사라졌던 것이다. 그러나 이슬람교가 지배적인 고창 지역이 오늘과 달리 서역의 4대 불교 성지 중 하나임을 아는 사람은 많지 않다.

삼장법사 현장玄奘(602-664)이 천축국인도으로 불경을 구하러 갈 때 그는 고창국의 왕 국문태麴文泰의 초대를 받고 630년 2월경 이곳에 도착하여 1개월간 인왕반야경仁王般若經을 설법한 바 있다. 현장이 10여 년의 유학생활을 마치고 불경을 가지고 돌아올 때 고창국은 이미 그의 모국인 당나라에 의해 멸망한 뒤였다. 이렇듯 가혹한 역사의 변천을 아는지 모르는지 모래바람은 오늘도 하염없이 먼지만 일으키며 불어온다.

한편 이곳은 우리 역사에서 잊을 수 없는 두 인물과 관계 깊은 곳이기도 하다. 실크로드 주도권을 다툰 서역 정벌의 역사 한복판에 서 있는 고선지高仙芝(?~756)와『왕오천축국전』을 쓴 신라의 고승 혜초慧超(704-787)가 그들이다. 당나라 장군이자 고구려 유민의 후손인 고선지는 안서도호부에서 절도사로 승진하고 이곳에서 오랜 시간을 보냈으며, 신라의 고승 혜초도 이곳을 지나면서 기록을 남겼던 것을 우리는 기억한다.

현장법사보다 1세기 뒤에 천축국을 찾았던 혜초는 파미르 고원을 넘어 안서도호부가 있던 쿠차庫車에 도달한 727년 11월에 다음과 같이 쓰고 있다.―"또 안서安西-庫車로부터 동쪽으로 가면 옌지국焉耆國(현 신장성 중앙 옌지焉耆)에 도착한다. 여기에도 중국 군대가 주둔하고 있다. 왕도 있는데 백성들은 오랑캐며 절도 많고 중도 많다."이석호 역,『왕오천축국전 외』을유문화사, 1970 p.71.

고선지 역시 안서도호부 군대가 주둔하고 있던 쿠차로 갈 때 지금의 투루판인 고창을 경유했음이 분명하다. 이 일대의 지배권을 확고하게 장악해야 서방세계와의 무역에서 독점적인 이익을 계속 차지할 수 있다고 판단했던 당나라는 648년에 안서도호부를 고창에서 쿠차로 옮겼던 것이다.

말을 타고 이 길을 달려갔을 고선지와 터벅터벅 하염없이 걸음을 재촉했을 혜초. 그리고 오늘 관광마차를 타고 가고 있는 나. 세 사람의 그림자를 겹쳐보기에는 세월의 거리가 너무 아득하고, 햇살은 여전히 뜨겁다. 그러나 천년의 세월을 견디고 어둠 속에서 피어있는 아스타나고분군阿斯塔那古墓區 벽화의 이름 모를 꽃을 보는 순간, 시간은 흐르기 전에 역류할 수도 있음을 깨달았다. 아, 인연의 꽃은 과연 언제 어디서부터 피고, 어디로 가고 있는 것일까.

겨우 땀을 걷기 무섭게 다시 차에서 내려 들렀던 베제클리크柏孜克里克 천불동은 '아름답게 꾸민 방'이라는 이름과 달리 종교적 도그마와 제국주의 고고학자들의 야욕에 의해 처참하게 파괴되어 있었다. 반달리즘vandalism이 극적으로 자행된 현장이었다. 이슬람 교도들은 우상파괴라는 명목으로 6세기경 고창국 시대에 조성되기 시작해서 13세기 원나라 때까지 오랜 세월 조성된 석굴 불상들의 눈을 다 파버렸고, 제국주의 고고학자들은 벽화를 통째로 떼어가 텅텅 빈 석굴이 대부분이었으니 말이다. 하긴 스타인 Marc Aurel Stein(1862-1943)이 "옛 유물을 가져오면

돈을 주겠다."고 광고하자, 현지인들이 유물을 찾아 성을 마구 훼손시켰던 것은 너무도 유명한 이야기가 아니던가. 지금 남은 것들은 유물이 아니라 유물流物이며 장물贓物인지도 모른다.

그래서일까. 화염산의 기념관에는 서양에 실크로드를 알린 최초의 탐험가이자 고고학자, 지리학자이자 '보물 사냥꾼'이며 '실크로드의 악마'라는 평가를 동시에 받고 있는 스타인을 비롯하여 펠리오Paul Pelliot(1878-1945), 오타니 고즈이大谷光瑞(1876-1948) 등이 문화재를 약탈해

가는 모습을 형상화한 동상이 세워져 있다.

약소국의 비극에서 예외일 수 없었던 나라에서 온 우리들에게도 이 장면은 결코 낯선 것이 아니었다. 그러나 역사는 폐허 속의 진흙으로 가라앉았다가 바람에 쓸려 다시 불어오기도 한다. 펠리오는 1908년 둔황 천불동에서 혜초의 『왕오천축국전』을 발굴했고, 또한 국립중앙박물관은 오타니 고즈이가 수집한 중앙아시아 유물을 보관 전시하는 행운 아닌 행운을 누리고 있지 않던가. 역사의 아이러니다.

경항대운하京杭大運河, 만리장성과 함께 중국의 3대 역사役事로 불리는 카레즈坎兒井—텐산산맥에서 투루판까지 뻗어있는 지하 관개시설—를 보면서 투루판을 '아시아의 우물'이라고 하는 이유를 알 수 있었다. 투루판은 해수면보다 280미터 낮은 지점에 위치하고 있다. 그리고 앞에서도 말했지만, 호텔로 돌아와 위구르 전통 민속춤을 관람하고 야시장에서 술을 마실 때 우리는 위구르 마부 형제의 중국당국의 민족 차별에 대한 분노와 탄식을 가슴 아프게 들어야 했다. 모든 것을 침묵에 빠뜨리는 거센 모래도 그들 가슴에 뚫린 구멍을 미처 덮어버리지 못했던 것이다.

◐ 2009.8.5.수.

움직이는 산

움직이고 있었다. 산이 움직이고 있었다. 2006년 10월 10일 아침 선선鄯善에 도착하여 쿠무타크庫木塔格 사막을 찾았을 때, 발을 휘감았다 사라지는 모래에 서서히 모습을 바꾸는 사구砂丘를 바라보며 나는 제행무상을 생각했다. 그리고 '지금' '여기'에 있는 '나'라는 현상이 얼마나 부질없는가를 알았다. 점심에는 재래시장에 들러 얼굴이 발갛게 익은 아주머니에게 멜론의 일종인 하미과哈密瓜를 사서 갈증을 달랬다.

오후 3시. 버스는 낡은 밧줄처럼 이어진 길을 따라 사막을 달리기 시작했다. 간혹 보이는 인가와 양치기들이 몰고 가는 양떼들, 먼 산에 서 있는 풍력발전기만이 공허한 시선을 달래줄 뿐이었다. 그러나 불모의 땅에 매장된 엄청난 양의 지하자원을 중국당국은 개발하지 않고 있었다. 내일을 위한 정책이겠지만, 그 때문에 하층민으로 전락하고 있는 건 자신들뿐이라며 울분을 토하던 위구르 마부 형제의 슬픈 눈동자가 떠올랐다. 하지만 형제들이여. 저 사막에서 자라는 낙타풀처럼 인간의 생명은 모질고, 세상은 끊임없이 변한다.

하미哈密에 도착한 건 다음날 새벽 1시였다. 9시간이나 버스에서 시달렸지만 술집을 찾아 거리로 나갔다. 마침 '정종 한국요리'라는 한글간판이 보여 들어갔다. 흑염소처럼 수염을 기르고 뚱뚱해서 제 나이보다 들어 보이는 주인(윤성로)은 올해 처음 보는 한국 손님이라며 반가워했다. 몇 년 전 한국에 다녀오기도 했다는 그는 테이블을 훔치며 관광객들을 노리는 오토바이족들이 많은데 어떻게 이렇게 늦은 시간에 나왔느냐며 놀라는 눈치다. 그럼에도 우리끼리만 마시는 게 미안해서 한성이와 관무를 시켜 홍 선생을 깨워 모시고 오라고 했다. 오랜만에 들어보는 듯한 트로트 가요를 들으면서 북한산 명태를 안주삼아 마시는 신장 맥주는 달콤했다.

11일 오전 9시. 해발 2,000미터의 고산지대에 자리한 바리쿤巴里坤 초원에 도착했다. 낮에 보니 하미는 잘 정비된 도로와 수령이 상당한 가로수들로 단장된 아름다운 도시였다. 한나라 때부터 교통의 요지였던 탓도 있겠지만, 자매결연을 맺은 광저우시에서 많은 투자를 했기 때문이란다. 톈산을 바라보며 말을 탄 후 하미 회왕릉으로 향했다. 이곳은 하미에서 1697년에서 1930년까지 9대에 걸쳐 번성하다 청나라에 의해 망한 왕조의 무덤으로 회족回簇의 왕과 왕비가 매장되어 있다. 회족은 지하에 시신을 묻고 관을 지표에 올려놓는데, 관의 장식 문양이 복숭아 모양이면 남자, 삼각형 모양이면 여자다. 이슬람교도들의 소박한 매장 풍습 때문에 도굴되거나 훼손당하는 일은 없다고 한다.

골동만 보면 황홀경에 빠지게 된 한성이가 어느새 채색 기와 한 점을 가방에 넣고 나와서 일행을 놀라게 했다. 하지만 캄보디아와 라오스 등지를 돌며 크메르 문화유적을 답사하다가 '고대 예술품 도굴'이란 죄목으로 기소되면서 작가로 명성을 떨치게 된 앙드레 말로 Malraux A.G.(1901-1976)의 후예가 될 수만 있다면, 그깟 기와 한 점이 문제이겠는가.

결국 문화적 갈증(?)에 시달린 우리는 윤성로의 안내를 받아 하미 골동시장으로 나갔다. 누구나 다 경험했겠지만 옵션으로 이문을 남겨야 하는 가이드들이 제일 싫어하는 단체 관광객들의 무단 행동인 셈이다. 하지만 이번에는 여행사 사장도 동행했고, 가이드를 미리 구워삶아 놓기도 해서 잠시 짬을 얻을 수 있었다. 하긴 수많은 관광객들이 지나는 코스를 답습하는 것처럼 재미없는 여행이 어디 있던가.

골동시장은 규모도 크고 물품도 다양했다. 각자 흩어져 물건을 사기로 했다. 함께 다니면 흥정하기도 어렵고, 사고 싶은 물건도 겹칠 수 있기 때문이다. 필통과 삼발이 형태의 돌화, 빨간 옥이 박힌 무쇠 제기祭器를 사고 시장으로 나와 가죽 재킷을 샀다. 불편한 다리를 이끌고 안내해준 윤성로의 성의가 고마워 다시 그의 식당으로 가서 맥주를 마시며 석별의 아쉬움을 달랬다. 그러나 돌아가면 서울에서 일하고 있다는 누나에게 전화 한번 해달라고 해서 명함까지 받아 왔건만, 약속을 지키지 못해 지금도 미안하다. 그가 준 번호는 카드전화 번호였던 것이다. 그럼에도 그날 내 부탁을 받고 십팔자작十八子作이라 쓰인 것만이 명품이라며 일부러 사다 준 채도菜刀

를 볼 때마다 그의 동그랗고 불콰한 얼굴이 떠오른다. 35위안. 요즘 환율로 쳐도 7,000원에 불과하지만 살벌하게 예리한 이 칼은 딱딱한 모과를 썰 때 아주 제격이다. 골동이나 기념품을 사는 것은 추억을 사는 일인지도 모른다.

12일 아침 둔황으로 이동했다. 둔황산장에 도착한 건 오후 4시. 점심을 먹고 잠시 짬을 내 골동품 가게를 둘러보았다. 어느 고관의 저택 풍경을 담은 황칠함黃漆函이 예뻐서 얼마냐고 물었더니, 300위안을 부른 주인은 한 푼도 양보하지 않았다. 전직 영어 교사라는 그가 이건 정말 골동품일 뿐 아니라 최대로 낮춘 가격이라며 눈을 빤히 쳐다보며 이야기하니 어쩔 도리가 없었다. 오후에는 명사산鳴砂山에서 낙타를 탔다. 그러나 월아천月牙泉—3,000년 동안 한 번도 마르지 않았다는 초승달 모양의 오아시스—은 어두워서 잠시 들러 보았을 뿐이다. 최근 물이 점점 줄어들고 있다니 안타까운 일이다.

저녁을 먹고 야시장으로 나갔다. 둔황산장 옆의 야광주 공장 매장에서 면제품을 팔던 미스 뚜杜가 친구와 함께 나왔다. 일본어가 유창하기에 작업(?)을 걸었더니 먹혔던 것일까. 가이드와 최진두 사장은 워낙 좁은 곳인데다가 남의 이목을 꺼려서 현지인들이 좀처럼 외국인과 데이트를 하려고 하지 않는데 대단하시다며 엄지손가락을 치켜세웠지만, 나야말로 감시의 눈길(?)이 많아 맥주 한 잔만 대접해서 보내야 했다. 호텔로 돌아오니 북한이 제1차 핵실험을 감행했다는 소식이 기다리고 있었다.

13일 10시 30분, 둔황고성으로 출발했다. 몇 년 전 방영된 「해신」—장보고의 일생을 그린 총 51부작 퓨전 대하드라마—의 일부 장면도 촬영했다는 세트장이었다. 조잡한 모습에 실망하고 모카오쿠莫高窟로 향했다. 유네스코 세계문화유산으로 등록되어 있는 너무도 유명한 곳이지만 별다른 감동은 없었다. 이미 많은 책을 통해 눈에 익었기 때문인지도 모른다. 다만 높이 34.5미터의 대불을 보았을 때 인간의 절대자에 대한 경배는 과연 어디까지일까 하고 생각했다. 그리고 1900년 6월 22일 제16굴을 청소하다가 이상한 공명음을 듣고 제17굴_{장경동}을 발견했던 태청궁 도사 왕위안루王圓籙와 그에게 얼마간의 돈을 주고 각각 7,000여 점의 유물을 가져간 오렐 스타인과 폴 펠리오를 성토하며 열을 올리는 학예사의 얼굴을 바라보며, 뒤늦은 깨달음의 쓰라린 대가를 새삼 느꼈을 뿐이다.

수많은 인파와 폭염에 지친 우리는 리위안柳原으로 이동하여 우루무치로 돌아오는 기차를 탔다. 광폭 레일 위를 달려서 그런지 흔들림이 적었다. 4명씩 배치된 2층 침대칸에서 맥주를 마시고 어둠 속으로 하염없이 사라지는 단조로운 바퀴소리를 들으며 깜박 졸았는가 싶었더니 어느새 우루무치역이었다. 9시 25분. 무려 11시간 이상을 달려왔는데도 올 때와 갈 때의 시간이 이렇게 다르니 간사한 것이야말로 인간의 마음이다.

점심을 먹고 신장지역에서 유명한 카펫 매장에 들렀다. 지금까지 중국에서 산 것 중에 가장 비싼 값을 치르고 카펫을 석 장이나 샀다. 언제 또 여기 오겠느냐는 생각도 들어 그랬기도 했지만, 한 10여 년 짜다 보면 눈도 먼다는 말이 실감날 정도로 수제품 카펫은 아름다웠던 것이다. 오후에는 톈산 천지를 관람했다. 그러나 아직 가보지는 못했지만 백두산 천지만은 못한 듯했다. 비행기를 타러 가기 전에 우루무치 바자르에 내렸다. 10월에 비가 내리는 일이 좀처럼 없다는데 비가 내리고 있으니 축복을 받았다고 한다. 동서무역의 교차점이라는 명성에 걸맞게 시장은 엄청나게 컸다. 15일 새벽 2시 30분에 우루무치 공항을 떠난 비행기가 인천국제공항에 도착한 건 7시 30분이었다.

네 번째 중국여행은 이렇게 끝났다. 그리고 2007년 6월 캄보디아에서 앙코르와트의 위용을 보고, 태국으로 건너가 에메랄드궁을 스치듯 보고 왔으며, 10월에는 베트남의 하롱베이에 잠시 다녀왔다. 가족들과 함께 푸젠성福建省의 샤먼廈門을 거쳐 윈난성雲南省의 샹그릴라香喀里拉와 리장麗江을 찾았던 건 작년 1월이다. 그리고 11월 16일 주하이에서 80일을 보내고 돌아왔으니 2008년도에는 중국을 두 번이나 다녀온 셈이다. 그런데 지겹지도 않은지 지난 주 23일부터 28일까지 다시 중국을 다녀왔다.

청두成都에서 차마고도茶馬古道의 시발점이자 차 문화의 발상지로 알려진 야안雅安과 그곳에서 일종의 마방馬房 역할을 했던 상리고진上里古鎭을 둘러보고, 공산당과 국민당의 격전지였던 루딩교瀘定橋와 쓰촨성四川省의 서북부에서 가장 큰 호수라는 강딩康定의 무구초木格措를 본 후 다시 청두로 돌아와 도교의 발상지인 청성산靑城山과 삼소사三蘇祠와 두보초당杜甫草堂을 보고 돌아오는 4박 6일의 강행군이었다. 다만 산사태 때문에 중국과 티베트의 경계를 이루는 절다산折多山의 타공塔公과 가융장족嘉絨藏族의 생활습속을 그대로 간직하고 있다는 단바丹巴를 보지 못한 것은 유감이었다. 하지만, 4킬로미터가 넘는 이랑산二郞山 터널을 기점으로 달라지는 장엄한 경관과 장족과 한족의 다른 생활 풍습 아니 자연과 문화의 차이를 느낄 수 있었던 것만으로도 보람이 있는 여행이었다.

그리고 보니 일본과 캄보디아, 월남, 태국을 제외하고 7번이나 중국 여행을 다녀왔다. 그런데 나는 왜 다른 데는 눈도 돌리지 않고 중국만 찾았던 것일까. 이는 아무래도 해외여행을 뒤늦게 다니기 시작한 초보자의 소심함과 경비 문제, 그리고 단계를 밟아야만 직성이 풀리는 일종의 아집과 무관하지 않으리라. 그러나 세상은 어차피 자전과 공전이 공존하는 터, 많이 다닐 수만 있다면 그것으로 족하다. 그러다보면 언젠가는 다른 곳도 찾게 되지 않겠는가.

그래서일까. 나는 자료조사를 하지 않고 떠나는 편이다. 아는 만큼 보인다고 하지만, 알기 때문에 선입관에 사로잡힐 수도 있는 것이다. 때가 되면 피는 꽃과 같은 여행, 아니 '익힌 것'으로서의 여행보다 '날 것'으로서의 여행을 좋아하는 이유가 여기에 있다. 영혼을 찾아 떠나는 여행 journey to the soul 이기 이전에 의미가 저절로 다가오기를 바랐던 중국여행이 아닐 수 없다.

◐ 2009.8.8.토.

유학생과 경계인

어디론가 떠나고 싶었던 것일까. 2007년 4월 7일의 탁상일지를 보니 이런 메모가 남아 있다. "이제 이 집을 꾸미는 일도 거의 다 끝났고, 나를 채우고 가꾸는 일만이 남았다. 외국으로 떠나고 싶은 유혹이 꿈틀댄다."

새로운 자극과 충전이 필요했나 보다. 5월 22일 연구년 신청서를 제출했다. 구체적인 계획은 없었다. 다만 오랜 세월 제자리걸음을 하며 무뎌진 의식의 언저리에 퍼런 이끼가 내려앉는 시간을 가질 수 있다면, 그 어디라도 좋다는 심정이었다. 마침 해외 자매대학에 파견할 교환교수를 공모한다는 공문이 내려와 중산대학을 신청했다. 선정되었다는 소식을 들은 것은 남대문이 전소되어 분위기가 스산했던 작년 2월 26일이었다.

그렇지만 겨우 80일간만 방문하고 돌아오게 될 줄은 몰랐다. 뿐인가. 3·1운동을 전후해서 중국과 일본, 조선에 유학하면서 민족이데올로기와 개인의식 사이에서 고뇌하는 유학생들이 주인공으로 나오는 주요섭1902-1972의 「첫사랑값」1925-27과 이광수의 「혈서」1924, 그리고 나카지마 아쓰시中島敦(1909-1942)의 「순사가 있는 풍경」1929을 통해 식민지 지식인의 갈등과 고뇌와 허위의식을 살펴보려던 계획과 달리 정씨 부인과 탕사오이를 우연히 만나 오늘까지 그 이면사를 살펴보게 되리라고는 생각지도 못했으니 미래는 정녕 신의 영역인가.

유학이란 두 국가와 문화의 만남 속에서 이루어지는 학습과정이다. 따라서 유학생들은 우선 상대국의 문화, 언어, 생활양식, 학습방법 등을 몸에 익혀야 한다. 하지만 식민지 시대 유학생들의 경우, 그들은 유학의 목적이 자신과 조국의 이익으로 귀속된다는 사실을 알면서도 동화와 분리, 의존과 독립 같은 대립되는 원칙 사이의 긴장을 체험하지 않으면 안 된다. 그들은 강제적 순응과 강제적 이반이 교차하는 가운데 '부적응→적응→부적응'이라는 험난한 학습과정을 경험해야 하는 경계인이라고 할 수 있다.

중국 여학생 N과의 사랑을 포기하고 귀국했다가 자살한 이유영의 내면을 그의 일기를 통해 보여주고 있는 미완성 중편 「첫사랑값」과 일본 여학생 M의 사랑을 거부한 '나'가 그녀의 죽음을 회상하고 있는 단편 「혈서」, 조선인 학생과 일본인 학생들이 벌인 싸움의 징계 문제로 상사와 다투고 실직 당한 조선인 순사 조교영의 고뇌를 다룬 단편 「순사가 있는 풍경」이 주목되는 이유가 여기에 있다.

위의 작품에서 주인공들은 모두 감성과 이성, 이상과 현실, 민족과 개인, 동화와 분리, 친일과 반일 같은 대립적인 가치 사이에서 방황하고 있다. 민족과 전통이란 대의명분과 사랑 사이에서 고뇌하다 자살한 이유영, 민족과 결혼했으므로 독신주의를 지키겠다고 맹세했지만 일본 여학생의 사랑에 흔들리고 그녀의 죽음 앞에서 민족이데올로기를 회의하는 '나', 조선인 순사이기 때문에 조선인 사회나 일본인 사회에서 고립되면서 누구에게도 속내를 말할 수 없는 조교영은 거울과 대화할 수밖에 없었던 식민지 적자들이며 경계인으로 '강제적 순응'과 '강제적 이반'의 고통을 체험했던 작가들의 분신인지 모른다.

주요섭은 3·1운동 뒤 일본에서 귀국하여 등사판 지하신문을 발간하다가 10개월간 옥고를 치르고 중국으로 건너가 1923년 후장滬江대학에 입학하면서 신경향파 작가로 활약했고, 이광수는 2.8독립선언 후 상하이 임시정부에서 활약하다 1921년 귀국하여 작품 활동을 재개했으며, 나카지마 아쓰시는 한문교사였던 아버지를 따라 1920년부터 1926년까지 경성에서 학창생활을 한 바 있다.

「첫사랑값」과 「혈서」는 각각 방인근1899-1975이 주재한 『조선문단』에 발표되었으며, 「순사가 있는 풍경—1923년의 한 스케치」은 제일고등학교지금의 동경대학교 교양학부의 교내잡지 『교우회잡지』22호1929.6에 발표되었다. 특히 후자는 당시 금기로 되어 있던 간토대지진 당시의 조선인 학살을 조선인의 시각으로 쓴 작품이기도 하다.

다문화가정이란 말이 보편화된 오늘, 사랑하는 외국여성을 놓고 민족이데올로기와 자유연애 사이에서 방황한다는 것은 진부한 이야기인지 모른다. 그러나 자유연애는 식민지 조선뿐만 아니라 중국이나 일본을 휩쓴 개조론의 대중적 변종이었고, 새로운 가치와 행복에 이르기 위한 중요한 통로였으며, 문화 예술 문학의 유행을 자극한 주된 원천이었다. 식민지 조선을 선도해야 한다는 사명감에 불탔던 청년들에게 자유연애는 그래서 달콤하지만 무서운 유혹이었고 국제결혼은 더욱 그러했을 것이다. 그런 의미에서 조선인 유학생 이유경의 중국 여학생 N에 대한 갈등과 좌절을 통해 미국 유학생 출신인 청나라의 관료 탕사오이의 조선 여인 정씨에 대한 사랑과 그녀의 돌연한 죽음을 되짚어보는 것은 흥미로운 일이 아닐 수 없다.

「첫사랑값」은 상하이의 남녀공학 대학에서 만난 중국 여학생 N과의 사랑을 포기하고 귀국해서 평양에 머물다가 자살한 이유경의 부음을 듣고 달려온 친구(김만수)가 그의 일기(1924.8.28-1925.7.19)를 읽는 장면부터 시작된다.

이유경은 어느 날 강당에서 우연히 마주친 중국 여학생 N의 눈동자를 떠올리며 이미 사랑에 빠진 자신을 발견한다. 그러나 자신보다여자가 나를 더 좋아해야 한다는 '야비한 자존심' 또는 남성우월주의와 '어떤 의미의 도덕심이며 의무감인 민족적 관념'으로 무장한 그는 "아! 나는 외국의 여자와 눈 맞춤을 하여서는 아니 된다."고 다짐한다. 그러나 연극 공연장에서 같은 의자에 앉게 된 그는 떨어진 팜플렛을 줍다가 그녀의 손을 잡게 된다. 건네주는 그에게 "Thank you, Mr. Lee." 하는 말을 듣고 그녀 역시 자신을 의식하고 있음을 알지만, "아니다! 아니다! 나는 이런 일을 잊어버려야 한다. 지금이 어떤 때인가? 이런 달콤한 맛에 취할 때가 아니다." 라며 머리를 흔든다.

이때부터 이야기는 열정과 이성 사이에서 흔들리는 내면묘사로 이어진다. 가령 그는 주일 예배당에서 그녀의 반지를 보고는 약혼한 것으로 오인하고 질투심에 불탔다가 바른손에 낀 것을 알고는 안심하기도 하고, '애타는 듯한, 애소하는 듯한, 무슨 의미가 있는 듯한, 그녀의눈'에 유혹을 받았다고 생각하는가 하면 '연애는 눈'이라고 정의 내리기도 한다. 그러나 "민족을 위해서는 독신생활까지라도 하기를 사양치않던 내가 아닌가?" "더욱이 N은 외국여자가 아닌가? 연애에는 국경이 없다고 물론 그럴 것이다. 그러나 현금의 조선 청년은 비상한 시기에 처하여 있다. 비상한 시기에 처한 청년은 비상한 일을 하지 않으면안 된다. 목숨도 희생할 때가 있거든 하물며 사랑! 아! 그러나 가슴은아프다. 이것은 내 목숨같이 귀한 내 첫사랑이 아닌가! 그러나 용감하여라. 대장부답게 꾹 단념해버려라." 하면서 이를 악물고 "왜 하필 이 날에 이때에 조선 청년으로 태어났단 말인고?" 하며 탄식하기도 한다.

이유경은 연애는 결혼을 목적으로 하지 않으면 안 된다고 생각한다. 엘렌 케이Ellen Karolina Sofia Key(1849-1926)가 말했듯이 연애 없는 결혼은 간음이라는 걸 시인한다면 결혼을 무시하는 연애 또한 간음에 지나지 않고, 육체보다 정신이 더 귀하므로 결혼을 제외한 연애는 연애 없는 혼인보다 더 큰 죄악이라는 것이다. 따라서 역사 · 사회 · 도덕 · 환경 · 언어 · 풍속 등 모든 것이 판이한 고향으로 만일 N을 인도한다면 그녀는 응당 고독을 느끼고 증오와 싫증을 일으킬 것이고, 그러면 그때 고통은 지금 단념하는 고통보다 더 심할 것이라며 눈물을 삼킨다. 그리고 이렇게 다시 한 번 외치는 것이다.

> 나는 흰옷 입은 사람의 자손이다. 그 사람들의 피를 받아서 그 사람들의 유전을 받아서 나서 그 사람들이 세운 집에서 그 사람들이 농사한 밥을 먹고 자랐다. 내 앞에 일이라고 있으면 내게 그 같은 은혜를 준 그 사람들에게 갚기 위해서 그 사람들이 희망을 붙이고 그 사람들이 사랑하는 우리 흰옷 입은 어린들을 깨우치고 가르치고 사람 만드는 데 있다. 그 일을 하려면 본국을 들어가거나 서북간도로 가거나 하여야 한다. 그런데 내가 N을 끌고 그런 데로 갈 용기가 있는가? 없다.

80여 년이 지난 오늘 젊은이들이 그의 고뇌와 갈등을 어떻게 생각할지 궁금하기만 하다.

2009.8.12.수.

자살과 망각 사이에서

식민지 조선의 젊은이들에게 자유연애와 신가정의 실현이란 세계 개조의 대세와 합치되는 과제였다. 그들은 '연애는 지상love is best'이라는 자신의 주장이야말로 개조론적 과제의 일환이라고 외쳤던 구리야가와 하쿠손廚川白村(1880-1928)에게 환호의 박수를 보냈다. 그러나 그들은 식민지의 적자라는 사실까지 망각할 수 없었다. 이유경의 고뇌와 번민은 여기에서 비롯된다.

N을 생각하며 번민을 거듭하던 그는 자해를 시도하다 포기하고 밤하늘을 쳐다보며 자신의 희생이 무슨 의미가 있느냐고 반문하기도 한다. 그럼에도 이듬해 4월 항저우로 생물학 표본수집 여행을 떠났다가 N을 만난 그는 "미스터 리, 요새 어데가 불편하서요?" 라고 묻는 그녀에게 가슴을 쥐어짜는 듯한 목소리로 이렇게 말하고 계단을 뛰어 내려갈 뿐이다. "I do not love you." 불쌍한 민족을 구하기 위해서는 목숨까지 즐거운 마음으로 희생해야 한다는 사명감에 사로잡혀 있는 그의 내면에서 "이때다. 네 용기를 보일 때가 이때다. 대담하여라. 남자다워라, 단념하여라!" 라는 외침이 들려왔던 것이다.

그의 이성은 이렇게 희생과 봉사의 생활을 요구하지만, 그녀를 향한 열정의 마그마는 끊임없이 솟구쳐 오른다. 이후 5 · 30운동이 일어나면서 학교가 동맹휴학에 돌입하자 이유경과 N은 학생자치회의 회계부장과 부원으로 활동하게 된다. 2004년 12월에 상하이에 갔을 때 난징루에서 보았던 5.30운동 기념비에는 다음과 같이 적혀 있던 것으로 기억한다.

중국 공산당이 중국인민들을 이끌고 제국주의를 반대한 혁명. 1925년 5월 15일 상하이의 일본계 방적공장의 일본인 직원이 공산당원 노동자 고정홍顧正紅을 때려죽이고 노동자 10여 명에게 부상을 입히자 상하이시 전체 노동자 학생 시민들이 분노했다. 5월 30일, 상하이 학생 2천여 명이 조계로 들어가 시위를 하면서 노동자 투쟁을 성원하자 조계경찰은 학생 1백 명 가량을 체포했다. 이렇게 되자 1만여 명의 상하이 군중들은 공공조계인 난징루 경찰서 정문으로 몰려가 체포된 학생들의 석방을 요구했다. 영국 경찰의 발포로 10여 명이 죽고 10명이 부상을 당하는 5·30참극慘案이 벌어졌다. 이때부터 상하이 노동자 학생 상인은 대대적으로 파업, 파과罷課(수업거부), 파시를 감행했다. 더불어 신속하게 전국적 규모의 반제국주의 분위기가 고조되었다. 이 운동은 제국주의 세력을 힘차게 타격하여 중국 인민의 각성을 대대적으로 일으켰고 대혁명이 고조되는 서막을 열었다.

상하이에서 이 역사적 현장을 지켜보던 주요섭의 심정은 남달랐으리라 생각된다. 1920년에 중국으로 건너가 유학생활을 하고 있던 그가 아니던가. 그러나 그는 국내에서 활동하던 작가들과 달리 좀 더 큰 스케일의 작품을 쓸 수 있는 좋은 기회를 놓쳤다. 중국 여학생과의 이루어질 수 없는 사랑에 갈등하고 고뇌하는 주인공의 내면심리 묘사에 집중하면서 작품의 현장성을 살리지 못했던 것이다. 물론 진행 중인 역사의 현장이라 객관적으로 형상화할 만한 시간도 없었고,

검열도 가혹했기 때문인지도 모르지만 아쉬운 대목이 아닐 수 없다.

　이유경이 혼자 사무실에 있던 6월 10일, N이 사무실로 가만히 들어오더니 떨리는 목소리로 이렇게 묻는다. "Do you know what is life? Mr. Lee!" 갑작스런 질문에 당황한 그는 용기를 내어 "Yes, I do know!" 라고 'do'에 힘을 주어 대답한다. 그러나 그녀는 "No, you don't." 이렇게 중얼거리며 그를 노려본다. 숨이 막히는 침묵 속에서 두 사람의 뜨거운 눈길이 부딪친다. 순간, 이유경은 다눈치오 ^{Gabriele d'Annunzio(1863-1938)}가 『죽음의 승리』에서 "말은 사람의 생각을 다른 사람에게 알게 하는 데 가장 불완전한 기계" 라고 했던 말을 떠올리며, 자신의 생각을 가장 완전하게 운반하는 것은 눈밖에 없다고 생각한다. 그는 솟구치는 용기를 느끼며 자리에서 일어나 그토록 오랫동안 꿈꾸던 그녀를 끌어안고 입을 맞춘다. 품에 안긴 N이 울면서 말한다. "I knew it! I knew it."

　세상의 모든 일을 잊어버리고 억만년 전부터 아니 억만년 후까지 가장 행복한 사람이라며 황홀경에 빠져 있던 그는 시가지에서 들려오는 대포소리와 자동차 소리를 듣고 현실로 돌아온다. 그리고 "안 된다!"고 외치며 차디찬 뱀을 집어던지듯이 그녀를 밀쳐내고 뛰쳐나간다. 침대로 돌아와 흐느끼며 그는 귀국할 것을 결심한다.

　N과 나누었던 짧은 대화를 반추하면서 그는 "당신은 생활이 무엇인지 모릅니다." 라는 말은 "짧은 인생인데 도덕이니 책임이니 내어던지고 향락만을 취하자." 라는 것에 불과하며, "내가 알고 있었다." 는 말은 내가 항복할 줄 알았기 때문에 한 것이라고 합리화한다. 그리고 극도로 흥분한 그는 중국 남학생 D에게는 돈을, 자신에게는 얼굴을 탐한 N에게 농락당했다고 생각하며 그녀를 단념하기로 한다. 그러나 밤새도록 그녀의 체취와 감촉에 시달리던 그는 터질 것 같은

가슴을 부여안고 강변으로 뛰어나가 어둠을 밝히는 등대처럼 살 것을 다시 한 번 다짐한다. 며칠 후, 자동차에 짐을 싣고 있을 때, 우체국에서 나오는 N을 본다. 그러나 "N은 퍽 놀란 눈으로 나를 바라다보고는 급한 걸음으로 어디론가 갔다. 나는 다시 돌아보지 않았으므로 모른다." N과의 마지막 작별이었다.

평양으로 돌아온 그를 맞이한 건 사람들의 추악한 변모뿐이다. "어떤 두려운 사건에 연루되어 부모 속을 썩였던" 나는 연애를 서방질하는 것으로 아는 어른들 그리고 여학생이나 기생을 화제로 떠올리는 타락한 사회에 절망하며 조선에 돌아온 것을 후회한다. 그리고 아직도 그녀를 잊지 못하고 있음을 깨달으며 그는 이렇게 외친다. "젊은 남녀의 교제라는 것이 일에서 열까지 꼭 금지된 이 사회제도 속에서 연애를 찾아보겠다는 내가 미친놈이 아닌가?" "조선의 모든 여성은 돈 안 받는 기생이 될 필요가 있다."

한편 이때부터 삭제가 많아져 주목된다. 식민지 현실을 부정적 측면에서 기술한 대목을 검열 당국에서 지나쳤을 리 없다. 그래서일까. 1925년 9월부터 11월까지 『조선문단』에 연재되었던 이 작품은 중단되었다가 1927년 2월부터 다시 연재된다. 그 결과 이유경의 일기는 중국에서 N을 만나 갈등을 겪다가 귀국할 때까지의 전반부(1924.8.28-1925.6.25)와 평양으로 돌아와 약혼을 하지만 절망하는 후반부(1925.7.1-7.22)로 구성된다.

귀국 후 이유경은 W유치원에서 교사 K를 보게 되고, 아버지의 권유에 따라 그녀와 결혼하기로 결심한다. 그러나 부잣집 딸이자 미인인 K를 보고도 "나는 아직까지 N에 대하여 육욕을 품어본 적은 없다." "말하자면 내가 N에 대한 정은 이른바 플라토닉 러브이었던가

보다. 그러나 K에게는 사랑이라는 정이 아니 간다. 다만 말할 수 없이 더럽고 야비한 격동뿐을 K의 얼굴은 일으킬 따름이다. 내가 지금 K에게 구하는 것이 있다면 또 장차 구한다면 그것은 야성적 육욕의 만족 그것뿐"이라고 생각한다. 약혼식을 치른 후 인사차 K의 집에 들렀으나 풍금을 타며 자신을 냉담하게 대하는 그녀에게 실망한 그는 이렇게 외칠 뿐이다. "다시는 K의 집에 아니 가겠다. 기다리다 결혼한 후에 실컷 내 육욕이나 만족시켰으면 그뿐이다. 나는 K야! 나는 이렇게까지 타락했는가!"

'차호완次號完'이라는 예고에도 불구하고 이 작품은 중단된다. 검열 때문이었을까. 그러나 중국 여학생 N과의 이루어질 수 없는 사랑에 대한 갈등과 번뇌, 그리고 조선 여학생 K와의 마음에 없는 결혼 때문에 이유영은 과연 자살까지 감행해야 했던 것일까. 설득력이 없는 설정이다. 더구나 자살은 그가 그토록 강조했던 민족에 대한 헌신을 스스로 포기하는 일이 아니던가.

「첫사랑값」은 N이라는 중국 여학생에 대한 환상과 민족관념 사이에서 방황하는 유학생을 자살로 내몰았던 작가가 논리적 모순에 부딪쳐 붓을 내던진 슬픈 자화상인지도 모른다. 그리고 만일 정씨가 그녀의 가문에서도 잊혀진 존재로 전락했다면, 그 이유가 어디에 있는가를 보여주는 작품이기도 하다. 청나라의 고위관료로 위세가 뜨르르했던 탕사오이에게 시집간 딸자식을 자랑스럽게 내세울 수 없는 민족적 감정과 시대적 편견이 얼마나 가혹했던가를 미루어 짐작하기란 결코 어렵지 않기 때문이다. 그녀 역시 슬픈 경계인이었다.

◑ 2009.8.13.목.

사랑의 국경

　한국 근대사에서 건드리면 건드릴수록 덧나는 상처와도 같은 존재. 민족을 위해 친일했다고 강변했던 이광수. 64주년 8·15광복절을 맞았던 어제, 「혈서」를 읽으면서 몇 번이나 베란다에 나가 머리를 식히지 않으면 안 되었다. '이광수 주재'라는 타이틀을 내걸고 간행한 『조선문단』 창간호의 첫머리를 장식한 이 단편은 그 의미가 같은 소재임에도 불구하고 「첫사랑값」보다 단순하지 않았다.

　거친 비유지만 「첫사랑값」이 서까래부터 올렸다가 제 무게를 못 이기고 무너진 건물이라면, 「혈서」는 규모는 작지만 탄탄하고 깔끔한 그러나 어딘가 낯선 일본식 목조건물 같았다. 자전적 요소와 자기희생, 비장미로 대표되는 그의 문학적 특성을 잘 보여주는 이 작품의 줄거리를 따라가며 '변명을 하지 않는 것으로 변명했던' 그의 삶에 간직된 일그러진 거울을 들여다보기로 하자.

　「혈서」는 도쿄의 T대학에 다니는 한국인 유학생 '나'가 같은 학교의 일본인 학생의 누이동생으로부터 짝사랑을 받은 이야기다. 하루는 내가 학교에서 돌아오자 하숙집 노파가 이층으로 올라와 지난 일요일 어떤 일본인 여학생이 찾아왔었다고 알려준다. 늘 여자를 조심해야 한다고 훈계하는 노파의 말에 의하면, 그 여학생은 이 동네에 살고 있는데 제 오빠가 나와 같은 학교에 다녀 내 이야기를 많이 들었고 사진도 보았다고 한다. 더구나 조선에 돌아가면 큰 사람이 될 것이라고 오빠가 하도 칭찬하기에 학교에 다녀올 때마다 교문과 하숙집 문을 지키고 섰다가 내 모습도 여러 번 보았고, 그래서 이야기나 나누어 보려고 왔는데 그냥 오기가 좀 그래서 선물을 가져왔다며 내놓고 갔다는 것이다. 모처럼 가져온 선물이니 풀어보라고 재촉하던 노파는 내가 물끄러미 바라만 보고 있자 손수 보퉁이를 끌러준다.

"긴상께. 그대를 사모하는 어떤 여자는 드리나이다." 가냘픈 먹 글씨로 이렇게 적혀 있는 종이봉투를 뜯자 비단실로 곱게 묶은 양말 한 켤레와 견직물 손수건 두 장이 나온다. 손수건 끝에는 나의 성 K와 그녀의 성인 듯한 M이 다홍실로 수놓아져 있다. 나와 같은 학교에 다닌다는 그녀의 오빠 M이 누굴까 생각해보지만 도무지 알 수 없다. 그러나 나는 이 선물을 보며 호기심과 달콤한 기쁨보다는 슬픔을 느낀다. 얼굴도 모르는 여자가 나를 위해 양말을 짜고 손수건에 글자를 수놓은 그 애처로운 심리를 생각하니 눈물을 흘리지 않을 수 없는 것이다.

괴로워하는 모습을 옆에서 지켜보던 노파는 그래서 그동안 받아두고도 전하지 않았다. 그러나 그 아가씨가 두 번이나 다시 찾아와 당신께 전했느냐고 하기에 전하지 않았다고 했더니 눈물까지 뚝뚝 흘리는 걸 보니 하도 불쌍해서 오늘은 꼭 전해주겠다고 약속했었노라고 변명한다. 그러면서, "아이 참 가엾어요. 오메상^{도련님}이 보았더라면 울었을 것이오.⋯ 또 그 아가씨가 사람이 퍽 얌전해!" 라며 행주치마로 눈물을 씻는다. 그러나 그녀는 다음날도 그 이튿날도 찾아오지 않았다. 아마 내게 들을 대답이 무섭기도 하고 부끄러워 그런 모양이다.

학교에 갈 때마다 노파는 뭐라고 대답을 하느냐고 소매를 잡아끌지만 나는 대답할 수 없다. 그때 나는 굳센 결심을 하고 있었지만 차마 그 말을 입 밖에 내기 어려웠던 것이다.

> 그때는 청년 간에(15자는 삭제) 정돈되기까지는 장가도 안 들고 시집도 안 가기로 혹은 혼자 맹세도 하고 혹은 여럿이 동맹도 하는 일이 많이 있었다. 우리는 가정을 이루어서는 아니 된다! 일신의 행복을 생각하여서는 아니 된다.(25자 삭제) 일생을 독신으로 보내기를 작정하는 것이 그때 청년의 자랑이었고, 더욱이 그 중에 예수교의 영향을 받은 어떤 일부의 청년은 오직 혼인만 아니 할 것이 아니라 일체로 이성과 접하는 걸 죄악으로 알아서 오직 나라에 몸을 바치는 중과 같은 생활을 하기로 맹세를 하였다. 나도 그 맹세 중에 든 한 사람이었으므로 비록 어떠한 여자가 오더라도 거절하리라는 결심을 가지고 있었다.

이광수와 주요섭은 그의 형 주요한1900-1979과 함께 수양동우회 회원이었다. 실제로 이광수는 이 작품에서 "나는 친구들에게 뜻이 굳다 매몰하다 하리만큼 잡아뗄 때는 비평을 받는 사람이지마는 내 속에도 정의 불꽃은 남 지지 않게 타오르고 더욱이 남에게 싫은 소리 한 마디 못하는 나약한 반면을 가진 사람이다. 만일 내가 T선생의 불같이 뜨거우면서도 철석같이 굳은 성격의 훈련을 받지 아니하였던들 정에만 끌려 울고 웃고 하는 사람이 되어 버렸을 것."이라고 안창호1878-1938에 대한 존경심을 말하고 있다. 따라서 나라에 몸을 바치기로 한 '나'가 일본 여학생 M에게 들려줄 대답은 이유경이 중국 여학생 N에게 내뱉은 "I do not love you."와 동일할 수밖에 없다. 그러나 나 역시 젊은 사람이라 양말과 손수건을 보던 날 한잠도 이루지 못한다.

지금까지 나는 두 번이나 오는 사랑을 물리쳤고 가는 사랑을 꺾어버렸다. 그러는 동안에 청춘은 다 지나가는 건 아닐까 생각하니 억누를 수 없는 유혹마저 느낀다. 이런 의미에서 「첫사랑값」과 「혈서」는 도산의 지대한 영향을 받은 서북 출신 작가 두 사람이 유학 시절에 경험했던 이국여성과의 이루어질 수 없는 사랑을 그린 '젊은 예술가의 초상'이라고 할 수 있을지 모른다.

그녀 생각에 강의마저 귀에 들어오지 않는 나날을 보내던 어느 날, 집에 돌아오자 노파가 쫓아 들어오며 이렇게 말한다. 그녀가 아까 찾아와서 오늘은 꼭 뵙고 가야 한다면서 내 방에 들어와 책상도 치우고 한 시간이나 기다리다가 내일은 일요일이니 다시 오겠다며 돌아갔다는 것이다. 방에 뛰어 올라와 보니 과연 먼지 한 점 없이 방이 치워져 있고, 입었던 기모노着物와 오비帶도 차곡차곡 접혀 있다.

나는 무섭기도 하고 반갑기도 하며 꿈같기도 해서 내일 또 온다고 했느냐고 물어본다. 그녀의 무릎자리가 남은 방석에 꿇어앉아 고개를 숙이고 있던 나는 내일은 와서 꼭 뵙고야 간다는데 어떻게 하느냐는 노파에게 헛헛한 미소를 지으며 "오바상 생각에는 내가 어찌했으면 좋겠소?" 하고 되묻는다. 노파는 "나도 처음에는 웬 여자가 이 따위로 구는가 하고 의심했지만 볼수록 참하고 마음이 굳세니 그런 여자에게 장가들면 좋겠다."고 말한다. 하얗게 밤을 새운 나는 결국 이렇게 써놓고 새벽에 집을 나선다. "M씨! 감사하옵니다. 그러나 아무 여자도 사랑할 수 없는 사람입니다. 나는 사랑보다 큰일에 몸을 바친 사람입니다."

여기까지만 본다면 이 작품은 「첫사랑값」과 여성의 국적만 다를 뿐 같은 이야기임을 알 수 있다. 그러나 중국 여학생 N은 수동적으

로 이유경의 사랑을 받아들이지만, 일본 여학생 M은 능동적으로 '나'
의 사랑을 갈구한다. 또한 N은 눈빛과 짤막한 영어 대사와 외모로
간단하게 형상화된 반면, M은 환경·성격·외모·대화 등으로 보다
구체적으로 형상화되고 있다. 이국여성과의 이루어질 수 없는 사랑
이야기라는 공통점에도 불구하고, 상대방 여성의 형상화나 조선인 유
학생에 대한 사랑의 강도와 열기가 대조적이다. 요컨대 N이 이유경
의 심리적 투사로 미화된 인물이라면 '나'는 M의 심리적 투사로 이
상화된 인물인 셈이다.

　이런 차이는 종주국으로서의 권리를 주장했었지만 지금은 연대감
속에 일본을 비롯한 제국주의에 저항하고 있는 중국에 대한 공감과
그들을 대신하여 조선을 식민지로 만든 일본에 대한 반감에서 비롯
되었는지 모른다. 그러나 M의 능동성과 '나'의 수동성을 일본에 대한
반감에서 비롯된 의도적 설정으로만 받아들일 수 없다는 데 이 작품
의 문제성이 있다.

　새벽 4시에 전차를 타고 신바시新橋 정거장으로 나온 나는 가마쿠
라鎌倉에 내려 아침을 사먹고 에노시마江ノ島의 바닷가를 거닌다. 찻집에
서 과자와 차 한 잔을 시켜 먹고 걸상에 누운 채로 잠이 들었다 깨
어보니 오후 1시. 도쿄를 떠난 지가 삼사일이나 된 듯하다. 점심을
시켜 놓고 나는 흰 구름 아래로 펼쳐진 푸른 바다 위를 유유히 지나
가는 배와 그를 따라 노니는 갈매기들을 바라본다. 그러나 외로움에
굶주린 나는 "벌써 M이 왔다갔을까. 아직도 기다리고 있을까. 어서
동경으로 가자!" "아니다. 나는 사랑보다도 더 큰 일에 몸을 바친 사
람이다!" 이렇게 갈등에 시달리면서도 어느 새 하숙집을 향해 달려가
고 있는 자신을 발견한다.

● 2009.8.16.일.

탈민족주의, 그 서글픈 몽상

　국경을 초월한 가슴 아픈 사랑. 식민지 조선의 유학생들이라면 누구나 한번쯤은 상상해보았음직한 이야기다. 그러나 비록 10년의 연령차가 나기는 하지만, 동향 출신인 이광수와 주요섭의 작품은 다르지만 같고, 같지만 다르다. 대립적인 가치 사이에서 방황하는 유학생을 주인공으로 내세우고 있으면서도 이광수는 일본여학생 M을 죽음으로 내몰았고, 주요섭은 주인공을 자살로 내몰았다. 또한 전자는 완성도가 높은 단편이나 후자는 미완성으로 끝난 중편이다.

　이미 「무정」「개척자」「선도자」 등 장편소설을 발표했고, 어려서부터 유리표박하며 세상물정을 알았던 선배와 아직 신경향파 작품인 「인력거군」「살인」만 발표했던 후배의 경륜이 빚어낸 결과인지 모른다. 그러나 「혈서」의 결말은 조선인 유학생의 심리적 우월감을 확보하기 위한 전략이기 이전에 이중적이고 복합적인 의미를 갖고 있어 주목된다.

　골목에 들어선 나는 하숙집 문이 열리며 웬 처녀가 나오는 걸 본다. M임을 직감하지만 일부러 다른 골목으로 갔다가 돌아온다. 만나지 못했느냐며 안타까워하는 노파는 내 편지를 읽고 울던 그녀가 자기와 이야기도 나누고 저녁까지 먹으며 기다리다가 어머니가 무서워

가야한다며 방금 나갔다고 한다. 나는 멍청하니 앉아 어둠 속에서 나를 돌아보던 그녀의 "갸름하고 좀 여윈 듯한 흰 얼굴, 높은 듯한 코, 호리호리한 몸, 약간 허리를 굽히고 재재 걷는 걸음, 모퉁이를 돌아설 때에 반짝 보이던 흰 버선 신은 발"을 생각한다. 그리고 하루 종일 기다리다가 되돌아선 그녀를 지금이라도 따라갈까 말까 망설인다. 그러자 그녀에게 호감을 느꼈고 정도 많이 들었던 노파는 만일 내가 끝까지 거절하면 반드시 큰일이 날 것 같으니 사랑해주라고 말한다. 그러나 나는 '사랑보다도 큰일에 몸을 바친 사람'임을 확인하며 그녀를 잊으려고 노력한다.

그 후 나는 수양동우회에서 실시하는 국내 순회강연 때문에 방학을 3주일이나 앞두고 귀국한다. 9월 8일 도쿄로 돌아오자 할 말이 있으니 오는 대로 통지해 달라는 마쓰다松田라는 사람으로부터 온 편지가 기다리고 있다. M은 그동안 오지 않았다고 한다. 이튿날, 며칠 전에 왔었다던 일본인 남학생이 찾아온다. 같은 법과였지만 한해 먼저 졸업했고, 인사한 적은 없으나 어느 모임에서 함께 단체사진을 찍기도 했던 학생이다. M의 오빠 마쓰다 신이치松田新一다. 동생의 허물을 용서해달라며 그가 들려준 이야기는 다음과 같다.

세 살 때 어머니가 돌아가시고 계모가 들어오면서 독선적인 성격으로 자란 M은 의리혼義理婚을 하라는 아버지의 권유를 듣지 않았다. 아버지와 계모의 미움을 더욱 받게 된 그녀는 어느 날 울면서 남편 될 만한 사람이 없느냐고 하기에 무심코 노형 말을 했고 사진도 보여주었다고 한다. 한 20일전 전보를 보냈기에 부랴부랴 올라왔더니 노형을 찾아갔었지만 거절당했고, 부모는 약혼을 시키려고 하니 오빠가 나서달라고 하기에 부모가 허락하지도 않을 것이고, 노형 또한 원치 않을 거니 단념하라고 타일렀다. 그러나 뜻대로 안되면 죽겠다고 하기에 노형을 찾아왔으나 귀국하고 없었고, 그 소식을 들은 동생은 그만 며칠 전부터 앓아누웠다는 것이다. 그는 그대로 놔두면 히스테리가 되거나, 죽을 것 같으니 동생을 아내로 삼아 줄 수 없겠느냐고 어렵게 입을 열었다. 그러나 '피가 모두 머리로 끓어올라 앞이 아득함'을 깨달으면서도 "나는 벌써 이 목숨을 바친 데가 있어 그럴 수 없다."고 애원하듯이 간절히 말한다.

마쓰다는 낙망하고 돌아간다. 개학했지만 오빠를 만나본 후 더욱 M에게 마음이 끌린 나는 그녀의 꿈까지 꾸면서 괴로워한다. 가을이 찾아오면서 아픔과 외로움에 시달리던 나는 결국 병이 들어 자리에 눕는다. 극진하게 자신을 간호하는 노파를 보며 나는 이렇게 생각한다.

> 국가와 국가와의 관계! 그것은 껍데기의 것이다. 사람과 사람은 언제나 인정이라는 향기롭고도 아름다운 다홍실로 마주 맬 수가 있는 것이다. 이렇게 생각할 때에 나는 평소에 항상 좋지 못한 감정을 품고 있던 일본사람들이 다 사랑스러워짐을 깨달았다. 비록 우리를 쳐들어오는 병정과 정치가라도 그 울긋불긋한 가면을 벗겨버리고 벌거벗은 한낱 사람이 될 때에 우리는 서로 껴안으며 '사랑하는 형제여! 자매여!' 할 수가 있는 것이라고 생각하였다.

「혈서」는 이광수의 사해동포주의 이상을 담은 작품이라고 생각된다. 그러나 가면을 벗어던지고 벌거벗은 사람의 아들이 되자는 건 서글픈 몽상이었다. 그런데도 이렇듯 민족을 초월하고 싶다고 외쳤던 이광수는 광복 후 민족을 위해 친일을 했노라고 변명했다. 차라리 식민지 현실이 엄연히 존재하는 한 자신의 탈민족주의적인 희망은 헛된 꿈이었다고 시인했더라면, 그의 재능과 공적을 아끼던 많은 사람들은 연민과 안타까움을 보여주었을지 모른다.

병석에 누워있던 어느 날 마쓰다가 인력거를 보낸다. 동생 노부코
信子가 20일 전부터 사경을 헤매고 있어 소생할 가망이 없고, 부모도
나의 병문안을 허락했으니 어렵지만 죽기 전에 한번 만나봐 달라는
것이다. 노부코가 M의 이름인 줄 처음 알게 된 나는 겨우 몸을 일으
켜 인력거에 오른다.

병석에 누워 이미 눈에 초점을 잃은 노부코는 손수건으로 땀과 눈물
을 씻어주자 조선말로 "편치 않으서요?" 라고 묻는 것이 아닌가. 그리
고는 "놀랐어요? 나는 당신의 아내가 되려고 조선말 공부를 하였어
요… 그러나 그 말도 다 배우기 전에 나는 죽어요." 하며 흐느낀다. 이
런 모습을 보며 슬픔과 감격에 도취한 나는 마침내 이렇게 고백하며
그녀의 손을 잡는다. "아무러한 맹세라도 노부코상을 위해서는 깨뜨리
겠으니 어서 병만 나시오. 네." 그러나 노부코는 "나는 인제는 죽어요.
죽지마는, 죽지마는 당신께서는…… 나를…… 잊지 마시고…… 잊
지 마시고…… 불쌍한…… 불쌍한 아……. 아……. 아내로 알아주
세요." 하며 각혈을 토할 뿐이다. 기침소리에 놀란 부모가 들어와서 불
초한 자식 때문에 폐를 끼쳐 미안하다고 정중하게 사과한다.

집으로 돌아온 나는 열흘간 혼수상태에 빠져 노부코를 부르며 신
음한다. 겨우 몸을 추스르고 일어나자 노파가 그동안 친구들이 보냈
던 편지 몇 통을 내민다. 그리고 맨 나중에 보퉁이 하나를 꺼내더니
신이치가 가져왔는데 내가 다녀간 지 사흘 만에 노부코가 죽었다고
하더라며 눈물을 흘린다. 보퉁이 속에는 명주로 짠 일본 여자옷 한
벌과 성경과 일기가 한권씩 들어있다.

일기장 속에 끼워둔 봉투를 펼쳐보니 혈서로 "나의 영원의 지아비

여 앞서가는 아내 노부코." 라고 적혀있다. 성경 첫 장에도 "원하옵나니 주여. 나의 지아비를 당신의 손으로 인도하시옵소서. 아버지의 나라에 돌아가는 노부코." 라고 쓰여 있다. 나는 그간의 사정과 함께 무덤 위치를 알려준 신이치의 편지를 읽고 사흘째 되는 날 그녀의 무덤 앞에 서서 이렇게 울부짖는다.

> 사랑하는 노부코. 너는 이곳에 있는 것이 아니다. 네가 있는 곳은 내 가슴 속이다. (중략) 오오 내 아내여. 그렇게도 나에게서 아내라고 불려지기를 원하였던가. 아직 아무도 들어오지 아니한 내 가슴의 새 집에 영원히 살라. 그리고 하루에 천 번이나 만 번이나 원대로 나를 남편이여 하고 부르라. 네가 한 번 부를 때마다 나는 두 번씩 오오 사랑하고 불쌍한 아내여 하고 대답하마.

이광수는 노부코로부터 민족주의라는 이데올로기에 희생당하는 또 다른 자신을 보았는지 모른다. 그러나 고아의식에 몸을 떠는 그를 사랑한 그녀 역시 사랑에 굶주린 한 명의 고아였을 뿐이다. 그들은 국경과 시대를 초월하여 만난 행복한 영혼들이며 그래서 불행한 동반자였다.

물론 이광수는 민족을 초월한 사랑 이야기를 통해 일본인들의 각성과 개조를 희망했는지 모른다. 그는 "사람은 하나가 되어야 하겠다. 언제까지나 이렇게 서로 미워하고 서로 다툴 수는 없는 것이 아닌가. 만일 영원히 이러할 것이라 하면 사람들아 우리 하나이 되어서 이 세계를 깨뜨려버리지 아니 하려느냐? 아아, 세계는 괴롭다."(『조선문단』권두사)고 토로한 바 있다. 그러나 그가 희망했던 자아와 세계의 개조는 아직도 요원하다. 아니, 앞으로도 이루어지지 않을 가능성이 크다. 우리의 경우 2004년 고용허가제 시행 이후 2009년 9월말 현재

55만여 명의 외국인 노동자가 살고 있지만 다문화 포용성은 몇 년째 세계 꼴찌 수준이다. 2004년 전체 이혼의 2.4%에 그쳤던 국제 결혼 커플 이혼은 지난 해 9.7%로 오히려 늘어났음은 시사적이다. 국경과 민족을 초월하여 탕사오이를 사랑했던 조선 여인 정씨가 백년의 고독 속에서 탕지아의 야트막한 산에 묻혀 있는 오늘의 현실은 그 대표적인 사례인지 모른다.

비장하면서도 공허한 이 작품—실화냐 허구냐는 불문하고—의 결말과 그 의미를 세밀하게 살펴보아야 할 이유가 여기에 있다.

➜ 2009.8.17.월.

속방정책 집행자들과 조선탈출

하늘은 맑고 공기는 가볍다. 그토록 기승을 부리던 더위도 이제 한 풀 꺾인 듯하다. 계절은 언제 그런 일이 있었냐는 듯 가을을 향한 발걸음을 재촉하기 시작한다. 그러나 이런 자연의 운행 앞에서도 인간들은 겸손하지 않다. 작년 8월 중국으로 떠나기 전만 해도 주하이에서 단 한 장의 사진으로 남은 정씨 부인과 만날 것은 물론 1년이 다 되어가는 오늘도 그 이면에 얽힌 이야기를 찾아 글을 쓰고 있을 줄은 생각하지도 못했다. 또한 석 달 동안에 두 명의 전직 대통령이 우리 곁을 떠날 줄은 정녕 몰랐다. 영국의 거문도 점령^{1885.4-1887.2.27} 문제를 중재하면서 조선에 대한 속방정책을 더욱 강화했던 리홍장의 뜻을 그 누구보다 잘 알고 실천했던 위안스카이와 그를 그림자처럼 수행하며 2인자로 떠올랐던 탕사오이 역시 10여 년 만에 쫓겨 가듯 조선을 탈출하게 될 줄은 미처 몰랐으리라.

1885년 11월 조선주재총리교섭통상사의로 승진했던 위안스카이와 그를 보좌하며 승승장구했던 탕사오이가 조선 정부를 상대로 보여준 거침없는 행보는 언제까지나 지속될 듯했다. 그러나 톈진조약 이후 소극적인 자세를 취하며 군비증강 계획을 차근차근 실천에 옮겼던 일본이 마침내 청일전쟁을 일으키면서 이들의 운명도 새로운 국면을 맞이하지 않으면 안 되었다.

　위안스카이는 1886년 김옥균을 암살하기 위해 탕사오이와 조선인 자객을 일본에 보내려고 하였으나 마땅한 조선인 자객을 구하지 못해 그만두었을 만큼 탕사오이를 신뢰하고 후원했다. 1889년 12월 용산상무위원으로 승진했던 탕사오이는 1890년부터 각국 주한사절이 모이는 인천조계회의에 중국대표로 참가하기도 했다. 주찰관으로서 타국의 주한공사들과 동렬에 설 수 없다고 거드름을 부렸던 위안스카이가 그를 대리로 내보냈던 것이다.

▲ 청일전쟁에 참전한 일본군

　1891년 8월 모친의 간병 때문에 일시 중국으로 돌아가야 했던 위안스카이는 리훙장에게 서양에서 오랜 세월 유학했고 조선에서 10년이나 살면서 양무교섭에 뛰어나고 조선의 정황을 잘 알고 있는 '충직명민'하고 '담식겸우'한 탕사오이가 대리를 맡는 것이 좋겠다고 건의했다. 이제 용산상무위원 겸 총리교섭통상사의 대리라는 중책을 맡게 된 탕사오이는 조선에 대한 속방정책을 강화하는데 누구보다 열성적으로 앞장섰다. 그 예의 하나가 삼단三端을 어긴 초대주미 전권대사 박정양을 호조판서로 제수한 조선 정부에 대한 항의와 가혹한 후속 조치 요구다.

당시 조선은 자주독립국가로서 외교권을 행사하고 국가 체면을 유지하기 위해 구미제국에 상주공사를 파견하기로 했다. 이는 당시 청나라에 체류 중이던 민영익과 묄렌도르프 후임으로 온 외교고문 데니Denny,O.N.(1838-1891)의 건의로 이루어졌다. 그러나 청나라는 공사를 파견하되 먼저 청나라 정부에 알린 후 윤허를 받고 파견할 것先咨後派을 요구했다.

조선 정부는 청나라에 사전승인을 요청하는 형식절차를 거쳐 삼단 —조선공사가 그 나라에 도착하면 중국대사관에 보고하고 중국공사와 함께 국무성을 방문하고先赴同赴, 반드시 중국공사의 뒤를 따르며席次隨後, 교섭대사에 관계되는 긴요한 일이 있으면 중국공사와 협의한 지시를 따른다要事密商—을 이행하기로 하고, 1887년 8월 초대주미 특명 전권공사에 박정양을, 오국 전권공사에 조신희를 임명했다.

박정양 일행은 11월 12일 서울을 떠나 인천에서 미함을 타고 샌프란시스코를 경유하여 1888년 1월 9일 워싱턴에 도착했다. 안내역으로 임명된 참찬관 알렌의 협조 속에 박정양은 다음날 주미 청나라 공사를 방문하지 않고, 직접 국무장관 베야드Bayard,T.F.를 만났으며, 1월 17일에는 대통령 클리블랜드Cleveland,G.에게 신임장을 제정했다. 그러자 청나라는 삼단을 지키지 않은 박정양을 처벌하라고 주장했다.

압력에 못이긴 조선정부는 결국 1889년 박정양을 소환했으나 1891

년 그를 형조판서로 임명했다가 다시 호조판서로 전임시키며 저항했다. 그러자 "조사하여 확실하면 조선 정부에 힐책하라."는 리훙장의 전문을 받은 탕사오이는 외아문 독판 민종묵¹⁹³⁵⁻¹⁹¹⁶에게 박정양의 면직과 치죄를 강력하게 요구했다. 결국 민종묵이 10월 15일 리훙장의 노염을 풀도록 대신 사죄해 줄 것을 탕사오이에게 요청하면서 사건은 일단락될 수 있었다.

이와 같이 제국주의적 성향이 강했던 탕사오이의 관리로서의 면모는 용산상무위원 겸 총리교섭통상사의 대리 시절—1891년 음 9월 10일부터 1892년 음 4월 14일까지—상무 방면에 상당한 관심을 갖고 열성적으로 일했던 점으로도 확인된다. 청상에게 지장을 초래하는 일이 생기면, 그는 가차 없이 조선정부에 항의하거나 협조를 요청하면서 자국 상인의 권익을 보호하는데 앞장섰다.

한성부 소윤 이건창¹⁸⁵²⁻¹⁸⁹⁸이 청상과 외국인에게 가옥매매를 금지하라고 방문을 내걸자 단호하게 대처하여 철회시켰던 것은 하나의 예에 불과하다. 그는 평양 구안^{口岸}의 개방은 먼저 청나라의 허락을 받아야 하며, 각 세관에 필요한 서양인 세무원의 주선과 파견은 물론 교체와 후임 파견마저 청나라 총세무사를 거쳐 총리아문에 보고하도록 명령했다. 그 결과 조선에서의 청나라 무역은 급격히 증가되었고 상민 역시 크게 늘어났다. 1885년 일본과 청나라의 대조선 수출비율은 81:19였으나 1892년에는 55:45로 증대했으며, 상민은 189명에서 1,779명으로 증가했다. 이는 조선에 대한 내정간섭과 청나라에 유리하게 작성된 조청상민수륙무역장정으로 일본의 독점적 진출이 크게 견제를 당했기 때문이다. 그런가 하면 그는 조선과 각국 사이에 분쟁이 생기면 조선의 입장에서 옹호하고 해결해 줌으로써 종주국의 위상을 과시하기도 했다. 조선 정부에서 조계장정 규정대로 전년세全年稅 징수를 결정했으나, 각국이 이를 거부하자 청나라부터 전년세를 납부 하겠다고 하면서 사태를 해결해 주기도 했던 것이다.

조선에서 경제적 우위를 위협받게 된 일본에서는 국내적으로 정치, 경제, 사회 분야에 불안이 고조되었고, 1890년대에 들어오면서는 대청 개전론이 대두했다. 1894년 일어난 동학농민전쟁은 불안한 정국을 더욱 긴박하게 몰아갔다. 조선 정부의 청원으로 청군이 출병하자 일본 역시 톈진조약을 근거로 대병을 앞세우고 입경했다. 당황한 조선과 청나라는 청일 공동철병을 일본과 논의했으나 결렬되었고, 일본은 조선 내정개혁을 제안했으나 역시 거절

▲ 서울로 압송되는 전봉준(1855-1895)

당했다. 그러나 일본은 청나라 세력을 견제하고 자국의 세력을 만회하기 위해 단독개혁에 착수했고, 그 구실로 오토리 게이스케大鳥圭介(1833-1911) 공사는 조선 정부에 일본공사관 부근에 병영을 신축할 것 등을 강요했다. 청나라 군대의 주둔은 조선의 자주를 규정한 강화도조약 제1조를 위반했다는 주장이었다.

7월 20일, 일본은 청한 종속관계의 종식을 위한 청나라 군대의 철퇴와 조청상민수륙무역장정, 중강통상조약, 길림무역장정 등 통상조약의 폐기를 7월 22일 오후 12시까지 통보하라고 최후통첩을 보냈다. 국교단절이 될 경우 일본군에 체포될 것을 두려워한 위안스카이는 7월 5일 리훙장에게 "긴급대책을 강구하기 위해 귀국하겠다."는 전문을 보내고, 7월 19일 탕사오이의 호위 속에 조선을 탈출했다.

다시 총리교섭통상사 대리로 임명된 탕사오이는 한성공서, 용산분서, 한성전보총국이 일본군에게 포위당하자, 영국 총영사관에 피신하고 리홍장과 전신으로 겨우 연락만 취하며 지내야 했다. 그는 경솔하게 한성을 떠나지 말라는 리홍장의 전보를 받았으나 7월 25일 조선이 자주를 선언하고, 28일 마침내 청일전쟁이 시작되자 영국인의 호송을 받으며 가까스로 조선을 탈출했다. 톈진에 도착하여 리홍장에게 조선의 정세를 보고했던 것은 8월 4일이다. 조선과 인연을 맺은지 12년만의 초라한 귀국이었다. 그의 나이 33살이었다.

◐ 2009.8.23.월.

영은문과 독립문

　조선의 해관에서 업무를 보다가 갑신정변을 계기로 묄렌도르프를 떠나 위안스카이 휘하에 들어갔던 탕사오이는 한성공서 영문번역사의 겸 수판 양무위원, 용산상무위원을 거치고 두 번이나 총리대리를 역임하면서 자국의 조선에 대한 속방정책 강화와 청상들의 이익 확보를 위해 헌신했다. 그러나 위안스카이의 뒤를 이어 일약 2인자로 떠올랐던 그 역시 시대의 냉혹한 현실 앞에서는 어쩔 수 없는 나약한 인간이었다.

　조선을 비롯한 동양사회의 국제질서에 급격한 변화를 초래했던 청일전쟁에서의 패배로 청나라의 위상은 크게 흔들렸다. 청나라는 1895년 4월 17일에 조인한 시모노세키조약 제1조에 "중국과 일본은 조선의 완전무결한 독립과 자치를 확고히 인정하며 조선의 완벽한 중립성을 보장한다."고 명기해야 했다. 그러나 그들은 공식적으로 조선독립을 인정했음에도 불구하고 전통적인 종속관념을 버리려고 하지 않았다. 그러기 위해서라도 관계 정상화는 필요했다. 북양대신 왕원사오王文紹는 1895년 12월 1일, 총리각국사무아문에 "삼품함후선지부三品銜候選知府 탕사오이가 재한在韓 햇수도 오래되어 정형情形을 잘 알고 있으므로 그를 파견하여 조선 통상각구화민상동通商各口華民商董으로 할 만하다. 만일 교섭사건이 있으면 영국영사와 상의하여 처리하고 또 수시로 차관의 상환을 독촉하도록 하라.”고 상소를 올렸다.

참담한 심정으로 귀국한 후 총리영무처에서 쉬스창徐世昌(1855-1939)을 보좌하고 있던 탕사오이는 1895년 12월 조선상무총동朝鮮商務總董으로 조선에 다시 들어왔다. 탕사오이와 조선의 인연은 아직 끝난 것이 아니었다. 주된 임무는 청상의 권익보호와 차관의 상환 재촉, 조선내정 및 각국사절의 동태를 파악하여 총리아문에 수시로 보고하는 것이었다. 그러나 상무총동이란 공사나 영사와 같은 공식 직함이 아니라 조선의 자주독립을 부인하려는 청나라의 의도가 깔려있는 비공식 직함이었다.

조선 정부는 아직 청나라와 정식 조약이 없음을 이유로 그의 권한을 인정하려고 하지 않았다. 그는 모든 교섭사무를 주한영국 총영사를 통해 대행할 수밖에 없는 현실 속에서 비정한 권력의 이면을 비로소 들여다볼 수 있었는지 모른다. 그러나 약육강식의 법칙은 패전국에게만 적용되는 것은 아니었다. 일본 역시 시모노세키조약으로 요동반도를 할양받았지만, 그로부터 겨우 6일 후 러시아·프랑스·독일이 요동반도의 영유는 조선의 독립을 유명무실로 만들고 극동의 평화에 장애가 된다며 반환할 것을 요청하자 굴복할 수밖에 없었다.

삼국간섭으로 일본의 위신은 실추되었고, 갑오개혁으로 실각하면서 불만을 가진 일파는 민비 아래에 결집하여 러시아 세력에 기대어 실지 회복을 노렸다. 일본의 시책이 러시아의 견제를 받아 답보상태를 면치 못하자 친러파가 등장했던 것이다. 오토리 게이스케를 대신하여 1894년 10월부터 서울 주재 공사로 부임해 온 거물 이노우에 가오루도 사태를 방관할 수밖에 없었다. 삼국간섭이라는 국제정치 현실에

밀려 뜻을 이루지 못하고 떠난 그의 뒤를 이어 1895년 9월 1일 육군 중장 미우라 고로三浦梧樓(1847-1926)가 부임했다. 그리고 그는 10월 7일 밤부터 8일 미명에 걸쳐 상상을 초월하는 역사적 만행을 저질렀다. 일본의 공사 직원 수비대 고문관 등이 경복궁에 침입하여 민비를 살해하고 시체를 불살랐다. 을미사변이다. 그들은 민비를 암살하는 동시에 대원군을 옹립하여 조선정부를 개조하려고 했다. 친러파는 일소되고 다시 일본에 협력적인 제4차 김홍집 내각이 조직되었다.

제4차 김홍집 내각은 태양력을 채용하고 을미년 11월 17일을 1896년 1월 1일로 공포했으며, 원호를 건양으로 정하고 단발령을 내렸다. 그러나 구습을 일변하는 조치는 안팎의 저항을 불러일으켰다. 국모 복수를 외친 위정척사파는 단발령은 소중화를 버리고 이적으로 추락하는 것이라고 주장하면서 1896년 1월 정권타도의 깃발 이래 거병했다. 각지로 번진 운동을 진압하기 위해 군대가 출동했고, 필연적으로 수도의 정권을 지킬 무력은 약화되었다. 을미사변으로 정권에서 쫓겨났던 친러파의 이범진1853-1911 이완용1956-1926 등이 이 틈을 노려 1896년 2월 11일 러시아 수병의 조력을 얻어 고종 부자를 경복궁에서 빼내 정동의 러시아 공사관으로 옮겨 신정부를 수립했다. 아관파천이다.

민비암살이 국제문제로 확산되는 걸 두려워한 일본은 미우라 고로를 소환하고, 후임에 고무라 주타로를 임명했지만, 10년 후 러일전쟁의 주인공 중 한 사람이 되는 그 역시 무력하기만 했다. 청일전쟁의 승리에 도취되어 조선에 단독 진출했던 일본에게 아관파천은 크나큰 좌절이었다. 청일전쟁의 대의명분이기도 했던 조선의 내정개혁은 수포로 돌아갔고, 조선을 사실상의 보호국으로 만들려던 계획도 단념하지 않을 수 없었다. 청일전쟁에서 승리한 의미는 거의 소멸되었다.

일본은 청나라를 대신하여 러시아를 상대로 맞이한 것이다. 그러나 일본과 러시아는 군사적 진출을 재촉할 만한 이유가 아직 없었다. 1896년 5월 서울에서 맺은 고무라 베베르 각서와 6월 모스크바에서 맺은 야마카타 로바노프 협정 Yamagata-Lobanov Agreement은 일본과 러시아 두 이웃 나라가 조선을 공동 보호하자는 것으로 요약된다.

이후 조선에서는 청일전쟁의 결과로 외부의 군사적 압력은 급감했고, 러시아 우세와 일본 열세라는 구조이긴 했지만 결정적 우위에 선 외국 세력은 존재하지 않게 되었다. 조선의 국제적 지위는 법적으로 애매하면서도 세력균형의 상태로 돌아갔던 것이다.

한편 아관파천은 제4차 김홍집 내각을 타도한 쿠데타이기도 하다. 김홍집은 학살되었고 재무장관 어윤중은 도망가다가 살해되었고, 외무장관 김윤식은 유배당했다. 극단적인 움직임을 억제하고 청나라와 전통적 관계를 배려하면서도 지나친 압력에는 굴하지 않았던 온건 개화파는 청일전쟁 이후 싫든 좋든 친일을 하지 않을 수 없었으나, 청나라를 대신하여 러시아가 등장하면서 말살되고 말았다. 이는 청나라가 조선 정치에 직접적인 영향을 미쳤던 시대의 종언을 의미한다. 탕사오이는 추락한 청나라의 위상을 다시 한번 확인하지 않으면 안 되었다.

이제 남은 건 고종과 소장 친로파 관료뿐이었지만 정국은 조금씩 안정을 되찾았다. 고종은 1895년 1월 7일 종친 백관을 거느리고 종묘에 배례하고 "청에 기대려는 생각을 잘라버리고 자주독립의 기초를 확고히 세운다."고 선언하고 영은문을 파괴했다. 이는 일본의 주도로 갑오개혁이 추진되고 있던 시기에 이노우에 가오루의 지시에 따른 일이었다. 그러나 아관파천은 갑오개혁에 역행하는 움직임이었다. 대군주가 모든 사안을 친히 결정한다 萬機親裁 는 군주의 전제화가 그 대가로 주어졌지만, 국왕이 외국공사관에서 신세를 지고 있다는 것은 너무 변칙적이고 체면이 손상되는 일이었다. 더구나 정국은 아관파천으로 안정되었다고는 하나 의병운동과 독립협회운동으로 협공을 받고 있었다.

1897년 2월 20일 고종은 러시아 공사관을 나와 새로 보수한 경운궁으로 돌아왔다. 그리고 8월에는 광무를 원호로 정하고 10월 12일 황제로 등극했다. 이처럼 내외의 정치 정세를 안정시키는데 성공한 조선정부는 이미 1896년 7월 17일 청나라와의 관계를 재정립하기 위해 탕사오이에게 조약 체결 의사를 타진한 바 있다. 그러나 그에게는 조선과 조약 체결을 운운할 권한이 없었다.

탕사오이는 청일전쟁 이후 차갑게 변한 현실에 절망했으리라. 그러나 그를 따뜻하게 맞아준 사람이 있었다. 정씨 부인이다. 그가 구가에 담홍색 기둥을 세워 그녀를 추모했던 것도, 그녀가 단 한 장의 흑백사진으로 남은 것

▲ 영은문(위)과 독립문

도 역사의 냉혹한 변화와 무관하지 않다. 아시아의 맹주 자리를 내준 청나라의 관료를 사랑하면서 그의 곁을 지키다가 죽은 조선 여인. 그녀는 민족주의 이데올로기로 구축된 근대사의 그늘에서 피었다가 스러진 한 떨기의 꽃이었는지 모른다.

347

◯ 2009.8.26.수.

마지막 주한총영사 탕사오이

　꼭 1년 전인 작년 8월 28일 오후 3시. 나는 중산대학교 주하이 캠퍼스로 내려가는 셔틀버스에 앉아 낯선 풍경을 내다보고 있었다. 출발하기까지 우여곡절도 많던 연구년은 이렇게 시작되었다. 그러나 그때까지만 해도 나는 주하이에서 한 장의 흑백사진으로 남은 탕사오이의 부인 정씨를 만나 한중 근대사의 이면을 들여다보고 싶은 욕망에 사로잡히게 될 줄은 미처 몰랐다. 그런 의미에서 지난 1년은 이런 의문에 사로잡혀 살았던 한 해였다고 해도 지나친 말은 아니다. 하지만 문외한에게 1년이란 너무 짧고 길다.

　답답하기만 했던 그날의 심정은 오늘도 여전하다. 그러나 오늘, 청일전쟁 이후 추락한 국가적 위상 속에서도 자국의 권위를 지키려고 노력했으나 공화사상을 몸에 익혔던 유미유동 출신답게 국제공법에 따라 조선과의 관계를 재정립하는데 결정적인 역할을 담당했던 탕사오이가 조선을 떠날 때까지의 과정을 살펴보면서 이 따분한 이야기의 마무리를 짓고자 한다. 다음은 청나라의 조약개정 의사를 타진하러 조선 정부에서 보낸 통역관 박태영과 그가 1896년 7월 17일에 나눈 대화다.

박태영; 강한 이웃이 핍박하여 자주독립이 되었으므로 우리를 책망해서는 안 되며, 예전의 약정은 폐기되었으니 새로 조약을 맺어야 마땅하다. 만약 조약을 개정하지 않으면 각국의 힐문이 있을 것이다.

탕사오이; 지금 국왕이 아직 러시아 공사관에 있으니 결국 러시아의 손님이다. 타국의 공사관을 빌려 궁중으로 삼는 군주를 어찌 독립국의 군주라고 할 수 있겠는가. 이래서는 독립권이 없는 것이며 사절을 파견하는 것도 무리다. 모두 국제공법에 기재되어 있다.

박태영; 민영환이 러시아의 대관식에 축하하러 갔는데 러시아에서 차관을 빌리고 또 러시아 병사 3,000명에게 한성의 보호를 요청했다는 설이 있다. 러시아 군사가 오면 군주는 반드시 환궁할 것인데 그때 사절을 중국에 파견하면 어떻겠는가?

탕사오이; 타국의 병사가 그 나라의 수도에 주둔한다면 그 나라는 보호국에 다름 아니다. 군대가 없어 독립할 수 없다면 자주권이 없는 왕이다. 타국의 보호를 받아야 비로소 입국할 수 있다면 번속과 무엇이 다르겠는가? 그런데 사절을 파견한다면 이는 국제공법도 허락하지 않는 바이다. 내 의견은 이와 같다. 만약 국왕이 청나라에 사절을 파견한다 해도 그에 마땅한 예우는 받지 못할 것이니 천천히 하는 것이 좋을 것이다.

―『중일한사료』제8권 참조. (단 윤문은 필자)

　박태영은 조선의 독립자주는 이미 시모노세키조약에서 국제공법으로 인정했으므로 청나라와 정식으로 새로 조약을 맺는 것이 당연하다고 주장했지만, 탕사오이는 조선은 아직 독립국 상태가 아니므로 청나라와 조약을 새로 맺을 수 없다고 냉정하게 응수하고 있다. 그러나 회담 후 그는 만일 조선이 각국의 지지를 얻어 청나라에 외교 관계 수립을 요구하고 국서를 갖춰 사절을 파견한다면, 아무리 국제공법에 근거하여 반박하려 해도 끝까지 거절하기가 어려우니 대책을 강구해야 할 것이라고 총리아문에 보고했다.

11월 6일, 그는 조선에 거류하는 청상들을 보호하고 조선에서 사절을 파견하는 것을 막으려면 영국과 독일의 예에 따라 중국에서 먼저 사절을 파견하는 것이 좋겠다고 건의했다. 청나라는 11월 20일, 35세의 조선상무총동 탕사오이를 조선총영사로 임명했다. 하지만 이는 정식으로 파견하는 공사가 아니라 총영사 정도로 그쳐 조선과 대등 관계가 되지 않도록 한 미봉책이었을 뿐이다.

탕사오이는 1897년 1월 30일 총영사로 취임했다. 그러나 같은 해 2월 20일, 고종이 러시아 공사관을 나오면서 사태는 일변했다. 청나라가 조선의 '독립'을 부인하고, 조약 교섭을 '거절'했던 근거의 하나인 아관파천, 즉 러시아의 '보호'라는 걸림돌이 사라졌던 것이다. 조선정부는 다시 청나라와 교섭을 시도하는 한편, 고종의 황제 즉위를 준비하기 시작했다. 그러나 탕사오이는 조선을 독립 대등으로 인정한 적이 없기 때문에 고종을 황제로 간주할 수 없으며, 황제 칭호 역시 인정할 수 없다고 주장했다. 그러자 조선에서도 청나라와 새로운 조약을 체결하지 않았다는 이유로 그의 총영사 신분을 부인했다.

그는 이제 청상들을 보호하고 국내외 정세를 북양대신과 총리아문에 보고하는 정도의 임무밖에 수행할 수 없었다. 뿐만 아니라 일본은 청나라의 영향력을 약화하고 을미사변으로 인한 한국민의 감정을 누그러뜨리기 위해 고종의 황제 즉위를 적극 권유하고 있었다. 양국관계가 악화될 것을 우려한 러시아 역시 이를 적극적으로 저지하지 못하고 있었고, 다른 각국들 또한 대한제국 성립에 별다른 이의를 제기하지 않았다. 이제 청나라 홀로 한국과 무조약 관계로 있는 것은 불가능한 일이 되고 말았다. 조선의 사절 파견 요구는 거세졌고, 일본

영사 이시이 기쿠지로石井菊次郎(1866-1945)는 각국 조계회의에서 청일전쟁 이래 한중간에 국교가 수립되지 않고 있으니 중국조계는 마땅히 철회해야 한다고 주장했다. 미국도 중국 조계가 아직도 남아있는 것은 국제공법에서 보지 못한 일이라면서 가세했다.

조선의 집요한 사절 파견 요구와 각국의 종용, 일본의 세력 확장에 이어 일본상인들과 청상들 사이의 알력과 조선상인들과 청상들의 충돌이 잇달아 발생했다. 그러자 비공식적 신분에 대한 한계와 사태의 긴박성을 절감했던 탕사오이는 1898년 6월 2일, 종주국의 체면을 지키기 위해서라도 먼저 사절을 파견해 줄 것을 다시 한번 요청했다. 그러나 총리아문은 4등 공사의 파견을 암시했을 뿐이다.

탕사오이는 7월 29일, 대국이 먼저 사절을 파견하는 것이 통례이므로 먼저 파견하여 은혜를 베푸는 형식을 취하는 것이 좋겠다고 재차 건의했다. 그러나 총리아문은 한국에서 파견하는 사절은 대리공사로 하고, 국서도 황제에게 직접 봉정하는 것이 아니라 총리아문이 받아서 전하도록 한다는 방침을 철회하지 않았다. 탕사오이는 총리아문의 방법은 예전의 상하관계를 나타낸다는 점에서 어려움이 있으며, 또 조약을 체결하는 사절이 국서를 상대국 원수에게 봉정하지 않는 것은 국제공법에 맞지 않는다고 완강히 반대했다. 이런 지루한 공방에 결단을 내린 것은 광서제였다. 그는 8월 5일 한국의 희망을 모두 받아들이라는 유지를 내렸다. '과분瓜分'의 위기감을 느끼며 무술변법을 추진했던 황제답게 그는 이제 한국을 속국이 아닌 우방으로 재정립하려고 했던 것인지 모른다.

조약 체결은 급속하게 이루어졌다. 총리아문은 1898년 9월 18일 쉬셔우펑徐壽朋을 출사조선대신으로 임명했다. 그는 1899년 1월 25일 서울에 도착하여 2월 1일 고종에게 국서를 봉정하고, 9월 11일 한청 통상조약을 체결했다. 고종이 종친 백관을 거느리고 종묘에 배례하고 자주독립을 선언한지 4년만의 일이다.

작년 9월 우연히 들른 구가에서 대리석 흉상으로 남아 담홍색 기둥을 묵묵히 지키고 있던 탕사오이. 비공식 주한총영사로서 자국의 자존을 지키면서 청일전쟁 이후 최대의 현안이었던 한중 복교 문제에 결정적인 역할을 했던 공로로 2품함을 받았던 그는 쉬셔우펑이 부임하기 4개월 전인 1898년 10월 14일 부친상을 당해 26일 고향 탕지아로 돌아갔고, 다시 한국에 돌아오지 않았다.

이후 정씨와의 사랑으로 이어지던 조선과의 인연은 중화민국 초대

국무총리^{1912.3.13-6.27}를 100여 일 만에 사퇴하면서 끊어졌다. 그를 사랑했던 정씨가 그의 곁을 떠났던 것이다. 그러나 그가 1912년 7월 상하이에서 결성된 항일독립 운동단체인 동제사同濟社를 후원한 중국인 회원의 한 사람이었음을 기억한다면, 또한 중일전쟁 발발 후에도 정씨 소생들과 상하이에 남았다가 1938년 9월 30일 국민당 특무대원들에게 암살당한 최후를 돌아본다면, 그와 조선의 인연은 우리의 예상보다 훨씬 깊었는지 모른다.

　오늘까지 쓴 글들이 나의 이야기이자 그의 이야기며, 우리의 이야기인 이유가 바로 여기에 있다. 그러나 잿빛으로 가라앉은 구가 현관 앞에서 한 덩어리의 돌이 되어 정씨 부인을 지키고 있는 탕사오이는 오늘도 말이 없다. 아니, 처음 정씨 부인의 흑백사진을 보고 묘한 수치심에 젖어 오랑캐꽃을 떠올리며 숙소로 돌아오던 그날. 그는 이렇게 말하며 빙그레 웃었는지 모른다.

　　　언제든 오시구려, 문은 활짝 열렸으니. 開門任便來賓客
　　　대나무 보았는데, 주인 찾아 뭐하려오. 看竹何須問主人

　　　　　　　　—공락원 야외별장의 탕사오이 자필 서각 대련.(필자 번역)

　　　　　　　　　　　　　　　　　　　◑ 2009.8.28.금.

• 중국인명 •

357

359

• 중요사항 •